Sylvain Larue

L'ŒIL DU GOUPIL

Du même auteur

Aux éditions De Borée

Les Grandes Affaires Criminelles du Gers, 2004
Les Grandes Affaires Criminelles du Vaucluse, 2005
Les Grandes Affaires Criminelles de Gascogne, 2006
Les Grandes Affaires Criminelles du Tarn, 2006
Les Grandes Affaires Criminelles de Paris, 2007
Les Grandes Affaires Criminelles du Val-de-Marne, 2007
Tueurs en série de France, 2008
Les Grandes Affaires Criminelles des Hauts-de-Seine, 2008
Les Grandes Affaires Criminelles de Seine-Saint-Denis, 2008
Les Grandes Affaires Criminelles de France, 2008
Les Grandes Affaires Criminelles du Val-d'Oise, 2008
Les Nouvelles Affaires Criminelles de France, 2009
Les Grandes Affaires Criminelles de Haute-Garonne, 2009
avec Gisèle Vigouroux
Les Nouvelles Affaires Criminelles de Paris, 2009
Les Grandes Affaires Criminelles de Seine et Marne, 2009
Les Grandes Affaires Criminelles du Tarn-et-Garonne, 2010
avec Gisèle Vigouroux
Les Grandes Affaires Criminelles Crimes Passionnels, 2010
Les Grandes Affaires Criminelles de l'Essonne, 2011
avec Nathalie Michau

De Borée

45, rue du Clos-Four – 63056 Clermont-Ferrand Cedex 2

Sylvain Larue
sous la direction d'Anthony Frot

L'ŒIL DU GOUPIL

Une enquête de Léandre Lafforgue

De Borée

Sur une idée originale d'Anthony Frot

À Chantal Frot-Balez, lectrice des premières lignes…

Prologue

Du jeu de cache-cache et de ses pénalités en cas d'échec

Courir.
Courir loin.
Se tapir dans l'ombre.
Attendre.
Repartir.
Recommencer.

Réglisse s'appuya contre un mur de brique. Il n'en pouvait plus. Il en avait même la vision trouble. Voilà près de trois heures que ce jeu durait. Trois heures interminables, une partie de chat et de souris, un cache-cache comme il n'en avait encore jamais fait. Et Dieu savait que, de tous Ses enfants, Réglisse était l'un des plus, sinon le plus doué en la matière. Avec les autres malappris, les occasions de jouer n'étaient pas rares. Ne fût-ce que pour échapper aux sergents de ville ! Il ne comptait plus le nombre de fois où il s'était faufilé à travers une palissade délabrée pour traverser, telle une flèche, un terrain vague, avec, résonnant dans les oreilles, les cris de rage des policiers par trop bedonnants qui ne parvenaient pas à franchir l'obstacle… Un tuyau béant, une porte cochère bien sombre, un soupirail, il arrivait à trouver des cachettes en tous lieux dans le ventre de la ville. Il se gardait bien d'y entreposer le moindre trésor, cependant. Il savait que c'était comme jouer au Petit Poucet, et laisser à l'ogre un moyen de le rattraper, de le capturer et de le dévorer. Réglisse n'avait peur de rien, mais se faire manger ne l'enchantait pas. Pas du tout. Alors il se cachait. Un bruit, une ombre, un pas inconnu, et il se cachait. Quand les policiers s'approchaient, battant le pavé de leurs lourds souliers cloutés, il se cachait. Et quand ce n'était pas pour fuir une arrestation, il fallait quand même jouer à cache-cache. C'était même un ordre. Furet, son chef, son frère de cœur, ne plaisantait pas avec ça.

– Jouer, ça libère la tête. Ça aide à vivre, à rire. Ça aide à rester bien dans son cœur. Quand on ne joue plus à rien, c'est fini, jamais on ne revient en arrière. Jamais plus on ne s'amuse. Jamais plus on ne vit. On devient grand. On devient vieux. On devient bête.

Furet avait beau n'avoir que dix ans, il avait une sagesse que tous ceux de la bande lui enviaient. Il faut dire qu'il savait lire, Furet. À la différence des autres. Parfois, autour d'un petit feu de fortune, dans la solitude de ce souterrain où personne n'allait jamais les déranger, il les réunissait tous, et le silence se faisait absolu. Alors il prenait un livre et, avec une voix qui sortait d'on ne savait où, une voix chaude, presque autant que le foyer autour duquel ils se pelotonnaient, il leur racontait des histoires magnifiques, pleines de héros, de combats... Parfois, il parlait des fées. Parfois même, il ne lisait rien, il inventait des histoires d'un petit garçon, d'un malappris, comme eux, qui avait voulu ne jamais grandir et qui y était parvenu...

Réglisse se rappelait l'histoire qu'il avait préférée. Il en avait fallu, des soirées, pour arriver à la fin, mais c'était si palpitant que nul ne s'en était plaint. Bien au contraire, chacun attendait le soir avec impatience pour connaître les récits trépidants de ces soldats d'autrefois, ces hommes fidèles à leur roi et combattant un méchant cardinal corrompu et ambitieux. Furet leur avait dit le titre : *Les Trois Mousquetaires*. Si un jour Réglisse apprenait à lire, il s'était toujours dit que ce serait le premier livre qu'il lirait. Et s'il apprenait à lire, il l'achèterait, ce livre. Il ne le volerait pas. C'était décidé. Furet, d'ailleurs, ne volait pas de livres. Pas comme le libraire de la rue de la Vieille-Lanterne. Les quelques livres qu'avait Furet, c'était sa maman qui les lui avait donnés. C'est qu'il avait aussi toujours sa maman, lui. Les malappris, eux, étaient tous orphelins. Ou presque. Enfants de parents alcooliques, enfants de bagnards. Enfants de guillotinés. C'était ça, être adulte ? Sans façons. Pas besoin de chercher plus loin pour avoir la preuve que devenir grand, c'était devenir bête, comme le clamait Furet.

À neuf ans tout juste, Réglisse ne s'imaginait pas grand. Et il ne voulait certainement pas devenir bête, non merci. Mais dans la situation présente, il aurait souhaité être adulte. Avec un pied et demi de plus en taille, il aurait pu se défendre. Donner un bon coup de poing et lui faire saigner le nez. Mais là, que faire ? C'était lui qui avait été touché. Sa blessure à la cheville le tiraillait de plus en plus. Il se pencha pour l'effleurer du bout de l'index. Cela lui fit mal et il eut les larmes aux yeux. La peau était bizarrement tendue tout autour d'une écorchure rougeâtre, longue d'à peine un centimètre. La plaie ne saignait plus, toutefois. Une chance.

Il revoyait le début de cette chasse. Car c'était bien une chasse. Et lui, Réglisse, l'enfant sans nom surnommé ainsi à cause du teint sombre de sa peau, l'enfant de Paris, le galapiat du caniveau, lieutenant sans peur et sans reproche du Furet qui tournait en dérision la police, lui, jouait le rôle du lapin… L'homme ne payait pourtant pas de mine. On n'eût jamais dit qu'il était un chasseur. Ce bourgeois classique, avec son épaisse redingote, portant un haut chapeau sombre rabaissé sur les yeux, et qui balançait nonchalamment sa canne de bois poli entre ses mains gantées d'agneau, s'était d'abord approché de lui au niveau de la rue du Temple. En lui souriant. Poliment, Réglisse lui avait rendu ce sourire. Il avait des trous à la place des dents de lait qu'il perdait encore, mais cela restait un sourire, n'est-ce pas ? Si l'enfant n'avait reçu que l'éducation de la rue, Furet, une fois encore, avait su utiliser les mots qu'il fallait pour lui inculquer, à lui comme aux autres, les bases de ce qu'il appelait la « poilitesse » :

– Quand on est grand, on ne sourit plus. On pense à trop de choses pour sourire. On a trop de soucis. On se fait des soucis. Mais, parfois, il y a des moments où ça va. Alors le sourire revient. Mais c'est comme un arc-en-ciel, c'est pas souvent qu'on le voit, et c'est court. Alors faut en profiter. Dans la cité, un sourire, c'est rare. C'est si rare que ça vaut plus que de l'or. Et l'or, ça se garde pas pour tout seul, ça se partage.

Se fiant aux conseils de Furet, Réglisse avait donc souri en retour, et l'homme, sans mot dire, lui avait proposé un sou. Sur le visage du gamin, le sourire s'était figé avant de s'effacer net.

Réglisse n'était pas un jésus[1]. Il les connaissait de vue, ces gamins – plus vieux que lui, mais de quatre à cinq ans à peine – qu'on croisait sur les beaux boulevards, avec des tenues propres, parfumés, peignés, pommadés comme s'ils allaient à la messe, et qui minaudaient, la bouche en cœur et l'œillade assassine autour des messieurs bien habillés. La fois où il les avait croisés, il venait avec Furet, son copain, son chef bien-aimé, pour repérer une cave d'immeuble discrète pour y dormir. Resté interdit face à l'allure étrange de ces garçons qui regardaient leurs hardes avec mépris et dégoût, il avait demandé à Furet ce qu'ils tramaient par ici. Il avait d'abord reçu pour toute réponse un ricanement révulsé. Puis Furet lui avait dit qu'il ne fallait pas être méchant avec ces garçons, qu'ils étaient les plus malheureux des malheureux. Même les malappris étaient plus heureux qu'eux. Réglisse avait insisté. Il ne comprenait pas. Alors Furet avait fait un geste obscène et tout était devenu clair.

1. Jésus : enfant prostitué.

Réglisse lança un regard horrifié et peiné au plus proche d'entre eux, qui lui tira la langue avec insolence. Fallait-il tomber bas pour en arriver là…

Réglisse savait ce qu'était le sexe. Furet était discret sur ce point, qu'il disait ne concerner vraiment que les grandes personnes. Mais leurs habitudes de souris furtives et nocturnes les avaient fait croiser cette réalité plusieurs fois. Réglisse avait déjà vu, ou plutôt entraperçu, des jambes nues entremêlées qui appartenaient à des hommes et à des femmes. Il avait entendu des soupirs étouffés, des cris qui, de prime abord, ne semblaient pas avoir grand-chose de douloureux. Il avait distingué le visage d'une dame aux longs cheveux, éclairé par une bougie, se contracter et se rejeter en arrière, les yeux révulsés, comme si elle se mourait, les ongles de cette même femme se planter dans le dos de l'homme qui bougeait un peu au-dessus d'elle et déchirer sa chair sans que cela ne semble les arrêter ni l'un ni l'autre… Il gardait de ces expériences visuelles un souvenir quelque peu mitigé, se demandant pour quelle raison les adultes éprouvaient le besoin de ce qui lui semblait être une douce torture. Douce, mais torture quand même. Il en était certain : il y avait de la souffrance dans ce qu'il avait vu. Mais au fond, depuis son plus jeune âge et la longue suite de malheurs qu'était sa vie, il était conscient que la souffrance était partout, alors…

Et puis il y avait eu Céleste, la maman de Furet.

Réglisse avait beau ne pas être encore tiraillé par les besoins du sexe, il avait déjà ressenti une sensation unique et particulière, la seule fois où, fuyant un déluge digne de Noé, il avait dû se réfugier chez Furet et avait ainsi rencontré sa maman. Elle les avait obligés à se déshabiller et à se réchauffer devant la petite cheminée de son logis. Puis elle les avait enveloppés chacun dans une couverture avant de leur servir un délice à nul autre pareil… du café au lait. Réchauffés comme par un feu intérieur, ils s'étaient régalés, Furet riait comme jamais, tout content, et Céleste les regardait tous deux avec une tendresse émue à laquelle il n'était pas habitué. L'impression étrange de cet instant s'était imprimée à jamais dans sa jeune mémoire… Il en rêvait parfois, même durant la journée, et ces songes le laissaient tout surpris. Curieusement, il s'imaginait en train d'apporter des fleurs, de belles fleurs rouges, rouges comme une tomate ou une belle pomme mûre, à cette dame, si blonde, si jolie, si douce, à la peau si blanche qu'elle semblait faite de lait, ce même lait frais qu'elle avait versé dans le café, qui sentait si bon, et elle le remerciait, et elle le pressait sur son cœur, et elle l'embrassait à l'en étouffer, encore et encore, des milliers de baisers sur le front, les joues, les lèvres, pas comme une mère, et il lui rendait ses baisers, et elle fermait les yeux, et laissait échapper des petits mots tendres d'une voix essoufflée… Car c'était autre chose. Il en était persuadé, ces pensées devaient être un peu celles qu'avaient les adultes en tête, quand ils faisaient leur sexe. Ce n'étaient pas les baisers qu'on échange avec une mère. Ce n'était pas l'image qu'il avait de sa propre mère. Où était-elle, celle-ci, d'ailleurs, qui avait cru bon de le laisser seul au monde quand il n'avait que quatre ans ? Dans quelque taverne ? Dans quelle fosse commune ? Au ciel ou en enfer ? Sur ou sous terre ?

Un bruit de pas l'arracha de sa rêverie. Il se rendit alors compte qu'il avait dû somnoler quelques minutes en se massant la cheville. Il avait soif, mais c'était le cadet de ses soucis. Pas à pas, une silhouette haute et large, une silhouette masculine s'approchait. Elle se dirigeait vers lui… Immobile, le dos collé contre le mur, s'interdisant de respirer trop fort, Réglisse observa l'homme qui s'avançait petit à petit dans sa direction. L'avait-il vu ? Peut-être pas. Par chance, le coin de la rue n'était absolument pas éclairé, et vu qu'il était assis par terre, aussi raide qu'une stèle du Père-Lachaise, il était invisible ou presque. Encore cinq mètres. À coup sûr, il allait le voir, il allait se tourner, l'interpeller… Trois mètres. Deux. Un. La démarche du noctambule était curieuse. Quand il le dépassa sans même tourner la tête vers lui, le soulagement que Réglisse en éprouva fut grand. Rien à craindre de ce côté-là. Un simple ivrogne en train de rentrer vers son lit, assurément perdu dans la ville, au beau milieu d'un rêve. Aucun doute à cela : comme il marchait contre le vent, même à dix mètres, l'homme puait la vinasse à plein nez, et il était visiblement assez plein pour finir par s'effondrer comme une masse en pleine rue, pour y dormir du sommeil du juste, et ce malgré le pavé mouillé par la pluie qui était tombée tout l'après-midi.

Réglisse poussa donc un soupir d'aise et décida de ne pas s'éterniser davantage. Un autre soir, sûr qu'il aurait pris quelques minutes. Sûr qu'il se serait approché en douce pour lui faire les poches. C'était là l'un des travaux des malappris. Oh, le vol au poivrier – c'était comme ça que disaient les sergents de ville, lui avait appris Furet – n'était pas ce qu'il préférait faire, loin de là. Ce dont il raffolait, c'était jouer les monte-en-l'air. C'était presque un vice. Il était aussi doué pour escalader un mur que pour se dissimuler. Une fenêtre restée ouverte l'attirait comme le miel attire les guêpes. Il savait tenir en équilibre sur un fil aussi ténu qu'un crin de cheval… Enfin, c'est ce qu'il prétendait chez les malappris. Mais on n'était pas le lieutenant de Furet sans se vanter un minimum. S'introduire chez autrui par un trou de souris, c'était le plaisir qu'il s'offrait le plus volontiers, que l'issue soit rentable ou pas : si souvent, il empochait quelque objet de valeur, parfois il se contentait de rôder en silence dans les couloirs des maisons pendant quelques minutes, sans rien casser, sans rien dérober. Juste pour se remplir les yeux des splendeurs qui s'y trouvaient.

Il avait encore eu l'occasion, la veille au soir, de rentrer chez un bourgeois de la rue d'Anjou qui avait eu la mauvaise idée de laisser une croisée du premier étage entrebâillée. Un appui sur une fenêtre, puis sur le lampadaire de la façade. Souple comme une araignée, Réglisse avait pris pied à l'étage en moins de temps qu'il n'en faut pour le dire. La fenêtre fautive donnait sur un cabinet de travail, rempli de livres, d'armoires contenant des papiers, et encore des papiers… Le tout sentait bon le parchemin et le bois ciré. Faisant le tour rapidement, il avait fait main basse sur une brillante médaille à armoiries, qui traînait sur le bureau du propriétaire. Il s'intéressa alors à la bibliothèque. Il ne savait pas lire, mais était curieux : le propriétaire des lieux possédait-il *Les Trois Mousquetaires* ? Jamais il n'aurait la réponse à cette question : Furet ne l'accompagnerait jamais dans ce genre d'odyssée, qu'il jugeait intéressante mais trop périlleuse. Si on était vu, on pouvait craindre pour sa vie, rien de moins. Mais Réglisse était dans la place, en paix, dans le silence. Il pouvait se permettre de jeter un œil. Peut-être reconnaîtrait-il les gravures du livre adoré ? Il s'apprêtait à sortir l'un d'eux, au hasard de la bibliothèque qui couvrait tout un mur de la salle, quand il ressentit une belle frayeur en entendant soudain du bruit dans la pièce à côté…

À peine le temps de se dissimuler sous une méridienne que deux messieurs étaient entrés dans le cabinet, discutant assez vivement. Le cœur battant à lui rompre la poitrine, Réglisse n'avait prêté qu'une attention très limitée à leur querelle : une histoire de femme ou de famille… La joute était confuse et trop soutenue pour qu'il l'assimile totalement. Il priait pour qu'elle ne s'éternise point trop, d'autant que le maître de maison – qui ne cessait de se moucher et portait une robe de chambre de soie grise tandis que son compagnon avait gardé son lourd manteau noir et des gants de cuir sombre aux mains – portait un triple chandelier qui éclairait une large partie de la pièce. Alors il avait attendu dans sa cachette, discret comme une souris dans l'antre d'un chat, ratatiné dans l'obscurité, sans faire de bruit… Les hommes avaient fini par trouver un terrain d'entente au bout d'un quart d'heure de conversation irritée, et ils avaient conclu leur affaire autour du bureau en signant quelques papiers.

– Pour ce que cela vous servira, au fond… avait ricané le maître de maison.

Puis il avait alors râlé à nouveau. Il s'était égratigné la main avec la plume. Pareille maladresse avait manqué faire pouffer de rire le petit intrus.

L'incident clos et les documents signés, les deux hommes n'avaient guère tardé à quitter les lieux. Mais ce faisant, Réglisse avait alors éprouvé une sensation pénible. En franchissant le seuil, l'invité au manteau noir avait tourné les yeux dans sa direction, et le gamin avait été persuadé, un bref instant, que l'homme l'avait vu. Mais c'était impossible : la méridienne était dans l'angle le plus sombre de la pièce, et recouverte d'une tapisserie aux motifs maritimes qui tombait presque jusqu'au sol. Aucune lumière, aucun son ne le trahissait. Le malaise de Réglisse n'avait duré qu'une courte seconde. Par précaution, il avait attendu dix minutes de plus avant de sortir de sous le meuble. Pas question d'y demeurer davantage : il était reparti par la même voie qu'il avait prise pour entrer.

Il était 1 heure du matin, désormais. Voilà plus d'une demi-heure qu'il lui avait échappé pour la dernière fois. Il fallait continuer à courir. Il revoyait le visage souriant de l'homme se changer en un rictus de colère quand il avait fait volontairement tomber sa pièce. Pas question qu'on profite de lui. Pas comme *ça*. Nul besoin de parler pour manifester son mépris. Il avait tourné les talons ensuite. Mais quelques minutes plus tard, flânant place de la République, il s'était de nouveau retrouvé en face de l'homme à la canne. Et celui-ci était très mécontent, malgré son sourire. Réglisse avait alors tenté de l'esquiver en piquant une pointe de vitesse... Mais en le dépassant, il avait senti une infime douleur au pied et, d'un coup d'œil, avait compris que le bout aigu de la canne de l'inconnu venait de lui érafler la cheville. Énervé plus qu'autre chose, il avait encore accéléré sa course et, rebroussant chemin *via* la rue Béranger, il s'était dit qu'il avait enfin perdu le satyre. Mais non : tel un diable, il l'avait recroisé à l'angle de la rue Charlot, ainsi qu'à deux autres reprises, rue Amelot et rue du Chemin-Vert. Dans tous les cas, l'homme avait jailli de l'ombre comme un fantôme pour tenter de l'attraper. Réglisse n'osait penser à ce qu'il subirait si ce monstre le capturait.

Il l'avait semé sans doute, mais il restait une chance que ce ne soit pas le cas. L'enfant pressentait, avec une peur de plus en plus violente qui lui crispait les boyaux, que la partie de cache-cache se poursuivrait peut-être jusqu'au matin. L'homme profitait des rues désertes pour son petit jeu mortel. Il ne renoncerait qu'en voyant les ouvriers partir au travail. Quoi qu'il arrive, il fallait tenir encore jusqu'à 4 heures du matin, peut-être 5 au plus tard. Jouable. Long, mais jouable, se dit-il pour se rassurer. Il avait connu l'année précédente, au mois de juillet, une fuite qui avait duré de 5 heures du soir à midi le lendemain. La police, ce jour-là, était sur les dents pour on ne savait trop quelle raison et faisait la chasse à tous les vagabonds de la ville, quel que soit leur âge. La bande s'était éparpillée avec la rapidité de pigeons qu'on pourchasse, et lui qui s'était retrouvé seul dans le quartier de la Sorbonne – qu'il ne connaissait pourtant que peu – était arrivé à échapper aux policiers pendant près de vingt heures ! Il s'était même offert le luxe de dormir dans une cour d'immeuble cette fois-là, et quand, au soir, lui et les malappris s'étaient retrouvés, ils avaient ri comme des fous, sous les étoiles, heureux de la vie et des bons tours qu'ils avaient joués, chacun de leur côté, aux pénibles représentants de l'ordre.

Mais cela, c'était en été, un jour où il faisait beau. En cette nuit de mars, la ville grise et morne semblait aussi accueillante qu'un cimetière. Le printemps se faisait tardif, et la pluie quotidienne, ou presque. Comme pour lui donner raison, et confirmer qu'il devait poursuivre son chemin, une goutte tomba alors du ciel sur le front de Réglisse. Il fallait reprendre la route. D'ailleurs, le voisinage ne lui plaisait pas. Il reconnaissait les lieux, sans que cela lui prête à se réjouir. Il se trouvait rue Servan, à vingt mètres d'un terrain vague qui donnait en plein sur le mur d'enceinte de la

Petite-Roquette. Réglisse n'aimait pas venir par là. Traîner aux abords d'une prison pour enfants, ce n'était pas spécialement la chose qu'il préférait faire de ses nuits. Où aller ? Il opta pour gagner la rue Saint-Maur, la remonter tout au long jusqu'au canal Saint-Martin, et là... il verrait bien. Il était bien plus à son aise là-bas, sur les berges, près des péniches, que dans ce quartier de tristesse. Penser à l'eau lui donna à nouveau soif. Sa langue était pâteuse, sa bouche de coton. Il devrait trouver une fontaine en chemin. Il jeta un œil sévère aux murailles rébarbatives de la prison, pria dans sa tête pour ses camarades anonymes qui s'y trouvaient actuellement enfermés, et se décida à repartir.

C'est en se relevant de sa posture assise que ses jambes se dérobèrent sous lui. S'était-il donc si mal installé que cela pour avoir de telles fourmis dans les membres ? Il s'appuya contre le mur pour reprendre son équilibre. Mais ce n'étaient pas que ses jambes. Ses bras aussi. L'épuisement au terme d'une journée longue pouvait expliquer sa vue trouble, et la faiblesse de ses jambes. Mais ses bras également semblaient peser plusieurs tonnes. C'était à n'y rien comprendre. Avec un grand effort, il parvint à se redresser...

... pour tomber dans les bras de son poursuivant.

La peur eut sur Réglisse l'effet d'une bombe : il sentit une chaleur moite envahir son pantalon. Il n'avait pas mouillé ses culottes depuis bien des années déjà, et il eut honte. Mais la terreur était plus forte que tout. Comment l'homme l'avait-il retrouvé encore une fois ? Depuis combien de temps se tenait-il à ses côtés, plus silencieux et discret que lui ne l'avait jamais été ? Le gamin fit un pas en arrière, lâchant le mur qui le supportait, vacilla sur ses jambes instables et se vautra, cul sur le trottoir. L'homme souriait de nouveau.

– Pas assez rapide... encore que... murmura-t-il.

Tel un bébé, le pantalon souillé et trempé par le sol humide, Réglisse tenta de fuir sur les fesses, s'aidant de ses mains de plus en plus faibles pour se propulser en arrière.

– Attends, mon enfant, je vais t'aider.

D'une main, l'homme souleva le mioche par le col, saisit de l'autre la ceinture et, tel un paquet, le transporta sur quelques mètres. Réglisse, en larmes, avait de plus en plus de mal à respirer. Il allait mourir, il le savait. Quand son ravisseur franchit la palissade de mauvaises planches qui ceinturait le terrain vague, il émit en silence le souhait d'en finir vite, très vite, avec le moins de souffrances possible. Curieusement, c'est avec une certaine douceur que son ravisseur l'étendit sur le sol, entre la palissade et un buisson hirsute, la nuque reposant sur un rocher. Le contact avec les pierres affleurant à la surface lui faisait mal au dos. Les paupières mi-closes, tant par la douleur que par la peur et la fatigue persistante, Réglisse vit l'homme fouiller dans sa poche. Il en ressortit un scalpel, dont la lame brilla à la lueur du réverbère le plus proche…

– La curiosité est un vilain défaut… tout comme la saleté.

Réglisse s'évanouit.

Quand il rouvrit les yeux, ce fut pour voir le ciel de pluie hivernal. Il faisait encore bien nuit. Et l'homme à la canne et au chapeau n'était plus là. Réglisse n'avait pas la force de quitter son sommier de terre boueuse et d'herbe froide, mais, péniblement, il se souleva sur ses coudes et s'adossa au rocher qui lui avait servi de coussin. Ses vêtements étaient en ordre, il était en vie. Ses pieds nus et sales étaient toujours au bout de ses jambes maigres de vagabond. Son ventre était intact. Il n'avait rien. Rien du tout. Ou presque. Une petite entaille sur le majeur droit. Une entaille nette, rouge, saignante, faite par une lame acérée. Il n'avait pas cauchemardé. Mais il ne comprenait pas. Pourquoi le poursuivre ainsi pour juste lui couper… même pas, lui écorcher le doigt de la sorte ? C'était un fou, un fou dangereux, sûrement un assassin. Mais il l'avait laissé en vie. Il en aurait dansé de joie s'il n'avait pas eu les membres aussi las.

Que faire alors ? Retourner au canal ? L'épuisement était trop important pour qu'il ose marcher aussi loin. Il ferait mieux de dormir. Oui, il s'en rendait compte, on était en hiver, il pleuvait mais, sans savoir vraiment pourquoi, l'enfant se disait qu'il ferait mieux de rester là, qu'il n'était pas si mal installé dans ce creux de terre dissimulé. Une fois encore, c'était là une bonne cachette, digne de lui, idéale pour voir sans être vu. Et, par chance, le buisson lui procurait un certain abri par rapport à la pluie. Il ne faisait plus de vent. Il pouvait dormir là. Il attraperait la mort une autre fois. Mais avant de s'endormir, il devait repenser à l'affreuse soirée qu'il venait de vivre. Outre le fait qu'il soit toujours vivant, un autre élément le tracassait, sans qu'il parvienne à mettre le doigt dessus tout de suite. Il passa en revue chaque étape de la nuit, chaque détail...

L'étincelle jaillit, soudaine. Il savait, maintenant. Tout à sa panique, il n'avait pas perçu la chose plus tôt. Et pour cause : l'inconnu ne lui avait pas adressé la parole jusqu'alors. Et à sa grande stupéfaction, l'enfant connaissait la voix de son agresseur ! Une voix calme, mesurée, encore fraîche dans sa mémoire... Et dire qu'il se croyait invisible : sa présence avait quand même été remarquée ! Il songeait à la façon dont une telle chose pouvait se produire, il essayait de rassembler ses idées, de comprendre pourquoi l'homme l'avait ainsi poursuivi et terrifié, quand une douleur vint le frapper en plein dans les poumons. On aurait dit que la force invisible qui lui crispait les membres s'était subitement déplacée pour lui paralyser la poitrine et l'empêcher de respirer. Il suffoqua comme si on l'immergeait dans les eaux de la Seine, essaya de remplir ses poumons d'air, sans y parvenir. Ses pensées volèrent tous azimuts, il songea à Furet, à sa maman Céleste, puis à la sienne depuis longtemps disparue, puis au canal Saint-Martin, de moins en moins clairement... Les yeux grands ouverts, il lui semblait que le ciel nocturne se dédoublait, encore et encore. Le noir se fit ainsi progressivement dans son esprit jusqu'à ce que la dernière parcelle d'oxygène quitte son corps et qu'il perde connaissance, pour la seconde fois de la nuit, et cette fois de façon définitive.

Chapitre premier

De l'arrivée d'un Gersois à Paris

Paris, le dimanche 3 septembre 1848.

En achevant l'examen, le Dr Garet hocha la tête, satisfait.

– Alors ? s'enquit Drouart, inquiet.

– Alors, la plaie est en cours de cicatrisation. Je ne vois rien là qui puisse susciter votre angoisse.

– Serai-je rétabli pour la Saint-Lazare ?

– En février ? Diable ! Vous avez mille fois le temps de souffrir d'autre chose d'ici là ! Mais nous ne parlons là que d'une belle entaille propre ! Certes, je pense qu'avec la raideur qui en découlera vous aurez du mal à danser pour l'année à venir, mais la guérison est en fort bonne voie.

Si rassurantes que soient les paroles du médecin, Fabrice Drouart, notaire de profession et député de son état, fit une grimace de dépit. Pas de bal, donc ? Il enragea intérieurement. La période de tourmente révolutionnaire venait apparemment de prendre fin, et avec le calme l'époque des fêtes ne tarderait guère. Ainsi, on parlait déjà d'un bal exceptionnel à la Saint-Lazare prochaine, une soirée à laquelle il serait de bon ton, et même obligatoire d'apparaître. Ambitieux, Drouart entendait bien faire partie des convives.

Il lui faudrait trouver moyen d'apaiser la souffrance pour un soir, et ce serait tout.

La danse était l'un de ses points forts dans la vie. Il voyait cela comme un sport, mais également une façon de se délasser l'esprit, une gymnastique salutaire qui n'avait rien d'astreignant pour qui savait l'apprécier. Un art noble entre tous. Dans sa jeunesse, il avait appris que Louis XIV en personne ne dédaignait pas le ballet : il y excellait, même. On ne pouvait que prendre un tel personnage pour modèle. Pouvait-on, historiquement, parler d'un roi plus prestigieux ? Et si, politiquement, les chemins de Drouart, député modéré du Var, et du Roi-Soleil étaient aussi éloignés que possible, outre la danse, ils partageaient un second point commun : une passion sans contraintes pour la femme.

Dans le Sud, les hommes s'adonnant aux plaisirs de Terpsichore – hors fêtes de village – avaient toujours une réputation sulfureuse, scabreuse, de paresseux gourmés et précieux dont on se moquait volontiers et qu'on soupçonnait d'amours « contre nature ». Mais ceux qui connaissaient Fabrice Drouart savaient que le suspecter d'être un antiphysique équivalait à proférer la plus grossière des absurdités. Drouart aimait les femmes. Et celles-ci le lui rendaient bien. Il n'y avait guère que son épouse légitime, Cécile, qui ne profitait pas des largesses de son mari. Leur mariage, célébré quinze ans plus tôt, n'avait entraîné la naissance que d'une fille unique, et ce après de nombreux essais qui n'avaient jamais abouti. Depuis, plus rien. Faible et fragile, Cécile Drouart n'était pas de ces femmes faites pour donner la vie à répétition. Elle n'était pas non plus sensuelle, manquait d'audace, elle était trop timide, trop prude. Drouart n'avait fait qu'un simple mariage de raison, car la demoiselle possédait une jolie dot. Mais c'était là son seul réel avantage. L'époux s'était presque immédiatement désintéressé de cette compagne stérile et frigide et depuis, dans leur maison de Brignoles, le lit conjugal restait désespérément vide.

Pour dire l'exacte vérité, au fond, il ne détestait pas sa femme, et même s'il criait à tout bout de champ sa frustration de ne pas avoir de fils, il adorait sa fillette, âgée désormais de huit ans, et qu'il gâtait beaucoup trop pour en faire une enfant docile et obéissante. Mais lui-même n'avait-il pas été, dans le passé, un impitoyable garnement qui ruinait les nerfs et la santé des bonnes à qui on le confiait ? Sans parler de leur vertu : n'était-ce pas également dans les bras de la dernière d'entre elles, une gracieuse Angevine d'une petite vingtaine d'années, qu'à quatorze ans il avait franchi le cap le séparant de l'âge d'homme ?

Pendant que le patient ruminait en silence, le Dr Garet continua de lui ausculter le mollet. Ses yeux s'attardèrent sur la cicatrice fraîche. Oui, il n'y avait rien à dire de plus. C'était de la belle ouvrage.

Le jeudi précédent, le docteur s'était présenté au domicile parisien de Drouart, prié de venir inspecter les séquelles d'un duel consommé à l'aube dans une clairière du bois de Vincennes. Garet connaissait Drouart depuis quatre ans. Il le connaissait fort bien, même : sans être hypocondriaque, la fréquence de ses visites au cabinet dépassait de loin la moyenne. Un patient fidèle, en tout cas, qui se gardait bien – du moins quand il était à Paris – d'aller consulter le moindre autre praticien, ce qui expliquait cette visite à domicile un dimanche. Outre ses malades, le Dr Garet savait soigner son image de marque.

Une importante partie des visites de Drouart concernait, bien entendu, sa vie intime et la surveillance régulière de tout symptôme qui eût fait penser à quelque infection vénérienne. Ce duel était également lié à cette partie de son existence, et Drouart n'en avait pas fait mystère. Surpris dans le lit d'une Autrichienne de haute bourgeoisie – « mais de petite vertu », avait ajouté le député – par le mari trompé, le député cocufiant n'avait pu éviter la réparation requise. Par chance, l'Autrichien s'était contenté de réclamer une revanche relativement mièvre, un duel au premier sang, exécuté à l'épée. L'affaire avait été expédiée en deux minutes à peine, quand le bafoué avait transpercé le mollet gauche de son rival sur toute sa largeur. Douloureux, certes, mais sans réel danger. Drouart avait, cependant, riposté au même instant, entamant le dos de la main droite de son rival d'un rapide coup de taille. Satisfait et peu concerné par sa propre et bénigne estafilade, le vainqueur avait poussé le fair-play jusqu'à offrir au vaincu une rasade de liqueur d'abricot de son Tyrol natal, histoire de lui donner du cœur au ventre. La « chance » de Drouart ne s'était pas arrêtée là ; l'un de ses témoins avait prévu la défaite et apporté de quoi soigner la plaie : bandages, aiguille, fil, alcool. Ne voulant pas avoir un trop mauvais rôle dans l'affaire, Drouart avait chaudement insisté pour que la blessure de l'Autrichien soit elle aussi pansée sur-le-champ. Une compresse désinfectante avait suffi pour la main du cornard. Quant à la suture du jarret, le résultat laissait admiratif le Dr Garet, qui n'appréciait rien tant que le travail bien fait. Sans doute l'œuvre d'un confrère.

– J'ai la jambe un peu raide, se plaignit alors le député.

– Ce n'est sans doute qu'un effet de votre blessure.

– Non, pas celle-là. L'autre.

Le médecin fut surpris. Il se pencha, retira la pantoufle droite, inspectant le pied nu. Il ne vit rien qui puisse l'inquiéter.

– Est-ce récent ?

– Depuis cette nuit.

– Je ne vois rien d'alarmant à cela, dit-il sur le ton qu'il prenait pour apaiser ses patients les plus épuisants.

– J'ai également les bras un peu lourds.

– Monsieur Drouart, cela n'est sans doute qu'un peu de fatigue. Quel âge avez-vous ? Une quarantaine d'années ? Vous n'ignorez pas que vous n'êtes plus un jouvenceau, sans être un vieillard ! Votre vie de député, de notaire, vos passades sentimentales, tout cela fatigue l'honnête homme que vous êtes. Non, non, je ne vois rien d'alarmant à cela.

– Dois-je me sentir rassuré ?

– De toute évidence ! Je ne vous prescrirai qu'un peu de repos, c'est tout. Vous verrez que ces lourdeurs disparaîtront vite ! Comme la plus simple des courbatures. Nulle médecine n'est nécessaire, en ce cas.

– Même pas un cataplasme ?

– Mais non ! La fatigue du corps vient souvent de celle de la tête. Apaisez-vous l'esprit en premier, et votre corps suivra la même voie.

– Docteur, puis-je vous demander un service ?

– Je vous suis tout dévoué.

– Pourriez-vous aller en cuisine me chercher un broc d'eau fraîche ? J'ai très soif.

– Bien sûr. Ne vous impatientez pas, je reviens aussitôt.

Le docteur sortit du salon, se dirigea vers la cuisine, d'où provenaient d'alléchantes odeurs d'herbes et de poisson frais. Il était presque midi, et il avait faim. La vieille Annette, la logeuse et cuisinière, l'accueillit aimablement – « Un médecin, c'est un monsieur, tout de même » – et, arguant que le repas était prêt, mais que M. Drouart ne venait à table jamais avant 12 h 20, elle lui proposa directement un petit morceau de merlan cuit à l'eau rehaussé d'une sauce provençale aux œufs et à l'ail, un plat particulièrement apprécié par le député. L'apéritive proposition fut agréée et, tout à son régal, le docteur oublia pendant cinq minutes la demande de son patient.

« Bah, se dit-il en s'en rappelant, on ne meurt pas de soif en cinq minutes. »

Après s'être essuyé les lèvres et avoir remercié la cuisinière pour cet en-cas, Garet retourna au salon, un cruchon rempli d'eau claire à la main.

– Pardonnez mon retard, monsieur, dit-il en matière d'excuse, mais j'ai dû faire une petite halte… Les caprices de la nature, vous savez…

Il s'arrêta net. Drouart, toujours assis sur son fauteuil favori, avait rejeté la tête en arrière et râlait. Cédant à la panique, face à ce qui ne pouvait être qu'une attaque foudroyante, Garet posa le broc sur une tablette, mais si précipitamment que, déséquilibré, celui-ci manqua se renverser. Il parvint, d'une main, à éviter la chute *in extremis*. Saisissant le poignet de son patient, il prit le pouls. Le cœur battait, mais si faiblement qu'on ne le percevait presque plus. La poitrine, d'ailleurs, ne se soulevait qu'avec difficulté au rythme décroissant de sa respiration. Saisissant alors Drouart aux épaules pour lui soulever la tête, le docteur regarda le visage. La bave mousseuse aux commissures des lèvres, l'expression de douleur infinie qu'il put lire dans les yeux révulsés du moribond lui indiquèrent que l'agonie touchait à son terme. Bientôt le râle se transforma en silence.

C'était inimaginable, même pour un docteur ayant de longues années de pratique. Jamais il n'avait vu un homme en si bonne santé apparente trépasser si rapidement. L'exaltation des ultimes instants lui provoqua un très inhabituel haut-le-cœur. Il détourna la tête et parvint à éviter de rendre. Il lut alors l'heure sur une petite horloge. 12 h 05. Le déjeuner commencerait dans un quart d'heure. Il lui fallait désormais jouer de ruse et improviser une sortie.

– Eh bien, mon cher monsieur, dit-il tout haut et aussi naturellement que possible, je ne vois vraiment rien d'alarmant ici. Allons, je repasserai vous voir dans trois jours, mais je crains que mes services ne vous soient alors plus d'aucune utilité.

Scandalisé par sa propre audace, le docteur rangea rapidement son matériel dans sa mallette et s'en fut, en prenant bien soin de fermer la porte derrière lui avec un petit claquement pour indiquer à la cuisinière qu'il était bel et bien parti. Arrivé dans l'escalier, il le dévala plus qu'il ne le descendit. Il n'aurait sans doute pas fini d'entendre parler de cette histoire, mais quelque chose lui assurait qu'il était plus sage de laisser croire que le patient était mort subitement et peu après son départ, plutôt qu'en sa présence…

Cependant, tout en regagnant son cabinet et en imaginant les moyens les plus subtils pour se soustraire aux reproches des Drouart, le praticien ne put s'empêcher de regretter de ne pas avoir eu davantage de temps pour examiner son patient. Car, en tâtant le pouls, il avait eu l'impression bizarre de saisir non pas un bras, mais une branche de hêtre. L'image d'un homme métamorphosé en tronc d'arbre lui envahit l'esprit et lui retourna l'estomac une nouvelle fois. Il n'eut que le temps de prendre appui des mains contre un mur pour vomir le poisson à l'ail et les restes de son déjeuner.

Le jeudi 7 septembre, entrée par la porte d'Orléans, la malle-poste se faufila, véloce et souple malgré sa taille volumineuse, dans les rues encombrées et peuplées de la capitale. Germain, le postillon, aimait l'ambiance de la ville. Natif de Bourges, ancien cocher chez un petit nobliau de province qui appréciait la vitesse, il était devenu à la mort de ce dernier deux ans plus tôt conducteur sur le trajet Paris-Toulouse. Il en appréciait autant le voyage que l'arrivée. Bientôt, il reconnut les arbres de la place Maubert et commença à ralentir pour se ranger au pied des immeubles. Puis il tira les rênes du timonier et la diligence s'arrêta tout à fait, non sans quelques soubresauts. Il était 4 h 30 de relevée : à peine deux heures de retard. C'était bien excusable. Germain grimaça en entendant la voix de M. Estingoy, le plus désagréable des huit passagers qu'il avait eu l'occasion de transporter sur Paris cette fois-là.

– Pute borgne, en voilà des manières de conduire ! On devrait interdire à de tels foutriquets de mener la moindre charrette à purin !

Se composant un sourire de circonstance, Germain se racla la gorge et clama, à son habitude :

– Paris, mesdames et messieurs, Paris ! Terminus ! Tous les passagers sont priés de descendre du fiacre !

Puis, d'un saut leste, il gagna le sol tapissé de boue, de paille et de crottin – une infection qu'il n'avait jamais rencontrée dans la moindre autre grande ville – et ouvrit la porte pour laisser les voyageurs prendre pied à leur tour sur le sol de la capitale.

L'aigre Estingoy, directeur d'une laiterie industrielle de Lectoure – il n'avait pas cessé de le mentionner quatre jours durant – s'octroya bien entendu le privilège de descendre en premier, non sans bousculer au passage une mère et sa fille adolescente qui auraient dû, beau sexe oblige, quitter l'étroit véhicule avant lui... Petit homme brun, trapu, au crâne dégarni et aux sourcils froncés, il respirait la bêtise à dix lieues, et, comme il se dressait sur la pointe des pieds pour invectiver Germain, il ressemblait à s'y méprendre à un méchant petit coq.

– Sachez, jeune homme, siffla-t-il à l'adresse du postillon qui, grimpé sur le toit de la diligence, défaisait les lanières de cuir maintenant les bagages en place, que si ma malle porte la moindre trace de saleté, la moindre écorchure, je vous ferai casser et expulser ! Par votre faute, je suis en retard ! Au prix que l'on me fait payer, j'ai des droits, m'entendez-vous ? C'est que j'ai le bras long, moi !

– Et la gueule bien grande également ! éclata soudain une jeune voix venue du fond du fiacre.

Estingoy se retourna, au bord de l'apoplexie. Qui avait dit cela ?

– Aussi, monsieur, je ne saurais trop vous conseiller d'emporter votre bras long et votre langue bien mal pendue ailleurs. Vous m'importunez des plus vivement.

La voix venait du fond de la cabine, de la place située à l'opposé de l'issue, contre la fenêtre. Ah ça ! C'était ce taciturne jeune homme qui venait de lui répondre aussi effrontément ?

Lui qui avait passé tant de temps à lire durant le voyage, sans prêter la moindre attention aux conversations, qu'on avait fini par le croire sourd ou idiot, ce qui était sensiblement la même chose ?

– Plaît-il ?

– Monsieur, vous m'avez fort bien entendu, répliqua le garçon, toujours paisiblement assis sur son siège, sans daigner le regarder. Ne me faites point répéter, j'ai la plus vive horreur de la redondance. Vous avez été parfaitement infect tout au long du trajet avec l'ensemble des autres voyageurs. Pendant quatre jours, nous avons dû souffrir vos plaintes, vos vantardises et vos remarques désobligeantes. Mlle Beaujeu a été la cible de vos allusions grossières sur sa vertu, et la parfaite éducation de Mme sa mère lui a défendu de vous répondre comme il se devait. Avec M. l'officier Kwiatkowski, ancien grognard et héros de guerre, vous avez été d'une incorrection totale envers l'armée. Vous n'avez eu que paroles de mépris pour Eusèbe, qui vient tenter de changer de vie sur Paris pour y gagner son pain de façon honorable. Le père Calame, par son âge avancé et la situation pénible de sa fille qu'il vient visiter ici, mérite égards et encouragements, or, prétextant l'odeur prétendument fétide des personnes d'âge mûr, vous l'avez traité de vieux bouc à plusieurs reprises. Enfin avec votre voisine, Mme veuve Jérôme, je vous ai surpris plus d'une fois en train de vous adonner à des gestes d'une parfaite indécence qui lui ont mis les larmes aux yeux tant vous étiez insistant, mais elle n'a pas osé se plaindre une seule fois, tant elle était sûre que vous auriez prétexté une coupable indulgence, voire des encouragements de sa part.

Tous en restèrent cois, et M. Estingoy, lui, au bord de la suffocation. À part Germain, qui observait la scène ravi, pas un seul n'avait imaginé que ce garçon discret était si attentif à ceux qui l'entouraient. Aux salutations des nouveaux passagers, il avait répondu d'un mouvement de tête et d'un sourire aimable, mais il replongeait le nez si rapidement dans son livre que nul n'osait le questionner sur les raisons qui le poussaient à prendre la malle-poste en ce jour de septembre. Aux haltes dans les auberges, il avait tenu, très singulièrement, à souper aux cuisines, jouant les commensaux du postillon et des clients les moins fortunés. Les autres passagers, aux revenus confortables, n'entendaient pas ce qu'il racontait, mais de sa table provenaient toujours de francs éclats de rire qui leur faisaient regretter sa compagnie.

– Canaille ! À votre âge, à mon époque, on manifestait du respect envers ses aînés !

– Je vous approuve, mais partant du principe qu'il n'est sage de respecter que ce qui est respectable…

– Écoute-moi bien, petit merdaillon, vermine ! explosa Estingoy, hors de lui. Ose descendre de là, ou bien…

Il se tut net. D'un bond de chat, sans le moindre bruit, le damoiseau s'était projeté hors de son siège et il avait atterri face au fâcheux, la pointe du nez presque collée à la sienne, les mains sur les hanches, comme un matamore, ce qui avait comme effet de gonfler les muscles de ses bras…

– Ou bien ? Poursuivez.

Le regard braqué sur le visage de ce garçon qui le dominait de deux bons pouces et d'une trentaine de livres, Estingoy était maintenant blanc de peur. Jamais il n'avait vu d'yeux aussi glaçants. Et cette couleur… Jaunes, comme ceux d'un fauve ! Un dément, à n'en pas douter ! Il avisa la large poitrine musclée, les bras développés, comprit que la moindre phrase désagréable lui vaudrait un ramponneau de tout premier ordre, et balbutia :

– Je… je…

– Oui… vous… Savez-*vous* ce que *vous* allez faire désormais ? *Vous* allez prendre vos bagages, mon bon monsieur, et *vous* allez rejoindre votre destination finale sans plus faire d'esclandre, sans cela je *vous* promets de *vous* faire regretter les joies de la Lomagne tout au long de *mon* séjour ici. Me suis-je bien fait comprendre ?

Il ne fallut guère plus d'une minute à Estingoy pour récupérer sa malle et se précipiter, sans même prêter attention aux porteurs qui venaient lui proposer leurs services, loin de la place Maubert et de cet inquiétant *pays* aux yeux jaunes. Son départ rapide provoqua la réjouissance des autres passagers. Et Léandre Philippe Lafforgue se contenta de sourire poliment à tous, non sans noter le petit éclat dans le regard de la veuve Jérôme. Il était évident que la jeune femme – elle avait au mieux une dizaine d'années de plus que lui – n'aurait certainement pas pleuré de honte s'il avait eu envers elle les mêmes gestes indécents que l'affreux laitier. Puis il grimpa à son tour sur la diligence et aida Germain à descendre les bagages sur le sol, en saluant à chaque fois le départ progressif de ses compagnons de voyage.

– M'sieur Lafforgue, bien le merci. Franchement, des passagers comme vous, ça vaut la peine !

– Ne me remerciez pas, c'est quand même normal ! Nous sommes des hommes, pas des porcs ! Pourquoi n'être civil qu'avec certaines personnes ?

– Tous ne pensent pas comme vous, et je doute que cela change un jour, fit Germain avec philosophie.

– Bah ! Un jour, on prendra enfin en compte le principe d'égalité en France, et tout changera.

– Le Ciel vous entende ! Au fait, où devez-vous aller ?

– Je dois me rendre à l'*Auberge du Vieil Armagnac*.

– Chez saint Georges et le Dragon ? Alors ne bougez pas.

Germain posa la malle du père Calame par terre, tendit la main pour y recevoir une petite obole – « Béni soyez-vous, m'sieur » –, puis retourna vers Léandre qui l'attendait, docile, près de son propre bagage, en se demandant pourquoi le cocher venait d'évoquer le saint pourfendeur de chimères.

– Écoutez voir : moi, je dois ramener le fiacre chez mon maître. Il n'habite pas loin de la place du Château-d'Eau. Normalement, je ne suis pas tenu de faire le chemin, mais je puis vous rapprocher un peu, et vous indiquer par où passer. Y a rien de gratuit ici, et le moindre renseignement, ça vaut son sou... Alors, vu que vous avez été bon, autant que vous ne perdiez pas votre temps et votre argent pour rien !

– Je vous remercie, Germain, mais je préfère marcher un peu et découvrir ma nouvelle ville.

– Avec c'te malle ? Mais vous allez vous tuer !

– Allons bon ! C'est une plume ! répondit Léandre en joignant le geste à la parole et en hissant la malle sur son dos presque aussi facilement qu'un sac de jute vide.

Germain, qui avait pu soupeser l'énorme coffre, en se demandant si le garçon n'y transportait pas un bœuf entier, manqua tomber à la renverse, puis rit aux éclats. Quel personnage que ce Gascon !

– Bon, puisque vous y tenez... Vous prenez la direction de Notre-Dame, vous passez devant les portails et poursuivez tout droit jusqu'à ce que vous ayez franchi la Seine. Là, vous serez sur la Grève. À l'angle nord de l'Hôtel de Ville, vous tournez sur votre dextre et vous prenez la première rue sur votre sénestre, qui s'appelle la rue des Deux-Portes. Vous continuez encore et encore tout droit, vers le nord, même si le nom des rues change, ça reste la même : Billettes, Homme-Armé, Chaume, même combat. Au carrefour du Chaume, c'est quand vous trouverez sur votre dextre les Archives qu'il vous faudra tourner, encore à dextre, dans la rue Paradis. Vous continuez, encore tout droit, et vous serez aux Francs-Bourgeois. Là, vous aurez peu à chercher. Une façade donnant sur le nord, avec un heurtoir pas banal...

Léandre tendit alors la main à Germain et la serra avec vigueur, puis il s'éloigna sans rien dire tandis que le cocher comptait, ma foi, un fort joli pourboire qu'il venait de lui laisser dans la paume.

Tout en réfléchissant, le jeune homme marchait, silhouette singulière, haute et massive au milieu de la foule citadine. Léandre était un jeune homme d'assez haute taille – cent soixante-treize centimètres, soit cinq pieds quatre pouces, selon les valeurs de l'Ancien Régime – et au gabarit solide. Outre le fait qu'il faisait honneur à la table à toutes les heures de repas, ce qui lui avait donné un ventre légèrement proéminent qu'il s'efforçait toujours de contenir aux limites de la décence, son ossature était d'une dureté de diamant. Dans son enfance de casse-cou, au cours de multiples cavalcades dans les *pousterles*[1], d'escalades d'arbres et autres odyssées d'un après-midi, il ne s'était fracturé qu'une seule fois l'auriculaire, et il se complaisait avec malice à rappeler qu'il parvenait alors à le plier à angle droit dans la paume de sa main, ce qui dégoûtait les personnes qui l'entendaient évoquer cette blessure de guerre.

Son corps trapu, affermi par la pratique régulière de la marche et des jeux de balle avec ses amis, n'eût pas causé de raillerie s'il avait choisi la profession de lutteur et, malgré son poids, il courait avec une grande célérité. Jambes robustes, épaules larges, il avait cependant des petits pieds ainsi que des mains courtes et velues dont il ne savait pas quoi faire en société. Sa nervosité naturelle le poussait à se ronger les ongles bien souvent – un des rares sujets de dispute entre lui et René, son grand-père.

Il avait un visage au menton carré, volontaire, adouci par des joues poupines qui le rajeunissaient un peu trop à son goût, qu'il cachait de temps en temps sous une légère barbe qu'en pleine lumière on eût dit faite de soie blonde. Son nez était droit. Son front haut et large, barré sur le côté droit d'une courte cicatrice horizontale causée par un coup de bâton reçu lors d'un jeu dans son enfance, était couronné d'une belle masse de cheveux châtain clair qu'il portait tantôt coupés assez court tel un soldat, tantôt mi-longs, comme un bohème – c'était alors son cas.

Mais le plus remarquable, c'était sa paire de grands yeux vert jade piqués de points noisette, couronnés de longs cils presque féminins et très expressifs. Il connaissait leur valeur et savait d'ailleurs fort bien en jouer... son regard plissé, avec une attendrissante moue d'enfant, pouvait séduire n'importe quelle femme qui y était confrontée.

1. Pousterles : ruelles anciennes, toujours fort pentues et souvent étroites, reliant la haute ville d'Auch aux berges gauches du Gers.

Mais, suivant la tradition propre aux natifs du signe de la Balance qui alternent entre équilibre parfait et déséquilibre total, Léandre pouvait être tout et son contraire. Ainsi, s'il était en colère – ce qui arrivait somme toute assez souvent, le jeune homme ayant un caractère assez vif – ses yeux changeaient du tout au tout. Les rares personnes qui avaient assisté à ses rages – sans en être forcément la cause – affirmaient que la transformation était proprement terrifiante : de vert tendre, ses yeux devenaient jaune éclatant, aussi insoutenables à mirer que la lueur solaire, ses pupilles rétrécissant au point de ne plus être qu'un point d'épingle noir sur la flamme jaune de l'iris.

Malgré sa forme physique, Léandre Lafforgue se sentait assez fatigué et courbaturé. La maxime de Bacon : « Les voyages sont l'éducation de la jeunesse et l'expérience de la vieillesse », lui revint à l'esprit, mais il se dit que cette éducation-là était éreintante, en particulier le périple qu'il avait vécu depuis quatre jours, concluant quatre mois de préparation au départ, odyssée qui avait pris naissance d'abrupte façon au cours d'un souper.

Ce soir-là, le huitième et dernier coup n'avait pas retenti à l'horloge que Léandre poussait le double battant de la porte de la salle à manger. C'était là l'un des rares points sur lesquels son grand-père était inflexible. Non pas sur la ponctualité de manière générale. René Lafforgue avait ainsi pour habitude de répéter :

– L'exactitude est la politesse des rois. Je ne suis pas roi. Pourquoi devrais-je être à l'heure ?

Mais l'heure des repas était une chose sacrée. Léandre l'avait appris dès son plus jeune âge. Sauf dans le triste cas où l'on doit dîner ou souper seul, manger est un acte convivial qui requiert un minimum de règles pour honorer son ou ses compagnons de table. Ainsi, la chose était dite. Dans la maison Lafforgue, le dîner était servi à 12 h 30, le souper à 20 heures précises. Le déjeuner n'était plus envisageable passé 9 h 30 du matin, quant au médianoche, sa rareté le dispensait de tout horaire fixe[1].

Léandre se rendit vite compte que quelque chose n'allait pas. La table avait été dressée par Anna, la domestique, comme pour une fête. Les assiettes étaient de la porcelaine la plus fine, les verres étincelaient de propreté, un bouquet d'iris décorant le tout. Outre une carafe de cristal où décantait un excellent médoc – réservé à René, Léandre étant un parfait abstème[2] –, un ravier de salade verte croquante et un second rempli à en déborder de pommes de terre sautées à l'ail, d'une vieille terrine brunie par le temps s'exhalait la senteur agréable du confit de canard. Un afflux de salive envahit la bouche de Léandre. Le garçon raffolait du confit. René, pourtant, l'en régalait avec parcimonie, arguant que le plat préféré devait demeurer une chose assez exceptionnelle pour être savourée comme elle le méritait. Ainsi, Léandre ne pouvait se gaver de confit tendre et fondant qu'en de grandes occasions... ou bien pour apprendre une désagréable nouvelle. C'était là une façon d'atténuer le chagrin qui ne manquait pas d'en découler. Or le 4 mai n'était, à ce qu'il sache, ni un anniversaire ni une réjouissance familiale.

Aux côtés de l'assiette encore vide de son grand-père traînait un livre qui intrigua le jeune homme. Jamais encore

1. Les repas sont nommés par leurs anciens noms. Au réveil, on déjeune. On dîne à midi, on soupe le soir, et en cas de faim nocturne on savoure un médianoche.

2. Personne qui ne consomme jamais d'alcool.

il ne l'avait vu. Il ignorait même qu'il pût exister des livres dans cette maison dont il n'ait pas pris connaissance. Ce qui était plus troublant encore, c'était la présence même de cet ouvrage de cuir incarnat sur la table à manger. Autre règle sur laquelle René, bibliophile averti, se montrait intraitable : jamais de livre à table, pour deux raisons aussi évidentes l'une que l'autre.

– Porter un livre sur la table où l'on se restaure, c'est à la fois risquer de salir les pages d'une goutte de sauce ou d'une tache de beurre, ce qui endommage gravement son contenu et réduit sa valeur. Se restaurer en ayant un livre à portée de main, c'est ne parvenir à se concentrer ni sur son contenu ni sur le goût des aliments, qu'on avale sans y penser.

René, pour sa part, se trouvait debout, le dos tourné à la porte, contemplant par la fenêtre le lit du Gers qui coulait une trentaine de mètres plus bas. Il n'eut pas un mouvement de tête pour signifier qu'il avait entendu l'arrivée de son petit-fils. Il demeurait immobile, dans son épaisse robe de chambre grise, forme sombre dans la lumière moribonde du crépuscule naissant qui produisait sur son crâne dégarni des reflets rouges… Comme au temps de sa jeunesse, où cette même tête était couverte d'une crinière d'épais cheveux roux, désormais épars et victimes de la canitie[1].

René Lafforgue avait vécu au moins trois vies distinctes. Né quatre-vingt-deux ans plus tôt dans une famille bourgeoise aux idées pourtant assez peu progressistes, il avait par chance eu un père à l'esprit plus ouvert que ses ancêtres, et qui conservait précieusement dans une armoire fermée à clé la première édition intégrale et non censurée de l'*Encyclopédie*… En grandissant, abreuvé par les philosophes des Lumières, il avait cultivé plus ou moins ouvertement des vues audacieuses en matière de justice. Il était ainsi convaincu qu'une accusation proférée par un témoin n'avait aucune valeur si elle

1. Canitie : blanchissement progressif des cheveux et des poils.

n'était accompagnée de preuves irréfutables. Il considérait qu'un crime pouvait non pas s'excuser, mais tout du moins s'atténuer par l'existence de hasards expliquant le pourquoi du comment. De plus, il prônait la fin immédiate de ce qu'il qualifiait d'« abominations » : le servage et l'esclavage des peuples africains, l'usage de la question, ordinaire et extraordinaire, mais également la peine capitale et ses nombreuses applications.

Après avoir, sans la moindre difficulté, réussi ses études de droit, cet orateur de talent, républicain convaincu, avait été élu député du Gers à vingt-cinq ans. À Paris, suivant ses convictions pacifistes et n'ayant jamais été atteint par une soif démesurée d'ambition, il avait échappé de justesse aux folies de la Grande Terreur grâce à sa modération et son absence de ralliement aux idéologies dantonistes, hébertistes ou robespierristes. Revenu dans le département, il y avait épousé, au risque de faire jaser, une demoiselle venue d'Italie. Cependant, ces critiques n'avaient que peu duré, car René avait de nouveau embrassé la carrière judiciaire en devenant juge. L'avis populaire, volatil comme peu d'autres choses en ce monde, avait rapidement conduit les Auscitains à revoir René tel qu'il était : comme un homme de bien et un politicien intègre. Il était resté magistrat plus de vingt ans avant de quitter la profession. Il n'avait jamais donné le vrai motif de cette démission à Léandre mais avait laissé entendre que c'était au lendemain d'un procès à l'issue déplorable et inique. Détestant l'oisiveté, amoureux des livres depuis toujours, poète à ses heures, il avait mis une partie de ses richesses dans l'achat d'une librairie située à deux pas de la cathédrale, qui proposait un choix de titres divers, les anciens comme les récents, digne des meilleurs commerces de Toulouse ou de Bordeaux, et il lui arrivait d'offrir, à qui en émettait le désir, des cours de lecture. C'est dans cette atmosphère d'érudition et de valeurs républicaines que Léandre avait vu le jour à l'automne 1826. Et en vingt et une années, jamais il n'avait ressenti pareil malaise en présence de son aïeul.

– Grand-père ? s'inquiéta-t-il.

René prit une longue et profonde inspiration, puis il se retourna. Son petit-fils en frissonna, involontairement, et son sentiment d'alarme se renforça. Pourquoi ces yeux si humides, pourquoi ce sourire crispé et plus empreint de chagrin que les larmes elles-mêmes ? Pourquoi ce repas ? Pourquoi la présence de ce livre ?

Comme s'il entendait les pensées de son garçon, le vieux magistrat, se dirigeant vers son fauteuil de maître de maison, rompit le silence :

– Toutes les questions que tu te poses, mon cher petit, trouveront leurs réponses durant notre repas. Prends place, je t'en prie.

Léandre n'acquiesça pas mais s'installa en moins de temps qu'il ne faut pour l'écrire, à la droite de son aïeul. Ce dernier souleva le couvercle de terre cuite, et les vapeurs savoureuses du canard s'élevèrent en délicieuses volutes vers les narines des deux convives. D'autorité, s'aidant d'une cuillère et d'une fourchette d'argent, René servit trois cuisses dorées au jeune garçon et s'en octroya lui-même deux autres. Puis il fit pareil avec la laitue fraîche et les pommes de terre croustillantes.

– Commence à manger. Nous parlerons tantôt.

Pendant un quart d'heure, les deux hommes mangèrent sans discuter, dégustant viande et légumes avec un plaisir évident. Quand ne restèrent dans leurs assiettes respectives que les os du canard, René s'essuya la bouche de sa grande serviette blanche, se versa un verre de vin, en but une gorgée et parla :

– Léandre, ce jour est important. Le 4 mai n'est pas synonyme de deuil ou de fête pour toi. Mais en ce qui me concerne, il n'a pas un caractère anodin pour autant.

– Grand-père, que se passe-t-il donc ?

– Je suppose – et je ne pense pas me tromper – que tu n'ignores pas la situation que vit notre pays depuis le début de l'année ?

– Les révoltes et la fuite de Louis-Philippe ?

– Les révoltes ! Tsss ! Bien piètre mot ! Il s'agit d'une véritable révolution ! Oh, elle n'a pas l'importance, à mes yeux du moins, de la grande année 1789, mais il n'en demeure pas moins que la monarchie est une chose définitivement terminée en France, ce qui mérite célébration !

Et pour ce faire, il avala une goulée de vin.

– Mon enfant, tu as maintenant vingt et un ans. À ton âge, beaucoup de jeunes gens sont déjà mariés, parents. Je n'aurai pas la bêtise de te comparer à eux. D'autant que je sais qu'en matière de cœur tu ne donnes pas ta part aux lions... ou plutôt si.

Léandre rougit imperceptiblement devant le calembour. Sans être un véritable don Giovanni, il n'avait, depuis l'âge de la puberté, six automnes plus tôt, jamais manqué de soupirantes de tous âges et de toutes conditions, séduites entre autres par son regard doux, son attitude sage et son rire joyeux. Sa dernière conquête en date était Amélie Lion, la fille d'un avocat ami de René. Une demoiselle blonde comme les blés, l'air particulièrement discret en société... En société seulement. La coquine cachait sous des robes à la coupe austère des attributs de nymphe dont elle savait fort bien user... Voilà trois mois qu'ils se retrouvaient aussi secrètement que possible ; la nuit dans la chambre du garçon, le jour était réservé à des promenades dans la campagne, laquelle offrait bien des cachettes pour de doux moments à deux.

Avant elle, une bonne quinzaine de maîtresses avaient achevé au fil des ans d'en faire un homme au fait des choses de l'amour. La première d'entre elles avait été une veuve, Virginie Fourcade. Elle avait mentionné à plusieurs reprises qu'elle était deux fois plus âgée que lui. Cela ne faisait pas d'elle une femme décatie, bien au contraire, puisqu'elle venait tout juste de fêter son trente et unième anniversaire.

Quatre hivers plus tôt, son époux, un brave notaire de quinze ans son aîné, avait péri, victime d'un coup de fusil malheureux lors d'une partie de chasse près de Pavie. Mère de trois enfants, ses grossesses n'avaient pas atténué ses charmes. Au contraire, elle avait su rester belle à se damner, et plus d'un courtisan de la région, désireux de la découvrir dans tous les sens du terme, avait été par elle évincé. Lectrice passionnée, elle avait su attirer l'attention de René, chez qui elle venait souvent agrémenter l'étendue de sa bibliothèque, et le libraire, charmé par sa personnalité – et par le reste – l'avait un soir de novembre conviée à souper. Le vieil homme avait eu bien du mal à cacher un sourire moqueur en contemplant l'aimable tableau de ce repas. Léandre, encore tout neuf mais déjà bâti en homme, le duvet naissant au-dessus de la lèvre supérieure, chipotait sa viande sans trop oser regarder, en face de lui, la jeune et charmante veuve qui, au détour d'une conversation, le dévorait des yeux… Deux jours plus tard, René avait confié à son petit-fils le soin d'aller livrer à Virginie un cadeau récent, un recueil d'Honoré de Balzac. Il riait sous cape, car le subterfuge était pourtant grossier : le livre n'était autre que *La Femme de trente ans*, dans son édition intégrale. Parti vers les 2 heures de l'après-midi, Léandre avait fait son retour à la tombée de la nuit, les yeux hagards, muet de stupeur, mais le visage rayonnant de satisfaction. Son grand-père avait promptement éclaté de rire devant sa face de lune réjouie. Leur relation avait duré cinq mois, quand elle avait fini par accepter les avances d'un homme de son âge, un bon parti qui ferait un père des plus convenables pour ses enfants, et ils s'étaient séparés en excellents termes, ne gardant de l'autre que délicieux et vivaces souvenirs.

Par la suite, le garçon avait connu quelques domestiques, toutes jeunes et plutôt jolies, l'opulente femme d'un des aubergistes les plus en vue de la ville, une brune cousine venue d'Italie, les filles de quelques notables… Jamais aucune histoire ne s'était terminée en véritable drame de la passion. Léandre appréciait ses maîtresses comme on savoure des fruits de saison, et le sentiment était réciproque. En fait, toutes les femmes qu'il séduisait le sentaient bien. Ni son cœur ni son esprit n'étaient perméables à l'amour véritable, ou du moins, point encore. S'attacher à lui de façon durable serait pour elles aussi douloureux que de s'enfoncer des clous dans le front. Aussi profitaient-ils de leurs sens, appréciaient leurs compagnies respectives en toute occasion, et c'était déjà très bien, nul n'y trouvait à se plaindre.

– Bref, je sais que tu mènes une vie heureuse, mais également qu'il subsiste en toi un mal-être. Tu te poses des questions depuis bien longtemps sur tes origines. Non pas sur ma famille, tu connais absolument tes racines depuis la fin du XVIe siècle. Mais sur celle de ton père.

Léandre écarquilla les yeux. Son père ? Voilà une pensée qu'il avait mise de côté depuis plusieurs années maintenant. Il ne l'avait jamais connu et personne ne lui en avait jamais parlé. De plus, sa mère, Claire, était morte en couches quelques instants après lui avoir donné la vie. Quand il était enfant, il avait tenté de poser des questions sur cet homme dont il partageait le sang, mais il n'avait jamais reçu qu'une seule réponse, toujours la même : « Il est mort. »

Devant le silence buté qu'il rencontrait en essayant d'en savoir davantage, il en avait déduit que le sujet était trop douloureux pour son grand-père et qu'il lui faudrait attendre avant d'en savoir plus. Pourtant, chaque année, de façon rituelle, en soufflant les bougies de son anniversaire, il faisait le même vœu : « Que grand-père accepte de me parler de papa et de maman. » La chose ne s'étant jamais exaucée, au jour de ses quatorze ans, le garçonnet avait sagement tiré la conclusion que les souhaits d'anniversaire n'étaient qu'un autre des nombreux mensonges qu'on raconte aux enfants, comme les cloches de Pâques, le père Fouettard ou le croque-mitaine.

René effleura de la main l'ouvrage de cuir :

– Mon enfant, c'est en ces pages que les Lafforgue conservent le récit de leur généalogie. Si jamais je ne t'ai parlé de ce livre, c'est qu'il contient des informations qu'une vieille promesse m'a conduit à te taire jusqu'à ce jour. Mais avant de te laisser le consulter, je préfère t'en dévoiler personnellement les secrets. Il me faut pour cela te révéler deux mensonges vieux de vingt et un ans. Je t'ai toujours raconté que ma douce Claire était partie alors même que tu poussais tes premiers cris.

Léandre hocha la tête en guise de réponse.

– Ce n'est pas vrai. Elle est morte au soir de ta naissance, douze heures après. Et j'ai été à ses côtés jusqu'au bout. J'ai tenu la main de ta mère jusqu'à ce qu'elle pousse son dernier souffle. Je lui ai parlé, je l'ai écoutée. Et c'est elle qui m'a prié de garder le silence concernant ton père.

– Sur sa mort ?

– Non… Et pour cause. Il n'est pas mort.

Léandre n'en croyait pas ses oreilles. Quelle nouvelle fable était-ce là ? Il sentait une grosse boule de chagrin et de colère se former dans sa gorge, une sensation de chaleur dans sa tête, prête à jaillir de ses yeux en flammes jaunes… D'une voix rauque, il poursuivit la conversation :

– Il vit encore… Il n'a jamais cherché à me voir ?

– Léandre, Léandre ! Ne te fâche pas, mon petit, calme-toi, et laisse-moi tout te raconter avant de juger trop sévèrement tes parents.

La voix apaisante de René eut sur sa colère l'effet d'une pluie rafraîchissante.

– Je t'écoute.

– Il faut remonter à loin pour tout te dire. Il y a plus de cinquante ans, en fait : nous étions en 1797. J'avais trente ans, guère plus, et, dépité par le tour affreux qu'avait pris la Révolution, je m'étais perdu dans les fêtes et les frivolités. Alors, un peu par esprit de mode, car je ne partageais pas leurs idées, je suis devenu un muscadin, un « inc'oyable » comme on disait.

– Toi ? Un de ces précieux ridicules ?

– On commet souvent des fautes dans la vie et celle-là n'est ni la plus grave ni la plus grotesque de ma longue existence, insolent ! Mais que cet enfant peut être bête ! Tellement bête qu'on pourrait croire que c'est le mien ! Allons, laisse-moi poursuivre. Cette période a duré plus de deux ans, quand j'ai fait la connaissance, dans une soirée à Toulouse, d'une jeune femme. Elle était blonde, les yeux d'un bleu de glace, petite, habillée, je m'en souviens bien, d'une robe vert céladon, légère comme un voile de soie. C'était, bien entendu, une « me'veilleuse », et jamais ce terme ne fut mieux porté que par elle. Moi qui n'avais pourtant jamais de mal à aborder les femmes, je suis resté pétrifié devant cette inconnue, et c'est elle qui, intriguée par ma distance, est venue me parler. Sa voix était pure, chantante. Elle parlait français avec quelque difficulté, car elle était italienne.

– Grand-mère ?

– Oui… c'était elle… ma chère Carolina. Elle était venue dans des circonstances rocambolesques en France juste après Thermidor et, bien qu'elles ne soient pas du même pays, elle était devenue une amie intime de Thérésa Cabarrus, la future épouse de cet affreux Tallien. Tu es assez grand pour que je te le dise, au fond. Ta grand-mère n'était pas une femme d'une irréprochable vertu… Mais il faut reconnaître que je n'étais pas un homme vertueux non plus. Elle m'a captivé, et je l'ai courtisée pendant plusieurs semaines. Que dis-je ? Plusieurs mois ! Elle me résistait, je ne parvenais pas à comprendre pour quelle raison. Il m'avait bien semblé lui plaire, pourtant. Cependant, un jour où nous nous sommes retrouvés en tête à tête dans un boudoir, elle a pris les fleurs que je lui avais offertes, les a respirées à pleins poumons, puis posées sur un guéridon avant de m'enlacer et de m'embrasser pour la première fois. Ah, ce baiser, mon fils… quel instant délicieux ! Elle m'avoua par la suite qu'elle n'était pas femme à refuser son corps aux hommes, ne serait-ce que pour le plaisir qu'elle en retirait égoïstement. Mais elle ne daignait offrir ses lèvres, et par là même son cœur, qu'aux rares personnes qu'elle aimait réellement. J'ai eu, par la suite, l'occasion de mener sans qu'elle le sache une petite enquête auprès de quelques-unes de ses amies avec lesquelles j'avais noué des rapports presque fraternels. Carolina n'était pas une menteuse. Avant moi, elle n'avait aimé qu'un seul homme, un homme de son village natal qui l'avait quittée une fois rassasié par son corps. Aussi avait-elle décidé de ne plus accorder son amour et sa confiance qu'avec la plus extrême avarice... Elle était tombée amoureuse de moi au soir de notre rencontre, mais elle avait voulu savoir de façon certaine si j'étais de ceux qui ne désiraient que son corps... ou davantage. J'avais réussi cet examen sans même savoir qu'elle me mettait à l'épreuve. D'autres se seraient lassés plus vite que moi. Nous nous sommes mariés dans la cathédrale un an plus tard... Moi, le mécréant, à la cathédrale... Tu dois pouvoir te représenter à quel point je l'aimais pour oser faire une telle entorse à mes convictions. Le destin a mis cependant un certain temps avant de nous apporter l'élément final de notre bonheur. Ta mère, Claire Maria, a vu le jour le 13 mars 1802, trois ans après nos noces. Elle fut notre unique enfant.

– Grand-père, pardonne-moi de t'interrompre, mais cela, je le sais plus ou moins...

– Patience. Tu comprendras que ces rappels ont leur importance. Les années passèrent. En 1818, j'ai quitté mon poste de magistrat et j'ai ouvert la librairie, j'ai utilisé mes appuis politiques et les amis qui me restaient pour m'aider à en faire le commerce le plus fructueux possible, la vie suivait son cours... jusqu'à un soir, au printemps 1823. Quelqu'un est venu frapper à notre porte, et la bonne que nous avions à l'époque – la mère d'Anna – est venue, assez affolée, nous prévenir qu'un étranger, très sale et parlant un langage incompréhensible pour elle, demandait à voir madame. Nous avons échangé un regard, Carolina et moi, et nous sommes allés ensemble à l'entrée. Effectivement, notre visiteur inconnu était sale, les pantalons couverts de boue, le visage noir de poussière comme quelqu'un qui a fui depuis plusieurs jours. Et si Anna ne comprenait rien à son langage, c'est qu'il parlait en romagnol.

– Qui était-il ?

– Un *carbonaro*. Un de ces Italiens républicains décidés à faire tomber les monarchies, en particulier en France. Lui était un de ces agents d'insurrection que le gouvernement de la Restauration cherchait à tout prix.

– Pourquoi venait-il chez vous ?

– Pour une bonne et simple raison. Il était le cousin de ta grand-mère… Cousin par alliance, et même petit-cousin, mais qu'importe : il était de la famille. Ta grand-mère était une Monti, lui s'appelait – s'appelle – Alessandro Prazzoli, et tous deux sont natifs de Rivergaro.

– Comment savait-il que grand-mère vivait à Auch ?

– Tu n'ignores pas qu'elle n'a jamais perdu de vue ses racines. Elle a encore des frères et des sœurs là-bas, et elle écrivait une fois par mois à son grand frère, Antonio, un aubergiste de Reggio nell'Emilia. L'information ne devait pas être tenue secrète au sein de la famille.

– Que s'est-il passé ?

– Carolina n'a pas eu besoin de trop insister pour qu'on héberge son cousin. Déjà, ses idées républicaines me l'ont rendu aussitôt sympathique. Je n'avais plus foi en la justice de mon pays, et aider un fugitif politique me donnait l'impression de combattre les décisions arbitraires contre lesquelles j'avais été impuissant autrefois. En plus, j'ai vite eu l'occasion de voir que c'était un garçon intelligent, lettré, qui parlait un français des plus corrects. Dans sa confusion, en arrivant, il s'était adressé à notre bonne dans sa langue natale, sans se rendre compte qu'elle n'y entendait rien que du charabia. Tout cela, je l'ai constaté dès l'arrivée de Claire. Ah, mon garçon ! Quand elle l'a vu, trempé et crotté, elle n'a su tenir sa langue : « Qu'est-ce que c'est que ce va-nu-pieds !? » Je me suis toujours targué d'avoir su élever ta mère… sauf au niveau du tact. Le souci, c'est que le garçon avait compris l'injure, et qu'il n'était pas homme à se faire agresser sans répondre. Il l'a fusillée du regard et lui a dit qu'elle pouvait sûrement recevoir bien des leçons de diplomatie de la part d'un va-nu-pieds tel que lui, et que chez lui on donnait volontiers la fessée aux « fillettes mal embouchées », surtout quand elles avaient le derrière rebondi comme elle. J'ai eu le tort de rire à ses dépens et, vexée, Claire est partie bouder. Nous avons nourri notre visiteur avant de lui proposer un bain, des vêtements propres, et un toit pour quelque temps. Il nous a salués, puis s'est retiré dans sa chambre. Le lendemain, le changement était radical : lavé, peigné, rasé, nous avions face à nous un jeune homme bien différent du vagabond souillé de boue de la veille. Et c'est ainsi qu'il est resté presque trois ans chez nous.

– Trois ans ?

– Eh oui ! Nous avions de la place à revendre, et je n'allais pas le jeter à la rue ! Un membre de la famille de ta grand-mère, républicain, instruit... Nous avions bien des choses en commun. Et puis il y avait Claire.

– Je pensais qu'elle le détestait ?

– Mon pauvre enfant, tu as encore bien à apprendre sur les femmes... Comme je regrette que ta mère soit partie si vite. Te connaissant, je pense que tu l'aurais adorée... mais qu'elle t'aurait rendu fou ! J'avais une fille délicieuse, mais fantasque et excessive. En fait, elle a révisé son jugement en une seule matinée. Il n'a pas fallu attendre l'heure du dîner pour qu'elle et lui deviennent inséparables. Ils n'avaient que deux ans, deux ans et demi de différence... Ai-je besoin d'en dire davantage ?

– Il est mon père.

– En effet.

– Mais pourquoi m'avoir dit qu'il était mort ?

– À la demande de ta mère, comme je te le disais. Ce fut sa dernière volonté.

– Pour quelle raison ?

– Parce qu'elle s'en est toujours voulu d'avoir causé le départ de ton père, quelques mois avant que tu ne naisses.

– Et pourquoi me le dire maintenant ?

– Elle a insisté pour que je ne te révèle tout cela qu'à deux conditions : que ce soit au jour du 4 mai, puisque Alessandro nous était arrivé à cette date, et après qu'une révolution eut lieu en France. Tu n'avais pas quatre ans en juillet 1830, et même en attendant le 4 mai suivant, tu étais trop jeune pour entendre la vérité. Le destin s'est chargé d'attendre le vingt-cinquième anniversaire de leur rencontre. Je ne saurais l'expliquer.

– Et s'il n'y avait pas eu de révolution ?

– J'aurais tenu ma promesse et t'aurais maintenu dans l'ignorance.

Léandre se tut quelques instants avant de poser une dernière question :

– Alors, si mon père vit toujours, où se trouve-t-il ?

– Aux dernières nouvelles qu'il m'a envoyées, il est à Paris. Il a eu son rôle, une fois encore, dans les soulèvements qui ont causé cette révolution. Aussi, j'ai pris une importante décision, Léandre, et je sais d'avance que tu ne la rejetteras pas. Quand l'été s'achèvera, tu partiras pour Paris, afin d'y rencontrer ton père ou au pire, d'obtenir les moyens de le retrouver, car il n'a jamais supporté l'idée de perdre Claire, et revenir ici lui causerait, de son propre aveu, trop de chagrin. Par ailleurs, tes œuvres théâtrales méritent mieux qu'Auch pour être proposées. Ce n'est que dans la capitale que tu pourras faire apprécier ton talent. Tu n'as – à part moi – aucune vraie attache familiale ici. Tu n'es pas marié, pas père d'une poignée d'enfants, ou du moins pas que je sache… Alors entends les conseils du vieillard que je suis : profite de ta vie, pars à la rencontre de ton passé et essaie de te créer un bel avenir. Je vais tout faire pour t'y aider. Es-tu d'accord ?

Léandre ne répondit pas immédiatement. Sans se presser, il se leva, s'approcha de son aïeul assis, et, se penchant vers lui, le prit dans ses bras avant de prononcer un seul mot.

– Oui.

Si tant de temps s'était écoulé entre décision et action, c'est que René avait vivement insisté pour qu'il ne se précipite pas. Paris, nid de révoltés, n'était toujours pas un lieu sûr : il était moins dangereux de s'aventurer dans l'antre d'une meute de loups affamés que d'emprunter les rues de la capitale. Mettant son impatience notoire à l'épreuve, Léandre s'était résigné, une fois encore, à suivre les sages conseils de son parent. Dans ce laps de temps, il avait décidé ce qu'il emporterait – « le strict nécessaire », avait ordonné René –, consolé mille fois Anna, qui pleurait à chaudes larmes dès qu'elle pensait à ce petit maître qui allait quitter le nid. Il lui avait fallu aussi satisfaire maintes fois les sens d'Amélie Lion, toujours aussi peu décidée à se marier mais pas follement enthousiaste à l'idée de voir s'éloigner son bel amant...

L'heure du départ avait sonné, le lundi précédent, à l'aube, après une ultime accolade à son grand-père, tous deux plus émus qu'ils ne le laissaient paraître. Il avait quitté Auch dans une diligence trop pleine pour gagner Toulouse, où il était parvenu après huit postes et demie en fin de matinée. La malle-poste pour Paris s'élançait à 1 heure du soir, ce qui lui avait laissé fort peu de temps pour s'alimenter et procéder à quelques ablutions nécessaires avant un long voyage. Avant de grimper dans la voiture, il s'était acquitté d'une somme de cent vingt-cinq francs, comprenant le transport plus le prix des repas. Il s'était fait un ami du cocher dès le départ, en insistant pour monter son bagage seul et en lui remettant cinq francs supplémentaires pour sa peine. Tout au long du trajet, il avait parcouru les amours de Marguerite Gautier dans le très récent roman d'Alexandre Dumas fils, *La Dame aux camélias*, non sans faire attention à la personnalité de chacun des autres passagers qui l'accompagnaient. Évidemment, tous n'avaient pas fait le même trajet que lui. L'infect Estingoy était monté à Toulouse – pour tout le restant du voyage, à son grand chagrin –, en compagnie des Simon, une famille de cinq personnes se rendant à Montauban, et d'un prêtre, le père Hervé, allant à Cahors rendre visite à sa sœur. Au départ des Simon, les dames Beaujeu les avaient remplacés. L'officier Kwiatkowski avait pris place dans la cité cadurcienne. La veuve Jérôme s'était assise à Brive, Eusèbe Martin à Châteauroux, quant au père Calame, c'est à Vierzon qu'il avait rejoint le convoi. Il avait, en silence, assisté à leurs conversations, appris une somme assez importante d'informations sur leurs existences. Outre ce sens aigu de l'observation, il disposait d'un talent d'intuition et de déduction assez prodigieux qu'il constituait à partir de détails souvent peu remarquables au premier coup d'œil. Il en usait plus ou moins utilement. Parfois, il s'en était servi pour mystifier l'une de ses conquêtes, qui le prenaient pour un magicien ou un sorcier et n'en étaient pas moins séduites.

Ce goût de l'intrigue et de l'investigation s'était trouvé particulièrement stimulé au cours du voyage quand, le soir venant, la diligence avait fait halte au relais de poste de Limoges, au second jour du trajet, quand il s'était agi de changer l'attelage épuisé par sa journée de cavalcade. L'auberge qui servait pour l'occasion d'étape aux voyageurs ne devait être guère reluisante de jour et apparaissait comme franchement mal famée la nuit. Ce n'était pourtant qu'une façade, car l'intérieur, sans être neuf, était aussi bien entretenu que possible, la salle était petite et bien chauffée par un âtre de bois noirci, et d'agréables odeurs émanant des cuisines accueillaient le voyageur avec amabilité. Tous les passagers, massant discrètement leurs dos et membres meurtris par les longues heures de transport et l'inactivité, vinrent s'attabler avec plaisir autour d'une odorante soupe limousine, riche en lard gras, en choux et en pommes de terre fondantes. Installé sans façons à une mauvaise table sise près de l'entrée des cuisines en compagnie du cocher, Léandre avait savouré le potage en silence, prêtant une oreille attentive aux conversations de la clientèle.

L'incident s'était produit moins d'une heure après leur arrivée.

Un homme en tenue d'aurige, semblable à celle de Germain, avait paru sur le seuil, suivi par un groupe de gens à l'air particulièrement mécontent qui pestaient à qui mieux mieux. Ce que voyant, Germain était resté coi, avant de se lever et d'aller à leur rencontre. Déjà, le bruit des vitupérations allait croissant :

– Et moi je vous dis que si on ne me rend pas mon bien, je porte plainte contre vous, cocher !

– Allons, madame ! La règle est formelle : les biens des passagers sont soumis à leur totale surveillance !

– La règle a bon dos quand on veut se soustraire à ses responsabilités ! Et vous autres, qui refusez de vider vos poches, vous ne valez pas mieux ! Tous coupables, tous complices ! Qu'à cela ne tienne ! Je vais faire alerter les gendarmes ! Ils sauront bien vous forcer la main.

Après quelques instants de discussion, Germain revint à sa table. Il ne s'était pas même assis que les passagers venaient aux nouvelles :

– Que se passe-t-il ?

– Oh, c'est un collègue qui parcourt le même trajet que le nôtre, mais dans le sens opposé. Sa diligence a dû faire une halte prolongée à Argenton et, alors qu'ils s'étaient remis en route. L'une des passagères s'est avisée qu'on lui avait dérobé une paire de ciseaux en argent.

– Tout cet esclandre pour un outil de brodeuse ? grommela Estingoy.

– Plus que la valeur marchande, c'est sans doute un objet qui importe à cette dame, répliqua la veuve Jérôme. Ma mère m'avait offert jadis un dé à coudre en or, et j'y tiens davantage qu'à un trésor !

– Quoi qu'il en soit, aucun des autres usagers n'a l'intention de mettre un terme à cette situation. Tous se déclarent innocents, ils disent qu'un petit objet a pu tomber aisément d'un sac sans qu'on s'en rende compte, *et cætera*. Je sens que cette affaire ne va s'achever qu'en présence des gendarmes, et cela ne va pas les aider à respecter les horaires…

Seul Léandre ne jugea pas bon de commenter, mais tout en avalant cuillerée sur cuillerée, son œil perspicace se posa, les sourcils à demi froncés, sur la clique des occupants de la seconde diligence, réunis en un demi-cercle auprès du comptoir de l'auberge. Il y avait là, outre le postillon, un couple encore jeune au visage inquiet, la victime du larcin, les larmes aux yeux, un homme voyageant seul et un prêtre en soutane, qui tentait tant bien que mal d'apaiser les humeurs de ses compagnons de voyage par quelques paroles réconfortantes.

Une fois son assiette vide, il quitta la table, l'air pensif, prenant la direction de la sortie, le pas tranquille comme s'il allait entreprendre une salutaire promenade digestive. Ce faisant, il passa tout à côté de la victime et des suspects et, s'arrêtant à leur hauteur, tira un mouchoir de sa poche et fit mine d'y souffler avec grand bruit. Il put, dès lors, prendre une grande inspiration, puis reprit sa marche. Quand il se retrouva à l'extérieur, il s'adossa au mur et, ainsi tapi dans l'ombre, contempla le ciel printanier étoilé. Quelques minutes plus tard, la porte s'ouvrit et Germain le rejoignit, une blague de cuir à la main et une pipe de bruyère dans l'autre.

– Je vous attendais, murmura Léandre, presque invisible au milieu du lierre qui recouvrait la muraille.

– Moi, monsieur ? sursauta le postillon.

– Oui… je savais que vous n'alliez pas tarder, car vous aimez pétuner par-dessus tout. Vos doigts sont marbrés d'une teinte jaunâtre qui ne vient que par l'usage fréquent du tabac.

– Comment saviez-vous que j'allais sortir ?

– Car parmi eux il y a ce M. Estingoy qui n'a cessé de se plaindre des senteurs de votre voiture. L'huile des lampes, le cuir usé, les pieds de l'officier… À chaque auberge, il a trouvé que les odeurs des soupes, des ragoûts et des fromages étaient incommodantes. Vous êtes consciencieux. Il était évident qu'il n'aurait jamais supporté que vous fumiez en sa présence. Vu que vous pouvez difficilement vous livrer à votre vice en conduisant la diligence, il va de soi que vous attendez les haltes pour vous satisfaire. Et n'oubliez pas que nous partageons la même table, ce qui a facilité l'observation : depuis notre arrivée, vous vous êtes absenté à deux reprises en guère plus d'une heure.

– Vous avez l'œil.

– Et le nez… pour qui connaît l'odeur de l'herbe à Nicot, cela ne laisse aucun doute. Dites-moi, ce collègue…

– Exupère.

– Vous le connaissez bien ? Répondriez-vous de lui ?

– Comme de moi-même. Il est honnête comme du bon pain.

– Fort bien, je vous crois. Alors pourriez-vous, une fois votre bouffarde consommée, aller quérir Exupère et le prier de me rejoindre ici ? J'ai à lui parler.

Surpris, Germain acquiesça sans demander d'éclaircissements et obtempéra sitôt sa dernière bouffée de fumée dissipée dans l'atmosphère. Une minute plus tard, Exupère arrivait à son tour sur le parvis de l'auberge, l'air circonspect.

– Monsieur ? Mon collègue m'a averti que vous désiriez me dire deux mots.

– Six.

– Pardon ?

– Six mots. Je sais qui est votre voleur.

Exupère en resta esbaudi.

– Mais... comment... allons, monsieur ! Si c'est une plaisanterie, je ne l'apprécie pas ! J'ai déjà rencontré suffisamment d'ennuis sur ce trajet pour ne pas croire à de tels délires.

– Soit... ne prêtez aucune attention à ce que je vais dire... Mais si vous m'écoutiez un tant soit peu, vous pourriez éviter d'attendre les gendarmes et que ceux-ci mènent leur enquête, car, pour une affaire aussi négligeable, je doute qu'ils aient spécialement envie de quitter leur caserne en pleine nuit. Ils viendront demain à l'aube, et au mieux serez-vous libérés en milieu de journée...

Le cocher soupira. C'était bien tout ce qu'il craignait.

– Je vous écoute.

– Vous faites bien. Je vous conseille donc d'aller trouver vous-même les gendarmes et de leur expliquer le larcin. Ajoutez à cela qu'ils ont affaire à un cas d'usurpation d'identité, et ils devraient être tout à fait attentifs à votre dépôt de plainte. Dites-leur de s'intéresser en particulier au missel.

– Non ? L'abbé ?

– C'est bien lui, votre maraudeur. Ne tardez pas, plus vite vous agirez, plus l'effet de surprise sera grand, moins il aura le temps de cacher son larcin, car m'est avis qu'il ne pensait pas qu'on le découvrît aussi rapidement... Et n'évoquez pas mon intervention, ce serait une perte de temps : mettez ces observations sur le compte de votre propre sagacité, et tout ira pour le mieux.

Sans plus questionner le Gascon, Exupère rentra dans l'auberge, en ressortit après quelques instants en compagnie d'un des commis qui devait lui servir de guide. Une demi-heure de patience plus tard et les deux hommes revenaient en compagnie de deux gendarmes en tenue, l'air martial et décidé. Léandre n'avait pas quitté sa place, feignant plus ou moins de suivre des yeux la voûte céleste.

Un bruit de lutte et des cris violents retentirent rapidement, et quand les gendarmes quittèrent l'auberge, c'était en traînant au bout d'une chaîne le prêtre, sans soutane, et la chemise largement décolletée, qui criait des injures bien peu en rapport avec les vêtements sacerdotaux qu'il portait jusqu'alors, et suivis de près par les cochers.

– Monsieur, je vous félicite pour votre habileté ! dit l'un des militaires.

– C'était peu de chose, balbutia Exupère.

– Non, croyez-moi, vous avez là une qualité qui nous est précieuse pour exercer notre profession !

– Espèce de jean-foutre ! Cochon ! Ordure ! s'égosilla le prêtre.

– Couché, toi ! répliqua un des gendarmes avec colère.

– Et mes passagers ?

– Bah ! Nul besoin que vous vous éternisiez ici ! Dès l'aube, vous pourrez reprendre la route ! Après tout, l'objet volé a été retrouvé, et l'homme a sans doute d'autres méfaits sur la conscience, autrement plus conséquents... Alors à quoi bon vous obliger à prendre plus de retard ? Sur ce, nous vous souhaitons la bonne soirée. Allez, avance, charogne !

L'un des pandores alla alors récupérer, sur le toit de la malle-poste, le sac de voyage du faux curé, avant que les trois hommes ne disparaissent dans la rue conduisant à la gendarmerie. À ce tableau, Léandre sourit avec un rien de fatuité.

Ébahis, Germain et Exupère revinrent alors à ses côtés.

– Par ma barbe ! s'exclama ce dernier. Vous aviez raison ! L'homme était aussi prêtre que moi je suis ottoman ! Mais comment l'avez-vous su ? Vous ne lui avez pas même adressé la parole !

– C'était assez simple... Tous pouvaient être soupçonnables, vous compris, Exupère, et, quoi qu'en puissent penser certains savants, l'honnêteté ne se lit pas sur les visages. J'ai eu de la chance, quand même, de tomber sur un voleur bien sot.

– Sot ?

– Connaissez-vous un seul prêtre qui, même dans un moment de trouble, conserve en ses mains une Bible en la tenant la tête en bas ?

Les deux cochers échangèrent un regard et éclatèrent de rire. Cependant, Léandre poursuivait ses explications :

– Ce fut là ma première remarque. Je voyais la tranche du livre qu'il serrait de toutes ses forces contre son cœur, et les lettrines à l'envers m'ont surpris. J'ai voulu m'en assurer... et en passant à côté de lui j'ai pu constater deux autres choses : d'abord, l'aspect très neuf de son livre de prières, comme s'il s'agissait d'un achat de dernière minute et non du précieux compagnon de route riche de mille voyages, et ensuite une odeur de colle encore fraîche, mais pas celle employée par les éditeurs et les imprimeurs, mais une colle bon marché à base de poisson... Celle-là même qui a dû servir à notre faux prêtre pour agglutiner ensemble toutes les pages de son livre avant d'y creuser une cachette destinée à contenir de petits objets habilement larcinés...

– Vous étiez dans le vrai... mais l'usurpation d'identité ?

– Simple logique : il existe, à ma connaissance, des prêtres assassins et malandrins, mais aucun n'aurait à cœur de commettre pareil blasphème en abîmant de la sorte une Bible. J'ai donc supposé qu'il s'agissait d'un homme cachant sa véritable identité sous une défroque – par ailleurs usée – d'homme de Dieu.

– Voleur, escroc... Les gendarmes l'ont mis sous les verrous, mais je gage qu'on ne le reverra pas de sitôt : après avoir fait mine d'entendre tous les passagers, ils ont très vite concentré leur attention sur lui et l'ont questionné de plus en plus rapidement, jusqu'à ce que, dans un geste de colère, il lâche son missel... Après quoi, malgré ses réticences, ils l'ont forcé à se dénuder, et plus il refusait, plus ils insistaient... Mais c'était au fond compréhensible qu'il rechignât ainsi, car il porte sur l'épaule la marque des bagnards et, apparemment, ne dispose d'aucun papier justifiant de sa véritable identité ou d'une quelconque libération...

– Sur ce, messieurs, précédez-moi, et une fois encore ne mentionnez point ma participation aux convives.

– Si vous le souhaitez !

Le reste de la soirée se déroula sans plus le moindre problème, Léandre retrouvant sa place et son attitude silencieuse, écoutant sans vraiment participer aux conversations, répondant poliment mais par monosyllabes à quelques questions sans importance.

– Je ne pensais pas te trouver sur la route, mon compère ! À une heure pareille, tu aurais dû être en plein Quercy blanc !

– Ne m'en parle pas ! geignit Exupère. Depuis le départ de Paris, tout va à vau-l'eau ! À peine avons-nous franchi les portes de la capitale qu'un porc vadrouillant a fait cabrer les chevaux et, en tâchant de les mater, j'ai fait heurter à ma roue une borne de pierre !

– Peste ! La réparation n'a pas dû être aisée !

– Je n'ai rien eu à réparer, l'ensemble n'étant pas voilé, bien que le bois eût été quelque peu mâché par le choc. Cela m'a quand même conduit à interrompre le voyage deux heures durant, le temps de tout vérifier…

– En général, quand un voyage commence ainsi, ce n'est jamais de bon augure.

– Tu l'as dit ! Ajoute à cela un splendide débordement de boue un peu au sud d'Orléans, et tu auras une idée du début du trajet… Nous étions déjà assez en retard comme cela, et voilà qu'un de mes passagers tombe malade… !

– Guigne !

– Si au moins j'étais arrivé à comprendre ce qu'il ressentait ! Mais il parlait à peine le français, il s'exprimait dans quelque sabir teuton que je ne connais point. Enfin, j'ai dû le laisser entre les mains des infirmières d'Argenton, et c'est en quittant le bourg que cette histoire de ciseaux a encore ralenti notre périple… Espérons au moins que rien ne viendra plus nous retarder…

Puis l'heure du coucher avait sonné, et au terme d'une nuit réparatrice le chemin reprenait sans plus rencontrer d'écueils, si on omettait évidemment l'attitude détestable du sieur Estingoy.

Plongé dans ces récents souvenirs, Léandre longea Notre-Dame, sans accorder un regard à ce qu'il, pour reprendre l'expression de son grand-père, considérait comme le temple de la mauvaise foi – quand bien même il avait adoré le roman éponyme de Victor Hugo. René avouait toujours hésiter entre athéisme et agnosticisme, et il professait que si d'aventure il existait quelque être supérieur dans l'univers, il n'aurait pas été sot au point de fixer comme règles de vie tout et son contraire à ses fidèles. Et pour prouver l'inanité des monothéismes, il avait imposé à Léandre la lecture successive de la Bible, du Coran et de la Torah, lui désignant les passages identiques, les similitudes et les différences, puis un dimanche, il l'avait conduit à la messe... au cours de laquelle, malgré l'intérêt qu'il avait pour toutes les choses nouvelles auxquelles il était confronté, le jeune garçon s'était endormi avec force ronflements sonores. Léandre n'avait jamais nourri une affection particulière pour les prêtres et surtout leurs rites auxquels, à ses yeux, seuls des crédules pouvaient accorder la moindre valeur. De plus, il ne lui apparaissait pas comme concevable que ce Dieu, qui avait fait de lui un orphelin dès la naissance, soit un être parfait, de bonté et de miséricorde, comme on avait tendance à le seriner. Il avait eu le tort de le dire un jour devant une voisine désagréable qui l'avait giflé en le traitant de sale petit blasphémateur. René, qui avait assisté à la scène, s'était vivement retenu d'assommer la mégère d'un coup de canne. Cette leçon d'intolérance face à ces propos qu'il prononçait sans malice, comme une évidence, lui ôta toute envie d'embrasser la moindre foi à l'âge de raison. L'étude des guerres de Religion assura la pérennité absolue de cette décision.

Cependant, l'enseignement laïc de son grand-père contenait un principe dogmatique.

– Quelle que soit la croyance de celui que tu rencontres, respecte-la et ne l'insulte pas. Ne commets pas la faute des fanatiques, lâches et stupides avec ceux qui ne partagent pas leur point de vue. Refuse simplement et poliment s'ils cherchent à te convertir, et mets un terme à la discussion s'ils insistent. Croire ne rend pas l'homme sage, pas plus qu'il ne le corrompt. L'homme intelligent, de toute façon, saura ne pas t'imposer ses vues. Le respect, mon enfant, doit demeurer le maître mot.

C'est ainsi qu'il avait vu, à de maintes reprises, son aïeul mettre cela en pratique, en recevant chez lui régulièrement l'archevêque d'Auch, Mgr de La Croix d'Azolette, un homme appréciant les lettres, et les deux hommes s'entretenaient de sujets divers… mais jamais de religion ! René avait tout le respect du monde pour les prêtres, mais professait le plus vif mépris envers les croyances bibliques : la légende d'Adam et Ève, entre autres, lui inspirait ricanements exaspérés. Et même s'il était certain qu'il eut existé, prétendre que Jésus, prophète nazaréen, était le fils de Dieu et qu'il avait ressuscité à son crucifiement ne faisait que l'agacer. Il avait ses propres idées sur la question, qu'il ne manquait jamais de mentionner à son petit-fils.

– Un visionnaire, un meneur, soit. Leur Christ était un chef spirituel, oui, mais le fils de Dieu, bah ! Et puis cette histoire de mort qui revient à la vie… Il a fait une syncope due à la douleur sur la Croix et c'est le froid de la grotte où on l'a conservé qui l'a ramené à lui, voilà tout !

Léandre songeait que de tels propos, proférés à la Renaissance, auraient sans doute conduit leur auteur au bûcher quand il se retrouva justement de l'autre côté de la Seine. Ses pas l'avaient conduit devant l'Hôtel de Ville, en cette place de Grève qui avait vu, cinq siècles durant, couler le sang des suppliciés. Il ne s'attarda pas longuement devant le majestueux édifice, témoin de tant de scènes historiques.

Soucieux, il ignorait s'il se trouvait encore loin de son but, pas plus qu'il ne savait l'accueil qu'on lui réserverait dans cette auberge, et il ne voulait pas se retrouver dans cette cité, vivante mais étrangère, seul à la tombée du jour. René avait été bien mystérieux à ce sujet. Il lui avait juste dit de se présenter dès son arrivée à l'auberge et de demander à parler à M. Constant. C'était tout. Et si ce Constant était dans un mauvais jour ? Qui était-il, au juste ? Un vieil ami de son grand-père ? Peut-être ne vivait-il plus, d'ailleurs. René avait beau afficher une confiance absolue envers ce Constant, ce n'était pas lui qui plongeait vers l'inconnu et, malgré sa bonne volonté, Léandre ressentait les premiers frissons de l'angoisse à l'idée de se retrouver sans toit pour passer la nuit.

Bientôt, se frayant tant bien que mal un chemin au milieu de la multitude de passants, il se trompa et finit par aboutir au carrefour du Temple et des Blancs-Manteaux, dans un dédale de rues proches de l'Hôtel de ville. Il s'estima perdu et, même s'il détestait cela, se hasarda à demander sa route.

« L'*Auberge du Vieil Armagnac* ? Chez le Dragon ? Vous poursuivez sur le Temple et tournez à droite sur notre belle rue Rambuteau. Vous allez arriver aux Archives, vous continuez deux minutes, et c'est sur votre droite, la façade au balcon des lions, avec le heurtoir ! Vous ne pouvez pas vous tromper, mon beau jeune homme !

Léandre remercia poliment la marchande ambulante qui venait de le renseigner en lui remettant deux sous, et hâta le pas, *via* la large rue Rambuteau, vers la rue des Francs-Bourgeois en direction de ce heurtoir et de ce dragon qui semblaient être si célèbres. Il dépassa les Archives, se promettant d'y jeter un œil un jour prochain. Plus il avançait, plus sa perplexité augmentait. Il ne voyait nulle part le moindre bâtiment qui ressemblât de près ou de loin à une hostellerie. Ce n'étaient là qu'hôtels particuliers et cossus. Il s'imaginait un endroit discret, situé dans un angle de la rue, quand il se retrouva devant l'auberge. Surpris, il laissa tomber sa malle qui heurta le sol de pierre bruyamment.

Il lui était impossible de se tromper. Une façade du plus pur style Louis XV, avec un large balcon soutenu par des consoles à tête de lion, et sur la double porte cochère de bois, largement ouverte et laissant voir une belle cour pavée, un heurtoir de fer forgé particulièrement ouvragé...

Une auberge, ça ? Le lieu n'avait rien qui rappelât les tavernes qu'il connaissait à Auch, ni même celles qu'il avait fréquentées durant son périple jusqu'à Paris. Non, c'était là un hôtel particulier, semblable à ceux qu'il venait d'observer du coin de l'œil en traversant le quartier. Pourtant, à la différence de ces dernières, la façade avait quelque chose d'attrayant. Sans doute le bon côté pour une telle demeure d'accueillir un établissement hôtelier, quand tant de résidences de maîtres étaient devenues désormais ateliers de luminaires...

Après avoir passé un instant à rêvasser sur le trottoir, le jeune homme se décida à approcher la porte monumentale et hissa de nouveau sa malle sur son dos. Dans le large et haut couloir, un concierge se tenait assis, l'air somnolent, sur une vieille chaise. Devrait-il user de patience ou à nouveau d'argent pour accéder au bâtiment ? Ses craintes étaient infondées : l'homme se contenta de le saluer d'un mouvement de tête et n'accorda qu'un regard sans méfiance à ses vêtements de provincial et sa sacoche.

Ce fut en pénétrant dans la cour, vaste d'une centaine de mètres carrés, que Léandre prit conscience de la beauté des lieux. Sur sa droite, il vit l'entrée de la modeste loge du concierge, et un escalier étroit qui conduisait, à n'en pas douter, aux chambres des domestiques. Du même côté, sous une rangée d'arcades transformées en écuries, trois chevaux mâchaient paisiblement du foin sans lui prêter la moindre attention. Face à lui, le corps principal du bâtiment se dressait sur trois étages, percé de cinq larges baies vitrées sur les deux premiers niveaux, et d'autant de petites fenêtres circulaires au niveau des combles. En dessous, une série de soupiraux – cinq, là encore – donnaient, au vu des senteurs qui en émanaient, sur les cuisines. À gauche, deux portes. La plus proche de lui était close et semblait indiquer qu'il s'agissait là de parties privées. La seconde, elle, était ouverte et il s'en échappait des éclats de voix. Léandre s'en rapprocha et parvint à comprendre la conversation en grimpant les trois marches qui conduisaient à l'intérieur.

– ... dans une porcherie ! Une porcherie, je vous dis ! C'est là l'image de mon établissement que vous voulez donner, ma pauvre fille ? Et surtout cessez de larmoyer quand je vous parle ! Je ne supporte pas les pleurnicheries d'enfant !

La voix qui accueillit Léandre était froide et agressive, comme celle d'une douairière répondant à un blasphémateur. Pourtant, elle venait, comme pouvait s'en rendre compte le jeune homme, d'une femme encore jeune qui lui tournait le dos. Il s'agissait, à l'évidence, de la maîtresse des lieux. Après un rapide examen, il jugea que l'aigre personne n'avait guère plus d'une quarantaine d'années. Sa chevelure blonde était relevée en un chignon sévère, sa robe était d'un gris sombre et neutre, mais admirablement taillée, laissant imaginer un fort joli corps en dessous. La femme était donc occupée à houspiller une toute jeune domestique, à peine sortie de l'enfance, aux joues luisantes de larmes, et qui arborait, aussi remarquable qu'un coquelicot dans un champ enneigé, une tache de sauce brune sur son tablier blanc. Léandre hésitait à tousser pour manifester sa présence quand la femme se retourna vers lui. Il perçut en une seconde un changement sur son visage. Le masque autoritaire qu'elle portait pour tancer sa serveuse disparut, laissant la place à un fort beau visage à peine marqué par le temps, et par un large sourire d'apparence affable, mais d'une fausseté criante qui n'échappa pas au garçon. En fait, ce fut surtout l'éclat de ses yeux bleu sombre qui le renseigna définitivement sur la méchanceté innée de cette personne.

« La finaude que voilà, se dit-il. Elle doit tromper plus d'un client naïf avec un tel visage. »

Après avoir, d'un geste, donné congé à la petite bonne, la patronne fit deux pas dans sa direction, mains croisées sur son ventre, la tête penchée sur le côté avec un air interrogatif.

– Bienvenue, monsieur. Que puis-je pour vous ? Si c'est une table, l'heure du souper n'est point encore là. Nos cuisiniers commencent à peine leur besogne, il vous faudra repasser d'ici une heure.

– Je vous souhaite le bonjour, madame, mais je ne suis pas ici pour souper... Pas exactement. Je tiens à voir M. Constant.

La femme fronça les sourcils, ce qui lui ôta le peu de charme qu'elle avait conservé aux yeux du jeune homme. Son ton changea aussi, alors qu'elle le jaugeait rapidement d'un bref regard.

– M. Constant ! La belle affaire ! C'est un homme occupé, et il n'a pas de temps à consacrer aux... visiteurs. Alors, je vous écoute, mais faites vite.

À la façon dont elle avait prononcé « visiteurs », Léandre devina qu'elle sous-entendait « importuns ». Il ne chercha pas plus longtemps l'origine du peu flatteur pseudonyme de « Dragon »... Le prenait-elle pour un huissier, un fâcheux quelconque ? Était-ce là l'attitude qu'elle réservait aux clients ? Il en doutait, même si elle ne devait manifester de réels trésors d'amabilité qu'en présence de consommateurs fortunés... pas aux provinciaux en visite. Piqué, il haussa légèrement le ton, suffisamment pour qu'elle sente qu'il ne fallait pas s'amuser plus longtemps à ce petit jeu avec lui :

– Je prendrai le temps que j'estime nécessaire pour m'expliquer, madame – il insista lui aussi lourdement sur le terme. Je vous prierai de faire savoir à M. Constant que Léandre Lafforgue est là qui désire le voir. Instamment. Je viens de loin, suis rompu de fatigue, et je n'ai point l'intention d'attendre plus qu'il n'est nécessaire. Vous m'obligeriez donc en vous dépêchant d'aller l'avertir.

La différence de voix n'échappa pas à son interlocutrice. Elle rougit légèrement puis lui jeta un coup d'œil torve avant de lui passer devant sans rien dire de plus. La suivant du regard, il la vit se diriger vers une porte qui menait, comme il le supposait, aux appartements privés et qu'elle referma derrière elle un peu trop brusquement.

« Eh bien, pensa-t-il, si la première impression qu'on laisse est la bonne, voilà une personne qui ne va certainement pas me porter dans son cœur. »

En attendant son retour, il observa avec attention le hall et le corridor. L'endroit était fraîchement repeint, et entretenu avec soin. Devant lui, en guise de comptoir, un bureau Directoire comportait plumes, encre et papiers, lesquels étaient souvent couverts d'une écriture sèche et étroite qu'il devina être celle de sa peu affable hôtesse. Un épais registre de cuir, ouvert, indiquait que déjà quinze personnes avaient pris chambre pour la nuit, et des notes calligraphiées plus petites encore précisaient qu'ils participeraient tous au repas du soir.

– Suivez-moi !

Assurément, la femme n'avait pas reçu la réponse espérée de la part de Constant. Il se l'imaginait fort bien, en train d'annoncer sa présence, le dépeignant au plus mal, certainement comme un petit insolent – ce qu'il était, à Dieu ne plaise, il lui fallait le reconnaître – de manière à le voir éconduit sans autre forme de procès. Mais tant pis pour cette virago[1] ! Résistant au désir de siffloter, histoire de l'agacer un peu plus, il la suivit dans un couloir, grimpa un escalier avant de s'arrêter au second étage, devant une lourde porte de bois sombre aux motifs enluminés d'or. La femme y toqua d'un poing dépourvu de toute douceur et ouvrit sans attendre la réponse avant de redescendre l'escalier, abandonnant Léandre sans dire un mot. Celui-ci s'arrêta net sur le seuil, aussi surpris par l'allure de la pièce que par l'occupant des lieux.

L'endroit n'était guère éclairé : malgré l'heure avancée, seule la moitié des candélabres étaient allumés et, en outre,

1.Virago : femme acariâtre et désagréable, mégère.

d'épais rideaux de velours grenat étaient à demi tirés sur les fenêtres donnant sur la rue des Francs-Bourgeois, achevant d'offrir un aspect crépusculaire à la scène. C'était là un cabinet de travail particulièrement bien agencé, à l'ambiance chaleureuse, qu'on eût vu très bien comme étant le bureau d'un conservateur de musée ou d'un bibliothécaire. D'ailleurs, si les murs n'étaient pas aussi riches en volumes que la salle de grand-père René, laquelle faisait bien trois fois la taille de celle-ci, il y avait là un étalage de livres tout à fait considérable de part et d'autre du bureau. Un globe terrestre de bois précieux se trouvait dans un angle, et les étagères supportant les livres étaient toutes couronnées par des objets hétéroclites. Il distingua une gravure représentant le ballon des frères Montgolfier, plusieurs masques africains, des statuettes qu'il identifia comme précolombiennes, des couteaux de tailles diverses, et même un crâne humain.

Et derrière la table de travail d'ébène marqueté, couverte de dossiers, assis sur un fauteuil fait de la même essence, se trouvait René.

Chapitre deuxième

De la vie des occupants du *Vieil Armagnac*

Du moins, c'est ce que crut d'abord Léandre, car la pénombre ambiante interdisait de voir bien distinctement les traits du visage de l'homme. Ce dernier se leva alors, et contourna sa table de travail, se plaçant dans un rai de lumière. Le garçon fut saisi par l'air de famille entre les deux hommes, mais aussi par les différences notables qu'il remarquait. Il y avait bien ce même crâne dégarni, cette couronne chenue de rares cheveux un peu longs, cet air strict, ce nez légèrement aquilin, mais la bouche était plus charnue, le visage plus mince, le corps un peu moins enveloppé que celui de son grand-père. Sa surprise n'échappa pas à Constant, dont le visage s'éclaira alors d'un grand sourire.

– Eh bien, mon garçon, rien que pour que je puisse apprécier l'air stupéfait qui se peint en ce moment sur ta figure, sois certain que ton déplacement ici en valait la peine.

Léandre se sentit devenir écarlate, ce qui raviva la bonne humeur de son vis-à-vis.

– Allons, le voilà qui prend des airs de gratte-cul ! Ne t'offusque pas, René m'avait dit que tu étais du genre méfiant avec les inconnus. Et il m'a également prévenu que jamais il ne t'avait parlé de moi.

– Je suis désolé…

– Désolé ? Et de quoi, grands dieux… Oh, pardon… grands « je ne sais quoi » ! Je n'ai jamais douté de l'affection de mon frère à mon égard, mais je sais que les liens du sang lui causent un souvenir douloureux qu'il n'aime pas évoquer…

Ce faisant, il désigna rapidement un imposant tableau qui dominait la cheminée. Léandre songea, un bref instant, à sa bibliothèque auscitaine, dont l'âtre était également surmonté d'une peinture. Mais si, à Auch, l'artiste avait choisi de représenter une sensuelle Mélusine qui baignait son corps serpentin dans l'eau d'un lac de clairière, sur le tableau parisien figuraient trois jeunes hommes richement vêtus, dans le plus pur style du Directoire. Leur ressemblance était troublante, et nul ne pouvait se tromper en songeant qu'il ne pouvait s'agir que de trois frères. Léandre fut impressionné en reconnaissant en l'un d'eux, qui se tenait debout à gauche, l'image de René, alors guère plus âgé que lui, et, assis au milieu, l'homme chez qui il se trouvait actuellement… Mais qui était donc ce troisième frère ?

– J'aurai l'occasion de t'en dire davantage plus tard. Sur René, sur moi, sur bien des choses. Il m'en a donné l'autorisation. Mais là n'est pas l'heure. Pas encore. Nous irons prendre le repas, et nous causerons. Après, je te présenterai et – pardonne ma fierté – te ferai visiter les lieux, car je gage que tu vas rester quelque temps ici. Aussi, si tu te sens par trop épuisé, je puis te montrer ta chambre.

– Ma chambre ? Mais je ne puis payer…

– Payer ? Il ferait beau voir ! Tu es de la famille ! Je ne vais pas te loger dans l'hôtel, mais dans nos appartements… Ils sont tout aussi confortables que les chambres, crois-moi.

L'usage du pronom « nos » n'échappa pas à Léandre. Il n'avait pourtant vu aucune alliance à la main de son parent, et la facilité avec laquelle il employait le « je » interdisait de penser qu'il fût atteint de mégalomanie royale. Avec qui demeurait-il donc ? Il se douta assez vite de la réponse, mais espéra en son for intérieur se tromper.

– Redescendons ! Je boirais volontiers quelque chose pour me préparer l'estomac ! Es-tu gourmand ?

– René m'a toujours dit que j'avais le même appétit que lui. Et même pire.

– Alors ne m'en dis pas plus... tu risquerais de me faire regretter mon hospitalité, plaisanta Constant. Passons directement aux cuisines, histoire de nous mettre l'eau à la bouche... Je suis sûr qu'Arnaud aura plaisir à te rencontrer.

Saisissant l'épaule du jeune homme, il l'entraîna vers le couloir et le guida au rez-de-chaussée. Passant devant la porte d'entrée, ils tournèrent sur leur droite, franchirent une porte assez basse et empruntèrent un escalier bien éclairé qui conduisait au sous-sol. Une senteur agréable de ragoût les accompagna dès la moitié de la descente. Plus ils avançaient, plus l'odeur se faisait présente, appétissante... De plus en plus familière aussi. Ça sentait pêle-mêle la pomme cuite, le canard gras, l'ail... Juste avant d'arriver à la source de ces délicieux fumets typiquement gascons, Léandre se dit qu'il devait rêver, qu'en franchissant cette nouvelle porte peinte en vert tendre il allait forcément tomber sur Anna, la cuisinière de son grand-père, les joues rougies par les braises du foyer, en train de piquer un fond de tarte, ou bien de mitonner une soupe à l'ail... Mais rien de tout cela.

Si la bibliothèque était plus réduite, la cuisine de l'hôtellerie valait en taille bien huit, voire dix fois celle d'Auch, pourtant déjà assez vaste. Dans une auberge, la chose allait de soi, mais les dimensions assez exceptionnelles de la salle ne manquèrent pas d'impressionner le garçon. Une quinzaine de personnes toutes de blanc vêtues gravitaient dans la pièce. Un gâte-sauce à peine sorti de l'enfance touillait avec vigueur sur un feu une casserole dégageant une forte odeur poivrée. Une jeune cuisinière surveillait avec une attention indéfectible un four contenant des tourtes à la croûte dorée. Dans une cheminée au foyer au moins trois fois plus large que haut, plantés le long de deux broches d'une toise chacune, poulets, chapons et canards rôtissaient lentement, présentés de chaque côté à la flamme à une cadence modérée par un marmiton qui tournait de deux mains expertes les longues tiges métalliques. Deux commis s'affairaient devant ce qui semblait être une énorme matelote d'anguille… Au milieu de ce groupe, un homme allait d'un poste de travail à un autre, conseillant ou sermonnant tour à tour. Âgé d'une cinquantaine d'années, il respirait la santé et l'autorité. À son attitude, on eût dit à s'y méprendre un général en inspection, si ce n'était sa tenue, laquelle n'avait rien de militaire : à l'instar de l'ensemble du personnel, il était habillé en blanc de pied en cap.

– Arnaud !

Le chef cuisinier, après un dernier conseil à l'une des saucières – « Un peu plus d'armagnac dans cette sauce, elle manque de panache ! » –, s'approcha de Constant et de Léandre.

– Mon cher Arnaud, voici Léandre, mon petit-neveu, tout frais débarqué d'Auch ! Léandre, je te présente Arnaud Davezac, gascon comme nous, un ami de trente ans ou presque, grand maître de la bonne table…

– N'exagérons rien, fit Davezac, l'air pourtant satisfait par le compliment.

– Modeste, avec ça ! C'est grâce à ses talents que l'hôtel a obtenu ses lettres de noblesse, et je te garantis, mon garçon, que tu ne trouveras pas de sitôt dans cette ville un homme aussi inflexible sur la qualité de ses plats ! Un véritable Vatel !

– Peste ! Encore des exagérations ! Et je te remercie pour l'éloge ! Non seulement Vatel n'était pas cuisinier, mais en plus être assez stupide pour se sentir déshonoré par un retard de marée… J'aurais été à sa place, j'aurais copieusement hurlé sur les responsables au lieu de me planter une épée à travers le corps !

Il se tut et jaugea le jeune homme. Il s'attarda quelques secondes sur son ventre un peu rebondi et clama :

– Point trop maigre, point trop gras. Il me semble que ce garçon et moi devrions nous entendre, commenta-t-il avec un clin d'œil. Apprécies-tu la bonne chère ?

Léandre fut un peu surpris par la cordiale familiarité avec laquelle le cuisinier – qui ne pouvait être qu'employé de son oncle – s'exprimait, aussi bien avec lui qu'avec Constant, mais l'allure brute et franche du bonhomme lui plaisait, et c'est sur le même ton qu'il lui répondit :

– Sans doute moins que toi, mais ma foi je mentirais si je répondais non.

– Brave pitchoun ! Il a tout compris ! J'aime qu'on me tutoie, moi ! Entre hommes, j'aime la sincérité ! Je me défie des gens timides qui vous vouvoient avec déférence mais cachent des âmes aussi noires que le charbon de ce fourneau ! Et Dieu sait qu'il en existe en ce monde ! Plus encore qu'il n'y a de plumes au cul de tous les chapons de Gascogne !

La cocasserie de l'image les fit rire tous les trois.

– Eh bien, en voilà un autre à qui tu auras plu dès ton entrée, commenta Constant. Quoi qu'il en soit, ce gaillard est l'un des meilleurs maîtres queux qui soient, et sois certain qu'en te rendant ici tu trouveras toujours de quoi te réjouir la panse et les papilles. Sur ce, attends-moi ici, je vais à la cave.

Et Constant s'absenta, se dirigeant vers un escalier situé au bout de la pièce, conduisant au niveau inférieur. Davezac fit un signe du doigt à Léandre, lui intimant de le suivre, et le conduisit à une table située sous les fenêtres et qui regorgeait de plateaux garnis de minuscules tartes salées.

– As-tu faim ?

– Plutôt !

– Parfait, parfait ! Mais avant que tu ne puisses te rassasier, je vais te demander si tu sais ce que contiennent ces plats.

Il y avait au moins trois sortes de tartelettes, à première vue. La première était blonde, dorée, et contenait une appétissante migaine[1] mêlée de lard et de fromage. La deuxième, bien plus blanche d'allure, mais visiblement cuite à four plus vif, car la pâte était bien plus fine et craquante, débordait de crème et d'oignons. La troisième était rouge, garnie de champignons émincés et d'olives noires.

– Maître Arnaud, je pense que tu me proposes là trois pâtisseries salées aussi simples que différentes et succulentes. Je pense reconnaître une quiche à la mode lorraine, une tarte flambée strasbourgeoise et ce plat du pauvre italien que l'on nomme en Toscane *focaccia* et à Naples *pizza*.

– Ah, voilà qui me ravit ! Un connaisseur de bonne chère a toujours sa place ici ! Pioche donc, tu l'as mérité, car tu as presque tout juste. La pizza aux saveurs rafraîchissantes de pommes d'amour et d'agarics a ma préférence, pour ne rien te cacher, mais la *flammekueche*, comme disent les Alsaciens, n'a rien à lui envier. Toutefois, ton erreur réside en la quiche. Je t'apprendrai donc que la « lorraine » n'est jamais servie avec du fromage. On la baptise quiche vosgienne dans ce cas précis. Et si elle est complétée d'oignons, c'est une quiche alsacienne. Mais surtout ne crois pas que l'on ne serve que ces frivolités ici. Il s'agit de simples croquembouches à un sou, fort prisés par nos convives pour leurs valeurs apéritives. Ici, poursuivit-il avec feu, foin des repas grandiloquents, où l'on regarde plus qu'on ne savoure ! Un homme doit pouvoir sortir de chez nous l'estomac bien plein, et si durant son dîner la présentation des plats lui plaît, eh bien, c'est heureux, mais cela n'est dû qu'au hasard. Ton oncle et moi prisons et servons la nourriture roborative des campagnes – et à moi qui ai eu l'occasion de voyager ici et là, il me laisse tout loisir d'y ajouter épisodiquement des saveurs exotiques. C'est cette manière de faire qui a donné

1. Migaine : mot lorrain pour désigner l'appareil, c'est-à-dire le mélange d'œufs, de lait ou de crème fraîche, qui garnit les pâtisseries salées telles que les quiches, ou sucrées comme le flan pâtissier. Une crème anglaise est une migaine.

sa réputation à l'auberge. Ça et d'autres choses, pour être franc... D'ailleurs, as-tu fait la connaissance d'Hermance ?

– Hermanche ? répondit Léandre, la bouche pleine, avant d'avaler une bouchée de quiche.

– Le Dragon, ou la mère Michel, puisque c'est son nom ! La sainte patronne de cet établissement !

– Oh, je le crains... répondit alors Constant, qui remontait de la cave avec deux bouteilles poussiéreuses sous le bras. C'est elle qui l'a conduit à mon bureau. Vu l'air chagrin qu'elle affichait, je pense que leur rencontre ne s'est pas passée le mieux du monde.

– Cela te surprend ? Cette vipère n'aime personne...

– J'ose espérer qu'il en est autrement pour moi, soupira Constant, le nez baissé.

– Mon pauvre saint Georges ! Tu n'aurais plus le sou qu'elle ferait feu des deux fuseaux !

« Ainsi, se dit Léandre, ma peu accorte hôtesse est également la compagne de l'oncle Constant. »

Aux dires du cuisinier, il comprit instantanément l'origine de l'antipathie qu'elle lui causait : sa présence aux côtés de Constant n'était motivée que par l'appât du gain et il ne pouvait approuver ce genre de comportement. Pour lui, un service n'était pas forcément payant ; un remerciement lui suffisait comme récompense. Il ne demandait pas plus, et ne tolérait pas moins. Par conséquent, il détestait les gens cupides pour qui une bonne action rendue devait toujours être remboursée. Mais le fait qu'elle soit sa tante lui fit aussitôt regretter son manque de patience envers elle, et il se promit de s'amender tôt ou tard si cela était possible.

– C'est ma faute, hasarda-t-il. Quand elle n'a pas voulu aller vous chercher, mon oncle, je me suis montré un peu acerbe envers elle. Je vous prie de m'en excuser.

– Balivernes ! s'exclama Davezac. Le voilà qui demande pardon pour s'être montré sec avec cette peste ! Garçon, tu me plais de plus en plus ! Voilà des années que je rêve de la moucher, mais mon poste et surtout l'amitié que j'ai pour ton parent m'interdisent de lui répondre tel que je voudrais. S'il existe en cette maison quelqu'un qui ait la possibilité et le courage de s'opposer à elle, je saluerai sa venue comme celle du Sauveur de l'humanité !

– Mais je ne voudrais pas causer de dommages à mon oncle.

– Des dommages... soupira ce dernier. Le cœur a ses raisons que la raison ignore, mon garçon. Tu auras tout loisir de t'en rendre compte, hélas. J'aime profondément cette femme, qui ne me le rend absolument pas, ou presque pas. C'est ainsi. Et depuis plus de dix ans, je n'ai pas le courage de m'imposer face à elle, sans que je puisse l'expliquer. Ce doit être un effet de l'âge.

– De l'âge ? Allons bon ! Tu l'aimes, et nous savons tous que l'amour rend idiot. Pas besoin d'épiloguer, conclut Davezac, avant de saluer les Lafforgue et de retourner houspiller un mitron qui venait impudemment d'engloutir une trop généreuse rasade de vin blanc qu'il était censé verser dans un plat de veau en sauce.

Léandre et Constant ne s'attardèrent pas davantage. Chacun d'eux piocha dans les plats de tartelettes, et c'est en croquant leur butin qu'ils regagnèrent le rez-de-chaussée.

– Constant ! glapit une voix peu mélodieuse.

L'oncle Lafforgue fit la grimace et déglutit pour absorber ce qu'il avait en bouche. Déjà la mère Michel s'approchait à grands pas, l'air réprobateur.

– Combien de fois devrai-je te répéter de ne pas aller piller les vivres des clients ? Tu veux nous conduire à notre ruine ! Et de plus, avec le ventre d'ours que tu as, tu devrais te passer de ce genre d'en-cas ! Je ne tiens pas à partager la vie d'un muid[1] !

---

1. Muid : unité de volume des tonneaux de vin, variable selon les régions, mais tournant principalement entre 250 et 300 litres. Le tonneau lui-même. Évidemment employé pour désigner l'obésité d'une personne...

Elle le fusillait du regard, et Léandre en fut profondément attristé. Quelle détestable façon de s'adresser à son amant ! Ce dernier tâcha de dévier la conversation afin d'aplanir les tensions.

– Hermance, fit-il penaud à l'adresse de la femme, je te présente mon petit-neveu Léandre. Un fruit de la Gascogne, comme moi.

– Fruit de la Gascogne… Psss… Parlons-en ! Je ne tiens pas à voir l'arbre qui les fait pousser ! Grand merci, je préfère les fruits de Paris ! Eux au moins ne laissent pas une impression amère dans la bouche des braves gens !

Constant ne dit rien, eut un regard peiné. Mais Léandre, lui, ne tint pas à en supporter davantage, et il revint définitivement sur ses sentiments de pardon esquissés dans son esprit pendant qu'il parlait avec Davezac. Hors de question de tenir sa langue : la provocation était manifeste. La réponse se devait d'être cinglante.

– Les palais des gueux ne s'accommodent jamais des saveurs de choix. Entre fiel et miel, ils se trompent toujours de lettre.

À la grimace tordue qu'elle fit, il comprit qu'il avait atteint sa cible.

– J'ai des ordres à donner en cuisine.

Et sur ces mots, elle claqua purement et simplement la porte pour gagner l'escalier inférieur. Léandre ferma les yeux, à la fois gêné de sa propre insolence et satisfait par la réaction de la jeune femme. Constant le rassura en lui donnant une gentille tape sur l'épaule.

– Je te souhaite la bienvenue à l'*Auberge du Vieil Armagnac*, mon neveu. Merci pour ta défense… mais je pense qu'à compter d'aujourd'hui, nos vies ici ne seront pas aussi roses que nous mériterions qu'elles soient.

Quelques heures plus tard, Léandre et Constant étaient de retour dans la bibliothèque. Le jeune homme avait affirmé ne pas être fatigué, et tenir à profiter de cette première journée parisienne autant que possible. Tout au long du repas, il avait parlé, parlé, encore parlé, de son désir de connaître ses origines, de son enfance, de la Gascogne. Constant l'avait attentivement écouté. Ils étaient tranquilles : Hermance avait prétexté une migraine tenace pour ne pas avoir à supporter leurs souvenirs respectifs. Ils avaient pris leur dessert – un délicieux flan aux œufs frais – avant de regagner le bureau-bibliothèque, une tasse de tisane fumante à la main. En s'installant derrière sa majestueuse table de travail, Constant avait remarqué le regard de son jeune parent sur les bougeoirs. À la différence de tantôt, chaque candélabre était enflammé et l'endroit en devenait plus chaleureux.

– C'est Hermance qui fait l'économie de bouts de chandelle et m'interdit de tout allumer. Tu l'avais sans doute deviné.

Léandre acquiesça en silence et but une gorgée d'infusion.

– Par chance, elle s'endort tôt et j'aime travailler tard. Donc je m'octroie, dès qu'elle est couchée, le luxe de faire brûler toutes les chandelles qui me chantent. Mais laissons-la en paix pour l'heure.

Le vieil homme se précipita vers une armoire basse, coincée entre deux bibliothèques, l'ouvrit et en sortit un flacon de cristal contenant une liqueur aux reflets rubis.

– Du vin de Porto. Mon péché mignon.

Ayant constaté que son convive ne buvait que de l'eau claire, il s'abstint de lui en proposer. Une fois rassis, il remplit sa tasse d'alcool et l'absorba lentement avant de poursuivre :

– Mon garçon, si j'en crois le message de René, tu aimes les livres ?

– Presque autant que j'aime les femmes... et la bonne chère.

Ce n'était pas là une exagération. Il n'était au fond nul lieu où il se sentit davantage à son aise qu'au milieu des livres. Depuis qu'il avait appris, à l'âge de trois ans, à maîtriser l'alphabet et ses combinaisons infinies, il n'était pas un jour sans qu'il n'ait à consulter un des cinq mille volumes que possédait son grand-père. Il connaissait le classement mis en place par son aïeul par cœur. Parfois, il s'agissait de dévorer l'intégralité d'un roman captivant, rempli d'êtres extravagants et fantastiques. L'imagination de Léandre, riche désormais de dix-huit années de lecture, n'avait aucune peine à dépeindre dans le détail le plus infime les scènes dont il était le témoin invisible et omniscient au fil des pages. Plus régulièrement, le jeune homme venait parfaire sa culture générale. Qu'un mot, glissé dans une conversation, lui échappe ou qu'un point de connaissance le laissât perplexe, il le savait, l'ancestrale bibliothèque lui fournirait la réponse souhaitée. Cette pièce était, à ses yeux, la plus importante de toute la maison Lafforgue. C'est là que René lui avait enseigné nombre d'informations, certaines inutiles à la vie de tous les jours, mais d'autres ô combien précieuses.

– Chaque livre, répétait le vieillard, est une fenêtre ouverte sur le savoir universel. Et même si nul homme ne dispose d'assez de temps pour lire tout ce qui a été écrit depuis des siècles, le sage a à cœur d'apprendre un peu chaque jour, comme s'il devait vivre éternellement.

Léandre avait adopté cette vision des choses comme sienne, et il semblait désormais assuré que Constant partageait le même point de vue.

– Le bon vivant que voilà ! Profite de cette jeunesse qui s'enfuit trop vite ! Je suppose que tu te poses bien des questions. Je t'ai écouté durant le souper. C'est maintenant à mon tour de parler… ou plutôt de te répondre. Je ne pourrai pas tout te dire, ton grand-père m'en voudrait. Chaque chose en son temps. Mais je ferai de mon mieux pour compléter les vides de ta connaissance.

– Vous êtes le frère cadet de grand-père René ?

– Oui.

Constant tendit la main vers le tableau de la cheminée.

– La fratrie Lafforgue, voici plus de cinquante ans. Je suis à droite, ton aïeul à gauche. Au centre, c'est le benjamin, Louis. Il avait trois ans de moins que moi, et donc douze ans de moins que René.

– N'est-il plus de ce monde ?

– Non.

Les yeux un peu trop humides et le ton sec convainquirent Léandre de ne pas pousser plus avant ses interrogations.

– Comment êtes-vous devenu aubergiste ?

Un léger sourire vint gommer toute trace de nostalgie dans les yeux de l'oncle.

– Par hasard… Je dirais que c'est un coup de chance… Mais sois prévenu, toi qui ne me connais guère, que tu risques de moins m'estimer en sachant mon parcours.

– Parlez-moi. Nous verrons après.

– Comme tu voudras. À la différence de notre aîné, plus raisonnable, ni Louis ni moi n'avons accepté d'être les enfants respectueux des traditions que nos parents souhaitaient. Ils nous rêvaient tous magistrats. Par amour de la connaissance et de la communication, nous sommes devenus instituteurs. J'appréciais mon métier, et le contact avec les enfants. Puis un jour de 1798, ton grand-père m'a écrit. Il m'a affirmé disposer d'une place de précepteur dans une famille honorable de Paris, qui pourrait m'ouvrir bien des portes. N'ayant jamais mis les pieds dans la capitale, j'ai accepté sans hésiter. C'était la dernière fois que j'allais voir la Gascogne. Voilà des années que je rêvais de courir le monde, mais jamais je n'aurais eu le sou pour accomplir ce souhait.

Et là, je suis devenu le précepteur d'un fils de diplomate, et j'ai découvert au gré de ses pérégrinations Rome, Bruxelles, Amsterdam… J'étais très heureux.

– Mais ?

– Mais Luz est entrée dans ma vie.

– Qui était-elle ?

– La belle-sœur de mon maître diplomate. La sœur de son épouse. Portugaise. Le scandale de la famille, comme elle aimait à se décrire. Deux fois divorcée, sans enfants, exubérante et gaie. Elle s'est, au fil des visites chez ses parents, entichée de ma personne. Elle n'avait de cesse de venir prendre des nouvelles de ses neveux, de vérifier leurs progrès, mais en fait elle ne venait presque que pour moi. Et comme elle avait de fort beaux restes, je me suis laissé prendre. J'avais alors vingt-six ans, et elle quasiment vingt de plus.

– L'aimais-tu ? demanda Léandre, tutoyant pour la première fois son oncle sans vraiment s'en rendre compte.

– Sans doute.

– Était-elle fortunée ?

– Diable, oui. Mais je ne bénéficiais pas de largesses immodérées de sa part. J'étais son sigisbée[1], certes, mais je ne résidais pas chez elle. J'avais mes appartements selon mes fonctions professorales. Je poursuivais ma mission de précepteur, nanti d'une lettre de recommandation sans cesse plus riche qui m'a permis de servir les plus hautes familles de Paris, et d'être payé à la hauteur de mes efforts. Notre relation a duré plus de 20 ans et, un jour de 1821, sa femme de chambre est venue m'avertir, en larmes, qu'elle avait trépassé dans la nuit. Je l'ai accompagnée au tombeau et j'ai continué ma vie de précepteur deux mois durant jusqu'à ce qu'un notaire me vienne trouver.

1. Sigisbée : à la base, « chevalier servant » accompagnant en tout bien tout honneur une femme mariée dans ses promenades. Détourné parfois dans le sens d'homme entretenu, de gigolo, ce qui est le cas ici.

– Que désirait-il ? demanda Léandre, qui soupçonnait déjà la suite.

– Il m'apprit que Luz n'était pas morte *intestat*, et qu'elle m'avait fait figurer en excellente place dans ses legs. En guise de cadeau d'adieu, elle m'avait légué de l'argent mais également l'hôtel d'Albret : ce bâtiment où tu te trouves dorénavant.

– Beau cadeau.

– Oui et non... L'endroit était invivable. Elle l'avait racheté à un certain Vuillaume, lequel, pendant quinze ans, avait loué le lieu à divers commerces et entreprises qui avaient ruiné l'édifice. Les travaux étaient importants pour qui désirerait s'y installer.

– Qu'as-tu donc fait ?

– Une fois encore, le hasard m'a montré la voie. Un jour que je venais faire le tour du propriétaire dans les mansardes, j'y ai entendu des gémissements, et crois-moi, malgré l'ambiance de maison hantée qui y régnait alors, ce n'était pas les plaintes qu'on attribue volontiers aux spectres. Dans une des anciennes chambres de bonne, je suis tombé sur deux amants qui étaient venus là céder à l'appel de leurs sens. Je ne me suis pas fait remarquer d'eux et n'ai pas daigné jouer les satyres en les observant davantage. Cependant, je me suis posté dans le recoin le plus sombre de l'escalier pour les attendre... La frousse qu'ils ont dû ressentir quand je les ai interpellés, eux qui sortaient joyeux de la pièce... Je me suis présenté et leur ai simplement dit qu'en tant que propriétaire pareille intrusion ne me convenait guère, mais que, s'ils se sentaient si bien dans mon grenier, je pouvais leur louer la pièce pour presque rien afin qu'ils viennent s'y aimer à l'envi. Je leur ai donné mon adresse d'alors pour qu'ils puissent me fournir une réponse.

– Sont-ils revenus ?

– Lui est revenu, dès le lendemain. Il m'a tout expliqué. Ils commettaient l'adultère, car elle était mariée, et ils se méfiaient des auberges... et pour cause : elle était l'épouse d'un restaurateur de la rue Saint-Honoré et lui était l'un des gâte-sauces de son époux. Mais, si j'ai sympathisé avec ce garçon, c'est surtout parce qu'il était un *pays*, puisque natif de Tarbes.

– Ne me dis pas que…

– Oui, c'était Arnaud Davezac.

– Et après ?

– Eh bien, nous sommes devenus camarades très vite. Je lui ai à mon tour confié mes tracas, car je ne voyais toujours pas comment je pourrais m'accommoder, moi le précepteur, d'un bâtiment aussi vaste sans le louer aux commerçants qui l'avaient tant abîmé jadis. C'est alors qu'il a eu une idée. D'une part, il m'a proposé de garder en tête mon idée de location de chambre pour couples en mal d'amour pour l'instant. Au lieu d'en faire des magasins, pourquoi pas une hostellerie de qualité, doublée d'un restaurant ? Je n'avais guère d'expérience en la matière, cependant l'un de mes derniers maîtres occupait une place de premier ordre au ministère des Finances et, satisfait par ma curiosité, il m'avait enseigné les bases de l'économie commerciale.

– Tu as accepté ?

– En prenant quelques jours pour réfléchir, je me suis rendu sans le prévenir à l'auberge où il exerçait. Dans notre conversation, il m'avait appris la liste des plats dont on lui confiait la réalisation, et ce furent ceux que je commandai. Après avoir goûté le tout, ma décision était prise. Il méritait assurément qu'on ne le laissât pas s'étioler comme simple marmiton. Je l'ai donc embauché et lui ai fourni une bourse, à charge pour lui d'équiper les cuisines de ce qu'il pouvait trouver de mieux. Pendant ce temps, j'ai prié les anciens serviteurs de mon amie de se mettre à mon service, en leur offrant des gages un peu supérieurs à ceux qu'ils touchaient autrefois, et en autorisant tout pourboire. Ensemble, nous avons procédé à la rénovation des lieux avant cela… Quel chantier, mon garçon ! Nous mangions plus de poussière que de ragoût, tu peux me croire. Enfin, nous avons pu ouvrir nos portes. Oh, les trois premières années n'ont pas été formidables, car l'hôtel manquait de publicité, et je commençais à me demander si je n'avais pas commis là une terrible erreur quand un jour, au dîner, j'ai remarqué un couple d'amoureux qui se mangeait davantage de baisers qu'ils ne se préoccupaient de leurs assiettes. Pressentant la chose, je me suis approché de l'homme et lui ai soufflé à l'oreille que nous disposions d'un salon privé où ils pourraient terminer leur repas avant de s'adonner à d'autres plaisirs tout aussi agréables.

– Tu avais un salon de ce genre, toi ?

– Pas vraiment. En fait, c'était mon cabinet privé du second étage, où je recevais mes maîtresses... L'habitude de ne pas vivre avec Luz... je n'avais jamais apprécié de partager ma couche avec quiconque.

– Je le comprends.

– Il faut que je te dise : l'homme était un de nos rares et riches habitués et, après m'avoir confié l'entière satisfaction qu'il avait éprouvée à déguster ce repas, il me paya rubis sur l'ongle pour être conduit dans ce salon privé... Deux jours plus tard, c'était un autre couple – une amie de la jeune femme, pour être exact – qui venait me demander les clés de mon paradis personnel... La requête devenant récurrente, j'ai fait équiper deux, puis six pièces de la sorte, et il n'est pas rare qu'elles soient toutes occupées, que ce soit le midi ou le soir... La réputation était lancée.

– N'as-tu jamais eu de soucis avec la police ? On aurait pu te soupçonner d'être quelque entremetteur...

– Que non pas ! Même si cela n'est pas faux, puisque certaines de mes clientes sont des demi-mondaines tout à fait notoires. Je ne crains pas la moindre enquête... Seul le salon me rapporte de l'argent et, couple officiel soucieux d'entretenir la flamme ou couple illégitime, je pratique toujours d'identiques tarifs. C'est là l'avantage d'être un lieu de bonne qualité. Les notables, mon garçon, étant des gens comme les autres, il leur faut des lieux pour se retirer en paix avec celui ou celle qu'ils veulent aimer... J'ai donc une clientèle particulièrement distinguée, y compris quelques hauts fonctionnaires de la police, qui apprécient à se retrouver chez Dulcinée...

– Pardon ?

– Oui, c'est là le nom que j'ai donné aux salons du second étage. *Les Boudoirs de Dulcinée.*

Léandre apprécia la finesse de ce choix. Agréable, simple, efficace et discret malgré tout.

– Et qu'en est-il du premier étage ?

– Des salons également, mais plus vastes, et servant uniquement aux réunions d'affaires et aux dîners protocolaires à assistance réduite.

– Non, je veux dire... A-t-il un nom ?

– Je ne suis pas allé jusque-là. Il me semblait juste de baptiser un lieu conçu pour l'amour. L'argent, lui, peut se passer de métaphores.

– *Les Boudoirs de Dulcinée*, répéta Léandre, songeur, en faisant de nouveau couler les mots dans sa bouche comme une gorgée d'eau fraîche.

– Oui, je suis un incorrigible amateur de l'œuvre de Cervantès...

– Le goût de la littérature est décidément de famille... sourit Léandre.

– Les chiens ne donnent jamais naissance à des chats.

À cet instant, par le plus grand des hasards, un court cri aux graves sonorités retentit dans le couloir. Constant se dressa d'un bond et courut à la porte, qu'il ouvrit avant de parler d'une voix basse et courroucée, le regard dirigé vers le sol.

– Non ! Marquis, non ! Vous savez fort bien qu'Hermance ne tolère pas votre présence ici. Vous devez rester aux abords des écuries !

Léandre vit alors entrer un étrange chien dans la bibliothèque.

– Marquis, revenez ici tout de suite ! Allez-vous m'écouter ?

Mais l'animal n'avait visiblement cure des protestations de Constant. Au contraire, il pénétra plus avant dans la pièce, s'approcha du fauteuil où s'était assis Léandre et vint renifler avec curiosité les bottes du visiteur inconnu. Pendant qu'il procédait à ces investigations olfactives, le jeune homme l'observa. Jamais il n'avait vu un corniaud aussi singulier. Un chien de chasse, sans le moindre doute… Mais quelle allure ! Le poil fauve, noir et blanc, imposant mais muni de pattes rabougries comme celles d'un nain, sa queue en forme de fouet qu'il portait haut achevait de lui donner une longueur impressionnante. De sa tête en forme de sabot pendait une paire d'oreilles brunes qui touchaient presque terre. Avec sa truffe sombre, sa longue langue, large et rose comme une tranche de jambon cuit, et ses yeux noirs à la paupière tombante qui lui donnaient un air malheureux, il était irrésistible, et Léandre, qui avait toutes les bontés du monde envers la gent canine, tomba bien entendu sous le charme. Il tendit la main et flatta le sommet du crâne du cabot, qui frétilla de la queue et lui lécha la paume par réflexe de politesse.

– En voilà un limier !

– Tu peux le dire. Je te présente Marquis. Je pourrais le parer du titre de chien de l'hostellerie, mais vu qu'Hermance le déteste…

– Tiens donc. Pourquoi ne suis-je point surpris ?

– C'est le cadeau d'un client américain qui a ses entrées privilégiées ici. Il me l'a offert voici un an.

– De quelle race s'agit-il ? On dirait un basset de Bretagne, j'en ai vu une gravure dans un livre de cynégétique.

– Presque. C'est bien un basset, mais issu de croisements avec le chien de Saint-Hubert, qu'on nomme en langue anglaise bloodhound, d'après ce que l'Américain m'a dit. Cette race aurait reçu le nom de lafayette hound, car le général aurait fait cadeau de l'un d'eux au futur premier président, George Washington, voici un demi-siècle.

– Je suppose que c'est en l'honneur de La Fayette que ce dernier a été nommé Marquis.

– Mon jeune ami, vous avez autant de flair que ce cabochard aux longues oreilles. Quant à vous, Marquis, votre présence ici ne vous dispense pas de suivre les règles du savoir-vivre. Allez donc vous coucher à votre place, près de la fenêtre... Allez !

Le chien lui lança un regard d'une insondable tristesse doublé d'un jappement navré qui fit éclater de rire Léandre, avant de rejoindre une bassine d'osier contenant un épais coussin mangé aux mites, habilement dissimulée par les rideaux de la croisée, dans laquelle il s'installa avec un long soupir de contentement. Bientôt, de paisibles ronflements résonnèrent dans la pièce.

– C'est un excellent compagnon, dit Constant, tout sourires, même s'il est aussi têtu que moi. La présence d'un chien me manquait. Hermance, elle, souhaitait que j'aille le noyer...

– Mais *boudiou* ! s'exclama Léandre. Qui est donc Hermance pour régenter tout et son contraire dans cette maison ?

Silencieusement, Constant alla s'accouder à la cheminée, se plongeant quelques instants dans la contemplation du tableau qui le représentait en compagnie de ses frères.

– Hermance est ma femme.

– Dans quel sens ?

– Dans son sens le plus clair qui soit : officiellement, devant les hommes et la loi. Pas devant Dieu, grâce à ma méfiance totale envers la calotte, et c'est là aussi un sujet de reproches de sa part. Je l'ai épousée voici neuf ans.

– Et l'alliance ?

– Ah, tu as remarqué cela ? Je ne porte nulle bague : mes doigts enflent quand ils sont prisonniers... J'en ai fait l'expérience, et la douleur fut telle pour la retirer que je m'abstiens de récidiver. Alors, je l'arbore autrement.

Alors qu'il tirait de sous sa chemise l'anneau qu'il portait en pendentif, Léandre ne put s'empêcher de pousser un long bâillement.

– Veuillez me pardonner ! Ne croyez surtout pas que notre discussion m'ennuie !

– Es-tu fatigué ?

– Un peu... pas tellement, mon oncle.

– En es-tu bien sûr ? Par expérience, je dirais que oui... Encore que la dernière fois où j'ai eu à faire le trajet d'Auch à ici, c'était il y a presque cinquante ans, et la durée du voyage était bien plus longue qu'elle n'est aujourd'hui. Je reste persuadé que la diligence n'est pas l'endroit idéal pour trouver un repos salutaire...

Il s'interrompit aussitôt et sourit gentiment. Petit menteur que voilà, qui osait se dire en forme, absolument point en proie à la fatigue du voyage...

Dans l'aimable tiédeur de la pièce, blotti en ce confortable fauteuil, Léandre, malgré l'intérêt manifeste qu'il portait à la conversation, n'avait pu résister plus longtemps aux appels de Morphée, et il gisait désormais dans ses bras, les yeux clos et la respiration lente, paisible comme un bienheureux. Constant regarda Marquis, qui semblait fort peu disposé à regagner l'air frais de l'extérieur. Alors il moucha en silence une à une les chandelles, puis quitta la bibliothèque sans faire plus de bruit qu'une fourmi. Quelques heures avaient suffi pour qu'il ressente une franche affection et une confiance envers ce petit-neveu encore inconnu au matin. Il y aurait lieu de parler par la suite. Tout arriverait à point pour cela. Mais avant de l'envoyer sur les traces des fantômes du passé, mieux valait le laisser découvrir les empreintes de son futur.

Chapitre troisième

Des rencontres fortuites que l'on peut faire dans un palais

L'aube pointait à l'horizon et, alors qu'il rentrait dans son cabinet de travail, l'homme étouffa un discret bâillement en retirant ses gants de cuir. Encore une nuit blanche consacrée à son œuvre. Il n'y avait rien à regretter : il trouvait un réel plaisir à se vouer tout entier à l'élaboration de ce projet. Jamais il n'en avait connu de tel. Et il ne pouvait en parler à quiconque, car personne ne pouvait le comprendre. Même ses semblables. Surtout eux, si prompts au blâme, ne sachant reconnaître le génie, même face à d'irréfutables preuves. Il secoua la tête avec vigueur pour chasser ces mauvaises pensées. C'était du passé, il fallait se tourner vers l'avenir, vers ce jour naissant, si riche de promesses. Oui, il avait d'autres choses à songer, bien plus importantes et réjouissantes. Il s'assit derrière le bureau, avala le contenu d'une tasse qui traînait à portée de sa main. Il fit la grimace : c'était le froid reliquat d'une infusion herbale, venue de Pondichéry, qu'il avait laissée là depuis la veille au soir. Comment les Anglais pouvaient-ils priser la saveur de cette boisson ? Chaude, elle était tout juste buvable, mais à température ambiante, c'était infâme. Il déglutit et vida le reste dans le pot du maranta[1] qui poussait dans l'angle le plus éclairé de la pièce.

Prenant un papier vierge, il se concentra dès lors sur la rédaction de ses notes qui devaient conclure les longues heures de tests de la journée précédente. Pendant une trentaine de minutes, il relata par le menu les constatations relevées cette nuit-là dans son laboratoire, puis se relut. Avec un hochement de tête, il corrigea quelques erreurs d'écriture, puis ajouta un paragraphe spécial, ce afin de consigner les remarques découlant de la diffusion de la cinquième formule. Ce n'étaient là que des éléments peu détaillés, faute d'avoir pu assister à l'expérience jusqu'au bout. Voilà plusieurs jours que celle-ci s'était achevée et il aurait dû se soumettre à cette tâche de scribe, mais il avait eu beaucoup à faire dans ses journées, et il lui fallait souvent se soumettre aux exigences de son corps en s'accordant huit heures de sommeil complet. Chronophage, mais nécessaire. Il n'entendait pas provoquer le moindre soupçon dans son entourage en négligeant ses devoirs professionnels : moins importants que son œuvre secrète, certes, mais vitaux malgré tout, car l'homme aimait son travail, et il n'aurait jamais manqué une occasion de le prouver.

… le sujet a ressenti les effets d'une façon non immédiate, comme ce qui était prévu, mais le délai entre administration et guérison est cette fois sans doute trop excessif. Tout aurait pu être dénaturé, et l'efficacité du produit en pâtir sévèrement. Face au résultat, l'essai ne peut être que qualifié de réussite, mais il convient d'approfondir l'étude des substances et la posologie adéquate afin d'en tirer à terme les résultats optimaux et prévisibles.

Après cela, il attendit que l'encre sèche et ouvrit un tiroir pour en extraire un dossier. Il y classa avec soin les papiers qu'il venait d'écrire et en sortit une feuille, scindée en deux

1. Maranta : dictame, plante d'Amérique centrale et du Sud, réputée pour sa racine (rhizome) comestible et sa faculté à absorber les polluants aériens.

colonnes. Il relut les rares lignes qui s'y trouvaient déjà, prononça les noms des patients avec délectation. Puis d'une plume, il ajouta un cinquième nom, puis une mention, en lettres capitales, identique aux quatre autres qui la précédaient.

Il ne s'agissait que d'un seul mot : *succès*.

Ce furent les rais du soleil naissant qui eurent raison du sommeil de Léandre. En ouvrant les yeux, il eut d'abord grand mal à reconnaître l'édredon rouge sous lequel il était enfoui comme dans un cocon, ainsi que la chambre à coucher elle-même, elle aussi peinte dans des couleurs chatoyantes rappelant le feu et les teintes de la nature en automne... Puis il se rabroua en silence.

– Sot que tu es. Voilà déjà quatre jours que tu ne parviens point à te faire à l'idée que tu es désormais à Paris et non à Auch ! Il est nécessaire que tu te reprennes, mon garçon, et vite !

Il écarta vivement draps et couette de plumes et posa les pieds sur le parquet lustré. À l'évidence, le propriétaire des lieux – à moins que cela ne fût *la* propriétaire – tenait à ce que sols, murs et plafonds demeurent parfaitement immaculés. Léandre appréciait la chose et, en tant qu'invité, faisait de son mieux pour respecter le rangement qui régnait en maître dans cette maisonnée, mais pour ce désordonné notoire, cela restait une tâche difficile. Sans se complaire dans la crasse, il craignait davantage le plumeau que la poussière, et rouscaillait à chaque semonce d'Anna quand elle l'incitait à nettoyer ses pénates avec plus de vigueur et de régularité.

– Ne marmonne pas entre tes dents, garnement !

Elle le connaissait trop bien, son Léandre et sa façon de maugréer dans sa barbe quand on le contraignait à la moindre activité qu'il détestait. Il agissait de même, pour tout dire, quand sa scolarité l'avait obligé à appréhender les mathématiques dans toute leur horreur. Nul pensum n'était parvenu à le ramener sur la voie de la sagesse. Fi de la géométrie, de l'arithmétique et de l'algèbre. Il préférait encore avaler un fruit moisi plutôt que de forcer son cerveau à assimiler de tels barbarismes issus à n'en pas douter de l'esprit malade de quelque sadique numérophile.

Le jeune homme, fidèle à ses habitudes, ouvrit la fenêtre en grand afin d'aérer couche et pièce et frissonna. Le matin parisien était décidément bien plus piquant que celui du Gers à la même époque. Si on occultait l'odeur persistante de fumier et d'égout qui planait dans les rues, la sensation en était quand même agréable. Un brin d'air frais n'étant pas synonyme d'agonie pour lui, il respira à pleins poumons l'atmosphère de la ville. Le ciel gris et l'odeur particulière qui planait lui indiquèrent que la pluie, tombée en cascade ces deux derniers jours, restait proche.

Ces conditions climatiques avaient, encore une fois, contribué à aggraver les relations déjà aigres entre Léandre et sa tante. Tandis qu'oncle et neveu prenaient leur déjeuner, elle était arrivée dans la salle, le regard mauvais, dans ses plus beaux atours, décidée à aller assister de bonne heure à la messe de l'église Saint-Paul. Léandre n'avait rien dit, mais juste jeté un œil par la fenêtre pour montrer la flaque d'eau qu'était devenue la cour suite à une journée entière de précipitations ininterrompues. Voyant que nul ne la suivait, elle avait récriminé tout haut sur les sans-Dieu qu'ils étaient, et qui craignaient trois gouttes d'eau du ciel, c'est-à-dire nées des larmes du Père éternel. Elle leur avait assuré qu'ils finiraient leurs vies dévorés vivants par des asticots et toutes sortes de vermines, avant que leurs restes ne pourrissent au sein de la terre, tandis que Satan se ferait un plaisir de venir torturer leurs âmes condamnées à une éternité de géhenne[1].

À ces propos, que Constant avait pris avec fatalisme, Léandre s'était contenté de la fixer et de sourire largement, avant d'ajouter avec une belle insolence une large cuillerée de confiture de fraises – faite par maître Davezac, bien entendu – sur sa rôtie toute fraîche sortie du four. Hermance lui avait lancé un regard assassin, avant de tourner les talons pour aller rendre grâce à son Créateur et Le prier d'envoyer au diable la famille Lafforgue tout entière.

C'était une bien étrange créature. Léandre ne jugeait personne sur son passé, mais le cas de sa tante Hermance ne manquait pas de le troubler. Ce même matin, il avait fini par apprendre la vérité à son sujet de la bouche d'Arnaud, lequel n'aurait pas manqué la moindre occasion de médire à son encontre.

– Ta tante ? Une rusée, une diablesse qui a embobiné ton oncle… Elle a fait son apparition ici voici dix ans.

– Une cliente ?

– Elle ? Que non pas ! Une poule de chez Dulcinée, oui ! Elle accompagnait à l'époque un banquier marié à une fille de la noblesse aussi riche que laide. Eux sont venus parfois en clients… J'ai pu voir sa légitime. En effet, pas très réussie… Comme un gâteau qu'on aurait démoulé avant qu'il ne refroidisse… Mais aimable et appréciant la bonne chère, deux qualités qui me l'ont rendue appréciable. Le banquier, lui, n'était sûrement pas à la fête pour l'amour, alors il s'était trouvé la Michel… Tu es un homme que les femmes ne dédaignent pas… Je me trompe ?

– Euh…

– Cette hésitation vaut toutes les réponses au monde, garçon. Donc je suppose qu'un séducteur tel que toi ne doit pas avoir loupé le fait que cette garce est belle ?

– Ma foi… je mentirais si je prétendais le contraire.

1. Géhenne : enfer et, par extension, torture longue et intolérable.

– Bravo ! Mais l'âge l'a un peu perdue… Très peu, soyons honnête. À l'époque, elle était aussi belle à regarder que détestable à connaître. Mais vu l'air épanoui qu'avait le banquier à chacune de leurs visites, il était sûr qu'elle était reine dans son lit. Malgré ça, un homme reste un homme, et il ne peut pas supporter plus d'humiliations que nécessaire, et toute maîtresse qu'elle fût, elle ne se privait pas de méchancetés à son égard. Un jour, c'est seule, furieuse et le visage inondé de larmes que nous l'avons vue rentrer à l'hostellerie. Elle est allée s'installer à une table, agressant le moindre client mâle qu'elle voyait, et elle s'est enivrée de vin de Monbazillac. Un des valets m'a prévenu, et je suis moi-même allé voir Constant pour lui dire qu'elle faisait du tapage. Il s'est assis à ses côtés, il lui a parlé avec douceur, elle a fini par pleurer dans ses bras. C'était normal que le banquier l'ait évincée ! Mais ton animal d'oncle, lui, s'est laissé attendrir par elle. Cela faisait quelque temps qu'il n'avait point vécu d'histoire de cœur ou même de lit, et il la trouvait belle comme le jour malgré son tempérament d'ortie. Alors il a essayé de lui faire du charme… et comme il était – il est, pardon – brave et riche, elle n'a pas hésité une seconde. À compter de l'instant où ils ont fini dans le même lit, il est devenu son prisonnier.

– Comment peut-on être prisonnier de l'amour ? Si amour il y a ?

– Oh, il existe… Même si j'affirme le contraire, je suis certain, au fond, qu'elle l'aime, ton oncle. À sa manière. Mais elle est si mauvaise que nul ne peut rien voir de bon en elle. Sauf Constant. Il me l'a déjà dit : chaque matin, il repense aux larmes de cette femme éconduite et cela l'émeut assez pour vouloir l'aider sa vie entière.

– Tsss… Quelle bêtise !

– Le cœur a ses raisons…

– Je sais. Mais quelle bêtise, quand même !

– Je te comprends, mais ne sois pas trop prompt à juger ton oncle. Il l'aime. Et s'il y a bien un sentiment qu'il est impossible de combattre, c'est celui-là. Il n'est pas aveugle, et il en souffre, mais que veux-tu ?

Léandre n'avait pas poussé l'argumentation plus loin. Il entendait bien cela, sans pouvoir le comprendre toutefois, lui qui plaçait la liberté au rang de règle absolue. Pour l'heure, il avait autant que possible évité de se mettre davantage sa tante à dos, notamment en s'abstenant de la croiser. Rien de mieux pour cela que de se lancer à l'aventure dans les rues de Paris, ce qu'il avait entrepris de faire dès le vendredi matin.

Soucieux de ne pas attirer l'attention, Léandre avait emprunté à son oncle un vieux et long pardessus grège que la pluie et les années avaient délavé. Évitant les attitudes ébahies du provincial en balade dans la prestigieuse capitale, il n'avait néanmoins pu résister aux plaisirs de découvrir le Jardin des Plantes. Toute la journée, profitant d'un soleil qui dardait de puissants rayons estivaux, il avait arpenté les promenades de ce parc magnifique.

Cependant, le lendemain matin, le beau temps avait cédé la place à de gris nuages qui s'étaient empressés de crever en cataractes sur les toits. Surpris par la violence de l'ondée, Léandre avait fait contre mauvaise fortune bon cœur et profité de cet enfermement météorologique pour poursuivre l'écriture d'une pièce qui lui tenait particulièrement à cœur.

Car le théâtre, c'était là la véritable passion de Léandre. Pour tout dire, les réflexions les plus justes de sa jeune existence étaient toutes nées au sortir d'une pièce de théâtre. Il se souvenait sans le moindre doute de la première pièce dont il avait lu le texte. Il s'agissait d'une comédie de Molière, *Le Médecin malgré lui*. Il avait huit ans, et les mésaventures de Sganarelle, mari violent et ivrogne invétéré, lui avaient paru morales et tout à fait méritées. Bien qu'il fût d'un esprit remarquablement développé pour son jeune âge, certaines subtilités propres à l'âge adulte lui avaient échappé alors.

Puis, l'année suivante, constatant son intérêt croissant pour le sujet – il avait littéralement dévoré chaque pièce contenue dans la bibliothèque –, René l'avait conduit au théâtre d'Auch afin d'y assister à une représentation d'une tragédie de Racine, *Britannicus*. Les crimes de Néron, la douleur et la mort, entités omniprésentes dans cette histoire d'exécrable arrivisme impérial, avaient marqué le garçonnet au plus profond de son âme. Cependant, en quittant la salle, sommé par son aïeul de lui dire ce qu'il en pensait et surtout de toujours dire la vérité, il lui avait avoué qu'il préférait mille fois les pièces comiques, arguant avec son enfantine sagesse qu'il trouvait les adultes bien trop sérieux et tristes, et que le théâtre devait être avant toute chose une façon de se distraire et surtout de rire. René, ravi, l'avait serré contre son cœur en riant et lui avait promis de ne le conduire désormais qu'à des représentations comiques. Alors il y avait eu du Molière hilarant, puis du Shakespeare décapant, bien que Léandre, déjà doué en anglais, trouvât la traduction des jeux de mots parfois un peu trop décousue à son goût…

Le samedi soir avait été pour lui l'occasion d'être en contact pour la première fois avec le beau monde qui venait s'encanailler dans *Les Boudoirs de Dulcinée*. Oncle et neveu s'étaient installés à une table discrète, proche de la cheminée, et d'où l'on pouvait tout voir sans être remarqué. Constant, avec l'air confiant des gens expérimentés, les lui avait désignés.

– Tu ne verras pas tout le monde, bien sûr. Certains passent par l'entrée des écuries et accèdent directement aux salons.

– Qui sont-ils ?

– Ministres… Princes… Évêques.

– Évêques ?

Léandre étouffa un éclat de rire. Il venait d'imaginer Mgr de La Croix d'Azolette en train d'accompagner quelque courtisane dénudée en ces lieux de plaisir… Le tableau était du plus haut comique.

– La plupart des femmes qui sont des habituées exercent la profession de comédienne. C'est un beau métier que celui de la scène, je pense ne pas te l'apprendre. Mais il ne nourrit pas. Les hommes, eux, peuvent louer leurs bras solides comme commis, serveurs, garçons limonadiers. Les femmes, elles, doivent jouer de leurs charmes. Prends cette Lison, fit-il en désignant de la tête une somptueuse rouquine, qui chipotait à quatre tables de là une assiette de volaille aux champignons, assise face à un homme en âge d'être son bisaïeul.

– Avec grand plaisir.

– Pff... un peu de sérieux, garnement. Lison joue actuellement un rôle de soubrette dans une pièce sur le boulevard du Crime. Tous les soirs, elle est assassinée sur scène à coups de couteau. Eh bien, crois-moi si tu l'oses, mais son amant, le comte Dorfmann, ce barbon à perruque, la paie des fortunes pour coucher avec elle dans sa tenue de bonne tachée de sang !

– Tous les goûts sont dans la nature.

Il vit également une blonde plutôt bien en chair et son soupirant maigre à faire peur – « Églantine Sabin et M. Germont du Liret. Je les ai surnommés les billards : elle la boule, lui la queue », plaisanta Constant, et Léandre faillit s'étouffer de rire sur une bouchée de courge au gratin –, et un couple bien surprenant : un quadragénaire aux allures quelque peu évanescentes et un homme d'une dizaine d'années son cadet.

– Ah, ceux-ci sont autrement plus intéressants... Je te les présenterai tantôt... du moins la femme...

– Il y a une femme ? Je pensais qu'il s'agissait de deux hommes.

– Ce n'est pas le cas. Et quand bien même, ils seraient ici les bienvenus.

– Qui sont-ils ?

– Lui, je l'ignore. Elle, avec la redingote vert bouteille, c'est la baronne Aurore Dudevant.

– George Sand ? fit Léandre avec surprise.

– En personne. Elle a ses habitudes, ici. Il fut un temps où elle était une régulière des lieux avec Frédéric Chopin... Des invités exquis... et des amants passionnés. Heureusement que j'ai fait assez convenablement insonoriser les salons lors de leur construction. Sans cela, je pense que le monde entier eût su exactement ce qu'ils faisaient ensemble... Méfie-toi si je te la présente. La connaissant et te voyant, il n'est pas impossible qu'elle cède à la tentation de te goûter.

Léandre ne répondit pas. Il trouvait, à première vue, cette femme habillée en homme assez quelconque et trop âgée pour son propre goût. Cependant, il se dit qu'il serait certainement passionnant de s'entretenir dans l'avenir avec un auteur aussi doué.

– Promets-moi juste une chose, mon garçon. Ces femmes – à part Mme Sand et quelques autres – travaillent quand elles viennent ici. Abstiens-toi de t'en approcher comme amant. Je pense qu'elles en souffriraient, à la fois financièrement et sentimentalement. Si tu as le sang des Lafforgue, tu dois être très difficile à attacher, et je connais parmi elles des cœurs à vif qui s'enflammeraient de passion pour toi si tu leur disais un seul mot d'amour. Alors, connais-les, apprécie-les, mais n'en fais point tes conquêtes. Ici, elles savent que nul ne viendra les tourmenter, elles viennent en parfaite confiance. Elles sont assez malheureuses comme cela pour devoir s'offrir aux plus riches, et pas au plus beau...

Léandre jugea bon de ne pas protester. Il hocha la tête en guise de réponse, et la conversation dévia sur les splendeurs de la capitale qu'il avait vues les deux derniers jours, et le programme des jours à venir.

Ce lundi-là, fi du tourisme et de la découverte. Léandre avait un rendez-vous important. Il devait se rendre au Palais-Bourbon. Pareil déplacement ne souffrait nulle négligence. Il se mit nu comme au jour de sa naissance, puis passa dans une pièce voisine de sa chambre où l'attendaient, comme tous les matins, un siège percé et une baignoire de cuivre remplie d'eau chaude.

Après s'être vidé, lavé et séché, Léandre enfila une chemise et des pantalons noirs, se chaussa de bottines et passa le vêtement de drap prune qui l'avantageait le mieux avant de regagner le rez-de-chaussée. Quand il déboucha sur le palier, il fut reçu par une fusée de poils blancs et fauves qui lui fit fête en gémissant de bonheur. Retroussant ses babines et exposant ses crocs en un semblant de sourire à chaque fois qu'il le voyait, Marquis avait adopté le jeune hôte de son maître.

– Paix, paix, mon bon toutou !

Puis il ferma son poing et commença à le promener doucement devant la truffe du limier et à lui tapoter le museau, en une parodie de combat.

– Je te casse la gueule, moi... Je te casse la gueule !

Le ton joueur et la légèreté des coups portés n'échappèrent pas au basset qui, poussant des grognements ravis, mordilla tout aussi gentiment la main du garçon et finit par s'allonger de tout son long sur le dos, quêtant l'inévitable caresse sur les côtes qui le fit se trémousser d'aise. Puis, satisfait de la vie, Marquis se redressa d'un bond et précéda Léandre jusqu'aux fameuses odeurs de la salle à manger, où il se cacha sans attendre sous la table dans l'espoir d'un morceau de déjeuner qu'on ferait tomber par inadvertance...

Léandre avait pu voir, déjà, que le chien, malgré son nanisme, était un filou de première catégorie, et que lui refuser un quignon, c'était s'exposer à se le faire voler *illico*, sitôt qu'on avait l'attention ailleurs.

– Marquis ! Sortez d'ici ! Hermance n'est pas loin ! s'exclama Constant qui passait par là.

Comprenait-il l'humain, ce diable d'animal ? Il fallait le croire car, à la simple mention du nom Hermance, le chien lui lança à nouveau cet inimitable air de désespoir propre à son espèce... mais il se garda bien de lui obéir, du moins pas avant que Léandre ne lui ait offert un beau morceau de brioche tendre et tiède. Le manège n'échappa pas à Constant.

– C'est avec cette déplorable habitude de le gaver que tu transformeras mon pauvre chien en veau gras !

– Vif comme il est ? J'en doute !

– Si j'étais chasseur, comme René en sa jeunesse, peut-être. Mais je n'ai guère l'occasion de lui faire courir les champs… Je suis trop occupé.

Léandre hocha la tête. Il savait très bien que les nuits de son oncle étaient courtes. Couché après minuit, il était toujours debout vers 5 h 30. Il avait beau prétexter que c'était là un des inconvénients de son âge avancé, il semblait souvent épuisé. Léandre s'abstint malicieusement de demander si sa tante était, par tempérament ou par volupté, responsable de sa fatigue et préféra se remplir le gosier de brioche.

– Alors, mon garçon ? Aujourd'hui, c'est le jour ?

– Oui, mon oncle.

– Tu n'as pas perdu la lettre de René ?

– Ne t'en fais donc pas. Elle ne quitte pas ma veste depuis le Gers !

Ce disant, ses inquiétudes refirent surface. La veille de son départ, son grand-père lui avait donné un message soigneusement plié et scellé, destiné à un nommé Julien Cazenave, député des Landes, fils d'un de ses anciens amis. Léandre n'avait pas lu la missive – il s'en serait bien gardé –, et il se doutait qu'elle comprenait bien des recommandations pour l'aider dans ses recherches, mais Cazenave n'était que le fils d'une ancienne connaissance, pas l'ami en personne… Aurait-il à cœur d'assister un *pays* dans sa quête d'identité ? Rien n'était moins sûr. Il se fit un devoir cependant de chasser ces craintes de son esprit et acheva son déjeuner de bon appétit ; l'estomac bien rempli, il se sentit prêt à aller affronter l'hydre politicienne en son antre.

– M. Cazenave ? Ah non, pas avant une quinzaine ! Revenez plutôt le 25 de ce mois, là, vous l'y trouverez sûrement.

La déconvenue fut aussi violente que l'attente... Encore près de deux semaines à patienter ! Devant cette porte close, Léandre, dont la patience n'était pas la vertu première, s'interdit de jurer et remercia l'huissier qui venait de le renseigner avant de s'éloigner. Qu'allait-il faire ? Il n'avait pas le cœur à flâner dans les rues et ne comptait pas davantage rester enfermé dans sa chambre de l'hostellerie, si confortable fût-elle. En attendant de se décider, il erra dans les couloirs du Palais, observant le dallage, les statues et autres bas-reliefs... Il préférait ces études architecturales à la raison d'être de ce bâtiment. Il ne prisait pas la politique, et jugeait le sujet par trop ennuyeux. Trop de partis, trop de contradictions, de bonnes idées écartées au profit de mauvaises. En bon petit-fils de conventionnel, il voyait la république comme la meilleure des solutions et considérait que la Révolution n'avait été qu'un bien médiocre brouillon des véritables capacités de celle-ci. Il ne s'imaginait pas député, il n'appréciait pas assez le panier de crabes où cela impliquait de vivre... Mais il rêvait. Il rêvait d'un monde où le mérite serait véritablement récompensé, où chacun aurait sa chance en fonction de ses capacités, et où même le plus faible, d'esprit comme de corps, pourrait faire sa vie sans gêner autrui. Il imaginait un monde où nulle fortune démesurée ne serait autorisée, mais où le fondateur d'une entreprise nouvelle verrait toujours ses efforts récompensés, et sa vie assurée de la tranquillité et de la stabilité financière. Il pensait à un avenir où la justice serait parfaite, où la répression serait efficace et préviendrait les récidives...

Cela, il le savait, n'était que du domaine de l'onirique. Partant du principe simple que les hommes, quoi qu'ils en disent, n'apprennent jamais de leurs erreurs, il savait que le cycle du temps ramènerait son lot d'empereurs ou de rois sanguinaires et belliqueux, leurs courtisans dépourvus de scrupules pour voir leurs souhaits assouvis. Il savait que le crime ne mourrait jamais. Il savait que les plus sournois arriveraient toujours à tirer leur épingle du jeu en abusant des autres pour y parvenir... L'homme n'était décidément qu'une créature indigne. Cela n'empêchait pas d'espérer que cela change.

– Arrêtez-le ! Au voleur !

Il se retourna, intrigué. Du bout du corridor, une clameur furieuse éclatait. Léandre aperçut une silhouette d'assez petite taille courir à toute vitesse dans sa direction. D'une main habile, il la saisit par la manche au moment où elle passait à sa hauteur.

– Lâche-moi, breline de bibelot de merde !

Le mioche n'avait guère plus de dix ans, et il était d'une saleté à faire s'évanouir Hermance. Il portait des haillons gris qui avaient dû appartenir, un siècle plus tôt, à quelque paysan peu soigneux. Ses pieds nus laissaient des traces sombres sur le carrelage glacé. Ses cheveux hispides, bruns et mousseux lui descendaient bas sur la nuque. Ils n'avaient pas vu le poil d'une brosse depuis probablement la naissance et, tout aussi certainement, regorgeaient d'une tribu de poux. Son visage fin et vif était masqué par une épaisse couche de crasse à peine trouée par des yeux noirs qui fusillaient Léandre d'un regard chargé de toute la haine des misérables du monde.

– Lâche-moi ! hurla derechef le gosse.

– Calme-toi, petit, calme-toi.

Le ton de la voix était si doux et si ferme à la fois que l'enfant en fut décontenancé. Il fronça les sourcils, cherchant à comprendre à quel genre de grande personne il avait à faire, mais cessa de remuer comme un diable.

– Ah ! Le rat est dans la nasse !

Le meneur de ses poursuivants s'approchant, Léandre se plaça devant le gosse et, avec une autorité à laquelle il n'était pas coutumier, lui donna un nouvel ordre.

– Reste près de moi, et surtout ne jacte pas.

Étonné par cette expression d'argot si singulière dans la bouche d'un adulte mais décidé à ne pas le montrer, le garçon fit une affreuse grimace et cracha par terre, mais obéit, contre toute attente. Alors son intérêt se porta vers le petit homme qui, écartant les curieux qui déjà formaient cercle autour de Léandre et du gamin des rues, s'approchait d'eux à grands pas, suivi de près par un vieux bourgeois aux cheveux blancs en grande tenue qui ne pouvait être qu'un député.

Léandre observa l'individu. Âgé d'une petite quarantaine d'années, le personnage était assez quelconque. Il était engoncé dans des vêtements dont le moins habile des observateurs aurait compris la bonne qualité et surtout le prix. Sa veste noire, trop large d'épaules pour sa maigre personne, aurait pu le rendre comiquement grotesque, s'il n'y avait eu son inquiétante figure au sourire faux et satisfait : l'ensemble puait dangereusement la flagornerie et la mauvaise foi.

– Te voilà pris, petite canaille ! Tu nous as bien fait courir, mais ton compte est bon ! Une fois encore, par mon bras, c'est la justice qui triomphe...

Léandre devina qu'il s'agissait là d'un représentant de l'ordre. Il n'avait rien contre les forces de police, bien au contraire. Son esprit de justice savait l'utilité de ces hommes dans toute bonne société. Cependant, le ton aigrelet de la voix du policier ne manquait pas de l'irriter, sans parler de son absence totale de bonnes manières. Ses cris avaient ameuté serviteurs et députés qui, mus par l'éternelle curiosité humaine, avaient délaissé leurs occupations et offices respectifs afin de voir ce dont il s'agissait. Alors les lèvres de Léandre s'entrouvrirent imperceptiblement pour prononcer un mot unique. Le petit homme, déconcentré, s'interrompit dans sa diatribe, semblant remarquer pour la première fois la présence du jeune Gersois. Il pencha la tête de côté, sans comprendre.

– Vous dites ?

– Merci, se contenta de répéter doucement Léandre.

– Merci ?

– Je vous dis merci, monsieur. C'est un mot qui ne vous semble guère familier. Comme c'est curieux, n'est-ce pas ? J'attrape ce vaurien...

– J'ai rien fait ! glapit l'intéressé avec force.

– Chut, ordonna Léandre avec sévérité à l'enfant, qui se tut et renifla bruyamment. J'attrape ce vaurien pour vous, monsieur, et vous ayant rendu ce service j'attendrais au moins une parole de remerciement de votre part. Dans ce monde, toute peine méritant salaire, je pense qu'il s'agit là du minimum raisonnable. Qu'en pensez-vous ?

– De quoi, jeune homme ? Vous avez attrapé cette canaille ? La belle affaire ! protesta le député.

– Je ne l'aurais pas mieux dit, Excellence, assura le policier. Monsieur, vous n'avez fait que parvenir à une fin à laquelle je serais moi-même arrivé quinze secondes plus tard. Quant à aider la police, à Dieu ne plaise, toute honnête personne est tenue de le faire ! Que vous m'ayez rendu un menu coup de pouce ne fait pas de vous un héros. D'ailleurs, l'homme de bien sait apprécier la valeur de son geste sans chercher à en tirer récompense !

– Ce qui est sans le moindre doute votre cas, monsieur… ?

– Je suis l'inspecteur principal Rodolphe Issy-Volny, corrigea-t-il aussitôt, de la Sûreté parisienne, détaché à la surveillance et la défense des représentants du peuple, souligna-t-il avec pompe, agissant pour réparer le préjudice perpétré contre Son Excellence M. Vergnot, député de l'Aisne. Et voici mon subalterne, l'inspecteur Charles-Lucien…

Il se retourna, bras tendu, puis poussa un grognement navré et leva les yeux au ciel. Un homme se frayait avec difficulté un passage au milieu des gens, et s'il perdait du temps, c'était qu'il ne cessait de s'excuser auprès des gens qu'il bousculait.

– Dépêchez-vous donc ! gronda Issy-Volny, avant d'ajouter, *mezzo voce* : Imbécile.

L'imbécile en question parvint enfin à se faufiler jusqu'à eux et se plaça à la gauche de l'inspecteur principal, un peu en retrait, comme pour manifester aux yeux du monde qu'il était en toutes choses l'inférieur de ces derniers. Mais l'effet obtenu était accidentellement l'inverse.

Il était difficile, même à l'esprit le plus imaginatif, de se représenter un duo plus dissemblable. Le policier dominait son chef d'une tête. Mince mais robuste, avec le ventre légèrement distendu de ceux qui apprécient un peu trop la bière, le visage étroit et légèrement prognathe, il portait sur le nez un lorgnon qui le vieillissait quelque peu. Ses vêtements propres mais passés de mode, portant des traces de rapiècement, n'avaient rien d'un déguisement. Ils indiquaient qu'il s'habillait comme il le pouvait et que son quotidien n'était pas fait d'or pur. Mais de toute évidence, aux yeux de Léandre, il ne méritait pas le peu élogieux qualificatif dont son chef l'avait paré par deux fois en quelques secondes. Bien au contraire, il paraissait sage et autoritaire, à la différence d'Issy-Volny. Ce dernier poursuivit ses aboiements de roquet teigneux :

– Inspecteur Leterrier, saisissez-moi tout de suite ce mioche et conduisez-le dans un cachot ! Il devrait s'y plaire, les rats qui y pullulent sont sans doute déjà ses grands amis ! ricana-t-il.

Leterrier obtempéra et, passant derrière Léandre, s'empara du mioche.

– J'ai rien fait ! hurla derechef le gamin en se tortillant, fou de rage, pour échapper à la poigne solide de l'inspecteur. Breline de merde !

– Insanités à des agents dans l'exercice de leurs fonctions, en plus ? Cette graine de bagnard vient de gagner plusieurs semaines de cachot de plus !

– Monsieur ?

Issy-Volny se rembrunit. C'était à nouveau l'inconnu aux yeux verts qui venait de parler, non sans faire preuve d'une insolente autorité. Il convenait de mettre un terme à ses indésirables interventions. L'inspecteur principal toisa le jeune homme avec froideur, bien que son vis-à-vis le dominât de plusieurs centimètres. Un des témoins à l'esprit malin profita de ce face-à-face pour proférer tout haut, d'une voix à l'accent germanique prononcé, un commentaire moqueur :

– On dirait la grenouille qui veut se faire plus grosse que le bœuf.

Le mot fit mouche. Mécontent, Issy-Volny lança un œil vénéneux dans la direction approximative du mauvais plaisant. Il savait très bien que, même en l'identifiant, il ne pourrait rien y changer. S'il s'agissait d'un député, moqueur ou pas, il était inaccessible, intouchable pour le policier qu'il était.

Aussi, frustré de ne pouvoir obtenir sa revanche, il décida de laisser libre cours à sa hargne envers ce garçon à l'accent sudiste prononcé.

– Qu'est-ce encore ?

– Je voudrais simplement savoir de quoi est accusé ce garçon, au juste ?

– D'être un voleur.

– Ah, ah ! Un voleur. Voilà qui est grave, en effet. Mais en est-on bien sûr ?

– Plaisanteriez-vous d'un sujet si grave ? Un agent en patrouille me signale qu'il a remarqué un va-nu-pieds entrer céans, et quelques instants plus tard, un larcin y est signalé. Pour moi, un et un égale deux !

– Et qu'a-t-il donc dérobé ici ?

– Il m'a volé ma montre, grogna le député Vergnot.

– Ah, cela se précise ! dit Issy-Volny. Une montre ! Ne vous inquiétez pas, Excellence, nous allons la récupérer. Vide tes poches, toi, ordonna-t-il au petit. Leterrier, s'il n'obéit pas, assommez-le.

– Et violent, avec ça, murmura Léandre.

– Plaît-il ?

– Non, rien. Je toussais.

– Je n'ai pas volé, répéta le gosse avec obstination.

– Obéis, conseilla Leterrier, calme et sévère, en tendant la paume de sa main ouverte en guise de réceptacle.

Maugréant quelque malédiction sourde où il se représentait les policiers comme les fruits d'un accouplement contre nature entre hommes et porcs, le garçon glissa les mains dans ses poches et sortit avec lenteur ce qu'elles contenaient pour le poser dans la large main de l'inspecteur. Ce dernier fit la moue. Le butin était en effet d'une maigreur absolue : un minuscule canif à la lame émoussée, un mouchoir qui avait dû servir à nettoyer un conduit de cheminée tant il était noir de suie, et enfin une vieille montre de mauvais métal, cabossée et à la vitre fêlée, mais en état de marche.

– Ah ! fit Issy-Volny, triomphant, en saisissant la chaîne de la montre. Voilà l'objet du délit ! Excellence, permettez-moi de vous rendre votre bien.

M. Vergnot s'approcha, pencha le nez vers le poing de l'inspecteur principal, plissa les yeux, car il était fort myope, puis se redressa, le visage mécontent.

– Par tous les saints ! s'exclama-t-il avec colère. Comment pouvez-vous croire que cette ruine puisse être mienne ?

– J'ai... pas... volé, dit à nouveau l'enfant, tel un perroquet.

Issy-Volny frémit. Il détestait ce genre d'attitude propre à ces petits démons qui hantaient les rues et donnaient du fil à retordre aux gardiens de la paix. S'il n'en avait tenu qu'à lui, il les eût tous expédiés, enchaînés, dans l'eau de la Seine pour en débarrasser les honnêtes gens comme lui.

– Vous voyez, monsieur... Il n'a rien dérobé, insista Léandre.

Issy-Volny lui lança un regard de charbon. Ce raisonneur de province commençait sérieusement à lui donner mal à la tête.

– Il l'a sans doute cachée quelque part ! Il faut la retrouver ! protesta Vergnot.

– Dans le Palais-Bourbon ? C'est que le lieu est vaste... fit remarquer Issy-Volny.

– Fort vaste en effet, et d'autant plus habile ce garçon, s'il parvient à trouver une cachette en ces lieux où il n'a sans doute jamais mis les pieds auparavant et où sa présence est aussi remarquable qu'une pustule sur le front !

– Que voulez-vous dire, jeune homme ? remarqua le député, interloqué.

– Eh bien, monsieur le député, je doute fort que cet enfant soit venu ici pour voler quoi que ce soit, poursuivit Léandre.

– Mais alors, que fait-il ici ?

– Je l'ignore, et ce n'est pas là le fond du problème. Vous dites que votre montre a été volée. Agissons dans l'ordre, voulez-vous ? Pourriez-vous la décrire ?

– Certes oui ! Ce fut le cadeau de mon cinquantième anniversaire. Comment pourrais-je l'oublier ! Une merveille fabriquée en Suisse, à Zürich, en or, ouvragée d'arabesques, le cadran de nacre, le dos gravé à mes initiales.

– Qui sont ?

– G et V.

– G ?

– Mon nom de baptême étant Gustave.

– Bien entendu. Poursuivez. A-t-elle une chaîne ?

– Bien sûr ! Une chaîne en or, elle aussi !

– Un objet de prix, donc ?

– En douteriez-vous, jeune homme ?

– Que non pas ! Vous ne vous en séparez jamais, je suppose ?

– Jamais !

– Même pas pour dormir ?

– Bien sûr que si ! Elle demeure sur ma table de chevet.

– Où la conservez-vous donc, durant la journée ?

– Sur moi, pardi ! Je la mets immanquablement dans la poche droite de mon gilet !

– Ce que vous fîtes ce matin en vous habillant ?

– Ma foi, oui…

– Et comment vous êtes-vous aperçu de sa disparition ?

– Tout à l'heure, en glissant la main dans la poche droite de mon gilet, à son emplacement habituel. Elle ne s'y trouvait plus.

– Et comment avez-vous pensé que ce petit garçon…

– Je ne suis pas petit, protesta l'enfant, jouant les bogues de châtaigne qui piquent quiconque les saisit.

– Chut. Monsieur le député, comment avez-vous pensé que ce petit garçon vous avait dérobé votre bien ?

– Eh bien, je suis sorti de mon cabinet et je l'ai aperçu qui rôdait dans le couloir.

– Que faisait-il ?

– Rien, il rôdait.

– Hum. S'était-il approché de votre bureau ?

– Sans doute.

– Mais vous n'en êtes pas sûr.

– Non.

– Se serait-il introduit dans votre bureau ?

– Peut-être.

– Y êtes-vous resté depuis votre arrivée ?

– Oui.

– Donc il y serait entré pendant que vous vous y trouviez ?

– Euh...

– Vous n'en êtes toujours pas sûr.

– Jeune homme, pourriez-vous cesser d'importuner Son Excellence ? grinça Issy-Volny.

– Laissez, monsieur, laissez, se chargea de répondre le député. Non, je le reconnais, je ne peux pas en être sûr.

– Votre chaîne de montre est-elle travaillée ?

– Oui.

– Les maillons en sont-ils particulièrement larges ?

– Oui.

– Et comme rainurés ?

– Oui... répondit Vergnot, de plus en plus surpris. Mais comment le savez-vous ? Cette chaîne n'est pas un modèle si fréquent pour qu'on puisse deviner du premier coup son allure sans la voir !

– En effet, monsieur le député. Nul ne peut deviner sans la voir. Et c'est bien là le nœud du problème : *je la vois*. Plus précisément, j'en distingue une petite extrémité, oh, bien petite, je le concède, qui dépasse de la poche droite de votre veste. Nul doute que la montre se trouve au bout.

Le député, le front en sueur, devint rouge en glissant la main dans ladite poche pour en sortir une splendide montre en or au bout d'une chaîne dont l'un des maillons était brisé. L'inspecteur Leterrier, lui, détourna le regard et se mordit les lèvres pour ne pas sourire aux dépens de son supérieur blême. Léandre porta alors le coup de grâce.

– Je ne saurais être trop formel, mais je suppose que, si belle soit-elle, cette montre aux maillons trop larges n'est pas d'une solidité à toute épreuve. Ce matin, sans doute avez-vous cassé la chaîne, même sans trop exercer de force, pour l'extraire de la poche de votre gilet. Contrarié par cet incident, vous l'avez à coup sûr remise dans la poche, sans prêter attention que c'était dans la veste et non dans le gilet que vous veniez de la remiser. Simple étourderie, bien excusable. Après quoi, vous plongeant dans votre travail et oubliant le fait, vous vous êtes rendu compte de l'absence de votre montre à son emplacement usuel et, vu la préciosité de l'objet, en avez conclu à un vol. Un peu hâtivement sans doute, mais de façon tout à fait compréhensible. Il n'y a rien de plus traître que les habitudes en ce monde : à quoi tiennent les erreurs judiciaires !

Balbutiant quelque phrase, rouge de honte, le député préféra regagner au plus vite son cabinet, poursuivi par quelques lazzis de la part de ses collègues.

– Ma montre, toi ! cria le gamin à l'inspecteur, enhardi par ce témoignage irréfutable de sa bonne foi.

Sans le lâcher pour autant, Leterrier ne se fit pas prier pour lui rendre son bien, tout en lui faisant une promesse à voix basse.

– Parle-moi mieux, lardon, sans cela je vais organiser une rencontre rapide entre mon pied et tes fesses, et elles ne seront pas à la joie, crois-moi.

– Que de la goule, rit le gosse.

Mais il s'abstint de provoquer le policier davantage.

De son côté, Léandre, lui, n'était pas décidé à lâcher prise si aisément que cela.

– Vous voyez bien, inspecteur principal, qu'une allure haillonneuse n'est pas synonyme de mensonge... Qu'attendez-vous donc pour le libérer ? Il n'avait rien volé, conclut Léandre.

– Oui, reconnut Issy-Volny avec un perceptible dégoût dans la voix. Mais ce genre de garçon n'est jamais à court de rapines... et de toute manière, il gêne.

– Il gêne ? Mais qui donc ?

– Eux, voyons ! fit Issy-Volny.

Il engloba d'un geste l'ensemble des hommes bien mis qui ne semblaient pas décidés à partir et composaient un cercle clos et animé autour de la scène. On aurait dit des enfants assistant à un spectacle de théâtre de rue. On entendait çà et là de peu plaisantes allusions sur le gâtisme précoce du député picard.

– Ah, il gêne les élus ? S'en seraient-ils plaints ?

Cette fois, ce fut à l'inspecteur Leterrier de répondre, ce qui lui valut un coup d'œil acéré de la part de son chef :

– Non, monsieur. M. l'inspecteur principal agissait en guise de prévention, pour éviter tout justement que ces MM. les députés n'en fassent la remarque.

– Donc il n'a rien volé... même s'il est sale comme un vieux peigne, personne n'a trouvé pour l'heure à redire à sa présence en ces murs... et pourtant, vous comptez l'envoyer en prison en compagnie des rats et autres vermines ? Il y a là une logique qui m'échappe, je le crains !

– Qui vous demande d'y réfléchir ? trancha Issy-Volny. D'ailleurs, vous aussi, que faites-vous en ces lieux ? Êtes-vous valet, député ? Expliquez-vous.

– Je me nomme Lafforgue, et je viens rendre visite à M. Cazenave, député des Landes, pour affaire personnelle.

– Ah. Et l'avez-vous vu ?

– Point. Il est absent jusqu'à la fin du mois.

– Vous avez donc la réponse à votre requête, n'est-ce pas ? Vous n'avez plus rien à faire ici avant plusieurs jours. Il s'y passe bien trop d'anomalies en ce moment sans que nous ayons à nous soucier d'indésirables visiteurs. Je vous inciterai donc à quitter le Palais sans attendre, à n'y reparaître qu'au retour du député, et à ne plus vous interposer entre les forces de l'ordre et la chienlit. Bonne journée, monsieur *Laforge*.

Brisant là, convaincu d'avoir souffleté son adversaire par la violence de sa repartie et l'accroche volontaire à son nom de famille, Issy-Volny tourna les talons, sans plus lui accorder un regard, le nez en l'air, l'allure plus ridicule encore qu'à son arrivée. L'inspecteur Leterrier se laissa distancer, et c'est dans un murmure qu'il s'adressa à Léandre :

– Allons… soyez conciliant, et partez vite… Il ne fait pas bon être un étranger en ces lieux, ces temps-ci…

À la stupéfaction de Léandre, seul à remarquer la scène, l'inspecteur fit alors un clin d'œil, donna une petite tape dans le dos du gosse et le lâcha pour de bon. Le petit ne se fit pas prier davantage pour s'enfuir, avec un rire de diablotin, et Leterrier s'exclama tout haut, en se tenant l'entrejambe comme s'il souffrait atrocement :

– Ah, le petit sagouin ! Il m'a frappé !

Issy-Volny, qui se trouvait déjà à dix mètres d'eux, s'arrêta net, se retourna et vociféra, le poing levé :

– Imbécile ! Rattrapez-le donc !

– Ah… j'ai mal… comme il m'a fait mal ! Soutenez-moi, monsieur, je vous en prie, répondit Leterrier qui, jouant fort bien la comédie, faisait mine de prendre appui sur Léandre comme s'il craignait de s'effondrer de douleur.

Puis, exagérant sa claudication, il se détourna de Léandre et se rapprocha de son irascible petit inspecteur principal, lequel le rudoya de plus belle :

– Vous n'êtes décidément bon à rien ! Laisser échapper un gueux pris sur le vif ! Un jour, vous aurez des comptes à me rendre, Leterrier ! Et cessez de vous caresser l'entrejambe de la sorte, c'est indécent ! Ce gosse ne vous a pas chaponné[1], que je sache !

---

1. Chaponner : émasculer, castrer.

Suivi par un inspecteur faussement navré, Issy-Volny s'éloigna et s'en fut dans l'escalier. Sa voix, crispante telle de la craie sur un tableau, résonna encore dans les couloirs bien des secondes après son départ.

« En voilà un drôle ! se dit Léandre. Et à demi fou de son importance, à ce qu'il me semble. Bah, si mauvais soit-il, il a peut-être raison. Je n'ai que trop tardé ici. »

Comprenant que l'intermède était achevé, les badauds commençaient à se disperser. Léandre prit à grands pas la direction de la sortie, sans remarquer deux ou trois hommes qui restaient là à discuter à voix basse. L'un d'eux, en tenue brun sombre, le regardait d'un air pensif et ne le quitta pas des yeux avant qu'il n'ait disparu dans l'escalier. Un de ses compagnons ne put s'empêcher de lui faire une remarque :

– Prince, vous n'auriez point dû paraître ici… C'était une folie.

– Bah…

– Et cette pique à l'encontre de ce policier !

– Vous ne l'avez pas appréciée ? répondit lentement l'homme en brun, avec un fort accent allemand. C'est bien triste, Orsi. Elle me semblait, à moi, parfaitement de circonstance.

– Oui, je vous l'accorde, mais je vous rappelle que vous êtes censé être ici dans le plus grand anonymat.

– Et je l'ai été. Perdu dans la foule, à observer cette scène. Nul n'a prêté attention à moi, et cela prouve que vos inquiétudes n'ont pas lieu d'être. C'est maintenant que nous risquons d'attirer l'attention, à demeurer ici dans ce coin comme des comploteurs. Allons.

Les trois hommes s'éloignèrent du couloir et gagnèrent avec discrétion l'extérieur. Sur le parvis principal, au niveau des colonnes, l'homme en brun s'arrêta. De loin, sur le pont, on distinguait fort bien la silhouette à la veste prune de Léandre, qui se dirigeait à grands pas vers la place de la Concorde.

– Belle soif de justice chez ce garçon… Il ferait un allié admirable.

– Lui, un allié ? Alors qu'il vient tout justement de s'attirer les foudres d'un inspecteur principal de police ?

– Certes. Mais ce policier est une personnalité agressive, dépourvue de bon sens. Avez-vous entendu la logique de ce jeune homme ? Son calme en interrogeant ce député ? Il serait sans doute un enquêteur bien plus efficace que l'autre.

– À quoi riment ces remarques, prince ? Nous ne pouvons pas influer sur la nomination des policiers de la sorte… Même pour votre défense.

– Point encore. Mais l'avenir, mon cher… L'avenir vous le démontrera.

Le soir tombait quand Léandre retourna en cuisine. Il avait passé la journée à marcher, de très méchante humeur à cause de cette mauvaise matinée au Palais-Bourbon. Passe encore un rendez-vous raté, mais ce sale petit bonhomme d'inspecteur principal… Prêt à enfermer un gosse – couvert d'ordures et en loques, mais un gosse tout de même – pour le bon plaisir de gens fortunés que sa vue aurait pu choquer ! L'injustice, plus que n'importe quoi d'autre, lui était insupportable. Fruit de la bêtise et de l'entêtement, elle était contraire, selon lui, à la notion même d'humanité. Étant né au mois d'octobre, son zodiaque était la Balance, signe d'équilibre, ce qui pouvait constituer une explication, un peu excentrique certes, mais possible, à son désir d'équité universelle. Il avait maintes fois lu, avec une exaspération jamais atténuée, le recueil de Voltaire relatant l'affaire Calas et les luttes de l'écrivain pour sauver la vie du patriarche huguenot, rompu vif à Toulouse pour avoir, selon la *vox populi*, étranglé son fils qui voulait embrasser la foi catholique. Et là, il venait de toucher du doigt cette intolérable iniquité qui conduit les faibles à perdre contre les puissants. Il s'était mis en travers de la route de l'injustice sans attendre de récompense, et on lui en avait quand même fait reproche. Pour une noble cause, il s'était mis en butte à la force de la loi. Une loi qui aurait dû, au contraire, combattre ce genre de partialité.

Au crépuscule donc, il était aussi furieux qu'affamé. Ce soir, il serait d'une abominable compagnie et, s'il devait croiser Hermance et ses âpres réflexions, il ne garantissait pas qu'il parvienne à se dominer. Il irait d'abord s'isoler dans sa chambre. L'atmosphère de la pièce se prêtait au repos mais aussi à la réflexion, et il en avait besoin.

Après être allé en avertir Constant, lequel ne manifesta pas une surprise démesurée, il gagna l'escalier menant à ses appartements privés, s'écroula sur le lit et s'endormit sans s'en rendre compte.

Quand il ouvrit les yeux, la nuit était noire, et la pendule de marbre noir indiquait fièrement qu'il était 10 heures de relevée passées. Son estomac se rappela douloureusement à son souvenir, et il préféra ne pas le contrarier davantage. À cette heure-ci, il le savait, la cuisine n'était fort heureusement pas encore fermée. Sans doute y trouverait-il de quoi manger chaud.

– Tiens, le nouveau venu ! s'exclama Arnaud Davezac, avant de s'arrêter net. Holà... toi, tu as la tête d'un Lafforgue à qui on aurait interdit la volaille... Je connais cette tête... Ton oncle a la même quand il est mécontent.

– Pourrais-tu...

– Me taire et te donner de quoi casser la graine dans ta chambre ?

– Je n'ai pas dit que tu devais te taire...

– Je sais. Mais tu veux quand même manger.

– Oui, mais pas dans ma chambre. J'en sors. Je préférerais m'installer ici.

– À ta guise ! Cependant, je dois te prévenir. Ta garce de tante est venue ici pour m'interdire de te nourrir si tu persistais à faire fi de toute politesse en ne te présentant pas au souper.

– Voilà autre chose.

– Bien entendu, tu peux compter sur moi pour me passer de son avis. Venir chez moi, dans ma cuisine, pour interdire de nourrir ceux qui ont faim ! C'est un monde ! Mais je t'ennuie avec mes colères. Que puis-je te servir ?

– Aurais-tu du bœuf ? demanda Léandre, alléché.

– Oui, j'en ai, et du bon, crois-moi : ce n'est pas là une promesse de Gascon ! Attends voir ! Denise, héla-t-il à l'adresse d'une mitronne dodue aux cheveux frisés, le cul de filet de bœuf est-il dans le coin ?

– Il se repose au four, maître, tranquille comme Basile !

– Bien, bien... Surveille-le, qu'il ne sèche pas trop ! Léandre, cela te conviendra-t-il ?

– Avec plaisir... mais combien peux-tu m'en donner ?

– Garçon, tu es à la fin du service. Je sais que rien ne se perd et que la viande du jour peut finir avantageusement le lendemain dans un ragoût, mais c'est tellement agréable de la manger fraîche ! D'ailleurs, ajouta-t-il en allant jeter un œil au four, il n'en reste pas tellement. Moi, maître de céans, je t'octroie le droit de finir le morceau. Une livre et demie, ça peut t'aller ?

– Euh... n'est-ce pas un peu trop ?

– C'est ton problème, mais *a bisto de nas*[1], je pense que je ne te demande pas de me décrocher la lune... Ton oncle était capable, voici vingt ans, d'avaler deux poulets rôtis entiers en un repas... Si tu es de son sang, cela n'a rien d'un travail d'Hercule. Baste ! Tu me le diras après. Et si je te l'accompagne d'une sauce aux morilles et d'un plat de pommes pont-neuf, qu'en dis-tu ?

– Je dis que tu es un... oncle pour moi ! fit Léandre, enchanté.

---

1. *A bisto de nas* : à vue de nez.

– Ah, tu vois, garçon, tu as retrouvé le sourire ! Ça me réjouit grandement ! Allons, va t'installer à notre table, je t'apporterai tout cela.

– D'accord ! Je...

Léandre s'arrêta tout net. Il lui semblait... mais non, c'était impossible... mais si, à la table qui servait aux repas des commis de cuisine, dans le coin, lui tournant le dos, dévorant à même le moule une belle tarte aux pommes avec l'appétit insatiable de son âge... la chevelure châtain foncé ébouriffée et... Une main sur l'épaule...

Le gamin des rues se retourna, tout aussi surpris que Léandre.

– Toi ? Qu'est-ce que tu fiches ici ? fit-il avec un rien de peur et de colère dans la voix.

– Permets-moi de te retourner la question, pitchoun.

– Pitchoun ?

– Petit.

– Je suis pas petit. J'ai dix ans.

– Et moi, vingt et un. Qu'est-ce que cela change à l'affaire ?

– Rien.

Il se remit à avaler le succulent gâteau avec une belle énergie, se recouvrant jusqu'au museau de crème à la cannelle.

– Alors, que fais-tu ici ?

– Je mange, tiens.

– Oui, je vois ça... Voleur de montres, de tartes aux pommes...

– J'ai pas volé.

Léandre était désormais moins intrigué par un menu détail. Quelques heures plus tôt, quand il avait saisi le mioche par le bras, il avait été surpris de sentir sous ses doigts un bras musclé d'enfant bien nourri, à la différence des guenilleux maigres à faire peur à force de vivre dans la faim. Il n'était pas un rat venu piller les provisions. Personne dans la cuisine ne paraissait se soucier de sa présence, au contraire : il avait été installé là pour y souper tranquillement, et la tarte n'était que le dessert d'un repas complet. Sans façons, Léandre tira un tabouret à lui, s'y jucha et piocha des doigts une part de tarte.

– Hé là ! protesta le gosse, qui n'appréciait pas les pique-assiettes.

– Un problème ? répondit Léandre, goguenard, avant d'avaler pâte, crème et fruits de la façon la moins élégante qui soit, en claquant de la langue, avec force bruits de mastication et la bouche ouverte.

– T'es dégoûtant pour un grand ! s'esclaffa son petit convive.

– Je ne suis pas un « grand ».

– Pour moi, si. Et les grands, j'y fais pas confiance. Sauf à m'sieur Arnaud et à ma famille… et encore, pas tous.

À cet instant, Davezac s'approcha d'eux et, posant successivement sur la table un bol de sauce aux odeurs forestières, un gigantesque plat de viande juteuse et un autre non moins volumineux d'allumettes de pommes de terre dorées, tonitrua :

– Alors, ce repas ?

– Fameux, comme toujours, m'sieur Arnaud ! répondit le gosse d'un ton rempli d'enthousiasme.

– Petit, crois-moi, tu iras loin ! Comme ce gaillard-là, fit-il en désignant Léandre. Une bonne fourchette n'est jamais perdante dans la vie. Mais il faudrait que tu te presses, Eustache. Tu es attendu dans la cour. Passe par l'entrée de service, ne te fais pas voir par Hermance.

Le gamin fit alors un grand sourire aux deux hommes, enfourna une dernière monstrueuse part de tarte dans sa bouche, puis fila comme le vent vers l'extérieur.

– Ah ça ! Il t'a souri, ce mioche !

– Cela te surprend ?

– Oh oui ! Il est aussi méfiant qu'un cafard ! Il m'a fallu du temps pour l'amadouer, crois-moi. En voilà un qui en a déjà trop vu dans son enfance pour faire encore confiance aveuglément…

– Tu nourris les miséreux ?

– Mon garçon, c'est ce que tout bon chrétien se doit de faire.

– Je ne m'étendrai pas sur ce sujet, répondit Léandre, un peu gêné.

– Je sais que tu es mécréant, et je m'en moque, garçon ! Je connais des gens plus dévots que moi, qui croient que passer leur temps en génuflexion dans une église va purifier leur âme. Comme je connais des bons cœurs qui refusent de croire, mais qui, le jour venu, auront quand même leur place réservée au paradis. Moi, je prie ici, dans la cuisine, et Dieu m'entend, je le sais. Et s'il m'envoie quelqu'un qui dit avoir faim, je ne lui refuse pas un quignon.

– Joli quignon : une tarte entière à ce gamin !

– Ce n'est pas la même chose. Lui, c'est un ami. Pauvre mioche ! Orphelin de père, et adorable sous ses atours de chemineau. Et en tant qu'ami, il mérite toutes les attentions. Et si tu t'en fais pour la tarte, il m'en reste plusieurs, je puis t'en conserver une si tu t'estimes insuffisamment repu.

– Euh… je ne réponds pas non tout de suite, mais rien n'est moins sûr. Tu m'as offert une portion de viande qui assouvirait un lion !

– Parfait pour un lion ! Et si la prochaine fois, tu as une faim de loup, je me ferai un devoir de te servir de l'agneau…

Léandre fit mine de s'effondrer, le visage sur la table, désolé par la qualité exécrable et le ton général de cette plaisanterie qu'il ne connaissait que trop bien.

– Oh non… Qu'on m'épargne ! Les blagues des Lafforgue sont décidément contagieuses !

– Plains-t'en ! Mais, au fait, il y a une chose qui me laisse perplexe…

– Oui ?

– Tout à l'heure, avec Eustache…

– Quoi donc ?

– Je t'ai vu lui parler… et il te répondait, lui qui est aussi fuyant qu'une anguille ! Le connaîtrais-tu donc ?

– D'une certaine façon. Une rencontre impromptue, ce matin, au Palais-Bourbon.

– Eustache, chez les députés ? Mais qu'allait-il donc y faire ? Hé là, s'interrompit-il, Alcide, est-ce avec la langue que l'on nettoie le fouet à gâteaux ?

Pendant qu'il partait enguirlander le mitron gourmand, Léandre haussa les épaules et commença à mastiquer avec bonheur l'excellent rôti de bœuf. Cependant, une question ne cessait de tourner dans son esprit, cette même question que venait de soulever Arnaud : qu'allait donc faire un gamin des rues en pleine journée dans les couloirs de la Chambre des députés ?

Chapitre quatrième

Des soupçons infondés qui naissent en cas de mort violente

Les jours qui suivirent furent longs, très longs, trop longs au goût de Léandre. Néanmoins, en vrai solitaire, habitué à l'être, il ne s'ennuyait jamais. Fils unique, il avait appris très rapidement à s'amuser tout seul. Son imagination dépourvue de la moindre limite lui avait permis de s'inventer des histoires palpitantes de boucaniers ou de chevaliers dans son enfance. Les livres, bien sûr, constituaient une partie majeure de ses passe-temps. Depuis l'adolescence, lors de ses moments libres, il s'adonnait tour à tour à l'écriture, à l'apprentissage du violon – dont il jouait très médiocrement – et au chant. Il avait une fort belle voix, puissante et délicate, pour laquelle on le complimentait volontiers, mais il lui manquait, il le savait, une importante part d'émotion dans sa façon de chanter. Plus doué en technique qu'en interprétation, il avait fini par remiser ses talents vocaux dans un coin et se contentait désormais d'essayer d'écrire des paroles qu'il collectait dans un carnet de cuir noir.

N'étant jamais mort d'ennui dans sa ville natale, il n'aurait pas pu admettre l'idée de s'étioler à Paris. Aussi se fit-il un devoir de poursuivre ses promenades dans la ville, et sa progressive découverte du nouveau monde qui allait désormais être le sien.

Quelquefois, il se faisait accompagner par Marquis. Cependant, le chien avait, comme le lui avait précisé Constant, le caractère borné de son maître, et quand il reniflait une piste, que ce soient les effluves d'un rat, le fumet d'une viande grillée ou la trace d'une chienne en chasse, il était impossible à raisonner. À regret pour l'un comme pour l'autre, Léandre dut réduire la fréquence de ses sorties avec le bon limier. Ce dernier ne lui en garda pas rancune plus d'une journée.

Ce fut somme toute une belle période, alternance de jours gris et de soleil de fin d'été. Léandre, qui avait entendu de la bouche d'amis gersois pis que pendre sur les caprices du temps au-delà de Limoges, que certains considéraient comme étant la véritable frontière entre Nord et Sud, avait vite compris que cela n'était que galéjades et, en moins d'une semaine, il s'acclimata parfaitement aux variations entre nuages de pluie et ciel bleu. Quand l'averse tombait, il se livrait à des plaisirs intellectuels tels que visites de musées ou consultation de bibliothèques. Les moments de clémence céleste étaient réservés à la marche et aux flâneries aux quatre coins de Paris à la recherche de l'histoire des lieux.

Être le petit-fils d'un des acteurs de l'époque la plus tourmentée de l'histoire de France avait attisé la curiosité de Léandre concernant le passé de son pays, mais également des autres nations. Depuis l'enfance, il s'était donc plongé – et continuait, avec un plaisir tout aussi vif qu'avant – dans les recueils traitant de l'Histoire dans ses moindres détails. Sa connaissance en la matière était impressionnante, même s'il avait ses points forts. La période de l'Empire romain, de César à la chute de Constantinople, la civilisation égyptienne et les pharaons, dieux vivants sur la Terre, la guerre de Cent Ans, des folies de la Tour de Nesle au bûcher de Jehanne la Lorraine, les dynasties mongoles et chinoises... Il avait tout étudié avec minutie, ce qui émaillait avec bonheur ses conversations quotidiennes avec René, charmé par les découvertes et le savoir inextinguible de son garçon.

Nourri son enfance durant de récits révolutionnaires, Léandre tint donc à se rendre auprès des hauts lieux de la Terreur. Il commença par la Bastille, cherchant à repérer au sol l'emplacement de l'ancienne forteresse, symbole de l'arbitraire royal. Puis ce fut la tour du Temple. Il regrettait fortement la démolition de ce fort chargé d'histoire qui, six siècles plus tôt, rivalisait en hauteur et en prestige avec le château des rois de France. C'était Napoléon qui avait décidé de sa destruction, ne voulant pas faire de la prison de Louis XVI et Marie-Antoinette d'Autriche un lieu de pèlerinage pour royalistes nostalgiques.

Il arpenta également le pavé du Champ-de-Mars, où Robespierre organisa son triomphe de la Vertu, la salle du Jeu de paume des Tuileries. De là, il passa aux lieux de mort, ces places publiques où tant de sang avait coulé. Léandre n'était pas d'une délicatesse touchant à la sensiblerie. À l'adolescence, René lui avait autorisé une tout autre sorte de lecture, touchant également à l'histoire, mais sur un plan plus local. Ces ouvrages n'étaient autres que des récits authentiques de crimes et de procès survenus aux cours des siècles passés.

– Ces journaux et ces livres sont l'expression du malheur humain. Ils sont un reflet de mon passé, que je ne compte pas oublier mais que je préfère taire. Néanmoins, tu y trouveras de quoi méditer sur la folie de cette race à laquelle toi et moi appartenons.

Patiemment consignés, du récit sanglant au procès souvent annonciateur de mort, ils révélèrent au jeune homme une facette bien peu reluisante de l'humanité. Il comprit que l'homme pouvait tuer pour tout et n'importe quoi : une pièce d'or, une femme trop volage, un regard insolent. Il vit que tout objet, selon les mains entre lesquelles il tombe, peut devenir une arme. Il constata que, dans l'art de faire souffrir son prochain, il n'existe aucune limite à l'imagination.

Comment, se demandait-il, pouvait-on accorder le moindre crédit aux aveux prononcés sous la torture ?

Comment pouvait-on verser de l'eau dans le gosier d'un homme à lui en faire éclater l'estomac et espérer qu'il dise la vérité dans toute sa splendeur ? Comment pouvait-on mettre un homme dans un brasier sous couvert de le rendre à Dieu « purifié par les flammes », quand on sait que le feu ne purifie rien, qu'il se contente de dévorer ?

Malgré toutes les questions que soulevaient ces lectures, il était devenu friand de ce genre d'histoires, au grand dam d'Anna, la bonne, qui lui disait qu'il allait finir dans un asile de fous à force de se remplir le cerveau de pareilles horreurs.

Pourtant, en traversant la place de la Concorde, celle de l'Hôtel-de-Ville et celle de la Nation, il ressentit de bien curieuses et dérangeantes émotions. Un peu comme si le sol s'était à jamais chargé de la peur et de la souffrance des hommes et des femmes, coupables et innocents mélangés, qu'on avait conduits là pour leur trancher la tête. L'impression avait été à chaque fois si vive qu'il préféra, les jours suivants, faire un détour pour les éviter plutôt que de s'y aventurer une fois de plus.

Ce vendredi-là avait été l'occasion ensoleillée d'une balade jusqu'au village voisin de Montmartre. L'endroit était pauvre mais charmant et, pendant quelques heures, Léandre avait même cru se retrouver dans un village du Gers, si ce n'était l'accent des habitants. Enchanté, il rentrait d'un pas guilleret sous la voûte de l'hostellerie quand il fut dépassé par une silhouette féminine vêtue de sombre, visiblement assez pressée, au vu de l'allure décidée avec laquelle elle se dirigeait vers l'accueil. Sans trop savoir pourquoi, il accéléra à son tour.

La précipitation de la jeune femme lui fit rater la seconde marche du perron. Ressentant le faux pas, elle poussa un petit cri, et Léandre, spontanément, tendit les bras pour amortir sa chute, manquant de glisser sur le pavé à son tour. Elle rit de sa propre maladresse.

– Foutues marches, gémit-elle.

– Particulièrement traîtresses, en effet, se hâta de confirmer Léandre.

Il l'aida à se redresser et en profita pour la regarder. Un peu plus âgée que lui, c'était une fort belle personne. Assez grande, diaphane, blonde, les cheveux détachés, coupés aux épaules, des yeux noir de jais, un visage malicieux, elle portait une robe bleu nuit qui flattait sa taille fine et ses formes avantageuses. Très avantageuses, même : Léandre eut en particulier un mal fou à éviter que ses yeux ne restassent trop longtemps fixés sur le généreux décolleté de la jeune femme. Tout à sa gêne, il ne remarqua pas immédiatement qu'elle le regardait avec un intérêt presque aussi net.

– Je vous remercie, monsieur, d'avoir évité que je ne gâche ma robe en tombant dans la boue.

– C'est bien naturel, madame.

– Je vous souhaite un excellent appétit, monsieur. Je n'ai pas le plaisir de vous connaître et je gage que vous venez ce soir découvrir cette auberge.

– Point ! J'y réside depuis quelques jours déjà.

– Vraiment ? répondit la jeune femme. Pour affaires ?

– Pas exactement, ou alors familiales.

– Le service vous convient-il ?

– Ma foi, oui.

– Désireriez-vous quelque compagnie ?

– Pour souper ?

– Oui.

– C'est une charmante attention, mais je ne soupe pas seul. D'ailleurs, je m'en voudrais, madame, de priver vos compagnons d'une si agréable présence. Car il est impensable qu'une femme charmante comme vous ne soit point attendue.

– Voilà qui est adorable ! Mais, pour ma part, je m'en voudrais de vous laisser ainsi après ce service.

– Allons, madame, un service ? Je n'ai fait que prévenir une chute. Cela n'a rien d'un acte d'héroïsme. N'en auriez-vous pas fait autant ?

– Moi ? Certainement pas. J'ai une fâcheuse tendance à rire quand je vois tomber les gens. Pourquoi m'en priverais-je ?

– *Lei è cattiva…*

– Pardon ?

– Vous êtes une méchante moqueuse, mademoiselle.

– Si vous plaisantez à mon sujet, je boude, répondit-elle, faussement piquée, en croisant les bras sur sa poitrine à la manière des sachems d'Amérique et en levant haut le menton pour exagérer son mécontentement.

– Mais non… jamais je ne me permettrais, répliqua-t-il avec malice.

– Mais quel diable que ce garçon ! fit-elle, charmée, en lui passant délicatement la main sur le bras.

Il rit, et elle fit de même.

– Allons, madame, ne traînez pas davantage. Je ne vous ai déjà que trop retardée.

– Cela ne me fut pas désagréable, sachez-le bien. Aurai-je le plaisir de vous revoir ?

– Si vous êtes une cliente régulière, sans le moindre doute.

– Comptez-vous rester ici encore longtemps ?

– Quelques mois, probablement.

– Séjourner ici quelques mois ? N'auriez-vous pas plus vite fait de trouver quelque logis plutôt ?

– Permettez-moi de vous détromper : je ne suis pas client ici, je suis invité. Je m'appelle Léandre, et je suis le neveu de M. Constant.

La jeune femme le regarda avec un attrait encore moins dissimulé que tantôt.

– Ah, c'est donc vous !

Elle lui tendit la main.

– Manon.

– Je suis enchanté, répondit Léandre en déposant un baiser sur le dos de sa main, comme à une reine, ce qui la fit frissonner de plaisir inattendu.

– Eh bien… à vous revoir, monsieur Léandre.

– De même, mademoiselle Manon.

Elle eut un charmant rire de gorge puis, cette fois, grimpa l'escalier sans se précipiter, et non sans se retourner en se dirigeant vers le restaurant pour lui faire un dernier sourire.

« Eh bien, Léandre… ça, c'est de l'approche réussie ou je ne m'y connais pas ! »

Tout guilleret, il musa quelques instants dans la cour avant de rejoindre à son tour l'accueil. Planté derrière le bureau, tenant à jour le registre de la soirée, Constant lui fit un clin d'œil. La scène ne lui avait pas échappé.

– Alors, mon garçon ? On aide les demoiselles en détresse ?

– En détresse, voilà un bien grand mot… Mais les empêcher de choir, n'est-ce pas naturel quand on est gentilhomme ?

– Je ne pourrais pas dire mieux. Surtout quand elles ressemblent à des biches.

– Qui est-ce ?

– Une habituée de chez Dulcinée.

Léandre fit la grimace. Voilà quand même de trop longs jours qu'il ne s'était livré aux plaisirs du corps, et cette mignonne-là, avec ses charmes évidents et son air malin, aurait sans doute été une compagne délicieuse. Mais il se souvenait de la promesse faite quelque temps plus tôt à son oncle : ne jamais séduire une de ces femmes. Non pas pour sa santé, mais pour leur bien-être à elles, obligées de céder leur corps pour pouvoir survivre, et qui, touchées par l'amour, risquaient de perdre leur gagne-pain. Néanmoins, le trouble qu'il ressentait en pensant à elle était trop important pour qu'il résistât bien longtemps à l'envie d'en savoir davantage à son sujet.

– Je te jure que je ne tenterai rien avec elle si tu m'en dis plus.

– Eh bien, c'est une fille mère, elle doit avoir vingt-cinq ou vingt-six ans, elle travaille le jour comme marchande de quatre-saisons et c'est par son biais que nous obtenons chaque matin des légumes frais récoltés des champs briards. Elle vient ici les vendredis soir, parfois les lundis, depuis quatre ans, afin d'étoffer son bas de laine, et ne se livre qu'à une clientèle choisie, car c'est de loin l'une des plus jolies femmes à fréquenter mes salons.

– Je le crois sans peine, et je te remercie.

– Ressentirais-je du regret dans ta voix ?

– Un peu… Elle était vraiment très attirante.

– Allons ! Tu en trouveras d'autres, neveu ! L'océan ne manque pas de poissons ! En parlant de poissons, partons souper. L'heure tourne, et Arnaud ne va pas nous rater : il a préparé une poule au riz, et il affirme qu'il faut la manger dès que c'est cuit, pour ne pas se retrouver avec de la colle dans l'assiette.

Que la vie me semblerait belle
Si elle n'était à mes côtés…

Assis au secrétaire de sa chambre, Léandre calait. Voilà quelque temps qu'il trimait sur cette phrase sans parvenir à étoffer le chant. Il s'agissait là d'un extrait musical de la pièce, encore dépourvue de nom, qu'il s'efforçait de rédiger et dans laquelle Matthieu, l'un des personnages principaux, gémissait aux cieux le malheur qu'il éprouvait à avoir épousé une femme acariâtre et autoritaire. N'ayant jamais vécu telle mésaventure, il avait le plus grand mal à se mettre dans la peau du personnage, puis se fustigea en se disant que, si Racine avait dû faire de même avant d'écrire *Britannicus*, il eût été obligé d'endosser la personnalité de Néron et de massacrer au préalable toute sa famille, ce qui aurait sans doute nui à son durable destin d'auteur. Il reposa la plume dans l'encrier avec humeur et prit sa tête entre ses mains. Un peu de concentration serait la bienvenue, mais pour cela il devait se reprendre. Il se sentait la gorge altérée. Il saisit le cruchon d'eau, s'en versa un verre. De la raison, du calme. Tout viendrait naturellement par la suite.

Le bruit fut particulièrement léger, mais tout à fait discernable dans le silence nocturne. Il était presque 1 heure du matin. Qui pouvait taper à sa porte à une heure pareille ? Il eut l'immense surprise, sans parler de l'intense satisfaction, de découvrir Manon sur son seuil.

– Je ne vous dérange pas ?

Sans attendre qu'il ne le lui propose, elle entra dans la chambre d'un pas léger et Léandre s'effaça tout aussi spontanément pour lui céder le passage. Sa robe semblait froissée, ses cheveux étaient un peu en bataille, ses bottines n'étaient pas lacées. Elle sentait bon l'amour… même s'il s'agissait de l'amour fait avec un autre.

– Vous n'avez pas frappé à toutes les portes pour me trouver, j'espère ?

– Non, sourit-elle. Je n'ai eu besoin que d'un peu d'observation. Vous étiez la seule pièce encore éclairée. D'ailleurs, j'avais posé la question à M. Davezac. C'est lui qui m'a parlé de la porte rouge.

– Voyez-vous cela… fit Léandre.

Il faudrait qu'il pense à féliciter ce gredin de cuisinier. Quelques pas encore et elle lui fit face, dans la ruelle de son lit.

– Vous venez donc me dire au revoir ? Donc vous partez, du moins je le suppose ?

– Non, mon… ami… a réservé le salon pour la nuit.

– Et vous l'avez laissé ?

– Lui ? Il ne va pas nous déranger, il dort comme un loir. Deux bouteilles de vin et on croirait voir un bébé.

– C'est vrai qu'il en a l'air : il est joufflu à souhait ! fit remarquer Léandre.

Il avait dévisagé l'homme en question au cours du repas. Pas spécialement fort, mais le visage bouffi, comme celui d'un crapaud. Cette comparaison n'était sans doute dictée que par la jalousie.

– Méchant moqueur ! souffla-t-elle en l'imitant.

Déjà elle ne riait plus. Elle fit deux pas en arrière. Il la regardait agir, en silence. Lentement, un à un, elle défit les boutons de sa robe, avant de la laisser glisser, vaporeuse, jusqu'à ses chevilles. Il ne lui restait que ses bottines noires et le pendentif d'or qu'elle portait au cou. Debout face à lui, les bras ballants le long du corps, offerte à ses regards et à ses mains comme dans un savoureux rêve érotique, elle était rigoureusement, complètement, fantastiquement nue.

– Pour vous remercier.

Léandre la contemplait, bouche close, la langue sèche malgré le verre d'eau qu'il venait d'absorber. Ses yeux goûtaient à l'ensemble de la scène, s'attardant sur les longues jambes fuselées, le ventre agréablement plat, les seins lourds, si volumineux sur ce corps mince, le triangle de toison d'or... Il sentit l'excitation le gagner, violente, désespérée. Un tel présent pour l'avoir empêchée de tomber ? Elle était d'une beauté sculpturale. Et cruelle ironie, comme toute œuvre d'art qui se respecte, il lui était défendu de la toucher.

Il se détourna.

– Rhabillez-vous, Manon. Je ne dois pas.

Elle le fixa avec de grands yeux, un peu choquée.

– Je ne vous plais pas ?

– Au contraire. Mais je ne dois pas. Je ne peux pas.

– Parce que je suis une putain ?

Il bondit vers elle et la saisit aux épaules avec vigueur. Elle poussa un petit cri, posant les mains sur sa poitrine, comme pour se protéger d'un mauvais coup.

– Vous n'êtes pas une putain ! Vous n'êtes pas une putain ! Ne dites jamais ça !

– Comment dois-je dire, alors ?

– Une femme aux abois ? Une dame de compagnie ? Je n'en sais rien.

Il s'assit sur son lit, à quelques centimètres d'elle, de sa peau claire, de ses formes rondes et appétissantes, toujours nue et livrée à sa convoitise s'il le souhaitait. Oh ! comme il le souhaitait ! S'agenouillant devant lui sur la descente de lit, d'une main douce et experte, elle eut tôt fait de s'en rendre compte. Avec un grognement, il serra les jambes pour l'empêcher de continuer cette caresse, intolérable de volupté même à travers le tissu de son pantalon. Vraiment fâchée maintenant, elle se releva d'un bond vif. Il continua à parler sans plus oser la regarder. Sa voix à elle seule trahissait son émoi.

– Je suis désolé. Vous êtes si belle… J'en ai vraiment envie… mais j'ai promis à mon oncle.

– Votre oncle ? répéta-elle, sarcastique. Serait-il dans la chambre avec nous en ce moment ? N'avez-vous pas passé l'âge d'obéir aux parents ?

Il n'apprécia pas le ton froid qu'elle employait, même s'il en comprenait fort bien les raisons, et, gagné par l'irritation à son tour, il se renferma dans le mutisme, les yeux rivés sur le tapis. Elle le regarda, sans rien dire non plus, pendant quelques minutes, puis voyant que rien n'y changerait, elle tapa du pied, furieuse, s'accroupit pour remonter sa robe, qu'elle rajusta, puis sortit sans un regard. Quand il n'entendit plus le moindre bruit, Léandre s'étendit sur le lit, enfonça son visage dans l'oreiller et poussa un long et puissant hurlement de frustration, heureusement étouffé par l'épaisse couche de duvet d'oie.

Il ne réveilla personne dans l'hostellerie. L'endroit ne déméritait pas sa réputation de havre de paix propice au repos.

À quelques mètres de distance, ils furent deux pourtant à passer une nuit blanche.

À peine installé dans l'angle le plus sombre de la rue, Huant prit une respiration profonde comme s'il sortait tout juste la tête de l'eau. La puanteur urbaine envahit à nouveau ses sinus, infâme, infecte, remplie de miasmes, du mélange d'urine, d'eau croupie et d'excréments humains et animaux... Mais pas un seul muscle de son visage ne se contracta de dégoût. Les sensations olfactives n'étaient pas celles qui le gênaient ici-bas.

Il avait marché d'un pas lent, à la fois pesant et souple, tel un fauve, à la recherche de cette cachette. Le pavé inégal et sa méconnaissance des lieux n'avaient pas ralenti son allure. L'obscurité de certaines venelles lui paraissait aussi claire qu'un champ sous un soleil de juillet. Ce repaire lui était offert par le hasard. Il attendrait désormais le temps qu'il faudrait. Il n'y avait pas lieu de se presser. La ville était vaste. Bien plus vaste que ce qu'il avait connu jusqu'alors. Infiniment plus propice pour jouer. Mais ses expériences passées lui avaient appris des choses, en particulier la prudence. Faire preuve de précipitation dans ce jeu, quand il est pratiqué dans un lieu de taille réduite, c'est risquer d'être vu, d'être pourchassé, d'être capturé, prisonnier. Et être prisonnier signifiait à coup sûr mourir.

Huant ne craignait pas de mourir. Il voyait la mort comme une chose bien trop exagérée. Certes, dans ses jeunes années, il avait fait preuve d'une bien légitime curiosité. Il avait cherché à en savoir davantage sur l'existence de son début à sa fin, et la possibilité d'un au-delà. Les paroles d'Évangile et celles des penseurs qui avaient osé se pencher dessus l'avaient profondément déçu. Il avait mis un terme définitif à toute réflexion philosophique sur le sujet. Mais il souhaitait connaître les mystères du trépas le plus tard possible.

Car à part lui, peu importait. N'était-il pas le seul sur cette Terre, l'élément suprême, insaisissable, invisible ou presque, sans lequel ce monde ne pouvait pas exister ? Pareille importance aurait bouleversé n'importe quel humain. Pas lui. La chose était naturelle, évidente. Il était, il vivait. Les autres ne menaient qu'une semi-existence dont il pouvait aisément les déposséder. Mais une fois encore, inutile de se presser. Ce qui devait arriver arrivait toujours au bon – au meilleur – moment. Celui qu'il choisissait.

Jamais, bien évidemment, il n'avait confié à quiconque la jouissance qu'il ressentait en tuant. Un chasseur l'aurait peut-être compris, mais les quelques nemrods qu'il avait eu l'infortune de croiser étaient des brutes stupides, des sous-hommes de la pire espèce, qui l'auraient fusillé sur place plutôt que de chercher à l'approuver. Conscient de ce fait, il ne s'était pas fait prier pour les retrancher du monde de façons diverses. Une hache, leur propre arme à feu, par exemple. Il aimait improviser avec les moyens disponibles sur le moment. Il avait, une fois, bénéficié d'une complicité imprévue : celle du chien de ce chasseur dont il avait écrasé la tête d'un coup de gourdin un jour d'automne. La bête n'avait ni aboyé ni même tenté de le mordre. Il venait de tuer son maître – un bien pitoyable propriétaire, il est vrai, mais quand même ! Non, le chien s'était assis, contemplant avec intérêt le corps inerte et ensanglanté étendu dans la terre. Puis il était, tout aussi paisiblement, venu donner un coup de langue sur la plaie béante de la tête. Huant n'avait pas eu à l'encourager de la voix. Le limier avait fini par planter les crocs avec appétit dans la cervelle de son défunt maître. Nullement répugné – pourquoi, grands dieux ? –, Huant avait cédé à la tentation encore inédite pour lui. Sachant qu'un chien exècre au plus haut point qu'on touche à son repas, il avait attendu que ce dernier s'éloigne, les babines remplies, pour tendre la main, arracher à son tour un morceau rose grisâtre d'encéphale et le goûter. La saveur et la texture lui rappelèrent la cervelle d'agneau dont on agrémentait ses potages d'enfançon. Mais il n'en tira aucune extase. Cela restait des abats, et il ne prisait guère cela. C'était une expérience qui en valait une autre. Plus besoin de la réitérer.

Ici, il ne fallait point trop compter sur la voracité d'un animal pour « maquiller » ses jeux. Mais cet extraordinaire labyrinthe urbain allait lui permettre bien des fantaisies qu'il ne s'était jamais autorisées.

Le passant était assez rare, pour ne pas dire inexistant en ce passage. Mais Huant le sentait. C'était là qu'il devait se tenir. Là qu'il fallait attendre.

Une heure s'était écoulée quand il le vit, débouchant au coin de la rue, à trente mètres de lui. L'inconnu n'avait pas une démarche très titubante, mais même quelqu'un de moins perspicace que Huant aurait pu deviner qu'il avait bu. L'homme fredonnait à mi-voix les paroles d'une chanson grivoise qui vantait les plaisirs qu'on ressent en sortant du lit d'une putain... À coup sûr, c'était de là qu'il revenait, justement... du lit d'une ribaude proche de là, qu'il avait dû souiller comme un porc, avec hâte et sans douceur. Un coït bâclé et payant digne d'un pochard.

Huant détestait le laisser-aller. Les gens qui abusaient de l'alcool l'irritaient au plus haut point. La nuit lui offrait là un moyen de se détendre, d'apaiser cette colère. Il toucha dans sa poche le manche du rasoir affûté. Le contact froid le survolta. Il sortit d'un geste très délicat l'outil de sa poche, le déplia, se retenant de vérifier du bout du doigt le tranchant. Il savait qu'il s'entaillerait la peau aussi aisément qu'une feuille de papier. Inutile de se mutiler, de se faire saigner.

Huant sortit de sa cachette, mais resta dans la partie la moins éclairée de la rue, chaque pas le rapprochant davantage de sa récompense. La main se crispa, solide et ferme comme un morceau de pierre, sur le manche du rasoir... Dire qu'il pourrait, s'il en ressentait le besoin, jouer ainsi presque tous les soirs désormais ! Il savait bien sûr qu'il n'en aurait pas la nécessité ni le désir, que ce jeu était comme tous les autres, lassant si trop fréquent. Mais rien ne serait plus comparable à sa précédente vie.

« Vraiment, vraiment, cher Léandre, comme tu as bien fait de *m'inviter* à Paris », se dit-il, en sectionnant d'un geste habile la gorge mal rasée de l'ivrogne.

L'automne commençait à mettre des touches de couleur sur les arbres des jardins de Paris. Nous étions le 25 septembre, et ce lundi-là, pour la seconde fois, Léandre empruntait le chemin qui le conduisait sur l'autre rive de la Seine, vers cet immense bâtiment aux airs de temple de la raison.

« Encore faudrait-il être doué de raison pour faire de la politique », se dit-il tout en approchant du Palais-Bourbon alors qu'à une église voisine sonnaient huit coups.

Une fois encore, mêlé à la foule des anonymes qui tentaient d'approcher les députés, il entra sans encombre dans la place. Sa mémoire et son sens de l'orientation le prévinrent de se perdre dans le dédale de couloirs, et il ne lui fallut que quelques instants pour arriver à proximité du bureau du député Cazenave.

Ce fut une seconde après avoir gravi la dernière marche de l'escalier que Léandre se retrouva assis par terre, le souffle coupé. En tournant dans le couloir, victime de l'angle mort, il venait d'être percuté de plein fouet par un autre homme qui marchait d'un pas rapide le long du mur. La bousculade avait été violente. Pour sa part, l'homme, en parfait malotru, se releva sans un mot d'excuse et se précipita dans l'escalier.

– Peste soit des gens pressés, grogna Léandre en se redressant.

Ce faisant, il posa la main sur quelque chose qui craqua légèrement sous la pression. Il découvrit avec curiosité deux petites feuilles d'arbuste, longues, fines et toutes sèches. L'automne avait dû, le vent aidant, les transporter en ces corridors. Pourtant, jetant un coup d'œil autour de lui, il vit que nulle part ailleurs le couloir n'était parsemé de la moindre immondice. Sans être porté sur la propreté, certains désordres lui déplaisaient. En l'absence de toute corbeille, sans savoir trop qu'en faire, il les rangea dans la poche de sa veste prune et s'approcha du bureau. Deux coups rapides à la porte de bois blanc et une voix sèche lui répondit d'entrer.

– Oui ?

La voix venait d'un homme d'âge mûr, robuste, aux cheveux poivre et sel, qui respirait l'autorité et l'habitude de voir ses quatre volontés satisfaites au doigt et à l'œil.

– Monsieur le député, je m'appelle Léandre Lafforgue. Nos familles étaient alliées, par le passé…

– Jeune homme, je n'ai pas le temps. J'ai à faire. Je vous prie de retourner dans le couloir. Je viendrai vous chercher dès qu'il me sera loisible de le faire. Allez.

Léandre se retrouva donc à patienter, assis sur un des étroits bancs du couloir. Il commençait à trouver la chose un peu ennuyeuse. Seconde visite de la Chambre des députés, seconde attente frustrante… Il n'était pas accoutumé à ce qu'on mette sa patience à si rude épreuve. Pendant qu'il attendait, il regarda passer les gens : hommes et femmes venus soumettre des doléances à leurs représentants, valets chargés de déjeuners odorants, destinés sans doute aux députés qui n'entendaient pas quitter leur cabinet une seule seconde pour se sustenter…

Près d'une heure s'écoula avant que la porte ne s'ouvre de nouveau.

– Bien. Je n'ai toujours pas de temps à vous consacrer, alors faisons vite. Qui êtes-vous et que me voulez-vous ?

– Vous remettre ce message émanant de mon grand-père, René Lafforgue, ancien député du Gers et ami de votre père, répondit Léandre en joignant le geste à la parole.

– Feu mon père, corrigea l'acrimonieux Cazenave. Donnez.

Pendant qu'il décachetait puis déchiffrait le message, Léandre essayait désespérément de s'intéresser à quelque chose dans le bureau. Mais à l'instar de son occupant, le lieu était des plus austères, et l'ambiance glaciale avec laquelle il avait été reçu ne laissait augurer rien de bon. Cela fut confirmé dans les secondes qui suivirent.

– Fort bien, dit le député en repliant le papier. J'avais déjà reçu voici quelques semaines une lettre de votre aïeul, mais je m'étais montré tout à fait clair quant à l'impossibilité de pouvoir faire quelque chose vous concernant. D'une part, je ne puis, même au nom d'un lien vieux de plusieurs décennies, déranger mes gens pour faire de vaines recherches généalogiques, et d'autre, je suis actuellement débordé pour m'en occuper de quelque façon que ce soit. Mon collègue et ami, M. Cavaignac, dirige le pays dans ces heures troublées et je compte lui apporter tout le soutien dont il a besoin afin de gouverner de façon durable à la destinée de la patrie. Il faut savoir faire la part des priorités, n'est-ce pas ?

À la façon satisfaite dont il avait prononcé le mot « ami », Léandre avait déjà compris à quel genre d'homme il avait affaire. Pouvait-il lui en vouloir d'être un arriviste ? Pas vraiment. Chacun cultive sa part plus ou moins importante d'égoïsme. S'il fit preuve de la plus élémentaire correction en prenant congé, après moins de cinq minutes d'entretien, ce fut avec une extraordinaire froideur et en espérant de tout cœur qu'une fois élu Cavaignac n'accorde aucun privilège à ce vil courtisan.

– Soit ! Eh bien, foin de son aide. On n'est vraiment jamais aussi bien servi que par soi-même… Généalogie… L'idiot ! Dès demain, je me lance à la recherche de mon père.

Un domestique entrait dans le bureau voisin de celui de Cazenave. Mécontent, Léandre s'apprêtait à quitter les lieux pour de bon cette fois, quand son regard fut irrésistiblement attiré par l'entrée de ce cabinet.

– Tiens, encore des feuilles...

Il s'agenouilla pour ramasser sur le perron trois autres feuilles sèches, semblables à celles récupérées en haut de l'escalier, quand il entendit un hurlement et, sans avoir le temps de se remettre debout, reçut un coup de genou dans le visage qui le fit partir en arrière pour la seconde fois de la journée et, de la nuque, heurter un fauteuil de bois avec force.

« Oh non, ce n'est pas vrai... encore ? » se dit-il avant de perdre connaissance.

Une senteur désagréable de vinaigre lui fit cligner des yeux, avant de reprendre réellement ses esprits. Il avait froid et comprit qu'il était étendu sur le carrelage du couloir, et qu'on venait de lui faire respirer des sels. Il avait mal à la tête et sentait une sensation humide à l'arrière de son crâne. Sans doute s'était-il fendu la peau en tombant. Mais pourquoi ne l'aidait-on pas à se relever ? Pourquoi tous ces gens l'entouraient-ils avec, sur le visage, cet air hostile ? Qu'avait-il donc fait pour qu'on le regarde ainsi ? Bientôt, avec surprise, il reconnut l'un des visages.

« Oh... voilà qui est merveilleux », pensa-t-il, désabusé.

– Tiens, tiens... comme on se retrouve, ricana l'inspecteur principal Issy-Volny.

– Bonjour à vous, inspecteur principal, répondit prudemment Léandre en redressant le torse de façon à rester assis et non couché sur le sol.

– Épargnez-vous ces amabilités… Je n'ai que faire des salutations des criminels.

– Des quoi ?

Il avait dû s'assommer plus rudement qu'il ne le pensait. Le voilà qui souffrait d'hallucinations auditives.

– Des criminels ! Cette engeance comme vous, aux allures courtoises, qui cachent les pires vilenies !

– Vous n'êtes sans doute pas sérieux ?

– Oh, jamais je ne l'ai autant été, répondit le policier avec une réjouissance non dissimulée. Leterrier, dit-il à son adjoint, saisissez cet assassin. Monsieur Laforge, j'ai le plaisir de vous arrêter.

Léandre fut alors saisi, relevé, mais bien plus doucement qu'il ne s'y serait attendu, et vit le visage de l'inspecteur esquisser un sourire navré. Il y vit une nouvelle preuve d'amitié de sa part, et cela le réconforta… car, autour de lui, les gens ne lui accordaient pas le moindre regard de miséricorde. Il avait sauvé quinze jours plus tôt un gamin d'une arrestation arbitraire et infondée, et cette fois c'était lui qui était victime d'une situation similaire, bien que beaucoup plus grave. Et personne ne semblait en mesure de le sauver.

Aussi, c'est avec colère qu'il rugit, effrayant la plupart des personnes présentes :

– Mais à la fin, va-t-on m'expliquer de quoi on m'accuse vraiment ?

– D'avoir assassiné le député Brisson, représentant du département de l'Eure, répondit Leterrier.

– Quel besoin de vous préciser les circonstances d'un acte dont vous êtes l'auteur ? rajouta Issy-Volny.

– Je ne suis aujourd'hui l'auteur de nul crime, je suis innocent !

L'inspecteur principal soupira.

– La canaille ne rend décidément gorge qu'en étant confrontée à sa belle œuvre… Eh bien soit, entrons dans ce cabinet, et contemplez votre travail, assassin !

– Je ne vous permets pas de me traiter ainsi !

– Et moi, je me passerai de votre consentement !

Maintenu par Leterrier et suivi par l'inspecteur principal qui laissa la porte grande ouverte derrière eux, Léandre entra dans le cabinet de travail du député Brisson. Il y régnait une atmosphère étrange et assez froide, certainement due au fait que la fenêtre était ouverte et la cheminée presque éteinte. Devant le foyer, un corps énorme gisait sur le ventre. L'homme était d'un âge déjà avancé, et vêtu avec recherche. Sa redingote était quant à elle couverte de sang. Le cadavre était en effet empalé au niveau de la tête par le crochet d'un des chenets de cuivre, sculptés pour ressembler à quelque plante monstrueuse, une rose dont les épines auraient été des crochets de vipère. La longue pointe acérée s'était plantée dans la bouche tel un hameçon dans celle d'un poisson, l'apex ressortant au niveau du rachis cervical, brillant et obscène.

Léandre observa la scène avec attention et une très légère pointe d'horreur. Être le descendant d'un juge et entendre parler des cas que son grand-père jugeait autrefois l'avait mithridatisé contre ce genre de spectacle.

– Eh bien ! Qu'en dites-vous ?

– J'en dis que, pour l'heure, j'ignore comme vous pouvez conclure à un meurtre et non à un accident, commenta-t-il sur un ton féroce.

Issy-Volny fit mine de ne pas s'en apercevoir.

– Accident ? Que n'irait-on pas inventer pour essayer de se disculper !

– Pour l'heure, monsieur l'inspecteur principal, je tiens à vous signaler qu'en l'absence de preuves vous ne pouvez certifier les accusations que vous portez à mon encontre !

– Des preuves ? Et cet homme qui vous a assommé, qu'en faites-vous ?

Il se précipita vers la porte, fit un signe à l'une des personnes qui se trouvait dans le couloir et revint suivi par un domestique d'un certain âge, maigre et l'air rogue, qui semblait à la fois content de lui et embarrassé d'être là.

– Votre identité, monsieur ?

Le valet fit un pas hésitant en avant, gonfla la poitrine. On eût presque dit qu'il comptait se mettre au garde-à-vous. Sans regarder Léandre, il répondit :

– Duval Alphonse, monsieur l'inspecteur principal.

– Votre qualité ?

– Je suis valet de pied chez M. Brisson.

– La victime ?

– Oui.

– Que pouvez-vous nous dire ?

– Eh bien, comme tous les matins, j'ai accompagné monsieur au Palais pour 7 heures et demie. Il m'a confié des tâches, telles que la réception de son courrier, et quelques courses, avec pour ordre d'être revenu à 9 heures précises.

– Pour quelles raisons ?

– Monsieur avait toujours des besoins.

– Des besoins ?

– Oui, monsieur aime... oh, aimait, ajouta-t-il en se signant, à prendre la collation à 9 heures, mais monsieur variait ses plaisirs. C'était tantôt un chocolat et des pains au lait, tantôt un café accompagné de tartines de confiture de mûres, tantôt un simple thé. Il me donnait ses ordres, et je me rendais aux cuisines du Palais, ou bien en quelque auberge voisine, afin d'aller y acquérir ce qu'il désirait.

– Nous entendons. Et ensuite ?

– Eh bien, à 9 heures précises, j'ai tapé à la porte comme à mon habitude, et suis entré.

– Sans y être invité ? demanda Léandre.

Le domestique prit un air offusqué.

– Vous... vous... comment osez-vous me parler ! Voyons, monsieur, s'expliqua-t-il à l'inspecteur principal, j'étais au service de M. Brisson depuis onze ans ! Il m'avait accordé cette grâce ! J'étais d'ailleurs le seul à venir à cette heure-là. Nul visiteur n'aurait osé déranger monsieur à 9 heures. C'était l'heure sacrée !

– Très bien, poursuivez, poursuivez...

– Eh bien, je suis entré et j'ai trouvé que l'endroit était bien sombre, on n'y voyait goutte. N'ayant pas entendu monsieur, je me suis dit qu'il était dans ses commodités. Je me suis donc précipité vers la fenêtre. J'ai tiré les rideaux et ouvert la croisée pour y voir un peu plus clair, et c'est là que j'ai vu…

– Quoi donc ?

– Le corps de monsieur, couvert de sang !

Et il se signa à nouveau. Léandre, pendant ce temps, s'accroupit à côté du corps. Issy-Volny s'interposa :

– Ne touchez à rien ! Leterrier, je vous ai dit de le tenir !

– Je le surveille, inspecteur principal, je le surveille.

– Je veux que vous le teniez ! Surveillez-le quand il est debout ! Pourquoi faut-il que je vous explique tout du métier de policier… imbécile ?

L'inspecteur attendit quelques secondes, observant l'attitude attentive du garçon, puis il se pencha et le força, mais toujours de sa façon douce, à se relever.

– Ensuite, Duval ?

– J'ai poussé un cri et suis ressorti pour chercher de l'aide. Et c'est là que je l'ai vu.

– Qui donc ?

– Son assassin ! répondit le domestique avec horreur, cette fois, en regardant Léandre. Il se tenait à genoux dans l'entrée, je suis sûr qu'il observait la scène ! Je n'ai pas réfléchi davantage et lui ai donné un coup de pied dans le visage pour l'étourdir.

– Voilà une réaction saine et normale ! Je vous en félicite, Duval ! Sans vous, nous serions passés à côté de l'assassin ! Allez ! Vous serez convoqué plus tard pour de plus amples renseignements.

Duval, ému aux larmes, s'en fut sans qu'on ait besoin de le lui redire. Et Issy-Volny, triomphant, se retourna, un sourire de victoire aux lèvres.

– Vous voilà pris ! Vous avez commis une erreur… celle de vous prendre pour un champion de la justice en sauvant ce loqueteux ! Auriez-vous fait profil bas que jamais je ne me serais intéressé à vous !

– Mais de quoi parlez-vous donc ?

– Jouer les naïfs ne changera rien à votre sort, et la plaisanterie a suffisamment duré ! Maintenant, monsieur Laforge, au cachot… Savourez les heures que vous y passerez : vous y serez bien en attendant qu'on ne vous enferme à la Force dès ce soir !

Et Léandre, qui ne comprenait pas comment on pouvait accorder la moindre foi aux propos du domestique et comment un être aussi obtus pouvait être devenu inspecteur principal, se laissa entraîner, *via* les couloirs du Palais-Bourbon, jusqu'à la cellule qui servait habituellement à y cloîtrer les députés en état d'ébriété ou bien arrêtés pour outrage durant les séances.

N'ayant pas de montre sur lui, Léandre ignorait depuis combien d'heures il était enfermé dans cette pièce. À la différence d'une cellule de prison normale – notamment celles de la maison d'arrêt d'Auch, qu'il avait visitée quelques années plus tôt en compagnie de René –, la pièce était assez spacieuse et éclairée… Une prison pour gens riches, et pour courts séjours.

« Fabuleux destin ! se gourmanda-t-il. Je viens pour retrouver mes origines, et me voilà prêt à finir en prison, ou pire, pour un crime dont je ne sais rien. »

Car ces quelques heures d'incarcération avaient été utiles à Léandre, qui les avait mises à contribution pour réfléchir. Oui, il lui fallait l'admettre, l'inspecteur principal avait raison sur un point : le député Brisson n'était pas mort naturellement, ni même d'accident. Car en creusant sa mémoire, il avait bel et bien trouvé un élément qui le chagrinait sur le corps…

Soudain, le bruit d'une porte qu'on ouvre le tira de ses pensées. Il vit avec un certain plaisir que ce n'était pas l'infect Issy-Volny, mais Leterrier qui entrait, avec une écritoire, du papier et une plume.

– M. l'inspecteur principal m'a prié de venir vous voir afin de ne pas perdre davantage de temps. Il veut que vous me donniez tous les détails sur les crimes dont vous êtes accusé.

– Pourquoi ne s'est-il pas déplacé en personne ?

– Il avait à rencontrer quelques députés pour leur rendre compte de votre arrestation.

Léandre comprit donc que l'inspecteur principal n'agissait vraiment que dans le but de se faire bien voir des hommes politiques et que l'identité du coupable n'importait que peu. On ne pouvait pas tuer un député sans être aussitôt arrêté : il était impossible que la police laissât courir un assassin politique bien longtemps ! Tout suspect ferait un coupable de choix.

– Soit, inspecteur, je vais donc vous donner ma version des faits.

– Je vous écoute, monsieur Lafforgue.

Le fait que le policier n'écorchât pas son nom fut une attention à laquelle Léandre fut sensible. Pas d'animosité. Il se montrerait conciliant et ne s'emporterait pas face à cet inspecteur humain… C'était une chance, en fait, qu'Issy-Volny soit absent : sans doute aurait-il contribué à rendre la situation plus intolérable encore.

– Ce matin, je suis arrivé à 8 heures au Palais-Bourbon, au milieu d'un assez vaste mouvement de foule, et me suis dirigé vers le bureau de M. Cazenave, député des Landes.

– Aviez-vous rendez-vous avec lui ?

– Non, je devais le voir, mais rien n'était réellement prévu.

– Le voir pour quelles raisons ?

– Pour affaires personnelles. Je suis le petit-fils d'un ancien député du Gers, et le père de M. Cazenave était un collègue et ami de mon grand-père.

– Et donc ?

– Il m'a reçu quelques secondes, puis prié d'attendre qu'il ait quelque temps à me consacrer dans le couloir. J'y suis donc retourné et j'ai attendu.

– Combien de temps ?

– Plus de quarante-cinq minutes. Il était 9 heures moins cinq environ quand il m'a laissé entrer de nouveau.

– Avez-vous discuté ?

– Peu de temps. Je lui ai remis un message qu'il a lu, et il m'a expliqué qu'il ne pouvait rien faire pour moi. Je suis resté dans ses appartements cinq minutes à peine.

– Qu'avez-vous fait ensuite ?

– J'ai pris congé et je m'apprêtais à quitter le Palais quand j'ai vu quelque chose.

– Quoi donc ?

– Des feuilles mortes sur le seuil d'une porte ouverte.

– Quelle porte ?

– Celle qu'on m'a appris plus tard être celle de feu le député Brisson.

– Bien, je note cela. Je doute qu'il s'agisse de quoi que ce soit de précieux ou d'important pour l'enquête, mais je mettrai ceci sur le compte de votre curiosité personnelle.

– Si vous voulez.

– Et après ?

– Eh bien, je me suis approché et baissé pour ramasser ces feuilles. J'ai entendu un hurlement, et j'ai alors été heurté par un homme – le valet Duval, je suppose – qui s'enfuyait.

– Il ne vous a pas attaqué ?

– En aucun cas. Je n'ai pas reçu un coup de pied. Il m'a heurté du genou, ou plutôt de la cuisse, en courant comme un perdu.

– Très bien, dit Leterrier en prenant note.

– Après, je ne puis en dire davantage. J'étais assommé et, quand j'ai ouvert les yeux, je me suis retrouvé face à l'inspecteur principal Issy-Volny persuadé que j'étais un criminel.

Leterrier cessa d'écrire, contempla Léandre rêveusement. On eût dit qu'il cherchait les mots justes au plus profond de lui.

– Puis-je vous exprimer ma pensée ?

– Je vous en prie, inspecteur.

Le policier se pencha et murmura, sur le ton d'un conspirateur :

– Je pense que mon supérieur se fourvoie et que c'est votre précédente rencontre qui l'incite à vous croire coupable. Il n'est pas homme à admettre volontiers qu'il a tort.

– N'est-ce pas notre cas à tous ?

– Peut-être, mais chez lui le sentiment est vraiment exacerbé. Cependant, j'ai remarqué un détail : quand vous vous êtes approché du corps, j'ai eu l'impression que vous l'examiniez en détail, pas avec curiosité, mais un peu comme un policier.

– Je ne suis pas policier. Je suis petit-fils de juge, et nanti de certaines connaissances sur le sujet des investigations… toutes livresques, hélas.

– Et pourrait-on savoir ce qui a retenu votre attention ?

– Les yeux.

– Les yeux ?

– Ils étaient injectés de sang, les vaisseaux éclatés. Ce que l'on appelle des pétéchies. Et ce sont, en médecine, les signes les plus marquants d'une asphyxie.

– Voilà qui est assez étrange.

– Ce qui est étrange, c'est surtout que votre chef n'ait pas fait ce genre de constatations lui-même. Il a sans doute imaginé que Brisson avait été attaqué, poignardé dans la tête avec les chenets et abandonné là pour s'y vider de son sang… Ce qui est étrange, c'est qu'on puisse me soupçonner d'être un assassin… et même un assassin aux multiples victimes, si j'en crois ce qu'il m'a dit ! Ce qui est étrange, c'est ce que vous m'avez confié lors de notre première rencontre, qu'il ne faisait pas bon être un intrus au Palais-Bourbon ! Que se passe-t-il donc ici ?

– Je ne puis pas vous en dire trop. Le secret de l'enquête me l'interdit. Je vais vous laisser. Je repasserai plus tard vous apporter de quoi dîner. Et croyez bien que je saurai prendre votre défense : je suis policier pour servir la justice, non l'arranger à ma fantaisie.

– Voilà qui est sage... mais moi, en attendant, que vais-je devenir ?

– Je ne puis rien vous promettre mais faire de mon mieux pour que vous soyez libre avant la nuit. J'ai déjà tenté de faire entendre raison à l'inspecteur principal Issy-Volny en d'autres circonstances. Les portes de la prison de Bicêtre sont plus aisées à faire fléchir que ses décisions. Ne perdez pas courage. À bientôt, monsieur Lafforgue.

En entendant la clé tourner dans la serrure, Léandre se sentit épuisé. Il était maintenant certain d'avoir un allié dans cette histoire absurde... mais face à l'obstination idiote d'un chef, il ressentit également l'angoisse à l'idée que son cas ne soit condamné d'avance.

Franchissant le grand hall, Charles Leterrier allait d'un bon pas vers la sortie du Palais quand il entendit une voix le héler :

– Inspecteur !

L'homme qui venait de l'appeler se trouvait à demi dissimulé derrière une colonne. Les cheveux ondulés, le visage imposant, il était de taille moyenne, sobre mais élégant.

Il crut reconnaître en lui un député élu récemment, mais sans parvenir à lui donner un nom. Le policier le rejoignit, en se disant qu'il se trompait sans doute.

– Bonjour inspecteur.

– Bonjour monsieur, répondit Leterrier, voulant éviter de commettre la moindre erreur.

– J'ai entendu dire que vous auriez arrêté celui qui aurait tué notre confrère ?

– C'est à mon chef, l'inspecteur principal Issy-Volny, que revient le mérite dans cette histoire. Mais, pour l'heure, l'homme que nous avons appréhendé n'est qu'un suspect potentiel. L'enquête nous montrera s'il a quelque rapport ou non avec notre affaire.

– Ah. Et peut-on savoir de qui il s'agit ?

Leterrier finit par se rappeler où il avait déjà vu, et surtout entendu l'accent traînard et germanique de cet homme – ce député ? C'était lui qui, lors de l'esclandre deux semaines auparavant, avait comparé l'inspecteur principal Issy-Volny à une grenouille. Le souvenir agréable de cette petite humiliation lui rendit l'inconnu aimable. Soit. Cela ne lui coûterait rien de lui fournir quelques maigres informations...

– Un jeune Gascon, défenseur des enfants des rues quand on les accuse à tort de voler des montres...

– Lui ? répondit l'homme, incrédule.

Léandre regardait le ciel. La lueur atténuée et les ombres penchées lui indiquèrent que le soleil déjà amorçait sa descente finale vers l'ouest. Voilà donc près de neuf heures qu'il était enfermé là. Il ne comprenait pas. Si son innocence était prouvée, qu'attendait-on pour le délivrer ? Si on continuait à nourrir de faux soupçons à son encontre, pourquoi n'avait-il pas encore été envoyé dans une vraie prison ? Il finit par craindre qu'on ne l'ait oublié. Il avait faim, et personne n'était venu lui apporter de quoi se restaurer. Il n'en voulait pas à l'inspecteur Leterrier. Sans doute, lisant son rapport, l'inspecteur principal contrarié lui avait interdit de retourner ici.

Comme souvent quand l'esprit est privé de vivres, il vagabonde et se plaît à imaginer les plus succulents plats qui soient. Celui de Léandre n'y fit pas défaut. Cela ne fit qu'aggraver son appétit et sa colère.

Ce fut donc un Léandre passablement énervé qui entendit la porte s'ouvrir à nouveau... et vit entrer dans la cellule un inspecteur principal Issy-Volny à peine moins courroucé que lui.

– Vous pouvez partir.

Avec son sens un peu trop développé de la provocation, Léandre ne put s'empêcher de répondre :

– Ah... vous avez enfin admis que cette investigation dépassait vos compétences ?

– Prenez garde, Laforge...

– Lafforgue.

– Peu importe. Prenez garde. Je reste un inspecteur principal de la Sûreté générale, et vous un simple citoyen. N'allez pas croire qu'une protection, si haute soit-elle, vous préservera de tout dans la vie. Si, un jour, vous rencontrez un écueil, et vous en rencontrerez, sachez bien que je serai là pour accélérer votre noyade.

– Je vous crois sur parole. Bien le bonsoir, monsieur.

Et Léandre passa en trombe à côté du policier, songeant une fraction de seconde à l'enfermer à son tour, mais s'abstenant d'envenimer la situation, car bien décidé à quitter une bonne fois pour toutes ce lieu si détestable où il n'avait rencontré qu'embûches et désagréments. Il parvint très vite à retrouver son chemin au sein du bâtiment et put enfin retrouver le hall, la porte d'entrée, la cour... l'air libre. Son humeur ne s'apaisa pas pour autant, mais il comprenait désormais l'affreuse sensation qu'on éprouve quand on est privé de ce bien inestimable qu'est la liberté. Aussi vrai qu'il s'était fait un ennemi juré d'Issy-Volny, il le sentait bien, il en avait autant à son service. Jamais il ne cautionnerait les actes d'un policier qui arrête le premier venu et est prêt à l'envoyer au bagne sur de fausses accusations, tout ça sur le compte d'un différend personnel. Il venait d'arriver à mi-chemin dans la cour quand il remarqua un homme en manteau marron qui s'approchait de lui. Il ressentit un étrange déjà-vu.

– Monsieur Lafforgue ?

– C'est moi.

– Je vous prie de m'excuser, mais vous êtes attendu à un souper.

– Un souper ? Je n'ai été invité nulle part. Vous devez faire erreur. Bonne soirée, monsieur.

– Je vous l'assure, monsieur, répondit l'homme avec lenteur et un notable accent d'outre-Rhin. Ce souper est impromptu, mais il n'en demeure pas moins que vous y êtes convié. Une voiture nous attend pour nous y conduire.

Et sans attendre de réponse, l'homme se dirigea, en boitant légèrement, vers un petit fiacre, un coupé colimaçon tracté par un unique cheval gris, stationné à quelques pas de là.

« Quel est cet olibrius ? Ne vais-je pas encore m'attirer des ennuis en le suivant ? Bah… après tout, celui qui n'ose rien n'obtient jamais rien, pas même des réponses. »

Alors Léandre suivit l'inconnu et grimpa à ses côtés dans le fiacre. Sitôt celui-ci en branle, l'homme tira des rideaux de tissu opaque qui masquèrent les fenêtres, empêchant autant les passants de voir à l'intérieur que les passagers de voir où ils se rendaient. Sortant tout juste de plusieurs heures d'enfermement, Léandre n'apprécia pas.

– Pourrais-je savoir pourquoi ce luxe de précautions pour nous soustraire aux regards ?

– Simple discrétion.

– Ne dois-je pas voir où l'on me conduit ?

– Vous le verrez bientôt, se contenta de dire son peu loquace cicérone.

– J'ai horreur des surprises.

Son compagnon de route, cette fois, ne put s'empêcher de sourire.

– Cela ne me surprend pas. Pas même les surprises agréables ?

– Je ne vois pas en quoi cette situation offre la moindre chose agréable. J'ai été en l'espace d'une journée évincé du cabinet d'un député, accusé d'en avoir assassiné un autre, arrêté et placé en détention quelques heures, avant d'être libéré je ne sais comment et placé par vos soins dans ce fiacre où je ne peux pas voir l'extérieur. Alors je vous prie de me pardonner, mais si c'est cela votre conception d'un jour de plaisir, je ne tiens pas à connaître ce que sont vos jours de malheur.

– Ne vous impatientez pas. Vous aurez bientôt toutes les réponses à vos questions.

– J'allais le dire, répondit insolemment Léandre.

– En attendant, contrôlez un peu votre impertinence, trancha l'homme d'un ton sec, avant de se taire pour de bon.

Ce silence fut mis à profit par Léandre pour observer son guide sans vergogne. Ce dernier sembla ne prêter aucune attention à cette scrutation. Plus petit que lui, il n'était pas ce que l'on pouvait nommer un bel homme. Il était visiblement robuste, musclé, mais pas athlétique, au sens de ces colosses d'autrefois que Léandre avait vus peints sur des vases grecs. La coupe de son vêtement n'aidait pas non plus à mettre en valeur ce corps aux jambes trop courtes, au torse trop long… Le visage non plus n'arrangeait rien : un haut faciès couronné de cheveux bouclés d'une teinte à la lisière du châtain et du noir, une figure au front large, d'où jaillissait un long nez qui surplombait une moustache trop pointue… Pourtant, malgré ce physique moyennement avenant, Léandre sentait qu'il ne fallait point s'y laisser prendre. Il avait à ses côtés un homme intelligent et puissant, à n'en pas douter. Il l'imaginait fort bien en compagnon d'armes de quelque grand seigneur, en lieutenant efficace et héroïque.

C'est alors que le carrosse s'arrêta, après quelques cahots que Léandre interpréta comme étant l'entrée dans une cour intérieure.

– Descendons.

Il obéit et constata qu'il se retrouvait bel et bien dans une cour pavée. L'intérieur des lieux ne lui évoquait rien. Les murs qui l'encerclaient étaient trop hauts pour distinguer le moindre élément extérieur qui puisse lui indiquer où il se trouvait réellement. Le voyage avait été trop court pour qu'on l'ait conduit ailleurs qu'à Paris, mais où cela ? Il songea avec colère qu'il n'avait pas pensé à faire attention, durant le trajet, au premier virage emprunté par la voiture. L'eût-il fait qu'il saurait au moins de quel côté de la Seine il se trouvait…

Un serviteur les conduisit sans un mot à l'entresol, un bougeoir à la main, *via* un étroit escalier, puis à travers des couloirs. Arrivés devant une porte, le guide appuya sur la poignée et l'ouvrit.

– Attendez ici. Ce ne sera guère long.

Il était inutile de protester. Le jeune homme pénétra dans la pièce, et la porte claqua derrière lui. Il était à nouveau seul et enfermé. Mais l'endroit n'avait rien d'un cachot. Les larges fenêtres du cabinet où il se trouvait désormais venaient de le renseigner sur le lieu où devait avoir lieu ce souper impromptu. La colonne de bronze, dominée par la statue de Napoléon Ier en petit caporal, était immanquable, fichée en plein centre de la place Vendôme comme le doigt de Dieu…

Léandre alors se remémora l'un des derniers mots de l'inspecteur principal Issy-Volny. De quelle protection « si haute soit-elle » parlait-il donc ?

« Pour loger ici, se dit-il, il faut être assurément un puissant personnage… »

C'était là une évidence, sauf que, depuis son arrivée à Paris, il n'avait fait nulle rencontre capitale, nulle personne qui pouvait répondre à cette description. Le député Cazenave serait-il revenu sur ses dires ? Avait-il décidé, suite à l'incident, d'aider le jeune homme ? Mais pourquoi cette façon si secrète d'agir, ce repas imprévu ? Tout à sa réflexion, il arpentait la salle. La pièce était fort nue, correctement éclairée, mais sans excès. Un bureau et trois fauteuils constituaient le seul ameublement. Pas une horloge, point de tableaux. Ce n'était pourtant pas là le simple signe d'une récente installation, mais également une volonté de la part de l'occupant de ce cabinet de travail. Léandre restait debout, hésitant à aller se poser dans les fauteuils, qui semblaient assez durs. L'humeur encore rafraîchie par l'absence de vie de cette salle, il frissonna et se frotta les bras avec vivacité, histoire de se réchauffer.

Bientôt, derrière lui, une porte s'ouvrit. Léandre se retourna : serait-ce la personne à qui il devait sa libération ? Il le souhaitait. Si reconnaissant fût-il, il trouvait l'endroit si morne qu'il espérait de tout son cœur le quitter au plus vite. Une rencontre rapide, un remerciement chaleureux, sincère, mais court, puis il déclinerait l'invitation à souper, et il pourrait en se pressant retourner au *Vieil Armagnac* pour y retrouver la chaleur et le soutien des siens.

Mais ce n'était que l'homme au manteau brun qui revenait. Il avait cependant quitté son pardessus couleur feuille morte et passé une confortable robe de chambre de laine épaisse et chaude, bien qu'un peu usée.

– Je vous prie de m'excuser, jeune homme, mais j'aime avoir mon confort quand je regagne mes quartiers.

Puis, s'asseyant derrière le bureau, il posa les coudes sur le bois, joignit les mains et observa en silence quelques instants le garçon interdit avant de dire :

– C'est impressionnant de voir à quel point vous ressemblez à votre père.

Chapitre cinquième

D'un souper secret qui entraîna la naissance d'un Goupil

« Je dois rêver », pensa Léandre.

Oui, c'était cela, de toute évidence. Le horion[1] reçu durant son arrestation l'avait assommé, et il rêvait tout haut depuis quelques heures. Son réveil au cachot, sa libération, le transport jusqu'à cet hôtel de la place Vendôme, cet homme à l'accent allemand, tout cela n'était que le fruit de sa trop généreuse imagination. Mais, même après avoir clos puis ouvert les paupières, le décor resta le même et son hôte continuait à le regarder avec cet air amusé.

– Mon père ? répéta le jeune homme.

– J'ignorais qu'Alessandro eût un fils. Jamais il ne m'en a parlé.

Cette fois, Léandre explosa. Les yeux jaunes de colère, il donna un violent coup de poing sur le bureau, manquant de renverser un encrier par chance fermé.

– Ah non ! Quelle est cette sinistre farce que l'on me joue ? Qui êtes-vous pour en savoir autant sur ma famille et sur moi ?

L'homme ne broncha pas devant cet accès de fureur.

1. Horion : coup violent porté sur la tête ou les épaules.

– Calmez-vous, prenez un siège. Je ne traite pas avec des personnes enragées. On ne parvient jamais au moindre accord avec elles.

Léandre s'assit donc, non sans faire beaucoup de bruit et tout en couvant l'homme d'un regard farouche. Après avoir remis de l'ordre à son bureau, ce dernier se frotta les mains et prit sa respiration avant de lui parler de nouveau de cette voix incroyablement lente :

– Cela n'a rien d'une farce et, pour tout vous dire, si je sais désormais votre identité, j'ignore tout de vous, ou presque.

– Pourtant, vous avez parlé de mon père.

– En effet. Du moins, je le suppose. Si votre père s'appelle Alessandro.

– C'est ce que l'on m'a appris, voici quatre mois. Je ne connaissais pas mes origines. On me disait orphelin.

– Qui cela ?

– Mon grand-père. C'est lui qui m'a élevé.

– Je vois.

– J'en doute.

– Allons, pas de méchantes paroles. Nous sommes deux personnes civilisées qui nous entretenons en paix, n'est-ce pas ?

– Si vous voulez.

– Voilà qui est mieux.

L'homme se leva et, de sa démarche légèrement claudicante, s'approcha du foyer et commença à tisonner les braises. Les flammes ayant repris une hauteur convenable, il hocha la tête, satisfait, et revint près du bureau.

– Je suis le prince Charles Louis Napoléon Bonaparte.

Léandre fronça les sourcils. Le prince Bonaparte ? Ce neveu de feu l'Empereur, tout récemment élu député ? Était-il réellement ce curieux personnage ? Ne s'agissait-il pas de quelque mensonge ? Ses suspicions ne passèrent pas inaperçues du politicien.

– Je vois que vous doutez de moi. Je puis le comprendre.

– Je veux bien vous croire, monsieur, mais vous reconnaîtrez que c'est un peu difficile à admettre. Un suspect de crime de sang libéré par la volonté d'un prince politicien...

– Certes, mais si le suspect est fils d'un ami dudit prince, la situation est déjà bien moins confuse.

– Mais comment pouvez-vous l'affirmer ? Vous venez de me dire que vous ignoriez que cet ami eût un fils !

– C'est ainsi.

Bonaparte le fixa longuement avant de poursuivre, de cette voix un peu hésitante... Il paraissait, se dit Léandre, buter sur les mots comme s'il n'avait pas l'habitude de parler, ce qui lui donnait des inflexions traînantes.

– Je vous ai remarqué voici une quinzaine de jours, un peu plus sans doute. Vous étiez déjà aux prises avec cet affreux petit policier pour une affaire de montre volée.

– Ah, vous étiez donc là ?

– Oui. J'évitais de me faire remarquer, je n'étais pas alors censé me trouver à Paris, ce qui explique sans doute la raison pour laquelle vous ne m'avez pas vu. Je vous ai donc entendu parler... et, au son de votre voix, j'ai cru un court instant que vous étiez mon camarade Alessandro Prazzoli. En m'approchant, je vous ai vu de dos, et j'ai compris qu'il n'en était rien. Cependant, votre façon d'agiter les mains, tel un Italien, et le ton docte avec lequel vous vous exprimiez pour interroger ce député m'ont également rappelé mon vieil ami. Enfin, vous vous êtes retourné, et là j'ai eu la confirmation que vous étiez bel et bien sa chair et son sang.

– J'ignore à quoi ressemble mon père.

– Vous n'auriez pas un immense effort d'imagination à faire. Représentez-vous avec quelques centimètres et quelques livres en moins, le cheveu noir et un peu plus dégarni aux tempes, et vous aurez une idée assez fidèle du visage de celui qui vous donna le jour.

Léandre n'en croyait pas ses oreilles. Le hasard était décidément un compagnon de route aussi fidèle qu'imprévisible.

– Puis-je vous en demander davantage, monsieur ?

– Me permettez-vous d'abord une question ?

– À votre guise.

– Ne serait-ce pas là la principale raison de votre venue à Paris ? La possibilité de rencontrer votre père ?

– Non, pas la principale. La seule.

– Ma foi… Il est donc nécessaire que je vous fasse une révélation supplémentaire : votre père est sans le moindre doute l'homme le moins stable que je connaisse. Un aventurier comme il en existe fort peu en ce monde, un homme de convictions, aux visages multiples. Je sais qu'il était ici même au printemps dernier, lors des pires heures des affrontements, mais j'ai le regret de vous annoncer que l'accalmie qui règne désormais en France me persuade qu'il n'est plus parmi nous.

– Où ça, alors ?

– Je ne puis le dire. Je l'ignore. S'il n'est pas caché quelque part dans sa Romagne natale, il est probablement sur le théâtre de quelque conflit, en train d'aider les causes républicaines et de forger je ne sais quelle théorie sociale.

L'idée lui parut sans nul doute amusante, car il sourit, mais s'abstint de dire à Léandre pourquoi. Ce dernier insista :

– Mais par quel hasard l'avez-vous rencontré ?

– Le hasard ? Une bien triste histoire…

Rejoignant une armoire basse, le député Bonaparte se versa un petit verre d'alcool – du vin cuit, selon l'arôme qu'il dégageait – et proposa d'un geste à Léandre de l'accompagner dans cet apéritif. Le garçon refusa poliment. Le politicien poursuivit alors son récit tout en dégustant son vermouth.

– Cela remonte à presque vingt ans. Nous étions en 1831…

« Depuis quinze années déjà, ma mère Hortense et moi vivions en exil, chassés du royaume de France. La déchéance de l'Empereur, mon oncle, nous avait contraints à la fuite, et c'est donc en Suisse que je fus éduqué, scolairement et militairement. Après ma sortie de l'École d'artillerie de Thun, j'avais vingt-deux ans et la vie devant moi, comme on dit. Comme par le passé, mon frère et moi étions considérés comme étant les dignes successeurs du nom de Bonaparte, les enfants prodigues destinés aux plus hautes fonctions.

Or, sept années durant, sur les rives du lac de Constance, nous avions eu comme professeur un nommé Philippe Le Bas, un des fils du célèbre conventionnel, qui nous enseigna sa vision politique. Donc, nous deux, héritiers de la couronne, nourrissions davantage d'idées républicaines que de soifs impériales...

Élevé par notre père et donc plus introduit à la vie italienne que je ne l'étais, Napoléon Louis, mon aîné de quatre ans, était un homme de génie, un scientifique dans l'âme, inventeur, touche-à-tout... et *carbonaro*. Moi, j'étais moins passionné que lui, mais son enthousiasme avait fini par me vaincre. Nous voulions en découdre avec l'ennemi... et en Italie, l'ennemi, c'était l'Autriche, qui dominait une grande partie de la péninsule, avec l'approbation tacite – ou plutôt l'indifférence – du pape. Nous espérions de toute notre âme que la France, jadis si puissante, finirait par intervenir pour ramener l'Autriche au pas et délivrer l'Italie alliée. Mais non.

Puis, au mois d'août 1830, la nouvelle de la révolution nous parvint. En trois glorieuses journées avait sonné le glas de la royauté. Les révolutionnaires italiens installés à Paris n'étaient pas pour rien dans cette victoire. Et quelle victoire ! Charles X avait abdiqué, et son cousin d'Orléans avait pris le trône comme roi des Français. Fils de révolutionnaire, il ne pouvait avoir que quelque clémence à notre encontre. Mais Louis-Philippe craignait que le mouvement bonapartiste ne jouât les phénix de légende et ne renaquît de ses cendres. Cela ne fit qu'augmenter notre colère et précipiter notre action... C'est à cette occasion que nous fîmes la connaissance d'un jeune médecin : Enrico Conneau. Il était du même âge que nous et, depuis deux ans, était un *carbonaro* convaincu. Notre entente fut immédiate, et c'est par son biais que nous avons fait nos premiers pas dans la plus grande des illégalités, sous le nez de Saint-Pierre et de son dernier pontife.

De Paris, nous reçûmes des messages qui nous sommaient de créer, à Rome, un parti pour faire proclamer Napoléon II roi de Rome. Têtes brûlées que nous étions ! Nous nous sommes laissé prendre au jeu. Le 30 novembre, le pape Pie[1] mourut et, dans les jours qui suivirent, nous décidâmes de passer à l'action. De la place Saint-Pierre, nous investirions la ville, le castel Sant'Angelo, le Capitole... La révolte serait propagée en province depuis Bologne... Le plan semblait être le bon.

Mais nous eûmes notre Judas. Le 11 décembre, notre coup d'État commença place Colonna... et s'acheva sur la défaite. Conneau fut blessé, comme d'autres camarades. Je fus solennellement prévenu que je devais quitter Rome avant le soir. Escorté de soldats, je fuis la ville. J'avais bénéficié d'une large indulgence... Pas assez pour me convaincre d'abandonner. Je regagnai ma famille à Florence et, comme par hasard, les feux des insurrections qui naissaient un peu partout trouvaient leurs braises dans les plaines sud du Pô, la Toscane, la Romagne. L'invasion avait répandu sur l'Italie du Nord la misère la plus noire. Et la misère est toujours le terreau le plus fertile qui soit quand vient le temps des idées nouvelles. Le temps de la révolte.

La neutralité du gouvernement français face aux exactions autrichiennes nous paraissant une lâcheté, fin janvier 1831, Enrico, Louis et moi prenions la route qui menait jusqu'en Romagne.

Le 2 février, par un soir de neige où nous avions l'impression que tout notre corps gelait, le chemin tortueux

1. Il s'agit du pape Pie VIII.

que nous empruntions nous conduisit dans un village proche de Plaisance. Cette bourgade s'appelait Rivergaro. Là, nous avertit Conneau, se trouvait un ami à lui : le *carbonaro* qui l'avait initié à la lutte dans son adolescence. C'est ainsi que je fis la connaissance d'Alessandro Prazzoli, votre père. Nous venions d'entrer, sans le savoir, chez le chef des insurgés de Plaisance.

Il n'était pas *carbonaro*, à vrai dire... Juste un révolté par nature, destiné à adopter toutes les protestations, toutes les luttes contre la répression. Après nous avoir servi à dîner, il prit connaissance de nos identités... Je dois reconnaître qu'il n'a pas semblé ravi d'apprendre que nous étions des Bonaparte. Sa jovialité fit place à une hostilité froide, terrible... qui ne s'apaisa qu'avec l'aide précieuse d'Enrico. Les jours passant, il s'apprivoisa et, bientôt, il nous accepta comme des amis de toujours et nous permit enfin de rencontrer le reste des troupes des insurgés. Deux jours après, nous lancions les offensives. Parme et Modène tombèrent entre nos mains. Au 8 février, quand Bologne fut prise à son tour, nous étions déjà bien intégrés dans les rangs des *carbonari*. D'important lieutenant, Alessandro devint donc l'un des meneurs principaux, de même qu'un ami à lui, un officier du nom d'Orsini. Ce fut un mois d'une rare intensité. Jamais je n'en connus de tels depuis. Napoléon Louis, lui, continuait à prendre de l'importance dans la lutte, avec ses idées de machines de guerre. Et chaque jour passant, notre foi en la victoire prochaine grandissait. Mais nous avions sous-estimé l'adversaire, et surestimé l'impact de nos actes. Le 26, la France, en la personne de Casimir Perier, refusait définitivement de soutenir plus longtemps notre mouvement. Puisque nos ennemis, bien que blessés, ne daignaient pas mourir, ce manque d'appui allait nous être fatal. Chacune de leur côté, les armées du pape et de l'Autriche voulaient nous faire payer cher notre désobéissance... et elles s'unirent pour y parvenir. Nous n'essuyions plus que déroutes et échecs, et certains chefs ou partisans, tels que Menotti, furent capturés et mis à mort.

Ce fut l'exode, lent, pénible. Nous ne savions que faire, ni ou aller, entre le froid glacial et les embuscades qui emportaient chaque jour leur lot de braves. À notre débâcle, par un caprice cruel, vint s'ajouter la maladie : la rougeole. Ceux qui étaient blessés en étaient presque tous atteints. Ceux qui en souffraient ne s'en relevaient jamais.

Nous étions à quelques kilomètres de Meldola quand nous avons été attaqués par les Autrichiens. Ce fut épouvantable. Nos hommes, torturés par la maladie, n'étaient pas de taille à affronter les soldats... Je n'eus rien, mais Louis avait été blessé par une balle qui avait traversé en séton[1] le gras de son bras. Nous avons pu gagner Forli, et nous y fûmes arrêtés. L'état de mon frère s'aggrava. Sa blessure s'était infectée. Le 11, il respirait de plus en plus mal. Conneau et un confrère, Versari, diagnostiquèrent une infection pulmonaire. Trois jours plus tard, à son tour, il présentait les premiers symptômes de la rougeole. Ma mère nous rejoignit le lendemain, sous un faux nom, avec un passeport anglais pour dissimuler nos identités... J'ignore comment il y était arrivé, mais Alessandro était allé lui-même la prévenir et la guider jusqu'à moi. C'était la seconde fois qu'il me sauvait la vie : déjà, le 25 février, près de Civita Castellana, il avait de son sabre paré le coup d'un soldat du pape qui aurait dû me fendre le crâne en deux. J'embrassai cet homme, ce compagnon de guerre, comme j'aurais étreint mon frère.

Mon vrai frère, lui, rendit l'âme le 17 mars, et nous avons quitté Forli, le cœur à jamais en deuil. Je fus à mon tour atteint par le fléau, mais j'en réchappai par miracle. Quand je fus considéré suffisamment ragaillardi pour m'en aller, le 3 avril, je quittai l'Italie en voiture aux côtés de ma mère et d'Enrico – qu'elle fit passer pour son fils –, afin de gagner la sûreté de l'Angleterre.

1. Blessure en séton : faite par une arme blanche ou une arme à feu, entrant et ressortant en lésant la peau et la graisse, mais sans toucher les muscles.

Alessandro, lui, resta sur place. L'avenir allait me le faire croiser de nouveau, en Amérique et en Angleterre. Il fut l'un de mes correspondants les plus assidus durant mon "université" de Ham. À chaque fois que nous nous sommes revus, il m'a réjoui de sa présence pendant quelques semaines, avant de s'enfuir vers d'autres péripéties dont il ne m'a jamais rien appris. Cependant, chaque fois que j'ai su, par mes proches ou bien par une gazette, qu'avait éclaté une révolution quelque part dans le monde, j'ai éprouvé la curieuse sensation que votre père s'y trouvait, en première ligne, bravant sans repos les tyrannies pour faire gagner ses convictions de liberté. »

– Je vous félicite pour votre talent de conteur, monsieur. J'ai cru assister à votre pénible odyssée !

Bonaparte baissa la tête en guise de remerciement, puis revint s'asseoir face à Léandre.

– Maintenant, je sais les origines de vos liens avec mon père. Mais ce que j'ignore, ce sont les raisons pour lesquelles ce triste sire d'Issy-Volny a cru bon de m'arrêter…

– Pour cela également, je peux vous répondre. Ces derniers mois ont été, comme vous le savez, l'occasion pour la France de connaître une lutte armée, une guerre civile, presque digne de celle qui la dévasta naguère en 1789.

– Tout à fait.

– La République vient de naître, mais le triomphe est modeste, et elle est déjà attaquée de toutes parts, si bien que seule la force peut réprimer, avec violence, les mouvements d'excès qui naissent çà et là. Cavaignac l'a prouvé. Comme avant, les députés – comme moi – ont pour charge de voter les lois qui permettront à cette République toute neuve de tirer un trait définitif sur les erreurs du passé. La police, bien évidemment, nourrit un intérêt particulièrement étroit à ce qu'il n'arrive rien de néfaste aux représentants. Or, depuis l'hiver, plusieurs de mes confrères sont morts dans des circonstances curieuses... En omettant les décès de causes réellement naturelles, ils sont désormais cinq – Brisson inclus – à avoir péri dans la fleur de l'âge, assez violemment, et ce sans le moindre signe avant-coureur de mal aux conséquences forcément tragiques.

– Brisson était obèse, pourtant.

– Oui, mais, d'après l'inspecteur Leterrier, son valet affirme qu'il était dans une forme incroyable pour un homme ayant son embonpoint ; même son médecin personnel, qui l'avait ausculté la veille, était ébahi par la santé de ce patient !

– Qu'en est-il des autres ?

Bonaparte ouvrit l'un des tiroirs de son bureau et sortit un registre contenant notes manuscrites et coupures de papier, provenant de journaux divers.

– Je n'ai pas spécialement l'âme à m'intéresser aux tragédies, mais je vous avoue que mes fonctions et mon statut de prince me poussent à connaître de façon assez complète la liste des personnalités qui siègent au gouvernement et dans les Chambres. Aussi, depuis l'an dernier, je demeure informé en permanence des évolutions politiques du pays et conserve toute note digne d'intérêt, y compris les faire-part nécrologiques.

Il feuilleta le registre et parvint enfin à ce qu'il cherchait.

– Voilà. Le 23 mars, lors de la séance du matin, le député républicain Gilles de Kervazec, quarante-six ans, représentant le Morbihan, s'est plaint de douleurs au bras droit puis s'est effondré comme une masse ; malgré les soins prodigués sur place, il n'a pu être ramené à la vie. Le médecin affirme qu'il ne s'agit en aucun cas d'un malaise cardiaque, car les symptômes en auraient été inverses.

– Un ami médecin de mon grand-père m'a déjà dit que les maux de cœur rayonnaient depuis la poitrine jusque dans le bras… mais le gauche. Feu Kervazec aurait-il eu le cœur du côté droit ?

– Rien de cela.

– Un mal foudroyant ?

– Son praticien le croit, mais il subsiste un doute : il avait reçu sa visite cinq jours auparavant, sans déceler la moindre raison de s'alarmer.

– Bien des gens meurent subitement alors qu'ils étaient en parfaite santé la veille… Et depuis ?

– Le 30 avril, c'est M. Octave Rénald, député socialiste de l'Isère, qu'on a retrouvé mort dans son lit.

– Et que dirent les médecins ?

– Cette fois, ils ont fourni une explication… la variole.

– Des raisons de soupçonner ce mal ?

– Rénald l'a attrapée dans son enfance. Il était, dit-on, affligé par un visage grêlé, ce qui ne l'empêchait pas d'être un orateur hors pair.

– Une rechute, donc ?

– Oui, semble-t-il. Une rechute brutale. Si la famille a su s'en convaincre, l'un des fils a apparemment refusé de croire à cette explication, arguant que cette mort n'avait rien de commun avec la variole, et crié haut et fort que son père était mort à cause de ses convictions politiques, qu'il s'agissait d'un assassinat froidement perpétré.

– Qu'en pensez-vous ?

– Moi ? Je me contente pour l'heure d'observer la chose, je ne suis pas apte à juger. Mais cette affirmation me trouble toujours autant, car on sait que la variole, même si elle refrappe le même individu – ce qui est rare –, n'entraîne pas la mort sans signes. Les pustules, entre autres…

– Et là, il n'y avait rien.

– Rien du tout… sinon les traces, évidentes mais estompées, du mal qui l'avait frappé en son jeune âge.

– Hum…

– Le 18 juin, Pierre Rivette, député républicain de la Corrèze, s'est effondré alors qu'il flânait sur les berges au niveau de l'Institut, et il est tombé dans la Seine. On n'a pu le sortir de l'eau suffisamment vite pour le sauver.

– Qu'a-t-on donc conclu ?

– Accident, suite à une crise de maladie.

– Laquelle ?

– Il souffrait depuis l'enfance de dartres, disgracieux mais semble-t-il bénins, sur les bras, les jambes et les mains.

– Mais on a quand même considéré que sa mort était causée par un malaise, lui-même provoqué par des dartres sans gravité dont il était affligé depuis des années ?

– Ma foi, oui.

– Admettons, mais je comprends fort bien les soupçons... Qui fut le quatrième ?

– Fabrice Drouart, député du Var, modéré.

– Sa mort remonte au ?

– 3 septembre.

– Et quelles en furent les circonstances ?

– Un duel au premier sang, avec un cocu quelconque, un étranger dont il avait séduit l'épouse.

– Rien à voir donc avec les précédents ?

– Il semble.

– Mort sur-le-champ ?

– Non. Quatre jours après.

– Tiens donc, la plaie était si sournoise ?

– Sans doute, et des plus singulières : une entame dans le gras du mollet.

– Peut-on mourir d'une blessure au mollet, sauf si on lui avait fait un coup de Jarnac ?

– Il n'en est rien : le gras, vous dis-je, dans un duel au premier sang. Le genre de blessure dont on rit un mois plus tard, en règle générale.

– Infection ?

– Les médecins n'ont rien dit de tel, ils se sont contentés de le supposer. La famille du défunt, qui ne partageait pas ses idées politiques, a refusé qu'on l'autopsie afin d'être fixés. Enfin, il y a eu Louis-Dominique Brisson ce matin.

– Récapitulons. Cinq députés sont morts et les circonstances en sont assez troublantes, ce qui met la police sur les dents. Soit. Mais quels sont les points communs entre les défunts ?

– Absolument aucun… Ils ne partageaient pas les mêmes idées politiques. Kervazec, m'a-t-on dit, était autrefois un royaliste, avant de changer d'opinion, mais c'est tout.

– Brisson était royaliste. Lui et Kervazec se connaissaient-ils ?

– Il semble que non. Ils n'étaient plus du même bord, ne venaient pas des mêmes régions et ne venaient pas non plus du même monde : Kervazec était d'une longue lignée de noblesse bretonne, rigoriste et dévot. Brisson était un descendant de commerçants enrichis dans l'industrie minotière en Normandie, ancien ambassadeur dans un pays d'outre-Atlantique, porté sur la bonne chère et le jeu. Non, ils ne fréquentaient pas le même milieu.

Léandre hocha la tête.

– Monsieur, de prime abord, cela me donne à penser que tout cela n'est, au fond, qu'une simple coïncidence. Des gens meurent tous les jours sans que cela ne fasse jaser à ce point.

– Oui, mais ces gens-là n'ont pas le pouvoir comme profession.

– J'en conviens, mais comprenez que l'histoire est bien mince… Comment soupçonner un cas criminel dans ces histoires… mis à part la dernière ?

– Pourquoi la dernière ? répondit Bonaparte, intrigué.

– L'inspecteur principal Issy-Volny a supposé que Brisson avait été assassiné par quelque criminel qui l'aurait embroché tel un poisson sur ses propres chenets.

– Eh bien ?

– Eh bien, il me coûte de le dire, mais s'il est dans le faux, ce n'est qu'en partie seulement…

– Sur quel point ?

– Les causes de la mort. Les plaies de la tête ou de la bouche sont de celles qui saignent plus qu'abondamment, et il est douteux qu'un meurtrier usant d'une telle méthode s'en sorte sans souiller un peu ses mains ou les manches de ses chemises… Et vu à quelle vitesse l'imprévu se remarque au Palais-Bourbon, un criminel ensanglanté ne serait jamais passé inaperçu dans les couloirs. En outre, sur les sols, les murs ou les meubles du cabinet, il n'y avait nulle projection de sang, inévitable s'il y a coup de poignard ou toute autre blessure pénétrante similaire.

– Oui, approuva Bonaparte… Je l'ai vu à bien des reprises. Une balle de fusil ou une lame entrant dans les chairs font jaillir en une légère fontaine le sang hors du corps. Brisson se serait-il empalé accidentellement ?

– Je le pense. Dans les affres de l'agonie, il aura trébuché. Son faux pas l'a conduit à tomber tête la première sur les crochets métalliques de l'âtre, l'achevant tout à fait.

– Dans ce cas, cela annule toute suspicion de geste criminel. Un arrêt cardiaque pourrait l'expliquer. Victime de son cœur défaillant, il choit et s'empale !

– Pourtant non, monsieur. Je suis persuadé qu'il y a bien acte néfaste derrière cela. J'ai pu le voir quand je me suis penché sur le défunt. Ses yeux étaient injectés de sang. C'est là le signe que ce sont les poumons qui ont été la cause de son décès.

– Un étouffement ?

– Probable. Mais comment ?

– La cheminée ?

– J'y ai pensé, mais ne suis pas convaincu, répondit Léandre. Dans son cabinet, à notre entrée, le feu était presque éteint, et j'imagine mal les domestiques omettre de vérifier si une cheminée de député tire mal au point d'étouffer son propriétaire aussi aisément. Et puis il se serait dirigé vers la fenêtre pour aérer, et non vers l'âtre. Si la fumée l'avait tué, elle eût envahi la pièce, et le valet entrant dans le bureau eût été aussi victime de toux violente avant de parvenir à ouvrir la croisée. Il n'en fut rien. L'asphyxie accidentelle est improbable. Et plus certain encore, on ne l'a pas étranglé. Je n'ai vu nulle trace sur son cou, et vous n'ignorez sans doute pas que celles-ci sont plus qu'éloquentes en cas de strangulation.

– Comment diantre peut-on asphyxier un homme ?

– Il existe bien des méthodes, monsieur : les plus simples impliquent l'usage d'un coussin, d'un sac de jute fortement serré sur la tête et comprimant le nez... Mais ces méthodes laissent aussi des traces.

– Cela laisse penser à une méthode qui se trahit moins aisément.

– C'est cela. Plus précisément, une intoxication ayant provoqué l'asphyxie.

– Au vu de la corpulence du député, aurait-on empoisonné sa nourriture ?

– C'est très envisageable.

– Pourtant, son valet affirme que, malgré son appétit vorace, il jeûnait toute la nuit et ne s'alimentait qu'à 9 heures, point avant, et il venait tout justement prendre connaissance de ce qu'il comptait commander pour son déjeuner.

– C'est ce qu'il prétend, mais qui nous dit que Brisson ne dégustait pas d'autres friandises avant d'arriver au Palais ?

– On peut le penser... Gros mangeur comme il était...

– Il faut alors qu'il ait consommé le poison lors de son dernier repas, ou bien qu'on le lui ait administré d'une tout autre manière. L'Histoire nous a parlé de ces vêtements humectés de toxines : la tunique d'Héraclès, les gants des Borgia... Mais là aussi, les traces sont évidentes sur le corps, car ce sont presque immanquablement des corrosifs, qui attaquent la peau autant que les organes.

– Tout laisse croire à un empoisonnement alimentaire, donc ?

– Je ne vois que cette solution, pour l'heure. Même si j'ignore quels poisons s'attaquent ainsi aux poumons. Il serait bon d'apprendre où et ce que feu Brisson a consommé le jour précédent.

– Pas davantage ?

– Inutile, monsieur. Vous m'avez vous-même appris que son médecin l'avait examiné hier, et qu'il était dans une forme parfaite. S'il avait ingurgité un poison, même la veille, des effets se seraient déjà manifestés. Là, c'est sans aucun doute un poison violent et rapide, et introduit dans son organisme au moins une demi-journée avant sa mort.

– Pourquoi pas plus tard ?

– Car je ne pense pas qu'il existe de poison qui aurait d'effet plus rapide par voie orale : la virulence des venins animaux peut être d'une redoutable rapidité, mais c'est toujours par injection qu'ils commettent leurs ravages. Même les toxines mêlées aux comestibles ont besoin du délai de la digestion pour exhaler toute leur mortelle efficacité.

– Eh bien, dit Bonaparte, voilà des remarques particulièrement intéressantes, que la police vous envierait.

– J'en doute. Issy-Volny considérerait que je signe là mon propre arrêt de mort en avouant que je m'y connais aussi bien en poisons… et j'avoue qu'en la matière mes connaissances ne sont pas exceptionnelles…

– Suffisantes, à mon avis. Allons, jeune homme, cessons d'en parler, au risque de nous dégoûter à l'heure de passer à table : cette journée m'a ouvert l'appétit, et je gage que les émotions qu'on vous a infligées depuis ce matin n'ont pas mis le vôtre en reste. Passons dans le salon : la chère que je vous propose n'est sans doute pas bien riche, mais vous devriez y trouver la satiété…

Finissant la dernière cuillerée de sa tasse de crème fouettée, Bonaparte s'essuya les lèvres de sa serviette blanche avant de la reposer devant son assiette.

– Maintenant que nous avons fait honneur à ce souper, parlons bien.

Léandre acquiesça. Durant tout le repas, le prince n'avait évoqué que menus plaisirs de table, arts et anecdotes historiques sur sa famille. Le Gascon se doutait que cela n'était là qu'une façon de mettre son invité en confiance avant de passer aux choses sérieuses. Un tel procédé ne le choquait pas, bien au contraire. Quand on a été élevé dans le Gers, on sait que parler de sujets qui fâchent à table est tout juste bon à gâcher les agapes.

– Jeune homme, je vous ai donc renseigné sur les deuils qui frappent le Palais-Bourbon depuis plusieurs mois. J'ignore si ce ne sont là que morts isolées, si les circonstances actuelles nous trompent en nous faisant croire au complot, mais je préfère ne prendre aucun risque. Mieux vaut prévenir que guérir. Et je ne vous cacherai pas que, même si je ne suis pas un poltron, je redoute la possibilité de devenir un jour la cible d'une attaque semblable. Ces morts n'ont aucun sens, aucun profit commun. Si elles sont le fait d'un ou plusieurs hommes, quelle serait la motivation cachée ? Alors, oui, Léandre, je vous le dis : j'ai peur pour ma vie.

Il poursuivit son propos en traversant la pièce de long en large :

– J'ai passé presque toute mon existence en bohème, sans vraiment avoir d'attaches fixes. Malgré mon peu de présence sur cette terre de France, mon patronyme reste pour beaucoup synonyme de gloire. Pour d'autres, d'abomination. Je ne puis excuser les horreurs commises par mon oncle, mais je puis tâcher de laver le nom que nous avons en commun. Je le sens : c'est le moment pour moi d'agir. Pourtant, je sais mes faiblesses. Le français n'est pas encore une langue naturelle pour moi, et je connais mes hésitations au moment de parler devant une assemblée...

– Cela ne se remarque guère en comité restreint.

– Oui, justement. Je puis commettre une erreur en parlant à des amis, à des collaborateurs. Ils ne m'en feront pas reproche. Mais les députés ? Le peuple ? Une hésitation peut être considérée comme une faute de personnalité. Ils peuvent me méjuger sur un écart de langage. Mes proches m'encouragent et me soutiennent : le Dr Conneau, dont je vous parlais tantôt, mes aides... Mais je sais déjà ce que l'on pense de moi. On se moque suffisamment de moi pour mon évasion de Ham, on m'attaque sur mon allure... On m'a déjà rapporté des conversations où l'on estime mes chances d'entrer dans un gouvernement inférieures à celles d'un âne ! Mais ils ignorent mes atouts, ils les ignoreront encore longtemps... et ils ne les apprendront que bien tard. Léandre, dans le milieu de la politique, les rumeurs circulent : la République ne peut continuer indéfiniment dans cette optique, elle ne doit pas recommencer les erreurs de 1789. La nation doit être dirigée par un homme seul : un président élu. Donc, selon ces on-dit, j'aurais pour ambition d'être candidat à cette élection présidentielle. Ce qui est vrai.

Léandre poussa un petit sifflement.

– Monsieur, permettez-moi d'avance de vous souhaiter bon courage, car la tâche risque d'être rude.

– Pas de « bon courage » qui tienne : vous êtes français, que diable ! Le mot de Cambronne serait plus approprié, à vous qui m'avez appris être homme de théâtre !

– Soit... eh bien, merde, monsieur le député.

Satisfait, Bonaparte sourit, puis poursuivit :

– Vous comprenez bien pourquoi j'ai des raisons d'être inquiet. Pour l'heure, seuls des députés plutôt anonymes – sans vouloir leur manquer de respect – ont péri. Mais si, demain, c'était au tour des personnalités ? Des prétendants aux plus hautes fonctions ?

Il se rassit.

– Je vais donc être clair, Léandre. Accepteriez-vous de devenir mon ange gardien ? Mon homme d'armes personnel ?

– Je vous demande pardon ?

– Élu ou pas, je ne compte pas demeurer immobile et méconnu. J'ai franchi mon quarantième anniversaire dans l'anonymat, ou presque : je veux, l'an prochain, être dans les esprits de toute la France. Et avec la renommée s'accroissent les dangers. Donc je vous pose de nouveau la question : accepteriez-vous de me protéger ?

– Vous protéger, monsieur ? Mais ne serait-ce pas là le rôle d'un policier ?

– Les policiers ? Bah ! À qui pourrais-je confier mes jours ? Aux membres de la Sûreté ? Ce serait offrir un bien terrible rejeton à la prudence. À Vidocq, ce vieux bagnard qui vendrait père et mère ? À l'inspecteur principal Issy-Volny, cet incompétent flagorneur ?

– À l'inspecteur Leterrier, éventuellement...

– J'ai pu constater que j'avais affaire à un homme intègre, c'est entendu. Mais c'est à vous que je le propose.

– Enfin, monsieur, je suis très honoré, mais puis-je vous demander pour quelles raisons pensez-vous à moi pour ces attributions si particulières ?

– Eh bien, puisqu'il faut vous l'apprendre... Tout d'abord, vous n'avez rien d'une mauviette : un homme robuste, qu'il soit grand ou petit, impressionne toujours davantage qu'un homme maigre. Ensuite, votre sens de la justice m'a séduit. Je ne tiens pas à m'accompagner d'une personne qui agit à tort et à travers, simplement sur le coup de vagues soupçons personnels. Cette volonté de voir la justice triompher m'a persuadé que vous étiez une personne intelligente dans un monde où la stupidité fait loi. Votre nouveauté joue en votre faveur : fraîchement venu à Paris, point touché par la politique et ses pièges, votre esprit reste neuf et non corrompu. Je pense donc que vous êtes une personne de confiance.

– Je suis quand même petit-fils et fils de révolutionnaire, élevé suivant les idéaux républicains.

– Et nous sommes en République. Alors, que craignez-vous ? L'Empire n'est plus. La royauté est en déroute. Vos principes sont à l'ordre du jour. D'ailleurs, puisque vous évoquez vos origines, celles-ci pèsent également dans la balance. Voilà dix-sept ans que votre père est devenu mon ami. Voilà dix-sept ans que je ne peux rien faire pour l'aider, lui qui est toujours par monts et par vaux. Le destin me fait croiser le chemin de son fils : n'est-ce pas le signe que je peux agir ? Je vous le propose en vous tendant la main. J'ai conscience que l'offre est soudaine. Moi-même, je reste surpris par ma volonté de vous avoir comme protecteur. Soyez mes yeux, mes oreilles et mon bras armé. Vous n'aurez pas à le regretter.

– Pardonnez-moi de vous interrompre de nouveau, mais... que penseront les gens ? Vous m'avez déjà dit que l'opinion ne vous était pas entièrement favorable. Si la rumeur filtrait que vous avez embauché un suspect de meurtre pour vous défendre, l'effet ne risquerait-il pas d'être l'inverse de celui recherché ? Ne pensera-t-on pas que je suis réellement coupable et que vous m'avez confié la tâche de tuer vos rivaux politiques ?

– On aurait tort de le croire. Vous n'êtes en ville que depuis le début du mois, et les premiers cas remontent à mars. N'importe qui de sensé comprendra qu'il est impossible que vous vous trouviez dans le Sud et ici en même temps.

Léandre resta songeur. C'était là une proposition des plus intéressantes, et parfaitement inattendue. Accepter lui paraissait presque inconcevable. Mais d'un autre côté, lui qui goûtait les singularités de la vie comme des régals de fin gourmet, il eût été sot de refuser. Il pressentait, au fond de lui, qu'il tirerait bien des avantages à cela... Ce ne fut pas sans émotion qu'il répondit :

– Monsieur le député, j'entends votre offre et l'agrée de tout cœur.

– Mon garçon, vous me faites là un grand plaisir ! Suivez-moi.

Les deux hommes quittèrent la salle à manger et regagnèrent le bureau. Bonaparte s'y installa, prit une plume, de l'encre et un papier et commença à écrire. Léandre l'observa. L'écriture était ronde et belle. Tout en rédigeant, le prince commentait :

– Ne soyez pas surpris si je ne confie pas cette tâche à mon secrétaire, mais je tiens à ce que nos rapports demeurent les moins connus du public possible… Soit ! Par ce contrat, je vous engage, Léandre Lafforgue, comme mon ordonnance civile, agent spécial chargé de ma défense personnelle et des investigations que je vous commanderai. Vous disposerez d'un bureau dans mes appartements, d'un logement si nécessaire, d'un salaire hebdomadaire et de défraiements supplémentaires en cas de mission. Vous vous devrez d'être présent à mes côtés durant les soirées publiques auxquelles je participerai. Vous me rendrez compte toutes les deux semaines de façon écrite de l'évolution des missions que vous mènerez. Savez-vous vous battre ?

– Un peu. Je ne suis pas féru de violence physique, mais il est toujours déconseillé de venir me chercher noise.

– Bien. Je vais vous envoyer auprès d'un maître d'armes qui vous enseignera les arts de la défense. Quel est votre âge ?

– Vingt et un ans… bientôt vingt-deux.

– Vous êtes donc majeur. Parfait. Votre statut militaire ?

– Non accompli. Le tirage au sort m'a été favorable.

– Pas d'échange financier ?

– Même pas.

– Entendu… Vous disposerez également de congés fréquents : ma défense ne va pas jusqu'à vous contraindre à surveiller ma table quand je dois souper en compagnie d'intimes… sauf si je vous y convie, bien entendu.

– Pourrai-je continuer à écrire ?

– Tout votre soûl. Je sais que d'aucuns pensent qu'un serviteur qui réfléchit est source de problèmes, mais pour ma part je n'aime pas m'entourer d'idiots : on y perd en crédibilité et en efficacité.

– Un ange gardien peut-il être auteur ?

– Rien n'a jamais été dit qui l'empêche.

– Et si mon nom circule ? Ne risque-t-il pas d'entacher nos réputations ? « Léandre Lafforgue, qui commit le dernier four dont le Tout-Paris se gaussa, n'est autre que le garde personnel du député Bonaparte. Espérons qu'il soit plus efficace dans la protection de l'existence de notre éminent politicien qu'à écrire ce genre de fadaises. »

– Vous avez une belle imagination, et un manque assez vif de confiance en vous… n'est-ce pas ?

– Je l'admets.

– Bien. Alors je vous rassure. D'une part, je serai heureux de lire ce que vous avez écrit. Je ne suis pas un expert, mais j'apprécie le théâtre et suis apte à distinguer une pièce mal écrite d'un ouvrage de belle facture. Si d'aventure je trouve vos œuvres de bon aloi, je me ferai un plaisir de vous recommander dans un théâtre. Mon statut devrait faire avancer les choses en votre faveur. D'autre part, en ce qui concerne votre identité, je n'ai pas l'intention de vous accorder une publicité indésirable *via* cette profession, car à mon service, votre discrétion sera de mise. On vous verra, au mieux, comme un simple conseiller intime. Alors, pour vous assurer un degré supplémentaire de secret, je puis vous assigner un nom.

Il réfléchit un bref instant, puis secoua la tête.

– Non, tout bien considéré, je vais plutôt vous le laisser choisir.

– Ce que je veux ?

– Autant que cela soit à votre goût.

Léandre se creusa l'esprit… un nom qui puisse lui aller. Un faux nom qui camouflerait le vrai mais sans le trahir pour autant. En amateur de littérature, il songea très vite à adopter l'identité d'un personnage des romans de la bibliothèque de René. D'Artagnan ? Malgré son amour pour le chef-d'œuvre de Dumas, Léandre n'avait jamais apprécié que le véritable Charles de Batz-Castelmore, mousquetaire gascon du roi, soit le soldat qui avait appréhendé le ministre Fouquet…

Cette arrestation, sur ordre d'un monarque consumé par la jalousie, était bien trop injuste. Don Quichotte ? Non, il n'était pas dément à ce point… Un personnage de *Notre-Dame de Paris* ? Frollo ? Ambigu, tourmenté à la fois par ses démons et par la religion. Sûrement pas. Quasimodo ? Monstrueux, difforme, et plus bestial qu'on ne pourrait le croire… Sans façons. Pierre Gringoire ? À la limite, mais par trop effacé. Clopin Trouillefou ? Long à porter… Phœbus ? Innommable débauché qui déchire les cœurs et laisse accuser Esmeralda de sorcellerie… Quelle horreur !

Il eut beau retourner le problème en tous sens, aucun ne lui allait. Quel nom siérait au serviteur efficace et secret, habile et rusé, qu'il deviendrait ? C'est alors qu'il eut l'illumination.

– Monsieur, dit-il tout de go, connaissez-vous le *Roman de Renart* ?

– Bien évidemment.

– Eh bien, si cela vous convient, je pense que, pour vous servir, je choisirai l'identité de cet animal.

– Un renard ?

– Oui… ou plutôt un goupil. Je préfère ce mot à l'autre… j'apprécie sa désuétude, et le trouve moins agressif pour l'oreille.

– Expliquez-moi ce choix.

– Il est fort simple, monsieur, bien que motivé par plusieurs raisons. J'ai toujours été homme à aimer la nuit, et le goupil vit de préférence quand le soir est tombé. Ensuite, vous cherchez un adjoint habile et discret, et le goupil est l'être méfiant, furtif et rusé par excellence… une ombre dans l'ombre. Enfin, je pense que cela serait un hommage à rendre à mon aïeul.

– Comment cela ?

– Dans sa jeunesse, il avait les cheveux aussi rouges que les piments d'Inde… C'est sa mère qui l'avait surnommé ainsi. Le nom lui est resté jusqu'à ce que son crâne devienne blanc comme neige. Et j'ajouterai comme dernier point que, suivant cette idée, vous pourrez légitimement adopter vous aussi une identité secrète afin de rendre notre relation plus dissimulée encore.

– Laquelle ?

– Eh bien, monsieur ! Noble : le lion, roi des animaux ! Qui d'autre ?

Le député Bonaparte caressa sa barbe avec un sourire, réfléchissant, puis dit :

– Qu'il en soit ainsi.

Alors il se leva de son siège et serra la main de Léandre, non sans solennité.

– Ravi de faire votre connaissance, mon cher Goupil.

Chapitre sixième

Des premiers pas d'un agent très spécial

Jeudi 26 octobre 1848, 3 heures du matin.

Quand l'un de ses pieds nus quitta le drap et fut exposé à l'air libre, Guillaume Braun se réveilla. Il battit des paupières et ne vit d'abord que du noir. Il fallut quelques secondes pour que ses yeux fatigués s'habituent à la pénombre de sa chambre à coucher et commencent à distinguer le tapis à peine rougeoyant de braises dans l'âtre. Ah, ça par exemple ! Braun se rappelait fort bien, au souper, avoir commandé à Domingue, son valet, de remettre du bois dans la cheminée de façon à ce que le feu dure toute la nuit. Ce bon à rien ne l'avait une fois encore pas écouté. Il serait sage d'employer la canne d'ébène pour lui apprendre à redevenir un serviteur dévoué.

Dans la nuit, il entendait le son régulier de la respiration de la jeunette qui dormait profondément à ses côtés. Député de la Meuse, Guillaume Braun aimait la fraîcheur et mettait un point d'honneur à ne coucher qu'avec de très jeunes femmes. Et toujours vierges. Ses premières amours, à Bar-le-Duc, n'étaient que celles qu'on rencontre avec les prostituées.

Mais quand il était entré dans la carrière, tout était devenu différent. Il n'était plus un enfant qui découvre, émerveillé, le corps d'une femme après une longue entreprise de séduction ou contre monnaie sonnante. Il était l'homme de tête qui ordonne et obtient toujours ce qu'il désire.

Celle-ci, qui ronflait du sommeil du juste, n'avait que tout récemment passé le cap des dix-sept printemps. Véronique était la fille d'une amie de Saint-Mihiel, qui la lui avait confiée comme pupille deux mois auparavant. Le corps ferme et si doux, comme un savoureux fruit d'été... Il l'avait chevauchée au terme de sa première semaine à Paris. Il pensa à son extase de ce soir-là, exquise, totale. Il l'avait renversée sur le lit et prise sans la moindre douceur. Néanmoins, ignorante jusqu'alors des choses de l'amour et de la chair, la donzelle éplorée avait cru ses mensonges apaisants, où il lui avait expliqué qu'une jeune femme devait toujours se donner à un homme d'expérience pour sa première découverte, que le sexe était toujours aussi douloureux, et même de plus en plus, à mesure qu'on le pratiquait, mais qu'avec des hommes comme lui l'extase devenait comparable à une drogue, et la douleur en était comme atténuée... Mais, avait-il précisé, c'était sans doute parce qu'il était en âge d'être son père, et donc qu'il était maître en la matière.

L'oie blanche l'avait donc cru. Et elle l'avait remercié. Oui, remercié. Il en aurait ri de mépris s'il ne s'était pas senti aussi comblé. Outre le simple fait que son statut social lui autorisait un peu plus d'attentions qu'aux autres, issues de la simple valetaille, elle était plus belle que toutes les femmes qu'il avait honorées jusqu'alors, et il s'était rendu compte avec une certaine surprise que, même déflorée, il la désirait encore. Pas de l'amour, mais une envie profonde de la posséder à nouveau.

Un matin, cependant, il le savait, il la chasserait sans un mot ; les précédentes l'avaient été également sans un sou. On accordait, selon lui, bien trop de valeur au pucelage. D'ailleurs, si ces filles intouchées étaient si pures que cela, jamais elles ne tomberaient dans ses filets, n'est-ce pas ? Répudiées, salies, devenues femmes dans la violence et sans amour, elles seraient sans doute à jamais méfiantes envers les autres hommes. Sûrement repousseraient-elles, dans l'avenir, de fort bons partis moins regardants. Mais Braun n'en avait cure. Pour le jouisseur qu'il était, la philosophie de vie n'avait qu'un credo : moi d'abord. La soirée de la veille, terminée dans la moiteur de son intimité encore intacte voilà si peu de temps, avait donc été parfaite, ou presque : l'aspic de veau qu'on lui avait servi n'était pas si délicieux que cela. Sans doute quelque aromate dont il n'avait pas apprécié la saveur. Il trembla à nouveau et, une seconde fois, la colère l'envahit. Maudit Domingue ! S'il avait le coryza au matin, il le battrait à lui faire perdre conscience. Oh, il savait très bien les raisons pour lesquelles son fidèle valet d'autrefois se montrait aussi insolent et désobéissant, mais quand même, n'était-ce pas exagérer ?

Voici quelques mois, Domingue avait sollicité de lui une place pour sa fille aînée, Léone. Braun n'aurait jamais accepté sans rencontrer la jeune fille… ce qui fut accompli le lendemain. Quand elle s'était présentée à lui, rougissante, gênée, il avait ressenti immédiatement un désir pour cette rouquine aux yeux un peu louches et au corps menu. Elle lui avait dit avoir quinze ans. Il s'était promis de l'éduquer à sa manière. Il était parvenu à ses fins au deuxième soir de sa présence en ses murs. Elle avait pleuré de douleur durant l'acte, et sangloté à fendre l'âme après. Sa patience vite exténuée, il l'avait giflée en lui éclatant la lèvre de sa chevalière d'or, en la traitant de vilaine petite pute puante et en lui ordonnant de quitter la maison sur-le-champ.

Quand Domingue avait pris son service le lendemain, le premier regard qu'il échangea avec son maître fut rempli d'une haine qui déstabilisa le député. Il comprit que la jeune Léone n'avait su garder pour elle le récit de sa soirée, et il s'abstint prudemment ce jour-là de faire le moindre commentaire désobligeant à son domestique. Mais le jour suivant, ce fut encore pire. Domingue ne vint pas ouvrir les rideaux de sa chambre comme à l'accoutumée. Ce fut Raymonde, la vieille bonne, qui s'en chargea. La maison était envahie par un bruit insolite, comme un cri sourd ininterrompu, plein d'un chagrin infini. Quelle était cette étrangeté ? s'informa Braun. C'était Domingue qui pleurait comme un perdu dans le cellier des domestiques. Raymonde, avec douceur, le prévint qu'un malheur était arrivé chez lui la veille au soir. Il avait trouvé sa grande fille pendue. Un suicide, précisa-t-elle en se signant.

Une angoisse s'empara du cœur du député. Était-ce de sa faute ? Le suicide était l'acte qui assurait le plus certainement du monde l'impossibilité de rejoindre le paradis. En bon chrétien, il jugea le geste de Léone tout à fait irresponsable, puis finit par se dire que, puisqu'il était encore en vie, lui, il n'y était probablement pour rien. La pauvresse devait être atteinte de démence, bien avant qu'elle ne devienne sienne, et c'eût été inéluctable. Oui, c'était sans doute cela.

La conscience en paix – il n'éprouva pas même le désir d'aller se confesser à ce propos et tut le suicide de l'adolescente lors de la messe le dimanche suivant –, il ne comprit dès lors pas pourquoi Domingue était devenu si haineux à son égard... À six reprises, en une quarantaine de jours, il avait dû le châtier physiquement, avec sa canne, pour des ordres non suivis, des missions non menées à terme, voire des actes délibérés de sabotage : n'avait-il pas, le pendard, fait exprès d'ordonner aux cuisines de ne préparer que des légumes et servir de l'eau claire lors d'un repas où le principal invité n'était autre qu'Arnaud Braun, le frère aîné de Guillaume, connu pour son appétit de carnassier et son amour du bon vin ? Arnaud était parti en humiliant la table de son cadet, en lui disant que seul un inverti ou une femme pouvait oser se régaler de feuilles défraîchies ! Peu après, il avait également, pendant une heure, laissé son maître enfermé dans son cabinet de toilette en prétextant que la clé était coincée dans le pêne et qu'il ne parvenait plus à le libérer. D'aucuns auraient considéré ces situations comme cocasses. Braun, dont la fierté ne connaissait nulle limite, non. Et Domingue le savait : en multipliant ce genre de tracasseries, il devinait que cela finirait par se savoir, et qu'ainsi on brocarderait son employeur, chose intolérable pour ce dernier, si sensible aux on-dit. D'où les corrections à coups de canne... Insuffisantes, visiblement, puisque ce soir encore, en chaude compagnie de lit, Guillaume Braun grelottait.

Une chose lui parut curieuse. Malgré le froid de la chambre – lequel était tout relatif, cependant, Braun étant un épouvantable frileux même l'été –, il avait soif comme s'il se trouvait en plein désert. Mais quand même... aller jusqu'au broc, à l'autre bout de la pièce, pour se servir un verre d'eau quand il fait aussi glacial... Il n'oserait jamais poser les pieds sur le sol. Tant pis. Il boirait au matin, quand cet animal de Domingue viendrait tirer ses rideaux. Pour l'instant, il convenait de ramener ce pied sous les draps. Ensuite, il s'occuperait une fois encore du jeune corps nu qui partageait sa couche. Ce réveil nocturne venait de provoquer en lui une certaine excitation, qui tendait de façon évidente le tissu de sa chemise de nuit.

Il tenta de plier légèrement le genou. Sans y parvenir. Il réitéra. Sans plus de succès. Aurait-il quelque crampe ? Non, puisqu'il ne sentait pas de douleur dans le membre... Il sortit la main de sous les couvertures, saisit le drap... et resta bloqué en plein geste. Quel était ce prodige ? Furieux de ne parvenir à maîtriser ce corps, il eut un soubresaut de rage et, sans qu'il puisse l'expliquer, tomba du lit brutalement. Il sentit une chaleur visqueuse lui couvrir le visage. Il s'était éclaté le nez sur le sol. Il manqua de hurler doublement de douleur, car son phallus érigé avait heurté le sol tout aussi fort que son appendice nasal. Pourtant, il parvint tout juste à émettre un lamentable gémissement. Dieu qu'il avait la bouche sèche.

Cette fois, la plaisanterie avait assez duré. Au diable la froidure. Il allait se relever, se nettoyer la figure, boire un grand verre d'eau et se recoucher. Pourtant, malgré ses efforts, il ne parvint pas à faire le moindre geste. Plus un seul. Ses deux jambes étaient maintenant rigides comme celles d'une statue de marbre. Son bras droit l'était autant, et bientôt ce fut au tour du gauche... Pétrifié vif... Il se sentait peu à peu pétrifié vif. Son esprit devint alors un chaos de pensées sans queue ni tête... Il pensa à la goutte, mais cela n'avait rien d'une de ces crises où il semble qu'on vous fore le gros orteil d'un clou chauffé à blanc en permanence... Il voulut appeler à l'aide, mais sa langue, comme le reste, était bloquée, immobile dans sa bouche, inutilisable, sèche comme une pierre dans un désert. Il entendait au-dessus de lui, dans le lit, le souffle régulier de sa pupille endormie et maudit le sommeil de la jeunesse que rien ne peut interrompre, pas même la chute d'un corps à deux pas. Il se dit qu'il avait terriblement soif, que le sol était vraiment très froid, qu'il faudrait battre Domingue demain et rajouter du bois dans la cheminée. Il songea enfin qu'il devait rêver, que jamais on n'avait entendu parler de quelqu'un totalement transformé en pierre, sauf l'épouse de Loth, mais encore était-ce durant la destruction de Sodome et Gomorrhe. Il décida de compter jusqu'à dix, et se réveiller vraiment après. Un. Oui, sans le moindre problème, il y parviendrait. Deux. Dieu n'autoriserait jamais pareille situation de durer plus longtemps. Trois.

Ses poumons se paralysèrent à leur tour quand il arriva à quatre.

Le coup de pied bas balaya le mollet d'un des combattants qui s'effondra sur le tapis de sol comme un pantin de chiffons en poussant un cri rauque. La carpette était suffisamment épaisse pour éviter toute fracture ou autre accident grave, mais le bruit que fit le corps du lutteur déséquilibré en chutant retentit avec force dans la salle.

– Assez ! protesta Léandre en frappant, mécontent, le sol du plat de la main.

Devant lui, solidement planté sur ses jambes, conservant une position de défense, Hubert Lecour se mit à rire.

– Allons, gamin ! On se relève, et on recommence ! Le prince ne me paie pas pour que tu passes ta journée étendu sur le bide !

Goupil ne se le fit pas dire deux fois. D'un bond adroit, il se redressa et fit de nouveau face à son opposant et maître d'armes. Seuls dans la pièce aux murs blancs, les deux hommes avaient les mains gantées et les jambes enserrées par des protège-tibias.

– En garde !

La passe d'armes qui suivit fut belle, et Lecour, satisfait, encourageait son élève de la voix. Léandre mettait, à n'en pas douter, une fort belle énergie dans le combat. Il compensait son absence de technique – qui serait forcément aisée à corriger avec le temps – par une envie d'en découdre. Il serait, dans une lutte réelle, un adversaire particulièrement redoutable. Au bout de cinq minutes d'échanges supplémentaires, de chassés et autres revers, Lecour annonça la fin de la classe et Léandre put enfin défaire les gants de cuir bleu qui lui enserraient les mains.

– Gamin, c'est pas mal du tout, fit le professeur, usant d'un bel euphémisme et en retirant ses propres gants, lesquels étaient faits de cuir blanc.

Goupil sourit. C'était assez drôle d'entendre cet homme, qui n'avait que six ans à peine de plus que lui, l'appeler gamin. Hubert poursuivit :

– Tu as de la hargne, et beaucoup de volonté. Reste à t'apprendre à mettre cette volonté au sein de la leçon suivante.

– Oh non… fit Léandre en le voyant attraper une paire de cannes.

Voilà un mois environ que Léandre venait, tous les deux jours pendant trois heures, prendre des cours de combat ici. Cet endroit aux murs nus de toute œuvre d'art, mais riches en haltères, trapèzes, cordes à nœuds, barres parallèles, épées et autres bâtons d'entraînement, c'était l'école des frères Lecour.

L'aîné, Charles Lecour, quarante ans tout juste, était sans conteste le maître absolu dans l'art martial de la boxe française, inspirée par la fameuse savate, que lui avait enseignée une quinzaine d'années auparavant le grand Michel Casseux, dit « Pisseux », dans son école de la Courtille, au niveau de la barrière de Belleville. Usant d'un savant mélange de techniques issues aussi bien du pugilat de rue que des luttes rurales, en 1825, Casseux, par ailleurs maître en canne de combat, avait établi des règles, un arbitrage… En codifiant le sport, il avait séduit au passage une clientèle hétéroclite, petites gouapes et grands messieurs unis par le désir d'apprendre cette nouvelle forme de lutte ; c'est ainsi qu'on vit le duc d'Orléans en personne s'initier au noble art à la française. Louis-Philippe, pas encore roi, approuvait en effet la pratique intensive des sports, qu'il considérait servir à « la formation de la personnalité ».

Charles Lecour n'avait pas encore de barbe au menton quand il était devenu, à son tour, l'un des pupilles de la Courtille. Natif d'un petit village perdu au nord de Meaux, Oissery, il s'était très tôt passionné pour la savate, et sa force physique lui avait fait tout aussi rapidement remporter plusieurs combats. Il était également un féru participant des cours de canne du Rouennais Louis Leboucher, rue de la Michodière. Sa réputation de tireur[1] n'était déjà plus à faire quand, à vingt-deux ans, il avait ouvert sa première salle de combat rue du Faubourg-Montmartre. À la différence de Casseux, dont il avait reçu la bénédiction, il y enseignait à la fois la canne et le bâton, mais surtout une méthode de savate

1. On appelle tireur le sportif pratiquant la savate.

expurgée de tout coup trop dangereux, qu'il avait baptisée avec humour le « chausson ». Cependant, il n'était pas pleinement satisfait du résultat et tentait sans cesse de l'améliorer.

Le hasard fit qu'à trente ans il assista à une rencontre au sommet. Deux Britanniques se livraient un combat, un duel même, dans une salle parisienne. C'était pour Lecour son premier véritable contact avec la boxe anglaise. Dans le public, les parieurs étaient nombreux. Le bruit courait que l'un des combattants, Owen Swift, avait à trois reprises causé la mort de ses adversaires, et le peuple, avide de sang, souhaitait ardemment assister à la quatrième... Il en fut pour ses frais. Si Swift gagna, la performance de Jack Adams fut brillante, et l'on n'eut à déplorer nulle mort sur le ring ce soir-là.

Quelque temps plus tard, Lecour s'arrangeait pour rencontrer Swift. Ce dernier accepta de l'essayer comme sparring-partner... Charles devait longuement se souvenir de cette expérience. Quelle violence, mes aïeux ! L'Anglais ne retenait pas ses coups, et Lecour, pourtant aguerri, était rentré chez lui ecchymosé de la tête aux pieds... Cependant, il n'était pas homme à jeter l'éponge. Tant pis pour Swift. Il irait apprendre chez Adams. Ce dernier avait, d'ailleurs, eu la bonne idée d'être un francophile averti et de préférer aux brumes londoniennes le charme de Paris. Il reçut la visite du Français avec plaisir et, à la différence de Swift, qui ne s'était servi de lui que comme sac de frappe humain, il se fit un devoir de lui enseigner les règles de la boxe. L'apprentissage dura quelques mois... Quand il quitta Adams, ce sport n'avait plus de secrets pour lui. Mieux encore, il s'était rendu compte que les règles de la savate – ou plutôt du chausson – et celles de la boxe n'étaient pas si incompatibles que cela, et qu'en procédant au bon mélange on pouvait créer un sport de combat spectaculaire et inédit. C'est ainsi que, d'efficace, sa façon de se battre était devenue redoutable. Dans cette discipline, son frère Hubert, son cadet de douze ans, devint son premier véritable élève. Et par un jour de 1840, dans la salle du 27 passage des Panoramas, où ils enseignaient depuis huit ans déjà la savate, les Lecour fondaient ce qui allait être la première école moderne de cette nouvelle lutte : la boxe française. On y dispenserait des cours les lundis, mercredis et vendredis.

Si la savate n'était pas tombée en désuétude, en quelques années, l'invention des Lecour l'estompa quand même hautement. Tout comme à la Courtille une quinzaine d'années plus tôt, on commença à compter les célébrités qui se livraient à ce sport. Bientôt, la salle ne fut plus suffisante pour accueillir les cours. On en ouvrit une seconde au 9 rue de Tournon (cours le mardi, jeudi et samedi), puis une troisième, rue de l'Arbre-Sec. On donna aussi des cours particuliers à domicile... Enfin, Charles décida de se consacrer uniquement aux deux dernières. Son tempérament rural se satisfaisait davantage de la compagnie des étudiants que de celle des nantis qui fréquentaient le passage des Panoramas.

Quand Hubert reprit le flambeau, la boxe française s'améliora encore. Ce sport n'avait désormais plus qu'une vague ressemblance avec la lutte citadine dépourvue de règles qui lui avait donné naissance. Lecour cadet suivait deux principes : précision et vitesse. Le sport, disait-il, devait être simplifié pour gagner en efficacité. Il allait également lancer un concept publicitaire novateur : celui des assauts-concerts. Mélomane, il louait pour ce faire une salle rue de Richelieu et il y présentait une riche alternance de combats de boxe et de canne entrecoupés de numéros musicaux joués avec brio par des orchestres embauchés pour l'occasion.

Ces soirées de gala firent rapidement partie des événements les plus courus de la capitale : le Tout-Paris se pressait aux rencontres de nouvelle lutte, se désignant les maîtres de cérémonie, hauts et minces, avec leur longue chevelure sombre et leur barbe épaisse... Les femmes se demandaient volontiers comment des hommes aussi doux et aimables, aux manières dignes des meilleurs gentilshommes, pouvaient se montrer des combattants aussi féroces. Quant aux écrivains qui pratiquaient avec assiduité la boxe française, ils ne manquaient pas de porter leur nom en éloge : ainsi, Alexandre Dumas qualifiait Charles de « génie de son temps » et Théophile Gautier, ancien élève chez Casseux, puis disciple régulier des Panaromas, avait rédigé un texte formidable sur ce sport si enthousiasmant, *Le Maître de chausson*, ce qui ne fit qu'accentuer sa popularité.

Que des auteurs célèbres viennent pratiquer la boxe française était un détail qui ne pouvait rester inconnu à Léandre bien longtemps. En fait, le député Bonaparte s'était bien entendu arrangé pour l'en informer avant de l'y envoyer la première fois. Grand bien lui en avait pris. Goupil, dont on rappelle le peu d'intérêt qu'il portait à la violence physique, s'était convaincu que si d'autres auteurs pouvaient le faire, alors lui aussi... Il avait fini le premier cours couvert de bleus, et les yeux jaunes de colère. Une ire bien passagère, qui s'était évaporée dès le cours suivant. Léandre n'avait jamais commis la même erreur que les fois précédentes, et Lecour l'avait très vite remarqué. En outre, Hubert trouvait le tempérament de son élève au combat vraiment très proche du sien. Intrigué par cette vive personnalité et l'identité de son commanditaire, il se fit un devoir d'encadrer le Gascon aussi étroitement que possible. L'initiative avait été un succès. En un mois, Léandre avait progressé autant que d'autres en six... Cependant, il désespérait son professeur par son tempérament entêté, surtout quand venait l'heure de l'escrime à la canne.

Hubert Lecour était, il faut le dire, un bretteur exceptionnel, davantage encore que son frère aîné. Il était donc le mieux placé pour se rendre compte qu'une personne qui savait aussi bien jouer d'une canne que de ses pieds et de ses mains était virtuellement invincible. Léandre, de par sa force physique, son agilité et son intelligence, pouvait facilement triompher des pièges techniques et devenir un champion hors norme. Mais sitôt qu'il lui avait présenté les cannes, Lecour cadet s'était entendu répondre :

– Posez donc ces vilains petits cure-dents, monsieur !

Sans qu'il ne sache réellement pourquoi, son élève nourrissait la plus vive antipathie envers l'escrime, qu'elle soit pratiquée au fleuret, au sabre ou à la canne. Et c'était bien étrange… car il y excellait. Il savait aussi bien se défendre qu'attaquer, et la vitesse de ses ripostes était prodigieuse, même aux yeux d'un professionnel comme lui. Rapide… et brutal. Dès leur deuxième semaine de cours, c'était Lecour qui avait reculé face à la cadence de frappe et la force de bûcheron de son élève. Il s'était alors produit une chose marquante : Hubert avait paré un coup si puissant que la canne de Léandre s'était brisée net, à une vingtaine de centimètres au-dessus de la garde. Pourtant, le jeune garçon, emporté par sa fougue, ne s'était pas interrompu. Il avait continué ses attaques de fauve, et Lecour avait reculé, constatant avec stupeur qu'il devenait presque impossible à contrer avec sa propre canne longue de un mètre, tant le combat devenait un corps à corps ! C'était à la fois gracieux et terrible… Léandre semblait fait pour le combat rapproché. Et en mettant un terme à l'affrontement, Lecour, un bref instant, frémit en imaginant s'il avait eu, en guise d'un simple moignon de bois dur, quelque dague affûtée entre les mains : l'adversaire eût succombé presque immanquablement. Cependant, il ne perdait pas espoir de lui faire apprécier la science de la canne à sa juste valeur.

Le cours dura une demi-heure de plus et s'acheva sur une égalité entre les deux hommes. Après avoir salué son professeur comme il se doit, Goupil regarda l'heure. Le député l'avait prié de passer place Vendôme à 1 heure de l'après-midi. Il était midi. Il était encore inutile de se presser.

Léandre raffolait du passage des Panoramas : bien qu'il n'apprécie que modérément la foule continue qui empruntait les lieux, il lui fallait reconnaître que s'il existait quelque galerie commerciale idéale pour lui, c'était sans nul doute celle-ci. Vieille d'un demi-siècle, tirant son nom des panoramas qui ornaient l'entrée et qu'on avait désormais retirés quand ils étaient passés de mode, l'endroit gardait la renommée d'être le théâtre du premier essai de l'éclairage au gaz Lebon, en 1817.

Depuis qu'il avait pris ses quartiers à l'école Lecour, il connaissait fort bien les lieux, et les appréciait de plus en plus. Il était ravi par l'expression extasiée des enfants devant les magasins de jouets. Il allait volontiers chez l'éditeur de musique Frère, qui vendait partitions et paroles des airs à la mode. Un bon écrivain ne pouvant vivre sans papier, le jeune homme avait fait quelques emplettes à l'enseigne du sieur Susse, antiquaire, vendeur de couleurs et papetier. Il avait à chaque fois contemplé en contenant son sourire l'air toujours désolé du boutiquier, dont Constant lui avait dit qu'il était provoqué par le souvenir traumatisant d'une affaire désastreuse.

Un jour, Alexandre Dumas, alors déjà célèbre, lui avait fait l'honneur d'entrer dans son magasin afin d'y farfouiller. Il avait jeté un œil aux papiers, aux plumes et autres encres avant de s'aventurer plus avant et de s'intéresser à une croûte, le papetier vendant aussi quelques tableaux de jeunes peintres, destinés à la décoration. L'éminent quarteron avait donc jeté son dévolu sur une toile baptisée *Le Tasse dans la maison de fous*, que Susse s'était empressé de lui céder pour six cents francs… Cela restait à ce jour, comme le voulait la légende, la seule bonne affaire de Dumas, dont le montant des dettes était tout aussi mythique que le talent. Car, reconnaissant dans le tableau une véritable patte, il apprit par la suite qu'il s'agissait de l'œuvre d'un certain Eugène Delacroix. Le hasard fit que, quelques mois plus tard, les peintures signées Delacroix devinrent particulièrement cotées… Dumas avait donc revendu cinquante mille francs sa « croûte ».

Outre ces magasins, Léandre raffolait des choux à la crème du pâtissier Félix, et parfois se régalait de la limonade servie fraîche au *Café Véron*. Sa gourmandise naturelle le poussait à fréquenter le magasin de douceurs de la duchesse de Courlande, dont il goûtait avec délices à la fois les caramels mous au beurre breton et les serveuses, toutes accortes et souvent rougissantes en sa présence. Il n'hésitait pas non plus à ralentir le pas aux abords des magasins de mode féminine, comme l'échoppe de Mme Lapostole, là encore pour jouer de son charme naturel et donner à la fois sourire aux lèvres et rouge aux joues aux jeunes et jolies vendeuses de frivolités.

Ce jour-là, avide de sucré, il s'arrêta à la devanture du chocolatier Marquis, chez lequel il s'offrit un excellent chocolat à la mode de Vienne, avec de la crème fouettée. Il prit le temps de savourer l'épais et délicieux breuvage jusqu'à la dernière goutte avant de quitter le passage, et il accéléra le pas sitôt qu'il fut limpide qu'il allait être en retard. Il était donc 1 heure passée de quelques minutes quand Léandre, arrivant par l'entrée de service de l'hôtel du Rhin, fut reçu par un Bonaparte passablement énervé.

– Venez, Goupil. Nous ne pouvons pas faire attendre ces messieurs plus longuement.

Le Gascon acquiesça. Il savait très bien l'importance du moment. Le mois d'octobre avait été rude mais décisif pour son maître : restait à préparer l'estocade.

Quelques heures avant qu'il n'embauche Léandre, le député Bonaparte avait fait son entrée solennelle, bien que discrète, à l'Assemblée. Son petit discours de remerciements avait été très tièdement accueilli ; cela n'avait été en rien comparable à la bronca qu'on lui avait infligée deux semaines plus tard, le 9 octobre. Assis au poulailler, dans les plus hauts gradins, Léandre avait assisté à toute la scène. Jamais il n'oublierait cette journée.

Les débats portaient sur la future Constitution, dont le vote final avait été fixé au 4 novembre. Il restait encore bien des éléments à préciser en un mois, notamment l'incarnation du pouvoir exécutif. Qui représenterait l'avenir de la politique française ? Le premier à en parler fut Jules Grévy. Il professa de longues minutes l'institution d'un exécutif collégial, composé d'un certain nombre de représentants désignés, lesquels se partageraient le pouvoir gouvernemental. S'il ne reçut aucun sifflet, il ne reçut nulle satisfaction non plus. On lui fit perfidement remarquer au passage que son idée n'était autre que celle qui avait été mise en place par la Convention, ainsi que par le Directoire, et l'on ne savait que trop bien comment ces deux périodes s'étaient achevées : l'une dans le sang du 10 Thermidor, l'autre s'était fondue dans le Consulat et avait finalement donné naissance à l'Empire… L'avis général, comme le constata Léandre, prouva que les rumeurs qu'avait entendues Bonaparte étaient vraies. La France devait avoir un président de la République, un peu comme aux États-Unis d'Amérique.

Mais il restait bien des éléments à corriger, des précisions à donner pour établir le rôle exact du chef de l'État. Il y avait beaucoup trop d'erreurs et d'impasses dans ces textes de loi, mais on se garda de les relever car, pour ces messieurs de l'Assemblée, allait se poser le choix crucial de la méthode électorale. À terme, devait-on laisser les députés décider eux-mêmes de celui qui dirigerait le pays, ou bien se soumettre à la volonté du peuple français, en procédant à des élections au suffrage universel ?

Bien évidemment, les députés favorisaient un vote entre « gens du monde » : qu'est-ce que des paysans illettrés pourraient connaître à la politique ? Ils seraient capables de faire un mauvais choix qui compromettrait l'avenir du pays ! De plus, Cavaignac, chef de l'État *de facto*, assumait parfaitement son rôle : ne serait-il pas juste de le légitimer à ce poste ? Pourtant, l'argument contraire fut des plus efficaces : la révolution de février venait tout juste de chasser Louis-Philippe, conduit sur le trône par la volonté… de l'Assemblée. Sans ce soutien, jamais la monarchie absolue ne serait tombée !

Jamais le duc d'Orléans ne serait devenu le roi des Français ! Pouvait-on se fier à une façon de voter d'apparence si similaire à celle ayant instauré le régime qu'on venait de rejeter ?

Un tournant avait été marqué par l'intervention d'Alphonse de Lamartine. Il avait ainsi exposé, dans un discours qui devait faire date, la valeur souveraine, bien que risquée, du suffrage universel, argumentant qu'écarter la liberté de choix du peuple aurait été « une certaine désaffection de la République ».

Fataliste, Léandre se doutait que le discours possédait deux facettes, que Lamartine se résignait à accorder une place de décisionnaire au peuple… avec la plus profonde réticence. Aussi ne fut-il pas surpris en entendant la suite des discussions : ces messieurs se mirent aisément d'accord en décidant que le Président serait élu au suffrage universel… à la condition qu'il obtînt un nombre minimal de voix, chiffre qu'on se garda de révéler. Pour conclure, dans tous les cas de figure, si ce chiffre n'était pas atteint, ce serait l'Assemblée qui aurait le dernier mot.

Pourtant, Goupil resta pantois face au discours de l'intervenant suivant. Le député d'extrême gauche Antony Thouret, en effet, proposait un amendement bien spécifique, interdisant à la parentèle d'un ancien chef de l'État le droit de se présenter aux élections présidentielles. On ne savait que trop bien les nostalgies royalistes et impérialistes qui restaient vivaces chez les Français… et, à l'évidence, ce texte n'était destiné qu'à écarter Bonaparte de toute possibilité d'élection… Tous, dans l'Assemblée, le regardaient. Il avait tout écouté, silencieux, se caressant la barbe… Une voix s'éleva :

– Celui dont il s'agit, celui qui pourrait affecter des prétentions à la souveraineté, il est là ! Qu'il s'explique !

– Oui, parlez ! Parlez ! scandèrent à l'unisson une vingtaine d'autres voix anonymes.

Alors le jeune Gascon vit son maître se lever, blême, pour se diriger vers la tribune comme on se rend à l'échafaud. Un affront venait d'être commis, il fallait le laver. Le remède fut pis encore que le mal. Bonaparte parla, oui, mais d'une voix plus hésitante que jamais, l'accent plus germain qu'en bonne compagnie, l'expression lente... Tentant de se racheter, de se faire entendre, de mettre au jour les calomnies, il fut ridicule à en mourir, et Léandre en avait souffert pour lui. Les railleries fusaient de toutes parts. On se moquait de sa maladresse, de son allure un peu trop maniérée, on critiquait son physique peu altier. Son discours, lourde et maladroite tirade, suscitait les saillies quant à l'intelligence réelle de son auteur, la plus blessante de toutes étant l'œuvre de Thouret lui-même, lequel demanda au président de l'Assemblée de rayer son amendement qu'il jugeait désormais inutile... Car, dans l'esprit de tous, c'était à un suicide politique qu'on venait d'assister : qui oserait désormais voter pour un rejeton avorté de l'Empire, pour un débile à peine capable de s'exprimer correctement ?

Quand Goupil raccompagna le prince à son domicile, il fut saisi par l'air glacé qui émanait de sa personne... S'il ne le montrait pas avec force, Bonaparte était quand même furieux. Contre lui autant que contre ces abominables députés qu'il exécrait tant qu'il s'abstenait, sitôt la séance achevée, de traîner en leur compagnie. Aussi prit-il sur lui de faire faire un détour à l'hostellerie. Il descendit de voiture un bref instant, juste assez pour s'entretenir avec Arnaud et revenir, sur les conseils du cuisinier, avec une poussiéreuse flasque d'armagnac mis en bouteille avant sa naissance.

– Monsieur, je ne compte pas vous enivrer, pas plus que vous faire noyer vos rancunes dans l'alcool. Permettez-moi seulement de vous offrir un verre d'amitié, qu'une fois n'est pas coutume je partagerai avec vous, et de vous faire part de mon sentiment.

Alors, ce soir-là, autour d'un exceptionnel petit godet d'eau-de-vie sentant bon les collines de Gascogne, Léandre avait parlé, parlé longuement, à un Bonaparte qui restait stoïque et silencieux. Il lui avait affirmé avec feu qu'il ne devait pas se fustiger.

– Attendez les jours à venir, et vous verrez que vous avez été malmené par des gens qui croient à tort disposer de l'oreille et du soutien du peuple…

Les jours passant, Bonaparte dut se rendre à l'évidence. Le Goupil avait vraiment du flair, car cette mauvaise farce ne l'avait pas desservi, au contraire. Aussi bien à droite qu'à gauche, ils étaient nombreux, les opposants au candidat « idéal » qu'était Cavaignac. Tous savaient qu'à ce nom prestigieux il fallait en opposer un autre, demeuré illustre et synonyme de rassemblement… quitte à ce qu'il s'agisse de celui d'un simple homme de paille. Choisir Bonaparte pour détrôner Cavaignac, puis s'assurer qu'au terme de ses quatre années de mandat présidentiel ils puissent récupérer le siège encore chaud : telle était leur idée ! Mais ce qu'ils ignoraient tous, c'était que la paille était de fer. Car, comme revigoré par la longue soirée de discussion avec Léandre, le prince n'hésita guère plus de temps à faire connaître sa future stratégie. Ce fut un soir, lors d'un souper avec ses intimes, qu'il s'exprima en ce sens :

– Messieurs, voici une dizaine de jours qui se sont passés depuis cette détestable séance. Mais les couloirs sourdent de mille et un mots, et tous ne sont pas si intolérables que cela. Désormais, la haute société a compris la valeur de mon nom auprès des masses. Désormais, la haute société sait que le patronyme de Bonaparte rallie le peuple sous un même étendard. Désormais, les membres de cette haute société ne prêtant nulle foi aux autres politiciens de bonne réputation se tournent vers moi. Pour de sottes raisons, ils estiment voir en moi un pantin, un ridicule bouffon de carnaval, aussi facile à manipuler que si j'étais bardé de ficelles. Ils pensent, en me soutenant, s'assurer une durabilité et mon assistance indéfectible. Soit, je ne compte pas les décourager.

– Mais, prince…

– Non, je ne les découragerai pas… pour l'instant. Seize ans durant, le nom des Bonaparte a été synonyme de pouvoir et de force dans l'Europe, et même dans le monde. Je compte lui rendre son éclat d'autrefois. Si on me prend pour un imbécile...

– On aurait tort !

– Si on me prend pour un imbécile, on me sert. Car on ne se méfie jamais des imbéciles. On n'y prête guère attention, on leur fait souffrir diverses méchancetés sans craindre le châtiment. Mais dans mon cas, la moquerie a atteint ses limites. Ils l'apprendront suffisamment tôt. Ils obtiendront vite satisfaction. Je pactiserai avec eux...

– Plaisanteriez-vous ?

– Je pactiserai avec mes rivaux et leur laisserai croire ce qu'ils désirent. Pendant ce temps, vous, messieurs, présiderez à ma campagne. Grâce à vos efforts, grâce à ce peuple qu'ils méprisent tellement, je l'emporterai. Mais ce sera bien moi le Président. Jamais eux. Car un Bonaparte ne sera jamais le jouet de quiconque.

À la différence de sa harangue à l'Assemblée, cette allocution proférée d'une voix assurée fut couronnée de succès, et méritoirement applaudie. Debout à côté de la fenêtre, le Goupil, qui assistait au souper, se contenta d'en sourire. Le prince venait, presque mot pour mot, de citer les possibilités que Léandre lui avait soumises en vidant son verre d'armagnac. Une méthode pour acquérir de nouveau la foi en soi... Efficace, à n'en pas douter. Bonaparte était prêt à foncer dans l'arène, et son appétit était de ceux qui ne laissent pas même une miette aux autres fauves. Restait à trouver la bonne façon de le lâcher dans cette arène... pour qu'il y dévore tout.

L'occasion avait été offerte sur un plateau le 24 octobre, avec la parution d'un article de presse. Ce dernier précisait qu'averti de l'imminence d'une émeute préparée en son nom par des gens cherchant à lui nuire le député Bonaparte en avait tenu informé le ministère de l'Intérieur, l'assurant qu'il ne cautionnerait jamais ce genre d'attitude si contraire à ses idées de probité politique. Texte banal, destiné à la base à rassurer les gens : Bonaparte était un prétendant honnête, il n'avait pas l'intention de suivre les traces de son oncle en faisant un coup d'État.

Sauf que, le lendemain, en plein hémicycle, Pierre Grandin avait pris à partie le ministre Dufaure : que comptait-il faire pour mettre un terme aux agissements de ces semeurs de troubles ? Le ministre, lequel ne s'y attendait pas, ne put que balbutier :

– J'ai déclaré au représentant Bonaparte qu'aucune émeute ne se préparait en son nom...

La phrase fit le tour de l'Assemblée, et Dufaure ne savait plus où se dissimuler pour qu'on l'oublie, quand le député Clément-Thomas intervint : pour lui, l'affaire devait être suivie avec sérieux. Avait-on oublié qu'on avait affaire à l'un des descendants de l'Empire ? On avait cherché des yeux Bonaparte, sans le trouver : il était resté à l'hôtel du Rhin. Sa défiance envers les autres députés n'avait jamais été aussi vive que depuis l'affront du 9. Il ne se rendait à l'Assemblée que le minimum acceptable...

Mais, ce 26 octobre, il ne pouvait plus reculer.

Léandre, à la différence de sa dernière visite dans les lieux, s'était cette fois posté à proximité de l'une des portes de l'Assemblée. Il y bénéficiait d'un poste d'observation parfait, et d'accès bien plus aisé s'il devait opérer la moindre intervention.

À nouveau, Clément-Thomas fit part de ses inquiétudes quant aux intentions légitimistes de Bonaparte ; c'était le moment d'agir.

Quand Bonaparte se leva de son siège pour se rendre à la tribune, un instant le jeune agent craignit d'assister à nouveau à une cruelle débandade. Mais le député, comme s'il l'avait perçu, se retourna et lui offrit un furtif mais véritable sourire. Le Goupil ne dit rien, mais se rasséréna. La donne serait véritablement différente cette fois-ci.

Déjà, Bonaparte entendait, çà et là, murmures discordants et rires étouffés. Son rôle d'amuseur semblait parfaitement convenir aux autres politiciens. Il les prit tous de court en se montrant non pas détendu, mais efficace lors de son discours :

– De quoi suis-je accusé ? D'accepter du sentiment populaire une candidature que je n'ai pas recherchée. Eh bien oui. Je l'accepte, cette candidature qui m'honore, parce que trois élections successives et le décret unanime de l'Assemblée nationale contre la proscription de ma famille m'autorisent à croire que la France regarde le nom que je porte comme pouvant servir à la consolidation de la société ébranlée jusque dans ses fondements, à l'affermissement et à la prospérité de la République. Je déclare à ceux qui voudraient organiser contre moi un système de provocation que, dorénavant, je ne répondrai à aucune interpellation.

Piqué au vif, Clément-Thomas ne sut que répondre :

– Je suis bien aise que mes interpellations aient amené M. Bonaparte à cette tribune pour y poser nettement sa candidature, et nous dire sur quels titres il l'appuie !

Mais déjà la partie était jouée... et perdue, en ce qui concernait Clément-Thomas. Ses attaques et cette ultime pirouette manquée venaient de rendre Bonaparte plus sympathique aux yeux des gens, et avaient achevé de convaincre certains députés indécis qu'il y aurait davantage à gagner qu'à perdre en suivant la candidature de ce dernier...

S'il remplit son rôle d'ange gardien à la perfection en quittant le Palais, sitôt installé dans le fiacre Léandre ne put s'empêcher de complimenter son maître avec chaleur :

– Mes félicitations ! Les voilà joliment mouchés... et vous voilà officiellement prétendant à l'élection présidentielle !

– Oui... j'ignore si je ne devrais pas le regretter.

– Pour quelle raison ?

– L'inconnu, Goupil, l'inconnu... Nous sommes les acteurs d'un rôle nouveau. Jamais auparavant la France n'avait connu pareille situation. Nul ne sait, et moi pas plus que les autres, la façon d'appréhender une élection aussi vaste ! Il va falloir faire campagne, réunir des fonds... Neuf millions de Français appelés aux urnes !

Il s'assit dans le fond de sa banquette, hochant la tête avec un accablement certain, comme s'il venait juste de prendre conscience de l'immensité de ce nombre.

– Neuf millions ! répéta-t-il.

Goupil n'en était pas effrayé.

– Eh bien, vous aurez au moins le meilleur rôle : celui de ceux qui ont osé la nouveauté ! On reproche moins ses erreurs au néophyte qu'à l'homme d'expérience !

– Belle parole... dommage qu'elle soit fausse. Ah, Goupil, vous êtes un utopiste, comme votre père... J'espère que l'avenir ne vous décevra pas trop.

– Vous avez cependant menti.

– Ah oui ? Quand cela ?

– En disant que vous n'aviez pas recherché cette candidature. Vous-même m'avez affirmé vos intentions lors de mon embauche.

– La vie vous apprend souvent qu'il est sage de taire toutes ses ambitions, surtout face à ses rivaux. Mais changeons de sujet : au fait...

– Oui, monsieur ?

– Il me semble ne pas vous avoir fait de cadeau pour votre anniversaire.

Léandre ne répondit pas. Était-ce bien le moment de parler de cela ? Sommé, pour la forme, de donner la date à laquelle il avait vu le jour lors de son embauche officielle, Léandre avait hésité à confier ce point précis de sa vie privée. Le fait qu'il soit né un vendredi 13 n'était pas ce qui le chagrinait. Mais curieusement, malgré sa jeunesse, il détestait les anniversaires, qu'il voyait comme des célébrations inutiles destinées à fêter la vie qui raccourcit peu à peu.

Déjà Bonaparte poursuivait :

– J'ai reçu, comme chaque semaine, un message de M. Lecour, votre professeur. Il m'informe de vos progrès en combat et me jure que vous êtes probablement l'élève le moins docile qu'il ait jamais rencontré. Cependant, il ajoute que cette rétivité est tout aussi vive que votre habileté, et il n'entend pas vous renvoyer de sitôt... pas plus que moi. Ce présent devrait, si nécessaire, vous convaincre de notre commune satisfaction.

Il se pencha et remit à Léandre une boîte de bois noir, longue de deux pieds et large de cinq pouces. La posant avec délicatesse sur ses genoux, Goupil l'ouvrit. À l'intérieur d'un écrin de velours zinzolin reposait un couteau. Il n'en avait jamais vu de semblable.

L'arme était imposante : près d'un pied pour la lame seule, large de deux pouces, soit autant que le plus gros coutelas de la cuisine d'Arnaud. La lame, en plate semelle, devait être d'une solidité à toute épreuve. Sans y passer le doigt, le garçon remarqua à quel point le bord en était tranchant. Le dos s'incurvait en un décroché affûté sur les dix derniers centimètres de sa longueur, et la pointe, parfaitement alignée avec la poignée, en faisait une arme d'estoc formidable. Le manche, lui, retenu par trois rivets, était de corne sombre, d'un brun très foncé, creusé et poli de façon à accueillir le relief des doigts, et le pommeau était argenté. Une garde épaisse, à deux quillons en forme de S, protégeait plus que correctement la main de celui qui le tenait. Niché à ses côtés dans l'écrin, un fourreau neuf de cuir noir et brillant était prêt à passer au ceinturon du Goupil. Il la saisit et l'admira quelques instants, les yeux brillants.

– Merci, monsieur.

– Point de merci. Mais baillez-moi donc une piécette quelconque : ma grand-mère m'a toujours répété que nul couteau ne saurait être offert contre rien, de peur que son fil ne coupât les liens amicaux.

Goupil fouilla donc dans ses poches et sortit une pièce de cinq sous. Bonaparte la récupéra et poursuivit :

– Cela, je l'avoue, n'est pas véritablement un cadeau. C'est une fourniture de travail, suite aux avis éclairés du sieur Lecour. Il m'a dit que vous seriez un combattant impitoyable un couteau entre les mains. Eh bien, voici de quoi le prouver.

– Pourrais-je vous demander d'où vient cette arme, monsieur ?

– Un contact anglais, ami de longue date, devenu maître de forges aux États-Unis. Voici une vingtaine d'années, cherchant à parfaire son art, il a séjourné auprès d'un forgeron des États du Sud, cette contrée qu'on appelle l'Arkansas. Un acier d'une solidité à nulle autre pareille, si ce n'est celle qu'on nous rapporte équiper les sabres du lointain Japon, ou celle, depuis longtemps perdue, de l'acier de Damas. Je pense qu'il s'agit là d'une des armes de poing les plus efficaces que j'ai pu tenir entre mes mains.

Léandre commençait à glisser fourreau et couteau à sa ceinture quand le fiacre s'arrêta à un carrefour. Bonaparte sortit alors d'une serviette de cuir un document plié en quatre et scellé.

– Goupil, vous descendrez ici. Rendez-vous quoi qu'il advienne à l'hôtel du Rhin demain matin, 7 heures. Inutile que vous y veniez ce soir, vous avez mieux à faire… Le député Braun mort ce matin résidait dans cette maison aux volets verts que vous voyez là. Je pense que vous y trouverez à qui parler. Et si d'aventure vous tombiez sur quelque policier trop… zélé, remettez-lui immédiatement ce papier.

– Entendu, monsieur.

Alors, tout en caressant de la main droite le manche soigneusement poli de sa nouvelle arme, Léandre récupéra de la gauche le message, quitta le véhicule de son maître. Pendant que celui-ci remontait la rue, le jeune homme s'avança, non sans éprouver une certaine appréhension, vers la scène de ce dernier trépas suspect.

Elles étaient six personnes à attendre dans le salon, l'air endeuillé de circonstance, face aux regards pleins de morgue de l'inspecteur principal Issy-Volny. Seule la jeune Véronique était assise sur un fauteuil crapaud : tous les autres, membres du personnel de la maison Braun, restaient les mains croisées, debout. Ils ne se seraient jamais autorisé ce genre de privautés du vivant de monsieur... Alors, maintenant qu'il était mort, c'eût été lui manquer de respect que de s'asseoir !

Sitôt qu'il vit entrer Léandre dans la pièce, Issy-Volny poussa un long et profond soupir de colère. Le jeune homme, lui, resta immobile sur le pas de la porte. L'inspecteur principal prit cela pour de la crainte. Il ignorait que, pour Léandre, se tenir à l'écart d'un importun était la plus saine des solutions pour ne pas céder à la tentation d'en venir aux mains. Tout du moins, pas trop vite.

– Tiens, tiens... Décidément, votre présence sent le soufre... Chaque député qui meurt, vous vous trouvez dans les parages !

– Mes hommages à vous également, monsieur l'inspecteur principal.

– Pourriez-vous m'expliquer ce que vous faites ici ?

« Décidément, se dit Goupil, M. Bonaparte a été bien avisé de me donner ce sauf-conduit. »

Imperturbable, il tendit le document à Issy-Volny. Il s'amusa beaucoup à le voir rompre le sceau, puis à déchiffrer le message qu'il contenait en arborant une expression de plus en plus déconfite à mesure qu'il progressait dans sa lecture. Après quoi, le policier lui rendit la lettre, avec une manifeste répugnance.

– Vous bénéficiez d'appuis importants... Trop importants. C'est égal, vous n'en tomberez que de plus haut. Mais pour l'heure, je dois m'incliner face à la volonté de monsieur le représentant Bonaparte.

Il alla vers une porte discrète restée entrouverte au fond du salon, et il héla le nom de son assistant. Ce dernier arriva une bonne minute après, dévalant un escalier de bois avec fracas.

– Quelle lenteur, Leterrier ! fulmina Issy-Volny.

– Je vous prie de m'excuser, monsieur. J'entendais l'épouse et elle pleurait tant que je ne pouvais l'abandonner de la sorte.

– Se laisser attendrir par les larmes de la femme d'un criminel ! Fi !

– Ah... ne put résister Léandre. Qui est donc l'assassin que vous avez sélectionné ce jour ? Un simple promeneur qui passait devant la maison ? Quelque voleur se trouvant déjà sous les verrous au moment des faits ?

– Gardez vos sarcasmes pour vous ! grogna l'inspecteur principal. Leterrier, indiquez à ce Laforge ce qu'il doit savoir. Lisez d'abord son ordre de mission, si vous le pouvez. Moi, je dois retourner au commissariat.

Et, drapé dans sa dignité de petite brute, Issy-Volny quitta la pièce. Léandre fit une affreuse grimace dans son dos quand il le dépassa, mais il attendit d'entendre la porte se refermer pour aller serrer la main de Leterrier.

– Salut à vous, inspecteur.

– Monsieur Lafforgue.

– Désirez-vous que je vous remette ma lettre de commission ?

– Je vous dirais volontiers que cela n'est pas nécessaire, mais pour respecter la procédure, je crains de ne devoir l'exiger.

– Soit !

L'inspecteur, à son tour, déplia la lettre, qu'il défroissa légèrement – son supérieur l'ayant chiffonnée tantôt – avant de lire le message suivant :

– « Sur autorisation spéciale, M. Jules Dufaure, ministre de l'Intérieur, accorde à M. Léandre Lafforgue, agissant sous les ordres de M. Charles Louis Napoléon Bonaparte, député, le statut d'enquêteur exceptionnel et prie tout membre des forces de l'ordre de se mettre à la disposition du porteur de cette autorisation afin de l'assister dans ses investigations. »

Leterrier sourit : sacré sésame que celui-ci ! Il aurait pu ressentir un peu d'amertume à l'idée que ce garçon plus jeune que lui occupait, officieusement il est vrai, un poste plus élevé que le sien. Mais il avait bon cœur, et un flair sans pareil en ce qui concernait l'âme humaine. Pareille accréditation ne s'obtenait pas sans bonnes raisons. Il s'abstint de saluer militairement Goupil après lui avoir rendu son document.

– Je suis à vos ordres.

– Voyons, pas entre nous ! protesta Léandre. Considérez-moi comme un confrère, et expliquez-moi tout.

Leterrier ne se fit pas prier davantage et le guida jusqu'à l'étage. Il se tut, respirant avec difficulté pendant qu'ils montaient l'escalier. Le Goupil le regarda avec une certaine appréhension. Le policier s'en rendit compte et tenta de le rassurer :

– J'abuse du tabac depuis ma jeunesse... La toux et le souffle court sont apparemment des effets fâcheux pour qui fume.

Ils furent bientôt présents auprès du lit sur lequel on avait étendu le cadavre. Comme lors de la découverte macabre du Palais-Bourbon, Léandre fut saisi par les traits congestionnés et figés de la dépouille, ainsi que par les mains, auxquelles on avait tenté en vain de donner une apparence de repos. Le chapelet qu'on y avait glissé ressemblait à une chaîne enserrant les mains d'un damné souffrant le martyre. Leterrier fit les présentations :

– Guillaume Braun, député de la Meuse, retrouvé mort ce matin, au pied de son lit.

– Qui l'a trouvé ?

– Sa pupille, Véronique Preux.

– Pourquoi pas ses domestiques ?

– Euh... comment dire ?

Son hésitation un peu gênée n'échappa pas au Goupil.

– Compris... Le tuteur se montrait attentif à l'éducation de sa pupille... sur tous les plans ?

– Voilà.

– Donc, elle l'a retrouvé au réveil. Comment est-il mort ?

– Eh bien, il semble à première vue qu'il ait eu une attaque dans la nuit. Il était étendu sur le ventre, le nez couvert de sang coagulé.

– Il est donc tombé sans prévenir sa chute et en se heurtant le visage au sol ?

– Oui.

– Pourquoi ?

– Eh bien, c'est là toute la singularité… J'ai déjà vu bien des corps depuis mon entrée dans la police. Tous deviennent roides, rigides comme bois au bout de quelques heures. Mais c'est le premier que je vois crispé à ce point. De plus, son corps formait un angle droit avec le sommier, ce qui n'est pas fréquent.

– Normalement, un dormeur choit du lit dans le sens du matelas, donc parallèle à ce dernier.

– Pas cette fois.

– N'a-t-il pu s'assommer ? Se vider de son sang ?

– Rien ne l'indique : il a touché le sol avec force, mais pas assez pour se fracturer le crâne jusqu'au cervelet. Il y a fort peu de sang au sol.

– Donc, il tombe du lit, comme cela peut arriver à tous, sans mettre les mains en avant pour s'amortir, sur un tapis…

Il le foula du pied pour juger.

– … sur un tapis somme toute épais, sans se faire d'autre blessure qu'un banal saignement de nez, pourtant il ne se relève pas, il n'appelle pas à l'aide…

– Dormait-il toujours ?

– J'en doute, fit Léandre.

Le Goupil se pencha sur le corps, fit une grimace devant l'expression atroce du visage, observant au passage la lividité croissante, et écarta les paupières droites avec légèreté du bout du pouce et de l'index.

– Des pétéchies oculaires. Cet homme est mort asphyxié.

– Il avait le visage tourné sur le côté, donc le nez libre…

– Pas d'empreintes de main ou de corde sur le cou, ni de tuméfaction due à quelque oreiller plaqué sur le visage... En outre, le sang coagulant n'eût pu l'étouffer de la sorte : il eût fallu qu'il se vidât par la bouche pour y parvenir. Et à ce que je sais, si c'était l'œuvre de la fumée de sa cheminée, sa position au sol lui aurait au contraire permis de survivre. D'ailleurs, sa maîtresse elle-même aurait péri dans son sommeil. C'est un peu trop curieux pour être naturel.

– Il y a donc bien crime.

– On peut fortement le supposer. Qu'en dit l'inspecteur principal Issy-Volny ?

– Sans avoir examiné le corps – il m'a annoncé que c'était là une tâche indigne de lui –, il a préféré entendre la maisonnée, et c'est tout. D'après les déclarations recueillies chez le personnel, il est arrivé à la même conclusion que nous. Pour lui, c'est l'œuvre du domestique, Domingue Sarraut.

– Comment a-t-il déduit cela ?

– C'est simple : les valets n'ont pas hésité à raconter que leur maître était homme à apprécier le blé en herbe, et qu'une vierge en sa compagnie avait autant de chances de le rester qu'un verrat de finir ministre.

– L'ont-ils dit ainsi ?

– Euh... pour les avoir entendus, j'use de termes plus choisis que les leurs.

– J'imagine.

– Bref, le député aurait commis envers la fille aînée de Sarraut les plus vils outrages, ce qui l'a conduite à mettre fin à ses jours voici deux mois. Inconsolable, le valet aurait vengé l'honneur et la vie de sa fille.

– C'est un mobile valable pour tuer autrui. Mais deux mois après ?

– La vengeance est un plat qu'on consomme froid.

– Certes, mais ici, de quelle manière ? Si ce valet est coupable, pourquoi les précédents décès ? Et d'ailleurs, existe-t-il un lien entre Braun et les autres victimes ?

– Mis à part qu'il était royaliste, aucun. Ni amis ni fréquentations communes.

– Et la méthode supposée pour les crimes ?

– Nul ne le sait.

– Avez-vous lancé une procédure pour l'ouverture légale du corps ?

– Non, pas encore. Nous attendons l'aval de la famille, qui réside en Lorraine. Et il est probable qu'elle nous le refuse.

Goupil finit par s'emporter :

– Foutre ! Comment veut-on déceler malice commune dans des trépas si l'on ne peut pas autopsier ? Ne sait-on pas que les éléments compromettants sont souvent sujets à disparaître les premiers ?

– Si, mais l'inspecteur principal tient à respecter la procédure au nom du respect de l'honneur des familles.

– L'honneur ? Vous venez de me dire qu'en présence de cet homme la plus vertueuse des rosières eût été en danger !

– Oui, mais l'honneur n'est pas pour tous le même…

– Inspecteur, inspecteur ! appela une voix depuis l'escalier.

C'était celle d'un gardien de la paix en uniforme, lourd et moustachu, qui fit irruption au pas de course dans la chambre.

– Eh bien, Marc ? Qu'avez-vous à nous dire de si urgent que vous vous sentiez obligé de perdre haleine ?

– J'arrive du Palais-Bourbon, monsieur ! C'est l'inspecteur principal qui m'a dit d'aller vous chercher. Y a un autre député qui vient d'y mourir.

Chapitre septième

Des poisons et autres toxines élevés au rang des beaux-arts

– Quelle horreur, murmura le Goupil.

C'était effectivement tout ce que l'on pouvait dire de la scène. Éclairé par le soleil du crépuscule passant à travers un vasistas ouvert, le corps était juché, à demi nu – sur sa partie inférieure –, sur une cuvette de porcelaine. Le défunt, Estève Eudes, représentant de l'Allier, cinquante et un ans, avait été surpris par la mort en plein relâchement intestinal, comme le prouvait l'odeur ambiante.

– Un effort de trop ?

L'inspecteur principal Issy-Volny restait éloigné du réduit hygiénique. Les émanations pestilentielles le dérangeaient au plus haut point, autant celles provenant du cadavre que l'odeur entêtante d'encens qui régnait dans le bureau, et c'est armé d'un mouchoir parfumé sur le nez qu'il avait reçu Leterrier et Léandre dans le cabinet de feu Eudes. Il s'était contenté de leur indiquer d'un signe de la tête où se rendre et dispensé de les suivre.

De fait, le spectacle était d'ordre à retourner l'estomac… mais devenait-on policier sans se dire qu'on s'y trouverait confronté un jour ou l'autre ?

– J'en doute… Il est rare de mourir dans ce genre… de besogne.

La cuvette, il l'avait vu, était souillée de matières liquides, d'un brun jaunâtre abject. Trop fluides pour être issues d'une constipation qui aurait occasionné la mort. L'homme était cependant crispé comme jamais sur son siège percé, la tête rejetée en arrière, les mains croches. On eût presque dit que la foudre l'avait frappé dans son intimité, le tétanisant dans la mort.

Avisant les yeux mi-clos, Goupil s'y intéressa, comme devant le défunt précédent, une heure auparavant. Une fois encore, les vaisseaux éclatés furent éloquents.

– Leterrier, encore ces pétéchies. Il a péri asphyxié, lui aussi !

– Asphyxié en déféquant ?

– Sans doute par ses propres exhalations ! Voilà ce que vous auriez dit, n'est-ce pas, monsieur Laforge ? L'humour en toutes circonstances... même celles qui s'y prêtent le moins !

Léandre fit la sourde oreille aux allusions d'Issy-Volny, mais n'en fut pas moins vexé. Le policier était dans le vrai : sans doute eût-il fait tôt ou tard cette blague d'un goût douteux, histoire d'atténuer la tension qui régnait dans cette pièce. Leterrier, lui, retourna dans le bureau afin d'y observer les lieux en détail, prenant fébrilement des notes dans un petit calepin gris quand il appela :

– Messieurs, venez voir !

Léandre abandonna le corps, remarquant au passage la présence d'une canne posée contre le mur, à portée de main de la dépouille, et s'approcha du bureau. L'inspecteur se tenait devant l'un des tiroirs qu'il venait de fouiller.

– Regardez.

Et il en extirpa une longue pipe noire, ainsi que des boules d'une matière grisâtre.

– M. Eudes se livrait aux paradis artificiels de l'opium, donc... fit Issy-Volny.

– Et l'encens servait à camoufler l'odeur, compléta le Goupil.

– Bien, nul besoin de chercher plus loin. Il a péri victime d'un abus de cette substance, étouffé par les fumées nocives de sa propre addiction. Bien mauvais exemple pour ses administrés !

– Pardonnez-moi, monsieur l'inspecteur principal, mais je doute que ce soit l'opium qui soit la cause de ce décès.

– Et pourquoi, je vous prie ?

– Car il est visible, même avec un rapide examen du défunt, que celui-ci a péri asphyxié ; mais il eût fallu brûler plusieurs livres d'opium avant que l'atmosphère du cabinet ne soit rendue irrespirable et mortelle, et un homme accablé par la fumée serait tombé sur le sol, il ne serait pas assis de la sorte. Par ailleurs, le député est mort dans une pièce aérée…

– Songez-vous à un crime ?

– Oui… et je pense qu'il s'agit de l'œuvre de la même personne qui a tué voici quelques heures M. Braun. Et probablement d'autres membres de l'Assemblée depuis le printemps dernier.

– Allons bon ! Vous divaguez, Laforge ! La mort de Brisson à laquelle vous fûtes mêlé est un crime sans doute, le trépas de Braun également, mais quant à affirmer la même chose concernant les précédents députés, il n'en est rien, pas plus que celui-ci ! Rien ne relie ces décès ! Il s'agit pour la plupart d'accidents ! Nos supérieurs nous soufflent dans le cou pour que nous assurions la sécurité de ces hommes, et nous l'assurons fort bien !

– Deux députés au moins ont été assassinés, par contre, et cela vous ne pouvez le nier.

– Bien des gens meurent tous les jours ! C'est le fait qu'il s'agisse de députés qui rend la chose intolérable : alors on me presse, et on me somme de trouver un coupable ! Pour Brisson, je ne sais pas encore, mais pour Braun, j'en tiens un ! Dans ce cas uniquement, le coquin ne pouvait pas être plus maladroit ! Aller venger sa fille suicidée – quelle infamie ! – en étouffant son maître, un homme qui l'entretenait depuis vingt ans !

– Et en l'étouffant... de quelle manière ?

– Peu importe, ce sera à la médecine de nous l'apprendre ! Ce valet, Sarraut, sera justement inculpé et jugé pour meurtre, cela j'en fais mon affaire ! Pour l'heure, monsieur Laforge, vous feriez bien mieux d'aller conseiller à Son Excellence M. le député Bonaparte d'éviter de gâcher son argent et de faire perdre son temps à la police en lançant un... *dégourdi de province* sur les traces d'un criminel récidiviste qui n'a jamais existé !

Quand il fut parti pour de bon, Léandre hocha la tête avec compassion.

– Je ne pourrai jamais comprendre comment vous pouvez accepter de travailler sous ses ordres, inspecteur Leterrier !

– Eh bien, monsieur, tout le monde n'a pas la chance de bénéficier d'appuis solides. Vous en disposez... et M. Issy-Volny également. Pour ma part, j'ai eu la bonne fortune d'obtenir cette place et j'ai toujours eu à cœur d'en être digne, de faire mon travail avec conviction et honnêteté, pour servir la loi et mon prochain... Je ne remets pas en question les qualités de mes supérieurs, et j'espère qu'un jour les miennes me permettront de progresser.

Le ton de Leterrier était devenu quelque peu désabusé, et l'allusion à sa propre chance – tout à fait insolente, il en convenait – fit prendre conscience à Léandre qu'il risquait, par son attitude bravache, de causer plus de désagréments que nécessaire au brave policier... Nul doute qu'Issy-Volny ferait payer à son assistant la relation amicale que les deux hommes commençaient à entretenir. Il se promit de ne plus mettre Leterrier dans l'embarras et lui tendit la main.

– Inspecteur, je vous prie de m'excuser pour le tort que je vous ai causé. Je n'en avais pas l'intention. J'espère de tout cœur que votre avancement sera rapide, car il est mérité.

– J'accepte vos excuses, monsieur Lafforgue. Et pardonnez-moi de vous avoir comparé à l'inspecteur principal, vous m'avez prouvé en quelques heures que vous étiez plus doué que lui sur le terrain...

– Baste... Cessons de médire à son sujet, laissons-le où il est, et passons-nous du monsieur. Appelez-moi Lafforgue tout court, ou Léandre, ou même Goupil si vous préférez. Mais oublions le monsieur. Que diable ! Quel âge avez-vous donc ?

– Je vais célébrer mon vingt-sixième anniversaire dans neuf jours.

– Allons ! Nous aurons tout le temps d'être appelés messieurs par des enfants quand nous aurons les cheveux gris ! Sur ce, poursuivons nos études.

L'heure suivante fut consacrée à la recherche d'indices. Léandre en était convaincu : oui, c'était bel et bien un crime. Oui, Eudes avait été étouffé. Mais par qui, et avec quoi ? Rien dans la pièce ne permettait de le savoir.

Ce fut en ramassant une assiette contenant quelques miettes – à l'odeur, un gâteau anglais aux fruits confits – que le Goupil dit tout haut ce qui le tourmentait depuis maintenant de longues minutes :

– Du poison.

– Vous dites ? demanda Leterrier.

– Du poison. Je pense que là réside toute l'histoire : du poison.

– Vous dites cela face à une assiette vide ? Y sentiriez-vous quelque odeur suspecte ?

– Non, pas la moindre. Mais je mettrais ma main dans les flammes qu'il s'agit bel et bien d'un toxique.

– Et lequel ?

– Je l'ignore. Je ne pense pas qu'on ait affaire au moindre toxique usuel. Toutes ces personnes semblaient en parfaite santé : elles ont péri rapidement, souvent, et c'est bien ennuyeux, en l'absence de témoins. Et ceux qui les ont côtoyées durant leurs ultimes heures évoquent une santé florissante, tout du moins incompatible avec un empoisonnement criminel classique, qui aurait été long et douloureux même pour le plus robuste des hommes.

– *Toutes ces personnes* ?

– Oui, je n'en démords pas. Je pense que le député Bonaparte a eu du flair et qu'il soupçonne à raison un crime pour tous les décès, ou presque tous, de ces députés.

– Mais qui en serait l'auteur ?

– C'est là aussi le mystère. Mais pour l'heure, il faut que je me rende auprès de ce valet que votre chef a fait emprisonner.

– Il doit se trouver dans nos locaux, rue Sainte-Anne, ou bien au dépôt de la Conciergerie, avant d'être transporté à la Force… J'espère qu'il n'y est pas déjà.

– Bien, alors ne perdons plus une seconde.

– Pour quoi faire, grands dieux, pour quoi faire ?

Assis derrière son bureau, l'inspecteur principal Issy-Volny affichait la mine chagrine d'un homme à qui l'on vient d'apprendre que ses parents l'ont déshérité.

– Pour obtenir la vérité, monsieur l'inspecteur principal. N'êtes-vous pas sensible à ce mot ?

– Non… enfin, je veux dire oui ! Mais je suis plus sensible aux fallacieuses suspicions qui viennent sans raison perturber la bonne marche de mes enquêtes.

– En quoi sont-elles fallacieuses ?

– Ce valet avait la meilleure raison du monde de tuer son maître !

– Oui, cela, je le concède.

– Ah ! Nous sommes donc d'accord.

– Certes, sur le fond, mais sur la façon ?

– Vous avez beaucoup à apprendre sur le métier de policier, jeune homme ! Qu'importe la façon ! Nous devons arrêter les suspects, au juge de savoir le pourquoi du comment. Ce domestique a tué et il mérite bagne… ou échafaud, selon la volonté des jurés ! S'il n'en tenait qu'à moi, je l'enverrais volontiers au bourreau ! Un valet qui tue son maître, c'est de l'inconscience ! Quelle société peut tolérer pareille chose ?

– Le crime de sang, aucune société digne de ce nom. Mais la révolte contre des agissements indignes et eux aussi criminels doit être encouragée. Même quand le responsable est une personne importante. Même quand les forces de l'ordre se soucient davantage de leur propre stabilité professionnelle que de l'élucidation dans les règles.

Le Goupil avait, pour dire cela, posé les deux mains à plat sur le bureau et approché son visage de celui d'Issy-Volny. Et comme il commençait vraiment à trouver l'inspecteur principal d'une rare incompétence et d'une manifeste mauvaise foi, il sentait la colère monter en lui, et ses yeux flamboyer.

La chose n'échappa pas à l'inspecteur principal… qui s'enfonça en arrière dans son fauteuil, résistant avec peine à l'envie de se signer.

– Que voulez-vous donc ? balbutia-t-il, un rien paniqué.

– Voir et entendre Domingue Sarraut.

– C'est inutile. Vous n'en tirerez rien. Il geint depuis qu'on l'a arrêté.

– Permettez-moi d'en juger par moi-même, dit Léandre, en dévisageant à nouveau l'inspecteur principal de ses étranges yeux jaunes, brillants et fixes.

Avec un juron, ce dernier prit un trousseau de clés dans son tiroir.

– Soit ! Mais sous ma surveillance. Leterrier : vous, restez dans ce bureau ! Il est possible que nous obtenions des informations de la part des gardiens de la paix en faction sur place. Veillez à ce que nul détail ne nous échappe. Vous, suivez-moi.

Il fallut marcher cinq bonnes minutes avant d'arriver à la Conciergerie. Outre un dépôt de condamnés, le lieu, composé d'une dizaine de cellules, servait épisodiquement à l'enfermement de suspects avant leur transfert dans de véritables maisons d'arrêt, en vue de leur procès.

Domingue Sarraut était placé à l'isolement, dans la plus sombre d'entre elles. La cheville ferrée attachée au mur, assis sur une abominable litière de paille noirâtre et puante, prostré, le visage inondé de larmes, se balançant d'arrière en avant comme un perdu, il gémissait :

– Ma fille… ma fille…

Quand Léandre entra dans le cachot, il fut saisi par l'allure pathétique de l'homme. Était-ce là le suspect de choix qu'on accusait ? Aucune preuve tangible, cet air désespéré… presque de pauvre dément mais en aucun cas de forcené… Tout laissait croire qu'on faisait fausse route en accablant l'innocent. Issy-Volny s'approcha du détenu.

– Sarraut ? interpella-t-il, avec rudesse.

– Ma fille… ma fille… s'entendit-il répondre, sans que l'homme ne lui jette le moindre regard.

– Sarraut ?

– Ma fille… ma pauvre fille…

– Domingue ? fit le Goupil d'une voix plus forte, et pourtant plus douce que celle du policier.

L'effet fut curieusement immédiat. Le valet sembla sortir de son état de torpeur et leva ses yeux mouillés sur le jeune homme en habit prune qui venait de faire irruption devant lui, ignorant pour de bon l'inspecteur principal.

– Domingue, m'entendez-vous ?

– Oui, monsieur.

– Ah, j'en suis bien aise, fit le garçon en s'agenouillant devant lui, indifférent à la crasse du sol et au froid de la pierre. Domingue, je veux que vous me répondiez. Je veux connaître la vérité. Votre fille a-t-elle été victime d'abus de la part de feu M. Braun ?

Sarraut, dans un sanglot, répondit en hochant la tête.

– Avez-vous cherché à venger le sort de votre enfant ?

– Oui.

– De quelles façons ?

– En humiliant…

Sa phrase se termina dans un murmure : Domingue n'osait plus appeler « monsieur » ce cadavre qui avait, par son vice, causé tant de mal à lui et à sa famille chérie.

– Bien entendu, jamais vous n'auriez porté la main sur lui ? demanda l'inspecteur principal.

– Monsieur ! s'exclama avec force Sarraut en se soulevant à moitié. Ç'aurait été ma perte, ma mort, ainsi que celle de ma famille !

Cet éclat était si inattendu, si violent de sincérité que même Issy-Volny sembla déstabilisé. Le prisonnier se recroquevilla de nouveau et Léandre en fut désolé, plus que jamais convaincu d'être en présence d'une victime.

– Domingue, écoutez-moi, et promettez-moi de ne me répondre que par la vérité. Êtes-vous le responsable du trépas de feu votre maître ?

– Non. Monsieur, non. Je le jure sur ma vie. Quand bien même lui souhaitais-je les pires tourments de l'enfer ! hurla le valet.

– Je vous ordonne de vous calmer, intervint Issy-Volny.

– Si j'avais voulu lui nuire, j'aurais tout fait pour attenter à sa réputation ! J'aurais fait savoir à tous que c'était une bête immonde, une boule de vice ! Ma fille… ma pauvre fille…

Il fondit à nouveau en larmes, et cette fois on ne put plus rien apprendre de lui. Avec un haussement d'épaules, Issy-Volny fit signe à Léandre qu'ils devaient quitter les lieux. En silence, les deux hommes regagnèrent le bureau de l'inspecteur principal. Ils furent accueillis par un Leterrier agité.

– Messieurs, j'ai des nouvelles concernant la dernière victime, M. Eudes.

– À quel sujet ?

– Celui de sa santé. Âgé de cinquante et un ans, le seul effet de l'âge était qu'il souffrait de maux de ventre récurrents.

– L'âge… et l'opium, sans doute. Deux facteurs qui prouvent, de toute évidence, pour quelle raison on l'a retrouvé en ce lieu, dit Issy-Volny. Rien d'effrayant, rien de criminel à cela.

– Maux de ventre, mais pas de rhumatismes ? interrogea le Goupil.

– Pas d'après ses domestiques, ni son médecin.

– Et la canne ?

– La canne ? répéta l'inspecteur principal, sans comprendre.

– J'ai remarqué ce tantôt une canne de marche de belle facture, appuyée contre le mur, à côté du corps, dit Léandre. J'ai pensé qu'au vu de son âge notre homme souffrait du genou, ou était affligé de quelque autre affection des membres inférieurs, mais depuis peu de temps, car le bâton m'a semblé des plus neufs.

– Eh bien, figurez-vous qu'on m'en a parlé, répliqua Leterrier. On m'a justement dit qu'Eudes était un formidable marcheur à pied, raffolant des longues promenades, et qu'il avait envoyé hier son valet lui acheter une canne. Il avait été blessé par un passant d'un coup de pointe de canne ou de parapluie anglais dans la cheville, ce qui le faisait boiter.

– Ma foi, je ne vois rien là de bien probant dans notre affaire, conclut Issy-Volny.

– Moi si, le contredit Léandre.

Il était désormais évident au Goupil qu'il ne pourrait rien espérer de la part de ce policier borné.

– Inspecteur principal, me permettez-vous de me retirer pour la nuit ? demanda Leterrier.

– Avec joie ! Allez, déguerpissez tous deux, et vite ! Et au diable tous les imbéciles !

– Ah, vous souhaitez rencontrer le diable si rapidement ? ironisa le Goupil.

– Dehors !

Soucieux de ne pas irriter davantage son responsable, Leterrier poussa Léandre vers le couloir et le suivit, refermant aussi délicatement que possible la porte derrière eux.

Ils firent quelques pas avant que l'inspecteur n'adresse de nouveau la parole au jeune Gascon :

– Vous n'aurez donc jamais de cesse de le provoquer ?

– Sans doute pas. Je suis incorrigible. J'ai une sainte horreur des médiocres et des sans-esprits qui abusent de leur autorité sur des gens plus doués qu'eux, et ils sont légion.

– Je vous en remercie, mais je vous en prie : modérez-vous. Ma situation deviendra intenable…

– Je veux bien faire des efforts, mais ne puis vous promettre de m'amender totalement.

– Je vous en saurai gré. Coupons par le palais de justice, nous gagnerons du temps l'un et l'autre pour retrouver nos maisons.

Ce faisant, ils passèrent par un couloir vitré, à travers lequel on distinguait les tours de la Conciergerie, et échangèrent un regard. Ils pensaient tous les deux au prisonnier maintenu au secret.

– Pauvre malheureux…

– Oui. J'ai l'impression que nous avons un peu trop hâtivement donné le rôle de coupable à cet homme.

– Comment cela, nous ? répéta le Goupil, indigné. Oseriez-vous prendre sur vous la responsabilité de cette arrestation ?

– Je suis policier, et les agissements de mes supérieurs sont forcément les miens, dit Leterrier à mi-voix. Nos succès deviennent les leurs, leurs bourdes les nôtres.

– Belle justice…

– C'est ainsi.

– Auriez-vous l'heure ?

L'inspecteur sortit une montre de sa poche et en lut rapidement le cadran.

– La demie de 6 heures.

– Bon, il est trop tard pour retourner soit chez Braun, soit à l'Assemblée. Il fera trop sombre et, même à la clarté d'une bougie, un indice nous échapperait sans doute. Personnellement, je reste persuadé qu'il s'agit d'un empoisonnement. Il faudrait que vous parveniez à obtenir l'autorisation d'autopsier les restes de MM. Braun et Eudes. Pour ma part, j'ai à faire dès demain auprès de mon maître, mais j'ai déjà mon idée sur les investigations qu'il me faudra mener.

Ils étaient alors parvenus sur le parvis du Palais de justice quand une silhouette vint se jeter dans les pieds de l'inspecteur, manquant de le déséquilibrer totalement.

– Eh là ! Eh là…

C'était une forte femme vêtue de noir, au chignon défait, passablement échevelée, qui s'était catapultée à genoux devant l'inspecteur. La joue humide de pleurs, elle s'accrochait au tissu de ses pantalons comme une furie. Léandre en resta coi : s'agissait-il de quelque démente victime d'une crise aiguë d'hystérie ?

– Je vous en supplie, inspecteur… Je vous en supplie ! Laissez-moi voir mon homme.

– Relevez-vous donc, madame Sarraut !

« Ainsi, c'était donc là l'épouse du suspect idéal de l'inspecteur principal Issy-Volny », se dit le Goupil.

Mais la femme se garda bien d'obéir et continua à se prosterner devant Leterrier comme devant quelque idole.

– Pitié, inspecteur ! Mon mari n'a rien fait !

– Madame, je vous jure que je ne puis rien faire pour le moment. Tout dépend de la volonté de mon supérieur, et l'enquête est en cours. S'il est innocent, il sera libéré au plus vite.

– Au plus vite ! Mais comment vivrons-nous en l'attendant ? gémit l'imposante femme. Je touche si peu comme chambrière, et il nous reste quatre enfants à charge ! Pitié, inspecteur !

Un nouveau coup d'œil entre les deux hommes et, d'un effort commun, ils saisirent les mains de la femme et la redressèrent. C'était une petite femme, presque plus large que haute, et, sans qu'il puisse expliquer pourquoi, Léandre eut la très vive sensation qu'il s'agissait d'une personne de fort caractère. Sans doute menait-elle son mari à la baguette… Il fallait s'en assurer.

– Madame, je suis un collègue de l'inspecteur. Puis-je vous poser quelques questions ? Ne vous inquiétez pas, nous n'irons pas dans le bureau, nous resterons ici.

– Je le veux bien, monsieur.

– Quelle fut la réaction de votre époux en apprenant ce que M. Braun avait fait à votre fille ?

Dans les yeux de Mme Sarraut, les larmes laissèrent soudain la place à une étincelle de rage folle.

– C'est moi qui le lui ai appris… ce que lui avait fait vivre ce… cette… ce monstre ! Léone est venue me trouver, moi, sa mère, en premier ! Et c'est moi qui suis allée le raconter à Domingue.

– Et comment a-t-il réagi ?

– Comment auriez-vous réagi ? ironisa la femme.

– Franchement, je l'ignore : je n'ai pas de fille et ne suis pas lié à un maître en tant que domestique. Mais ma réaction d'homme serait d'aller rosser le responsable des malheurs de mon enfant !

– Pas le mien ! Domingue est le plus doux des hommes, mais il est trop faible, trop peureux pour tenter quoi que ce soit, surtout contre notre patron ! C'est au contraire lui qui a dû me calmer, tant la colère me rendait folle ! Je sais qu'on ne doit pas parler en mal des morts, mais je l'aurais tué de mes propres mains.

– Ce qui veut dire ?

Mme Sarraut sortit d'une des poches de son tablier noir une longue paire de ciseaux de métal argenté à l'extrémité acérée.

– Vous voyez ceux-ci ? On me les a offerts pour mes treize ans. Ils me servent pour mes activités de couture dans toutes les familles pour lesquelles j'ai travaillé… J'ai coupé bien du fil avec. Eh bien là, si mon mari ne m'en avait pas empêché, je lui aurais enfoncé ces pointes dans le cœur !

– Mais vous n'en avez rien fait.

– Non ! Sinon je serais à la place de mon époux ! C'est le Ciel qui s'est chargé de châtier cette bête !

– Vous ne croyez pas qu'il s'agisse d'un crime ?

– Est-ce que je sais, moi ? Mais si quelqu'un sur cette terre a tué ce diable de Braun, qu'on me le fasse savoir : je lui baiserai les pieds, moi !

Puis, sur ces fortes paroles, elle s'éloigna, pleurant à nouveau, rangeant les ciseaux et extrayant de la même poche un mouchoir blanc avec lequel elle essuya ses larmes.

– Eh bien, dites-moi… si l'inspecteur principal l'avait vue, nul doute qu'elle aurait fini au secret avec son mari.

– Oui, et l'erreur commise eût été double…

– Vous ne la pensez pas capable de tuer quelqu'un ?

– C'est une mère… On a touché son enfant. On a tué son enfant. Je vous laisse conclure. Mais…

– Mais jamais elle n'aurait usé d'un stratagème comme le poison pour tuer Braun. Pas assez rusée, pas assez double pour cela.

– Exactement. Aucun doute qu'elle l'aurait poignardé. Je parle d'instinct, évidemment…

– L'instinct est une qualité dans nos fonctions, Lafforgue.

Ils se séparèrent sur une poignée de main. Léandre héla un fiacre pour le reconduire jusqu'à l'hostellerie et, pendant le trajet, tenta autant que possible de planifier sa journée du lendemain, tout du moins en ce qui concernait l'enquête proprement dite.

La matinée du 27 fut pour Léandre Lafforgue longue et ennuyeuse. La campagne politique venait de débuter, et avec elle les obligations de publicité.

Ainsi, en une matinée, le député Bonaparte reçut dans son cabinet son secrétaire, M. Mocquard, à qui il dicta messages à transmettre à la presse ainsi qu'un avis général, par ses soins rédigé, à faire imprimer sur prospectus et destiné aux électeurs. Martin-Bruerre et Patorni, ses représentants au comité central, vinrent eux aussi au rapport. Léandre, dès leur entrée, eut le sentiment que leur participation était superflue, mais il se promit de n'en faire part à son maître que si ce dernier y faisait directement allusion. Il y eut également la visite du marquis Pallavicini qui, selon Bonaparte, était en mesure de lui prêter une belle somme d'argent. Ce fut à cette occasion qu'il constata réellement une singularité notable dans le tempérament de son maître : autant, en compagnie intime, même en la sienne, se montrait-il aimable et convenablement loquace, autant en affaires était-il d'un mutisme à toute épreuve. Il écoutait, l'air concentré, griefs et doléances, revendications et propositions, sans jamais interrompre son interlocuteur.

Quand 12 h 30 sonna à la pendule, le député mit un terme aux réceptions de la matinée et convia Mocquard et Léandre à partager son dîner. Autour d'un carré d'agneau relevé d'herbes, les trois hommes évoquèrent la suite des événements :

– Prince, le marquis Pallavicini semblait particulièrement enclin à satisfaire vos demandes. Cependant, je pense qu'espérer deux cent cinquante mille francs de sa part serait par trop excessif.

– Que non pas, Mocquard. Nous ne sommes pas gens à accumuler les dettes sans les rembourser... et il le sait. Croyez-moi, il offrira au moins deux cent soixante-quinze mille, voire trois cent mille francs.

– Faites que le Ciel vous entende, prince.

Bonaparte se retourna vers son agent.

– L'argent... Nerf de la guerre, nerf de la politique, Goupil... Car c'est une guerre à laquelle nous nous livrons, et dont le prix est la France. Oh, certes, j'ai d'autres créditeurs...

Léandre sourit, en embouchant une pleine fourchette d'aubergines gratinées. Il savait très bien l'identité de l'un de ses créditeurs. « Il » n'était autre que la propre maîtresse du député Bonaparte, la belle Harriet Howard.

– … j'ai d'autres créditeurs, mais nos adversaires sont puissants, et ne manquent ni de mécènes ni de soutien populaire. La presse, par exemple, est en majorité pour Cavaignac.

– Peut-être, mais sachant que la majorité des électeurs ne sait pas lire, cela n'est pas un mal insurmontable, répliqua le Gascon.

– Vous entendez cela, Mocquard ? Ah, la jeunesse et ses espoirs jamais anéantis ! À ce propos, mon garçon, comment avance notre affaire ?

– Eh bien, monsieur, je comptais justement vous en parler, mais l'heure du repas n'est peut-être pas la plus indiquée…

– Mais comment ? Nous sommes hommes d'expérience, nous devrions supporter les détails sans broncher !

Léandre leur fit alors un compte rendu assez fidèle de ses rencontres de la veille, n'omettant ni les commentaires acerbes de l'inspecteur principal Issy-Volny ni les promesses criminelles de Mme Sarraut.

– Et cette femme est, selon vous, hors de tout soupçon ?

– Sans le moindre doute.

– Bien… nous avons donc sept défunts, tous députés, tous morts assez inexplicablement, et ce dans des circonstances similaires ?

– Il y aurait lieu de le vérifier.

– Et l'inspecteur principal chargé de l'enquête s'est contenté d'envoyer en prison le domestique de l'un d'eux uniquement sur la foi de quelque vague soupçon ?

– C'est exact.

– Cependant, vous pensez qu'il s'agit dans tous les cas de l'œuvre d'une seule et même personne ?

– C'est ce que je crois, oui.

– Quelles sont vos intentions en ce cas ?

– Je compte revoir le corps de feu M. Eudes, ainsi que celui de M. Braun. Puis je comparerai mes constatations avec les examens pratiqués sur les précédents défunts. Ensuite, sauf si je rencontre des indications sujettes à me faire changer d'avis, j'irai consulter la collection de la bibliothèque de France consacrée aux poisons.

L'estomac correctement lesté après le dessert et le moka, Léandre fit à pied le chemin séparant la place Vendôme du 21 quai du Marché-Neuf, sur l'île de la Cité.

Si les ouvertures se faisaient en temps normal dans des amphithéâtres d'hôpitaux universitaires, et ce en présence d'étudiants soucieux de parfaire leurs connaissances en anatomie, cette fois la qualité des victimes impliquait une exceptionnelle discrétion, et que soit facilité le travail des forces de l'ordre : la morgue, sise en face de la préfecture de police, était donc le lieu tout indiqué pour ce genre d'examen.

Par le passé, à compter de 1371, c'était au Grand Châtelet, cette forteresse servant à la fois de commissariat, de tribunal et de prison, que les cadavres récupérés sur la voie publique ou bien dans les eaux de la Seine étaient entreposés, sous la surveillance des filles hospitalières de Sainte-Catherine, qui avaient la charge de les nettoyer afin de les rendre présentables ; en effet, en absence de toute identification, on se devait de soumettre aux Parisiens la vision de ces infortunés. Quiconque venait tenter de retrouver un disparu devait supporter, un mouchoir en tampon sur le nez, cette vision digne de l'enfer, tous ces corps pourrissants, gonflés et puant la sanie, avec la crainte d'y voir l'ami ou le parent recherché…

Napoléon Ier ayant fait connaître son intention de fermer et de raser le Châtelet – ce qui fut fait en 1808 –, dès 1804 le préfet de police Dubois avait fait déplacer le lieu à son emplacement actuel. Avec ses allures de temple grec, le bâtiment était bien moins affreux à voir que le précédent, mais, à travers une verrière donnant dans l'entrée, la sordide exposition demeurait, étant l'unique moyen de pouvoir donner un nom à ceux récupérés çà et là dans les rues de la capitale, victimes d'une mauvaise chute ou de quelque triste coupe-jarret.

Quand Léandre franchit la porte cochère et passa sans s'attarder devant la salle vitrée, il vit, étendus sur deux tables de marbre noir, les corps d'un homme au visage violacé d'ivrogne ainsi qu'une femme à la gorge largement tranchée. Une troisième table, entièrement couverte d'un drap, laissait distinguer une forme menue que Léandre comprit être un cadavre d'enfant. Il frémit et pénétra dans le bâtiment. Dans une pièce de carreaux immaculés servant d'antichambre, un homme en tenue blanche de praticien achevait de rédiger un rapport d'autopsie. Léandre patienta obligeamment avant de s'approcher. Le médecin était un petit homme mince, aux cheveux poivre et sel coupés fort ras. Ses yeux malins – cachés derrière des lorgnons épais – et sa barbiche taillée en pointe lui donnaient de faux airs de Méphistophélès vieillissant. Il s'adressa à Léandre sur un ton sec d'ancien militaire :

– Monsieur ?

– Bonjour docteur. Je suis ici afin d'examiner les corps des députés MM. Braun et Eudes.

– Votre nom ?

– Léandre Lafforgue.

– Êtes-vous policier ?

– Agent privé au service de M. Bonaparte, député.

– Disposez-vous d'une accréditation quelconque ?

– Certainement.

Il tendit une fois encore le laissez-passer fourni par le ministre Dufaure, laissa le docteur l'examiner, puis hocher la tête en signe d'assentiment.

– Fort bien, monsieur Lafforgue. Docteur de Flandre, ancien médecin-major dans l'armée royale, et désormais maître de ces lieux.

Le garçon lui sourit… Malgré ce nom aux origines belges, le médecin parlait avec un inimitable accent du Sud…

Différent du sien, cependant. Il devina en lui un enfant de Marseille.

– Enchanté, major, répondit finement Léandre.

Il avait entendu dire que les anciens militaires de carrière étaient assez fiers de leur passé de soldat et que les appeler par leur grade était pour eux une marque de respect à laquelle ils étaient sensibles. De Flandre n'y fit pas exception. Il s'adoucit presque aussitôt.

– Suivez-moi. Nous avons isolé les députés dans une salle.

– Avez-vous déjà procédé à l'ouverture ?

– Oui, j'ai obtenu l'autorisation expresse des mains de l'inspecteur Leterrier. J'ai opéré Braun en début de matinée, Eudes vers midi. C'était à son sujet que je remplissais mon rapport quand vous êtes arrivé. J'ai constaté quelques faits troublants…

– Avez-vous reçu des instructions particulières avant d'effectuer les examens ?

– Non, pas la moindre.

– Pas même de la part d'Issy-Volny ?

Le médecin-major fit une éloquente grimace de révulsion.

– Issy-Volny ? Un cuistre qui a profité de la richesse de sa famille pour se faire un nom !

– Cela ne me surprend pas le moins du monde.

– Il est susceptible de jeter aussitôt mon rapport aux orties. Il ne veut pas entendre parler de crime et ne daigne accepter cette notion qu'en présence d'un corps exsangue… et encore.

– Ce qui n'est pas le cas ici.

– Avant que nous n'entrions, êtes-vous préparé à ce genre de spectacle ?

– Je le pense : j'ai vu ces mêmes cadavres hier soir.

– Oui, mais vous les avez vus intacts, si j'ose dire, avant notre intervention. Désormais, ce n'est plus la même chose. Mais, à part si vous insistez vraiment, je m'abstiendrai de vous montrer leurs organes.

Dans une salle discrète, sans fenêtre mais aérée et éclairée au gaz, les dépouilles des députés attendaient sous de fins linceuls blancs qu'on les rhabille avant de les confier à leurs familles pour être inhumées décemment. Une odeur désagréable, de relents humains et de savon mêlés, régnait dans l'atmosphère.

– Par lequel voudriez-vous commencer ?

– Eh bien, par Eudes. Je ne me suis pas concentré sur certain détail qui m'apparaît maintenant comme intrigant.

– Sa plaie à la cheville ?

– Vous l'avez donc remarquée ?

– Bah... elle est flagrante, même si elle est fine.

– Son valet a affirmé qu'il s'agissait d'une pointe ferrée de canne. Un coup accidentel.

– Accidentel ? Voire ! Observez de plus près.

Le docteur souleva le drap au niveau des pieds et exposa à l'air libre les membres inférieurs du député de l'Allier. La plaie, située entre cheville et talon, était large d'un demi-pouce, rougeâtre, mais bénigne.

– Qu'en pensez-vous ? demanda le praticien.

– J'en pense qu'une blessure aussi réduite ne peut que difficilement entraîner la mort de celui qui en souffre. Au pire le faire claudiquer.

– Oui... mais encore ?

– J'en pense que...

Il examina la trace de plus près et fronça les sourcils.

– J'en pense qu'on ne dirait en aucun cas la marque laissée par une quelconque canne à bout ferré.

– Ah, vous me faites plaisir, jeune homme ! D'après la forme, il ne s'agit pas d'une pointe carrée ou ronde... C'est une véritable lame, très courte, mais semblable à un couteau, qui a laissé ceci. La personne qui a frappé Eudes l'a fait délibérément avec une arme dangereuse : une canne dotée d'un stylet acéré.

– Mais en aucun cas un stylet dans la cheville ne peut causer la mort de quiconque.

– Sauf ?

– Sauf si le stylet a été au préalable trempé dans quelque venin animal, ou quelque poison végétal.

– Exactement ! répondit le docteur, enthousiaste.

– Mais il a été blessé voici une journée à peine !

– Lafforgue, je vous apprendrai peut-être qu'il existe en ce monde des poisons dont le contact entraîne la mort dans des délais plus courts encore…

– Que pouvez-vous me dire à son sujet ?

– Qu'il a péri empoisonné. Par quelle substance ? Je l'ignore. Un alcaloïde puissant, sans le moindre doute, qui a provoqué des convulsions, une paralysie progressive et irréversible des muscles, car j'ai constaté une faiblesse quasi générale à ce niveau. Le cœur n'a pas été lésé, de même que les sphincters.

– La diarrhée dont il souffrait ?

– Était une maladie permanente chez lui. Pas un symptôme d'intoxication, en ce qui le concerne.

– Cause exacte de la mort ?

– La paralysie a atteint le diaphragme, empêchant les contractions nécessaires à la respiration. Sitôt ce muscle empêché de bouger, les poumons ont cessé de fonctionner, occasionnant une asphyxie mortelle. Une mort douloureuse et rapide à la fois.

– Mais n'avez-vous pas idée en ce qui concerne le poison ?

– Non, même si mon statut me pousse à connaître le sujet, je ne suis pas spécialiste en la question, hélas. Il faut préciser, à ma décharge, que les criminels sont une engeance peu inventive, et les intoxications meurtrières que j'ai eu maintes fois l'occasion de rencontrer par le passé sont majoritairement le fait de trois substances chlolériformes : l'arsenic, les sels de cuivre et le phosphore. Et là, cela ne ressemble en rien à ce que j'ai pu voir.

– Cependant, vous affirmez qu'il s'agit d'un empoisonnement ?

– Oui, même si je ne peux identifier la cause exacte, m'est avis qu'il s'agit d'un poison dit tétanique. Je peux immédiatement rayer de la liste l'acide prussique et son équivalent, l'eau de noyaux de pêche, qui dégagent tous deux une odeur d'amande tout à fait caractéristique. Mais il en existe bien d'autres… sauf que…

– Sauf que ?

– Sauf que c'est par ingestion qu'ils causent la mort. Ce qui nous conduit à notre autre victime d'hier.

– Braun a été empoisonné ?

– Oui, si vous m'en croyez. Sans le moindre doute. Et par un toxique similaire, car les symptômes étaient sensiblement les mêmes. En ce qui concerne la rigidité paralytique du corps, notamment.

– S'agirait-il exactement de la même toxine ?

– Là, je ne crois pas. À la différence d'Eudes, je n'ai sur lui pas retrouvé la moindre trace de plaie, de coupure, de quelque écorchure. Rien. S'il y a eu intoxication, c'est par voie orale, et pour l'heure je n'ai pas connaissance du moindre toxique qui ait le même effet injecté ou consommé. Cependant, je n'ai, en examinant le contenu de son hypogastre, constaté que deux choses : une inflammation légère due à la présence d'ulcères sans gravité, et le fait qu'il avait consommé quelque viande blanche en gelée à son dîner.

– Docteur, puis-je abuser davantage de votre temps ?

– Sans le moindre problème.

– Auriez-vous, ces derniers mois, constaté des faits similaires sur des corps ?

– Eh bien, attendez… Auriez-vous des noms à me fournir en particulier ?

– Oui : Kervazec, Rénald, Rivette, Drouart et Brisson.

Le docteur quitta la salle et revint une trentaine de secondes plus tard, portant un épais registre qu'il posa à côté d'une des dépouilles et commença, sans façons, à feuilleter à rebours.

– Brisson, cela me parle… il y a un mois environ… Bérard… Sandin… Anonyme, anonyme… Dalsace… Valmier… Brisson… ah, voilà, Brisson, le 25 septembre dernier. Plaies importantes, hémorragie violente au niveau de la bouche et de la nuque par pénétration de pointes métalliques. Cause admissible du décès : asphyxie par inhalation.

Léandre fut assez surpris.

– Vous voulez dire un gaz ?

– Oui. Système respiratoire supérieur, muqueuses des narines, oropharynx, tout était largement lésé, comme par le passage d'une substance fort nocive.

– Mais une personne venue le secourir eût été intoxiquée elle aussi.

– Pas forcément. Certaines vapeurs délétères peuvent s'évaporer assez rapidement, en moins de quelques minutes. C'est à mon avis ce qui a dû se passer ici. En perdant connaissance, Brisson s'est effondré, tombant sur quelque objet pointu qui a précipité sa mort. Mais d'après les irritations constatées, je doute que même sans cela il eût survécu. Je poursuis… Quelle date ?

– Le 3 septembre, Drouart.

– Drouart… le voici. Quarante-trois ans, décédé à la suite d'une infection causée par une plaie au niveau du mollet, reçue durant un duel à l'épée dans le bois de Vincennes, le 31 août à l'aube. Il a reçu le traitement sur place de la part d'un de ses témoins, médecin, mais apparemment l'infection était caractérisée puisque la blessure mortelle.

– Une autopsie ?

– Elle n'a pas été demandée, et plutôt inutile en ce cas précis… Nous n'avons fait que garder le corps en attendant le transport dans sa région pour l'inhumation.

– Quel était le nom de son adversaire ?

– Vous avez de la chance : je suis tenu de le consigner au cas où le duel finirait par la mort d'un des combattants. Voici : un sieur Ernst Bettauer, de nationalité autrichienne, avocat-conseil.

– Il serait bon que je l'entende… Poursuivons. Rivette, le 17… non, le 18 juin.

– Août… Juillet… Juin… Nous y sommes : Rivette, tombé dans la Seine. Ah tiens, c'est fort curieux.

– Quoi donc ?

– Je ne suis pas celui qui a réceptionné le corps, c'est un de mes confrères, Villeneuve, qui était présent. Un homme fiable, même s'il a n'a pas été un soldat émérite… Enfin, passons. Aucune ouverture, à la demande de la famille. Il a cependant, par un examen de surface, relevé deux choses : d'abord, la mort est due à une asphyxie.

– Rien de bien surprenant en ce qui concerne une noyade.

– Oui, sauf que le corps n'avait pas la moindre trace d'eau dans les poumons…

– Ce qui veut dire qu'il ne respirait déjà plus avant de couler ?

– Effectivement.

– Quel est l'autre détail troublant selon Villeneuve ?

– Ses dartres. L'un d'eux – un seul, dans le creux du talon – semblait corrompu, presque purulent, comme si on avait tenté de le soigner en le grattant au sang…

– Sait-on quand la plaie s'est-elle ainsi nécrosée ?

– Non, mais, si j'en crois mes notes, son valet qui le pansait habituellement affirme qu'il n'en était rien la veille.

– Étrange. Imagine-t-on un homme affligé d'un mal aussi ancien se mutilant de la sorte ?

– Non, de toute évidence. Ensuite ?

– Le 30 avril, Rénald.

– Holà…

– Quoi donc ?

– Eh bien, de celui-là, je m'en souviens bien. Selon son médecin traitant – un ignare, croyez-m'en –, il aurait été victime de la variole.

– Un mal dont Rénald avait souffert dans sa jeunesse.

– En effet… Ce médicastre a conclu à une crise violente de tétanie, provoquée par une rechute variolique, laquelle aurait causé des convulsions spasmodiques et mortelles à très brève échéance.

– Auxquelles vous ne croyez pas.

– Jeune homme, en près de trente ans d'armée, j'ai vu mourir bien des gens de cette ignominie. Je garde en tête une fillette décédée devant moi, si couverte de boutons qu'on eût dit un être issu du croisement d'un humain et d'une pomme de pin. Jamais je n'ai vu quelqu'un mourir comme ce député… du moins, aucun variolique. Et quand nous avons dû dévêtir le corps – qui conservait une chemise de nuit – ses bras étaient tellement tétanisés qu'on a dû les lui casser pour lui retirer le vêtement. On aurait dit qu'il était mort contracté dans une douleur si violente que ses doigts s'étaient raidis comme ceux d'un cadavre, et ce avant même qu'il ne rende l'âme.

– Un symptôme envisageable en cas d'empoisonnement ?

– Je le pense, même si je n'ai trouvé nulle trace probante, là non plus. Mais, je vous le répète, j'ai une certaine connaissance des toxiques, mais sans en être un spécialiste comme mon professeur, le Dr Orfila.

– Est-il consultable ?

– Non. En ce moment, à ce que j'ai entendu dire, il serait dans quelque localité de province, mandaté pour expertise dans un autre cas criminel.

– Soit. Et Kervazec, en mars ?

– … Attendez… non, je n'ai rien à ce nom. Sans doute la famille a-t-elle refusé toute inspection.

– Eh bien, docteur, je vous remercie pour toutes ces précisions.

– Avec plaisir, jeune homme.

– Mais je suis très surpris : ce genre d'information n'a-t-il pas teneur d'émouvoir la police ?

– Oh si, soupira le médecin. À chacune de mes découvertes, je me suis empressé de fournir une copie de mon rapport à l'inspecteur Issy-Volny, et ce en mains propres.

Il m'a répondu de m'occuper de véritables crimes avant de mettre mes documents à la corbeille.

– Merveilleux, grommela Léandre.

– Votre intérêt, par contre, m'incite à vous tenir au courant des évolutions de mes analyses. Si jamais il me venait une autre information, comment puis-je vous la transmettre ?

– Envoyez un pli à mon attention à l'hôtel du Rhin, place Vendôme.

Quand Léandre ressortit du bâtiment, sous un pâle soleil d'automne, il était désormais convaincu d'être sur la bonne voie. Les suspicions du Docteur de Flandre rejoignaient les siennes. C'était là une affaire de poisons… L'ombre de Catherine Deshayes se faufila dans le dos du Goupil et il trembla légèrement. Il lui fallait désormais identifier l'arme employée… Avec de la chance, elle lui permettrait de connaître le tueur. En remontant le quai, il eut la curieuse sensation d'être épié et se retourna brusquement. Mais il ne vit que la foule des gens se pressant vers Saint-Michel et Notre-Dame, et un groupe d'amateurs de sensations fortes venus, riant en dépit du lieu, admirer la vitrine des dépouilles devant laquelle il se trouvait quelques secondes plus tôt.

Il était 3 h 15 quand il parvint rue Vivienne, au palais Mazarin, sa destination. La Bibliothèque nationale était toujours ouverte. Après avoir fait une halte chez un papetier afin d'y faire l'emplette d'un cahier de feuilles et d'une mine de plomb, Léandre s'engouffra et s'installa à une table de travail discrète, dépourvue de tout vis-à-vis, sise auprès du rayon histoire. Une fois assis, il prit quelques minutes pour admirer l'architecture de ce palais du livre, ce temple dont les tréfonds recelaient certains des incunables les plus rares, les plus précieux au monde. Il rêvassa, puis se décida à aller demander à un vieil employé à l'air bonhomme s'il disposait d'ouvrages consacrés aux poisons.

– Les poissons ? répondit le bibliothécaire, qui était atteint d'une légère surdité.

– Non… les poisons, avec un seul « s », fit le Goupil en haussant le ton, juste ce qu'il fallait pour être compris.

– Ah… quel vilain sujet ! fit le vieillard en se rendant auprès d'une armoire à fiches, occupant dans sa longueur la taille d'un mur entier. Il s'approcha de la lettre P, tira deux ou trois tiroirs sans trouver ce qu'il cherchait, puis poussa un « aha » de satisfaction. Extrayant la partie mobile, il posa une quarantaine de fiches de papier épais et cartonné devant Léandre.

– Voici : consultez ceci, puis notez les références qui vous conviennent. Nous irons chercher les documents dans l'heure.

– Bigre ! C'est long !

– Ce le sera davantage si vous mettez du temps à consulter les fiches.

Léandre, avec un soupir, retourna s'asseoir à sa place et commença patiemment à lire les fiches, dédaignant les indications destinées aux bibliothécaires et s'arrêtant sur les dates et le contenu des ouvrages. Il finit par arrêter son choix à quatre volumes qui, se disait-il, devraient satisfaire pleinement sa curiosité. Il feuilleta au hasard les livres les plus proches, naviguant entre traités d'histoire et matériel géographique.

– Une heure… mon *tchoul* !

Le Goupil patientait depuis quatre-vingt-dix minutes et bouillait de colère quand enfin il avisa la silhouette fluette du bibliothécaire s'approcher de lui, poussant un chariot chargé jusqu'au déséquilibre de livres poussiéreux. S'arrêtant près de lui, le vieil homme lui dit :

– Voilà qui devrait faire votre affaire. Ne prenez point la peine de les rapporter. Je me chargerai de leur rangement personnellement. Ceci étant, l'heure étant déjà avancée, je doute que vous puissiez tout consulter en une fois. Si d'aventure vous désiriez conserver les livres pour revenir demain, je vous les réserverai. Est-ce entendu ?

– Parfaitement. Je vous en remercie, monsieur ?

– Garnier.

Sur un dernier hochement de tête, Léandre le congédia et commença sa lecture en ouvrant le plus récent des quatre livres, paru trois ans auparavant. C'était un pavé de six cents pages, intitulé *Les Toxiques* et se voulant un recueil exhaustif des substances mortelles connues à ce jour dans le monde. Il commençait par la célèbre citation de Paracelse : *Alle Dinge sind Gift, und nichts ist ohne Gift ; allein die Dosis machts, daß ein Ding kein Gift sei*[1]. Léandre médita cette phrase, appréciant sa justesse, puis poursuivit sa lecture, griffonnant sur son cahier quelques informations qu'il jugeait dignes d'intérêt.

Au bout d'une heure, une clochette stridente rompit le silence monacal qui régnait en ces lieux.

– On ferme !

Léandre posa à regret l'épais volume et se rendit près du bureau où les bibliothécaires procédaient aux derniers classements de la journée. Garnier, le voyant, s'approcha de lui.

– Alors, jeune homme, recherches fructueuses ?

– Tout à fait, monsieur Garnier, mais le temps m'a manqué, comme vous le supposiez. Pouvez-vous me réserver ces livres pour demain ?

– Mais très certainement. Rappelez-moi votre nom.

– Lafforgue.

– Avec deux F ?

– C'est bien cela.

– Très bien, monsieur Lafforgue. Présentez-vous demain à n'importe quelle heure et ils vous seront remis aussitôt. Pour ma part, je transmettrai le message à mes collègues.

– À demain donc.

1. *Toute chose est poison, rien n'est sans poison ; seule la dose détermine ce qui n'est pas un poison.*

Le lendemain, la matinée n'était guère avancée quand Léandre franchit de nouveau les portes de la grande bibliothèque. Il constata très vite qu'il existait un profond malaise dans les lieux, mais sans parvenir à s'expliquer pourquoi. Ayant installé d'autorité sa veste prune à la même place, il se dirigea vers le bureau où les employés discutaient entre eux avec une certaine animation. Ne voyant pas, parmi les employés, le serviable vieillard de la veille, il s'adressa à une femme à l'air revêche qui, au bout de dix minutes, lui remit sans un sourire, ni même un mot, les livres commandés et conservés la nuit durant dans une armoire basse. Si leur poids total n'était pas fait pour effrayer le jeune matamore, ce manque d'amabilité le contraria plus qu'il ne souhaitait l'admettre. Mais en retournant à sa place, il vit que plusieurs des bibliothécaires, hommes ou femmes, avaient les larmes aux yeux. Il s'assit donc… pour se relever presque aussitôt, interpellant à voix basse l'employée qui venait de le servir.

– Oui ? demanda la femme d'un ton aigre, en s'approchant de lui.

– Pardonnez-moi, madame, mais m'avez-vous bien donné tous les livres réclamés ?

– Sans le moindre doute.

– Pourtant, j'en avais bien réservé quatre… et il n'y en a que trois.

– Avez-vous consulté l'un d'eux ?

– Oui.

– Eh bien voilà ! Mes collègues ont dû le ranger !

– Non, je vous l'assure : j'ai consulté *Les Toxiques*, du Dr Jacques-Edmé Lefour, et vous me l'avez rendu il y a quelques instants.

– Vous savez lequel vous manque ?

– Oui… d'après mes notes, l'ouvrage *Curares et poisons tétanisants du Nouveau Monde.*

– Êtes-vous sûr que mon collègue vous l'a remis ?

– Oui, dit Léandre, avec une certaine irritation. Je l'ai vu hier, j'ai tenu ce livre entre mes mains, mais sans le consulter.

– Qui vous a fourni ces livres ?

– M. Garnier.

– Mon Dieu !

À ce nom, la femme lui lança un regard où se lisait l'effroi. Elle recula, frôlant de la main une tablette instable qui fit s'écrouler la pile de livres qu'elle supportait, et partit murmurer quelque chose à l'oreille d'un homme d'âge mûr, visiblement un responsable. Ce dernier rejoignit à son tour Léandre.

– Je suis M. Brayne. Puis-je vous aider ?

– Peut-être, monsieur. Je suis venu hier au soir pour consulter des livres ; faute de temps, j'ai dû demander à l'un de vos bibliothécaires de me les mettre de côté jusqu'à ce matin. Quand je les ai réclamés ce matin, il en manquait un, je suis formel.

– À qui vous êtes-vous adressé ?

– À M. Garnier.

Une fois encore, le nom provoqua un embarras visible. Léandre s'impatienta.

– Un problème ?

– Eh bien…

– Eh bien ? Poursuivez, monsieur.

– La nuit dernière, Garnier a été assailli et assommé.

– Où cela ? interrogea Léandre, une tension palpable dans la voix.

– Ici même : il assure une surveillance des lieux le soir. Il aime plus les livres que nous tous réunis !

– Survivra-t-il ?

– Un autre collègue l'a découvert inanimé voici environ deux heures et l'a fait conduire à l'hôpital. Selon lui, les médecins ont bon espoir, mais il a perdu beaucoup de sang. La tête, vous savez…

– Mais pour quelle raison l'a-t-on frappé de la sorte ?

– Cela non plus, nous ne le savons pas. Il n'était pas riche, était loin de toute affaire louche. Quel malheur !

– Pardonnez-moi, mais est-il possible de savoir si M. Garnier a rangé ailleurs un ouvrage qu'il me destinait ?

– Garnier ? Certainement pas, c'est un monument d'ordre ! S'il a réservé un livre en votre nom, il est certainement bien classé, de façon à être récupéré le plus aisément du monde par lui ou un autre bibliothécaire.

– Alors comment expliquez-vous qu'ayant commandé quatre livres hier je ne me retrouve qu'avec trois d'entre eux ?

– Attendez, reprenons depuis le début. Qu'aviez-vous réservé hier ?

Avec patience, Léandre répéta dans le détail ce qu'il avait déjà expliqué quelques instants auparavant à l'employée.

– Voyons celui qui fait défaut.

L'homme retourna à l'armoire des fiches et, après quelques instants, montrant sa connaissance du classement, il revint avec le document en question, qu'il déchiffra avec l'aisance que donne l'expérience :

– Alors… *Curares et poisons tétanisants du Nouveau Monde*, paru en 1838 à compte d'auteur. Ouvrage qualifié de référence sur le sujet, 186 pages, sans illustrations, in-folio. Avec notes manuscrites attribuées à l'auteur sur les pages et en ex-libris. Nous allons malgré tout vérifier que notre infortuné collègue n'ait pas rangé le livre ailleurs.

– J'en doute…

– Comptez-vous rester ?

– Oui, j'ai d'autres ouvrages à consulter.

– Fort bien. Dès que j'obtiens des nouvelles, je vous les transmets.

– Puis-je vous demander autre chose ?

– Faites, monsieur.

– Pourriez-vous également m'informer des suites pour ce malheureux M. Garnier ?

– Avec plaisir, monsieur, répondit Brayne, visiblement touché par cette attention.

Revenu à sa place, Léandre n'ouvrit aucun des livres et, le menton dans la paume de la main, laissa muser son esprit face à ce rebondissement auquel il ne s'attendait pas.

« C'est singulier, quand même... ce livre qui disparaît, tandis qu'on agresse le bibliothécaire qui allait me le procurer... Coïncidence ? Je ne le crois guère. »

C'était même sûr : Léandre se rappelait sa curieuse sensation d'être suivi la veille. Il devrait se fier davantage à son flair et guetter plus étroitement encore ses alentours... Malgré cela, il se sentait en sécurité dans la bibliothèque et put s'adonner toute la journée, oubliant même le repas de midi, à la lecture de ces recueils. Il sut bientôt plus de choses qu'il n'aurait pensé sur le miel narcotique du rhododendron de Turquie, sur les amanites et autres champignons mortels, sur la berce du Caucase et sur les poissons venimeux du Pacifique, comme la synancée aux allures de pierre vivante ou le tétrodon, mangé avec délices par les Japonais et qui entraîne une mort certaine si le cuisinier rate sa préparation...

C'est à la page 416 du livre *La Science des venins animaux, minéraux et végétaux* qu'il fit une importante découverte. Le chapitre portait sur les toxines d'ordre végétal rencontrées en Amérique du Sud et dans les îles Caraïbes.

Dans les contrées les plus sauvages de la forêt amazonienne, les tribus primitives usent d'un formidable poison... ou plutôt de plusieurs, tous appelés sous une dénomination commune : ourari, *devenu dans nos langues européennes le curare. Il en existe principalement deux sortes : le curare de guerre et le curare de chasse. La différence réside dans les plantes qui servent à le fabriquer. Le curare de guerre est un suc d'une redoutable toxicité, mortel en quelques minutes, extrait d'arbres tels le mancenillier, ou pommier d'enfer, l'arbre réputé le plus toxique de ces pays. Tout en lui est mortel : les racines, l'écorce, les feuilles, les fruits. En cas d'averses, lesquelles sont brutales et soudaines, c'est le seul arbre sous lequel nul ne vient se réfugier, car l'eau qui goutte de ses branches et de ses feuilles est aussi brûlante et corrosive que du vitriol. Dans les Caraïbes, on lie nus à son tronc les esclaves rétifs : quelques heures suffisent pour faire de leur peau un abominable tapis de pustules d'une douleur diabolique… L'esclave soumis à ce traitement n'y survit pour ainsi dire jamais.*

Le curare de chasse, lui, aurait selon la légende été découvert en observant une espèce d'aigle propre à l'Amazone, et qui, avant de partir à la recherche de ses proies, frotte ses serres à certaines plantes, notamment des lianes du genre Strychnos, *voisines de la noix vomique, ce qui rend ses attaques immanquablement foudroyantes. Les tribus se sont empressées de faire de même en enduisant leurs flèches dans la sève de ces lianes. À la différence du curare de guerre, le curare de chasse n'est pas réellement mortel. Des expérimentations pratiquées voici une vingtaine d'années sur des animaux, notamment un âne, ont prouvé que ce poison paralysait la victime au niveau des membres, lesquels sont constitués de muscles filaires – le cœur n'est donc pas touché. Cependant, en quelques minutes, la paralysie gagne également le torse, empêchant le mécanisme habituel de la respiration, et finit par causer la mort par asphyxie. Malgré tout, une survie demeure possible, même si elle est rare, s'il est pratiqué sur la victime de ce terrible venin une trachéotomie et une assistance respiratoire ininterrompue jusqu'à la totale dissolution du poison hors de l'organisme.*

Léandre était captivé : il lui semblait lire, à peu de chose près, les circonstances des décès de certains des députés… Le curare apparaissait désormais comme l'arme idéale. C'est alors qu'il remarqua, en pied de page, une information plus intéressante encore ; il ne s'agissait ni plus ni moins que d'une note de l'auteur, Émilien Castillon, mentionnant le fait que la plupart des détails fournis dans ce chapitre devaient beaucoup au livre *Curares et Poisons tétanisants*, qu'il qualifiait d'ouvrage de référence sur le sujet. Il précisait en outre que l'auteur de ce dernier livre, un certain S.-M. Géraud, était parfaitement digne de foi, puisque collaborateur dévoué du Muséum d'histoire naturelle de Paris.

Léandre referma le livre. Il en savait assez. Sa prochaine destination serait le Muséum. Mais une fois encore, ce serait pour le lendemain, car à l'extérieur le soleil s'assombrissait à l'ouest… L'estomac creux, le Goupil en appétit prit la route qui ramenait à l'hostellerie.

Tout à ses désirs d'agapes, il ne prêta aucune attention ni à la large silhouette qui, dès sa sortie de la bibliothèque, lui emboîta le pas, ni à la petite forme rasant les murs et qui suivait la première, dans la plus parfaite discrétion, mais aussi fidèle que son ombre.

Chapitre huitième

D'une visite au musée riche en détails

La salle était en sous-sol, peu éclairée malgré la nuit profonde. Mais cela ne dérangeait pas l'homme aux gants de cuir. Voilà plusieurs années qu'il s'en contentait. Métaphoriquement, cela lui correspondait. De toute manière, ce n'était pas au grand jour qu'on pouvait se livrer à ce genre d'expérimentation. Ce n'était pas au grand jour qu'il s'épanouirait. Pas tout de suite.

Cette fois, il le savait, il ne pouvait plus se permettre ses anciens mélanges, efficaces certes, mais qui restaient expérimentaux. Non. Cette fois, il devait agir avec la matière la plus pure. Rien de plus. Et c'était d'une remarquable simplicité. Il respira l'odeur qui sortait de la boîte et, malgré sa puanteur, il sourit de toutes ses dents. Parfait. À la différence des autres, ce poison se faisait tout seul. Il fallait, évidemment, réunir les bonnes conditions, mais c'était tout. Pas de distillation particulière, pas de rituel compliqué. Il pouvait en attendant le rendez-vous de cette journée préparer de nouvelles doses de son venin habituel, au cas où.

Il agit comme on le lui avait montré, après qu'il eut payé une somme dérisoire. Le secret du grand œuvre confié à Nicolas Flamel contre une assiette de soupe… La seule différence, au fond, c'était qu'ici il disposait de moyens bien plus pratiques pour tout préparer. Il posa les tiges végétales, vertes et fibreuses, sur l'épaisse table de bois usée par le temps. D'un geste adroit, à coups de couteau de chirurgie, il tronçonna les plantes et observa, à chaque coup, le suc brillant couler des plaies…

Après cela, il ramena devant lui le mortier de grès et le remplit de tronçons de plantes. Pilon en main, il se mit en devoir de les broyer, jusqu'à ce qu'il ne reste au fond du récipient qu'une pâte noirâtre et un peu gluante. Il sourit. Le reste ne serait qu'une question de dosage, enfantine pour quelqu'un comme lui. Il pouvait désormais moduler la vitesse d'attaque à l'envi. Il s'était vite rendu compte qu'il était hors de question d'en faire une substance aux résultats immédiats. Ce que ces sauvages ignoraient, lui, le travail le lui avait enseigné. Il savait quel produit ajouter pour faire de son poison une machine infernale. Il ignorait toujours avec précision quand l'effet se produirait, mais que ce soit une ou douze heures après l'application, la mort survenait toujours de façon soudaine et suffisamment loin de lui. Bénie soit la science.

Après avoir dilué le résidu dans un mélange d'alcool et d'eau, il mit le tout à bouillir dans l'âtre, sur un tapis de simples braises qui diffusaient une chaleur continue très douce. L'idéal. Puis il retourna à la boîte et préleva la matière corrompue du bout d'un couteau à lame arrondie ; il en rajouterait une pointe, après la cuisson. Pas davantage : il voulait l'économiser. Il contempla la pâte odorante au bout de la lame. Si peu pour tant d'efficacité… Il resterait à jamais fasciné par cette virulence quasi diabolique venant d'une chose si simple.

Bientôt, très bientôt, il en ferait l'instrument de sa rage.

Le ciel était bleu et sans nuages, mais Paris baignait dans une atmosphère presque hivernale. En sortant de l'auberge, emmitouflé dans un manteau de laine grise de son grand-oncle, Léandre contempla l'azur d'un œil peu amène. Si le Gers n'était pas spécialement avare en périodes de froidure – le voisinage des Pyrénées y apportait assez souvent la neige –, jamais il n'avait connu un air si vif, si mordant. Et nous n'étions qu'à la mi-automne… Il se dit, pour se consoler, qu'il finirait par s'y habituer malgré tout, et poursuivit sa route. Ce lundi allait joindre l'utile à l'agréable, car il se rendait au Muséum d'histoire naturelle, situé en ce magnifique Jardin des Plantes qu'il avait eu l'occasion de visiter dès son second jour dans la capitale.

Un de ses rêves d'enfant était de se rendre dans les continents étrangers, les Amériques, l'Australie, l'Afrique, pour y admirer la faune locale et la croquer sur des feuilles de papier blanc… Mais même en Gascogne, il pouvait s'adonner à des études zoologiques. Il adorait les oiseaux et leurs couleurs : la belle mésange bleue, le bouvreuil à gorge écarlate et à gros bec, le rare roitelet et sa crête jaune citron… Plus que tout, ne craignant ni dieu ni diable, il aimait observer les vipères, n'hésitant jamais à les approcher, près, trop près… presque à se faire mordre par le serpent recroquevillé sur lui-même, langue dardée de plus en plus rapidement, tremblant de rage. Chat échaudé craignant l'eau froide, il n'avait pas autant d'affection envers les insectes : ayant par jeu frappé un vieux tonneau abandonné un jour dans quelque champ, il s'était retrouvé avec trois guêpes posées sur la main droite qui l'avaient piqué en même temps. L'œdème, douloureux sans être intolérable, l'avait à jamais dispensé de s'intéresser aux diptères, mouches, abeilles – il prisait fort peu le miel, mis à part dans le pain d'épice –, frelons et assimilés, qu'il surnommait sans distinction les « saloperies ».

Il gardait un souvenir enchanté d'une visite privée au muséum de Toulouse, pour son anniversaire six ans auparavant. Encore un cadeau merveilleux de grand-père, certainement préparé de longue date... Le musée, créé au lendemain de la Révolution, n'admettait en effet aucun particulier. Quelles relations avait dû faire jouer le fabuleux René pour parvenir à ce résultat ? Il ne s'était jamais hasardé à poser la question, savourant ce présent comme un tour de magie, craignant de lui faire perdre toute valeur en voulant connaître l'envers du décor. Il avait donc eu l'occasion de voir des animaux exotiques qu'il n'aurait jamais pensé connaître que par le biais des illustrations colorées qui éclairaient ses manuels les plus précieux. Une journée n'avait pas suffi pour tout voir, tout comprendre, tout admirer, et René n'avait pas hésité une seconde pour que le bonheur de son garçon fût complet : le séjour toulousain s'était prolongé quarante-huit heures de plus avant l'inévitable retour à Auch.

Tout en se souvenant de cet excellent moment, il passa par la belle et toute proche place des Vosges, se rappelant avec un net agacement que ce lieu avait été pour lui, quelques jours auparavant, le théâtre d'une très vive déception.

Alors qu'il achevait son repas, il avait été sommé par un jeune commis de se rendre à 15 heures au 6 place des Vosges, afin d'y attendre des instructions. Vu la proximité entre l'hostellerie et ladite place, il n'avait eu aucune peine à être ponctuel. Deux minutes avant l'heure précise, il s'était présenté sous les arcades pour y voir, quelques instants plus tard, la voiture de M. Bonaparte s'arrêter à sa hauteur, et le propriétaire en descendre avec empressement.

– Ah, Goupil ! Heureux de vous voir !

– Monsieur.

– Cette place n'est-elle pas merveilleuse ? Ah, en d'autres circonstances, il m'eût ravi d'y vivre...

Le Goupil approuva. L'endroit était charmant, respirant le luxe mais aussi la quiétude.

– Savez-vous chez qui nous nous rendons ? demanda le député, mystérieux.

– Je l'ignore.

– Chez un homme qui devrait vous impressionner. Un collègue député.

Il frappa à la porte, et le visage d'une vénérable bignole[1] apparut.

– Vous désirez ?

– Je suis le prince Bonaparte, je viens voir mon confrère M. Hugo.

Tandis que la porte s'ouvrait, Léandre en resta muet. Ils allaient rendre visite à Victor Hugo... Le poète, l'écrivain de génie, membre de l'Académie, ancien pair de France ! Le garçon se souvenait, à dix ans, d'avoir lu avec passion *Notre-Dame de Paris*... Il avait, à la demande de René, découvert également les talents de polémiste de l'auteur en se plongeant dans ses écrits contre la peine de mort. *Claude Gueux* et *Le Dernier Jour d'un condamné* avaient laissé en lui un souvenir impérissable. Quant à l'homme de théâtre, il avait pu admirer en 1845 une représentation du drame *Ruy Blas*. Là encore, un moment exceptionnel... Et aujourd'hui, il allait se retrouver chez cet homme aux talents multiples !

Parvenus sur le palier du second étage, une bonne leur avait ouvert, les avait annoncés, puis Victor Hugo était apparu, en personne et en tenue d'intérieur, les cheveux longs, grisonnants, le visage sévère. Il serra la main de Bonaparte et se contenta d'un bref hochement de tête envers le jeune garçon. Quand le prince demanda à s'entretenir avec lui, le poète répondit par l'affirmative, avec des conditions.

– Très bien, nous allons passer dans le salon, si vous le désirez. Mais vous êtes en sûreté ici. Vous n'avez nul besoin de vous faire accompagner par votre chien de garde.

Bonaparte ne dit rien, ne lança pas même un regard vers son agent et suivit son hôte dans le couloir. La porte se ferma derrière les deux hommes et le Goupil se retrouva seul, à ruminer en silence. Qu'on le considère comme un simple domestique, à la rigueur, mais l'expression « chien

1. *Bignole* : concierge.

de garde » l'avait profondément blessé, surtout venant d'un homme dont il estimait le génie…

Quand la porte s'ouvrit, marquant la fin de l'entretien, l'ambiance semblait nettement plus chaleureuse qu'au départ : Hugo et Bonaparte échangèrent une franche poignée de main, et le prince rejoignit Léandre, l'attirant vers la sortie.

– Il m'a fait asseoir sur un coffre… Imaginez donc ! J'ai dû rivaliser d'ingéniosité pour le convaincre, car le moins que l'on puisse dire c'est qu'il ne manifestait pas le plus vif enthousiasme quant à ma candidature. Mais je pense lui avoir fait une bonne impression. Enfin, nous verrons.

Le Goupil franchit la Seine, coupant par l'île Saint-Louis, et arriva à destination après une vingtaine de minutes de marche, rapide car il voulait se réchauffer. Les rayons de soleil étaient faibles, mais faisaient étinceler le parc. Il se promit d'y revenir souvent, car le lieu était propice à la flânerie et à la réflexion. Il faudrait y aller, tôt ou tard, avec une compagne : il ferait bon se promener dans les allées de platanes au bras d'une belle amie. Ce faisant, il se dit que sa période de célibat s'éternisait. Il n'aimait pas cela… et ce n'était pas uniquement une question de chair. Les périodes heureuses en marivaudages étaient pour lui fécondes pour ses créations. Il avait, du temps de ses amours avec Virginie, composé une saynète dont il était très fier et qui servait de base à la pièce musicale qu'il rédigeait actuellement. Depuis son arrivée, c'était à peine s'il avait complété une page. Certes, à Auch, il n'avait pas encore la charge de servir un homme politique bien en vue, ce qui réduisait ses périodes de loisir… Pourtant, il ressentait un plaisir jusqu'alors inconnu en dirigeant ces investigations, et il en oubliait un peu l'art qui menait jusqu'alors son existence. Peut-être arriverait-il, au bout du compte, à concilier les deux ? Il l'espérait de tout cœur.

Les bâtiments administratifs se situaient à l'extrémité sud-ouest du jardin. Sitôt entré, il se fit renseigner par le concierge, lequel le guida jusqu'aux bureaux de la direction.

Le faisant attendre d'un geste devant la porte, l'homme alla s'adresser à une autre personne que Léandre, de l'endroit où il se tenait, ne pouvait voir. Quand le concierge lui signifia qu'il pouvait entrer, il lui glissa habilement une pièce dans la main.

L'antichambre était assez vaste et ouvragée, que ce soient les plafonds, la cheminée, ou même les fenêtres. Face au Goupil, une double porte aux reliefs dorés restait close. Sur une étagère, un curieux oiseau naturalisé au plumage rouge vif côtoyait quelques livres. Assis derrière une table d'essence précieuse – de l'ébène, au vu de sa teinte noire –, un homme au visage émacié, portant lorgnon, le regarda approcher sans sourire.

– Bonjour jeune homme. Que désirez-vous ?

Le ton était poli, mais d'une indubitable froideur.

– Bonjour monsieur. Je me nomme Léandre Lafforgue, ordonnance de M. le député Bonaparte. Il m'a chargé d'une mission auprès de vos services, gageant que M. le directeur du Muséum saurait m'apporter les réponses qui lui font défaut.

– Je suis l'assistant du directeur, mais je ne puis vous assurer qu'il pourra vous rencontrer. Monsieur est un homme occupé.

L'assistant hésita, puis se leva pour frapper à la porte. Léandre remarqua qu'il était assez petit et particulièrement maigre. L'homme entrouvrit l'huis et interpella l'occupant, d'une voix allant crescendo :

– Monsieur ? Monsieur ! MONSIEUR !

En guise de réponse intelligible, ce fut un balbutiement perdu qu'on entendit.

– Un M. Lafforgue désire vous voir. Il est dépêché par le député Bonaparte.

– Ah ?

La voix manifesta dès lors un certain empressement.

– Faites entrer, Saint-Maur, faites entrer !

Ce ne fut pas sans amusement que Léandre constata deux choses, en entrant dans le bureau : d'abord, l'allure débraillée du directeur du Muséum. Ses cheveux étaient en épi et sa veste largement déboutonnée ; il venait à coup sûr d'interrompre son sommeil… Ensuite, d'un point de vue physique, le directeur, un homme d'une soixantaine d'années, aussi grand que bedonnant, était aux antipodes de son assistant.

« Non, se ravisa Léandre en le regardant mieux, pas bedonnant, il était vraiment énorme. Curieux… il me semble l'avoir déjà vu. »

Le directeur se redressa de son fauteuil rembourré, lequel était à l'évidence très confortable et conçu pour inciter son occupant à la sieste. Il tendit une large main aux doigts boudinés à Léandre, qui se retint de pouffer. Avec sa moustache tombante, son crâne dégarni et sa corpulence, on eût dit ce mammifère marin des régions arctiques qu'on appelle morse.

– Edmond de Gisors, directeur du Muséum d'histoire naturelle et représentant du département de la Seine devant la Chambre des députés.

« Ah, comprit Léandre en serrant cette main grasse et un peu moite. Je l'ai déjà vu au Palais-Bourbon. »

Mais déjà Gisors en venait aux faits :

– Installez-vous, prenez vos aises. M. Bonaparte, mon confrère, se porte-t-il bien ?

– Ma foi, admirablement.

– Il le faut, quand on entend présider à une nation entière.

– Sans aucun doute, répondit prudemment le Goupil.

– Mais pourquoi vous envoie-t-il à moi ? fit l'homme en se renversant dans son fauteuil.

Léandre, bien que trouvant la situation cocasse, n'était pas séduit par cet opulent oisif aux joviales allures. Il se garda de lui expliquer la véritable raison de sa visite.

– Eh bien, monsieur, mon maître désirait consulter un recueil à la Bibliothèque nationale, mais celui-ci est manquant. Or, selon les registres, l'auteur est un membre – ou fut membre – du personnel de ce muséum. Je voulais donc savoir s'il existait un moyen de le rencontrer, afin de lui demander s'il possède un exemplaire de son livre qu'il puisse prêter à M. Bonaparte.

– Comment s'intitule-t-il ?

– *Curares et Poisons tétanisants du Nouveau Monde*. L'auteur serait un certain S.-M. Géraud.

– Non… Ce nom ne me dit rien. Sauriez-vous en quelle année est paru cet opuscule ?

– En 1838.

– Ah ! Tout s'explique ! Cela n'est pas si lointain, mais je ne suis directeur que depuis dix ans ! Il s'agit sans doute d'un ancien collaborateur, du temps de mon prédécesseur ! Peut-être même est-il décédé depuis !

– Mais n'existe-t-il pas de documents concernant les employés du Muséum ?

– Mon garçon, répondit avec condescendance l'obèse directeur, à l'évidence cela doit bien exister… Mais pour autant que je sache, j'ignore où ils sont entreposés, et si ils sont classés…

– Ce serait malheureux, monsieur, que vous ignoriez ce genre d'information ! Un musée ne doit-il pas être un modèle de classement ? Son directeur ne doit-il pas être au courant de tout ce qui s'y passe ?

– Si fait, si fait.

Gisors semblait maintenant un peu agacé par le ton moralisateur et insistant du jeune Gascon. Il décida de changer de sujet :

– Mais pour quelle raison M. Bonaparte s'intéresse-t-il à ces travaux ?

– Je ne saurais vous le dire. Mon maître ne me tient pas informé de toutes ses intentions. Il me confie ce que j'ai besoin de savoir, ni plus ni moins.

– Je vois, grommela le directeur avec humeur. Écoutez donc : je ne puis vous donner l'autorisation de consulter les registres du Muséum, lesquels couvrent près de soixante années d'informations et sont entreposés je ne sais où, de toute façon. Mais je puis confier la tâche à mes employés pour qu'ils vous renseignent dans un délai d'ici à deux semaines environ.

Léandre prit une mine navrée.

– Deux semaines ? Tant que cela ? Eh bien, je suppose qu'il faut s'y résigner. Je vous en remercie, monsieur le directeur.

Son air contrit était à demi feint. C'était le même qu'il prenait jadis pour obtenir des faveurs de la part de son grand-père… Il vit très rapidement qu'il n'avait pas perdu ses talents de manipulateur enfantin en prenant de l'âge, car le directeur redevint en un instant bien plus aimable.

– Allons, jeune homme, ne soyez pas désolé à ce point ! Disposez-vous de quelque temps ?

– Toute la journée, et même davantage.

– Parfait ! Avez-vous de quoi prendre des notes ?

– Toujours, répondit Léandre en sortant sa mine de plomb et son carnet de sa poche.

– Voilà qui est encore mieux. Je vais donc vous permettre exceptionnellement et à titre gracieux de visiter nos collections, même les sous-sols, en présence de mon assistant, M. de Saint-Maur… C'est un homme d'expérience, et sans doute pourra-t-il vous donner quelques renseignements utiles à M. Bonaparte… même si j'ignore toujours à quoi ils lui serviront…

L'appel du pied était manifeste, mais le Goupil se garda bien d'y répondre.

– Un homme d'expérience, dites-vous ?

– Croyez-moi, jeune homme, d'ailleurs il n'est rien de moins que mon futur successeur. En mars prochain, je quitte ces responsabilités et j'ai tout arrangé pour qu'il prenne ma place, car il le vaut bien. Saint-Maur ?

Le petit homme réapparut.

– Monsieur le directeur ?

– Vous conduirez ce garçon dans le musée. Il désire en savoir davantage sur les poisons. C'est bien cela ?

– Les poisons, en effet, confirma Léandre.

– Fort bien, répondit l'assistant sans masquer son déplaisir.

– Parfait, messieurs ! Maintenant, allez, et que cette visite vous soit profitable. Bonne journée, monsieur Lafforgue. Saint-Maur, vous repasserez en fin d'après-midi, nous aurons à parler de votre avancement.

Quand la porte se referma derrière Léandre et Saint-Maur, Gisors sortit un mouchoir de sa poche et s'épongea vivement le front. Il était en sueur. Il savait ce dont il avait besoin. D'un tiroir de son bureau, il sortit une belle boîte carrée de métal peint en blanc et noir et la posa devant lui. Il en avait les mains qui tremblaient. Il l'ouvrit avec d'incroyables précautions, en respirant, d'abord doucement, puis à pleines narines la saveur délicate qui s'en exhalait.

À l'intérieur se trouvait un assortiment appétissant de petits gâteaux secs au beurre, provenant d'une excellente pâtisserie parisienne située aux abords de la Sorbonne, non loin de son domicile. Le propriétaire était un expatrié des Côtes-du-Nord, passé maître dans l'art de préparer les crêpes, croquets aux pommes et autres galettes, et dont il était devenu un client régulier. Il en avala sept, l'un à la suite de l'autre, avant de se sentir mieux... Puis l'estomac contenté, il réfléchit à cette visite particulièrement fâcheuse et indésirable. Il ignorait les véritables raisons qui avaient conduit ce Lafforgue jusqu'à lui. Mais il était, de toute évidence, dangereux. Il faudrait agir. Au plus tôt.

En traversant les allées parsemées de feuilles mortes, Léandre décida qu'il ne saurait passer plusieurs heures aux côtés d'un mutique, car son compagnon de route n'avait pas décroché un mot depuis leur sortie du bâtiment administratif. Il fallait l'amadouer quelque peu, lui aussi.

– J'ai donc l'honneur d'être guidé par le futur directeur de cette merveille ?

Saint-Maur se tourna vers Léandre et lui fit un demi-sourire ; la flatterie était manifeste, mais il était difficile de ne pas être touché par la remarque.

– En effet. Les poisons, disiez-vous ?

– Oui.

– Bien… je ne saurais être un spécialiste de la question dans son ensemble, mais j'ai malgré tout une certaine connaissance du sujet, notamment en ce qui concerne les venins animaux. Je crains de ne vous citer que ce que j'ai eu l'occasion de lire et d'apprendre… Mon expérience en recherches sur le terrain est relativement limitée…

Ils se retrouvèrent bientôt parmi les visiteurs, au milieu d'une immense salle peuplée d'un nombre impressionnant de bêtes naturalisées de toutes sortes. Sans hésiter, Saint-Maur se dirigea vers le fond, puis s'arrêta devant une vitrine qui exposait plusieurs sortes de serpents empaillés aux couleurs et aux formes variées, qu'il se chargea de désigner à mesure qu'il parlait.

– Le monde animal regorge de créatures portant en elles les poisons les plus terribles. Je ne vous apprendrai rien sur les serpents. Votre accent me fait penser que vous venez du sud de la France.

– Je suis gersois.

– Ah, tiens, quelle coïncidence ! Figurez-vous que les vipères aspics du Gers et des Pyrénées causent, proportionnellement, plus de morts que les autres espèces. Certains chercheurs ayant comparé leur venin avec celui de sa voisine, la péliade commune, affirment que les premières inoculent des toxiques bien plus acides et dangereux !

– Je connaissais cette réputation, mais je n'ai jamais voulu la vérifier par moi-même.

– Avec raison ! Toujours est-il que la plus venimeuse des aspics du Gers ne saurait rivaliser avec ses cousins exotiques : en Afrique, on trouve le mamba à bouche noire qui serpente dans les champs presque aussi vite qu'un homme qui court ; le cobra du Nil, qu'on nomme curieusement également aspic, rendu célèbre par le suicide de Cléopâtre – il fit le signe de croix ; les échides[1] carénées des pyramides et les bitis, ces lourdes vipères, dont les crochets venimeux mesurent jusqu'à deux pouces de longueur… En Inde, les morts dues au krait jaune annelé de noir, au naja à lunettes ou à la daboia de Russell ne se comptent plus. Quant au cobra royal aux mœurs cannibales, il mérite bien son titre souverain : on évoque certains spécimens si grands que, dressés, ils peuvent regarder un homme dans les yeux, et une simple morsure est capable de causer la mort d'un éléphant de sept quintaux !

Après les espèces de l'Ancien Monde, le guide évoqua leurs semblables d'Océanie et d'Amérique. Scrupuleusement, Léandre notait tout ce que lui disait Saint-Maur. Celui-ci, sur son terrain, devenait intarissable, un peu pédant sans doute, mais particulièrement intéressant à écouter.

– Je gage, monsieur, que votre réelle spécialité est la zoologie.

– À juste titre. Une science splendide !

– Je ne vous contredirai pas.

Des serpents, le futur conservateur poursuivit sur les autres reptiles venimeux, ou suspectés de l'être, puis vint le tour des poissons, des insectes, des arachnides, et même des mollusques, tous plus mortels les uns que les autres.

– Ces venins sont-ils efficaces par voie cutanée ?

– Non, sanguine : au contact de la peau, on peut constater des irritations légères, jamais plus. Mais toutes ces espèces injectent leurs toxines sous l'épiderme, même si nulle plaie n'apparaît à l'œil nu.

1. Échides : vipères de la famille des Échis, très agressives et à la morsure souvent mortelle.

– Et par voie orale, sont-ils dangereux ?

– Certains. À l'évidence, la rascasse passée au court-bouillon n'offre aucun risque. Mais on imagine mal quiconque se régaler d'une méduse sans passer aussitôt de vie à trépas ! Il y a plus singulier... Il existe également des oiseaux et des mammifères venimeux. Ah ! Je vois que j'ai réussi à vous surprendre !

Léandre était en effet tout oreilles : ces descriptions duraient depuis maintenant deux heures, pourtant il ne trouvait la chose absolument pas rébarbative.

– Des oiseaux ? Des mammifères venimeux ?

– Il ne s'agit en aucun cas d'une blague. Oh, pour les oiseaux, bien entendu, nul ne produit de toxique qu'il injecte à ses proies... Les rapaces peuvent, le cas échéant, tremper leurs serres dans des charognes ou des sèves pour occasionner des morts plus lentes ou plus rapides, c'est selon. Le quetzal des Andes se rend immangeable et même dangereux par la nature même des plantes qu'il consomme. Pour les mammifères, c'est autre chose. Les musaraignes, ainsi, qui n'ont de rongeur que l'apparence, possèdent des dents creuses qui leur servent à injecter du poison dans les vermisseaux et autres larves dont elles font leur provende. Mais regardez donc ce spécimen.

Léandre se pencha et contempla pour la première fois l'animal le plus étrange qu'il eût jamais vu. Son allure était familière – grâce aux livres de René – mais voir de ses yeux cet assemblage ahurissant et pour ainsi dire canularesque d'anatidé (pour le museau), de taupe (pour le corps de fourrure noire) et de castor (pour la queue aplatie) avait quelque chose d'irréel.

– Le platype à bec de canard d'Australie, ou ornithorynque. Un mammifère, puisque sa femelle allaite les petits. Mais ovipare. Et venimeux.

– Vous plaisantez, cette fois ! fit Léandre en se redressant.

– Certes non ! Il ne s'agit, à vrai dire, que d'un trait commun aux mâles. Ils possèdent, aussi bien pour leur défense que pour les combats en période de rut, deux aiguillons aux pattes postérieures. Approchez-vous donc de la vitre, et vous les verrez.

Le Goupil s'accroupit de nouveau et se concentra sur les pattes arrière palmées de l'étrange animal avant de distinguer deux ongles supplémentaires qui n'auraient, de fait, pas dû se trouver là.

– Prodigieux !

– Naturel. L'œuvre de Dieu, Notre-Seigneur, Créateur de toute vie.

Léandre pencha la tête de côté avant de poser une question, craignant de contrarier son guide :

– Mais... est-il possible de croire à la fois en Dieu et en la science ?

Saint-Maur leva les mains au ciel.

– De toute évidence !

Le scientifique sortit alors une petite flasque métallique de sa poche et s'en offrit une gorgée. Se servant du bouchon comme d'un godet, il le proposa à Léandre. Ce dernier, percevant l'odeur de l'alcool derrière un agréable parfum d'amande, déclina l'invitation.

– Merci, sans façons.

– À votre guise, mais vous ne savez pas ce que vous ratez. J'ai bien parlé, et ma langue se retrouve un peu sèche.

– Parviendrez-vous à vous désaltérer avec de la liqueur ?

– Il ne s'agit pas que d'une liqueur : c'est un mélange de lait, de sirop d'orgeat et d'une goutte d'*amaretto*. J'appelle cela l'orgeat à l'italienne, et c'est de fait assez désaltérant.

– Je vous crois sur parole.

Il regarda alors dans sa poche.

– Il est midi et demi. J'ai grand faim. M'accompagneriez-vous pour une collation ? Nous n'interromprions ainsi pas notre visite, je pourrais vous entretenir d'autres éléments.

Le Goupil s'empressa d'accepter. La discussion le captivait et lui aussi ressentait le désir de se restaurer : le bol de lait et les croissants qu'il avait consommés le matin n'étaient désormais plus que des souvenirs.

Trois quarts d'heure plus tard, dans un estaminet tout proche, les deux hommes achevaient un plat de petit salé aux lentilles et, tout en avalant une cuillerée de légumineuses, Saint-Maur conclut :

– Voilà à peu près ce qu'on peut dire des venins connus en ce monde à l'heure actuelle.

– Fascinant, dit Léandre. Tout bonnement fascinant.

– Et davantage ! Je pourrais vous confier encore bien des détails par moi remarqués. Un jour, sur les bords du Maroni, j'ai vu un indigène à qui l'on a fait boire une tisane à base d'araignée mygale broyée pour combattre la force d'une morsure de vipère jararaca...

– Savoureux...

– Non, ignoble, commenta Saint-Maur, tout en reposant sa fourchette et en secouant la tête, dégoûté. Ignoble, tout comme ce plat, et je pèse mes mots. Ce sagouin de tenancier mériterait de se passer de notre argent.

– Je le trouve tout juste passable, mais cela reste chaud... et comestible. Ce n'est pas négligeable.

– Non, mon garçon, non ! J'ai grandi aux confins du Roannais et du Velay, et je vous assure que le véritable petit salé n'a rien à voir avec cette... chose ! Dieu nous en préserve ! Trop gras, sans goût ! J'aurais tendance à penser que ce gargotier vient de nous servir son propre chien en sauce !

– Il est difficile de trouver un excellent plat partout.

– Je le sais. Croyez-en l'avis d'un homme qui apprécie les bonnes choses.

Léandre ne répondit pas : la silhouette maigrelette de son vis-à-vis faisait penser plutôt à un être prônant l'ascétisme et se contentant volontiers d'un verre d'eau en guise de déjeuner. Mais la voracité avec laquelle il s'était attaqué au plat de salé contredisait ces observations basées purement sur le physique.

– Oui, je le sais, reprit Saint-Maur, et je tiens à ce que cela change.

– Que voulez-vous dire ?

– Avez-vous déjà entendu parler de Nicolas Appert ?

– Oui, c'est ce confiseur mort il y a quelques années… Il a mis au point une technique pour conserver ses aliments, grâce à une stérilisation thermique.

– Tout à fait. Eh bien, jeune homme, voilà plus d'une vingtaine d'années que je poursuis la méthode Appert pour la rendre plus efficace, que les denrées conservées le soient pour une durée plus longue, sans dénaturer leur saveur !

– Vraiment ? C'est là une belle initiative !

– Mais normale. Les voyages deviennent sans cesse plus rapides, les gens vont de plus en plus loin. La nourriture fraîche ne le reste jamais bien longtemps. Avec l'industrie de la conservation stérile, cela ne sera plus un ennui. Les soucis d'intendance trouveront une fin. Je me souviens de mon dernier retour de voyage en France, de la viande corrompue, remplie de vers… Quelle horreur ! Certains marins en ont profité pour piller la cargaison et ils ont été fouettés à mort pour cela ! Jamais plus je ne veux entendre pareille chose ! J'ai consacré une belle part de mon temps et de ma fortune à cela !

– C'est bien rare de la part d'un fils de la noblesse.

Saint-Maur se rembrunit. Léandre, qui n'avait pas eu l'intention de le blesser, tenta de rattraper sa bourde :

– Je voulais dire… Nombreux sont les nobles qui estiment que travailler, concevoir quelque technique – hormis les arts –, c'est déchoir de son rang. Je ne voulais pas vous insulter.

Il le sentait, le mal était fait, et il lui serait désormais difficile de se rattraper. Mais il était quand même étrange de voir la vitesse à laquelle ce guide alors si prolixe s'était renfermé et ne manifestait désormais plus qu'hostilité et froideur. On eût dit qu'il regrettait de s'être confié de la sorte. Il se demanda s'il n'était pas atteint de quelque trouble du comportement.

C'est avec la même froideur qu'il avait affichée à son arrivée que M. de Saint-Maur raccompagna le Goupil vers le Muséum. Et en passant sous les arbres, Léandre tenta de revenir sur le sujet des poisons qui l'avait tant passionné une heure plus tôt.

– Votre science semble sans limite, monsieur... Mais qu'en est-il des autres poisons, issus des pierres ou des plantes ?

– Cela, je ne puis vous le dire, répondit Saint-Maur, sans s'arrêter. Je n'ai jamais trouvé grand intérêt envers les végétaux, pas plus qu'envers les roches. Sur ce, je vais donner des instructions pour qu'on vous laisse librement circuler dans le musée, et je vais retourner à mes occupations. Après tout, le travail ne peut se faire tout seul, n'est-ce pas ?

Et c'est sans attendre de réponse que l'assistant l'abandonna à l'entrée de la galerie principale du musée, dont il ressortit à belles enjambées après avoir, comme il l'avait mentionné, parlé au préalable à un gardien qui, adossé à une colonne, observait les visiteurs sans faire le moindre mouvement. Ce dernier, un colosse qui n'avait pas l'air d'avoir inventé l'eau chaude, finit par quitter son support pour s'approcher de Léandre, le visage sévère. Le Goupil, flairant quelque coup fourré, le salua poliment.

– Monsieur, bonjour.

– Bonjour, c'est ça. Allez, maintenant, il va sortir.

– Pardon ? Qui cela, « il » ? Comment ça, sortir ?

– Il ne comprend pas le français ? Il faut le lui expliquer ? Il peut obéir seul, ou bien il faut l'aider ?

– Lâchez mon bras, tout de suite.

– Sinon ?

– Sinon... je vais vous donner un cours de français à ma façon, et il n'est pas dit que vous l'apprécierez.

– Il me menace ?

– « Il » vous dit que vous êtes un imbécile.

Piqué au vif par l'injure, la brute se jeta sur Léandre, et ce dernier, se baissant brusquement, lui faucha le tibia d'un savant croc-en-jambe qui le fit s'effondrer au sol, tête la première, avec un cri de fureur. Il lui saisit au passage le poignet et lui fit une clé, tout en posant la semelle de sa botte sur sa nuque, de façon à l'immobiliser tout à fait.

– Paix ! fit une voix forte mais âgée derrière eux. Paix !

C'était un autre gardien, un vieil homme celui-là. Un marin, pensa Léandre, en remarquant la main droite calleuse, le bras gauche manquant et le visage buriné, à jamais noirci par une vie passée sous le soleil et les projections des embruns, mais respirant une santé de fer.

– Arnest ! Bougre d'idiot ! Cul de pélican ! Que fais-tu ainsi sur le sol ? Tu comptes les carreaux ?

Le colosse se releva, l'air stupide, les yeux mécontents.

– J'ai glissé…

– C'est ça, tu as glissé et tu as failli blesser monsieur, je t'ai vu faire. Ne te l'ai-je pas expliqué ? Méfie-toi de M. de Saint-Maur et de ses sautes d'humeur : si tu blesses quelqu'un sur son ordre, c'est toi qui en pâtiras, pas lui. Jamais lui !

– Mais…

– Il n'y a pas de mais. Va inspecter les éléphants, et abstiens-toi d'étrangler les visiteurs, graine d'assassin !

Le grand gardien grogna vers Léandre, entre colère frustrée et incompréhension, puis partit là où on le lui avait ordonné. Le vieux chef se retourna vers le garçon qu'il regarda sous le nez, l'air soupçonneux.

– Et vous ? Qu'avez-vous donc fait pour qu'on cherche à vous expulser ? Seriez-vous un mauvais plaisant ?

– Cela m'arrive, mais pas aujourd'hui.

– Je vous ai vu, tantôt, vous promener avec M. de Saint-Maur. Un de vos amis ?

– Je ne le connaissais pas ce matin même.

– Vous n'y avez certainement pas gagné grand-chose, pour sûr.

« Eh bien, comme entrée en matière, c'est une réussite… En voilà un qui risque de perdre sa place quand Saint-Maur sera le directeur de céans », songea Léandre.

Mais cette aigreur l'incita à poursuivre le dialogue :

– Pourquoi dites-vous cela, monsieur ?

– Parce que vous l'avez sans doute contrarié. Et quand on le contrarie, on le regrette. Il est comme cela, Saint-Maur. Il est comme la vague traîtresse, celle-là qu'on n'attend jamais et qui vous renverse à travers la dunette cul par-dessus tête. Il a toujours été ainsi.

– Le connaîtriez-vous depuis longtemps ?

– Voici bien quinze ans, j'ai navigué à ses côtés. À leurs côtés, plutôt…

– Leurs ?

– Oui, en compagnie de M. de Gisors aussi. Il faisait partie du voyage.

– Quel voyage ?

– Celui du *Belle Céline*. Le dernier. Un trois-mâts comme on n'en fait plus de nos jours, avec un équipage de premier ordre, du fret de choix, un bosco compétent – votre serviteur – et une destination paradisiaque : les territoires des Caraïbes ! Les seuls véritables écueils, ils étaient à bord. C'était Vendredi Maigre et Mardi Gras.

Chapitre neuvième

Des aventures passées du Mardi Gras et du Vendredi Maigre

Léandre s'était installé, seul, à une table d'une minable auberge sise aux abords de la Bastille, face aux quais. Peste soit du secret qui l'obligeait à entrer dans aussi crasseux endroit… mais il ne voulait pas qu'on voie le vieux Paul à l'hostellerie, pas plus qu'il n'avait prolongé plus que nécessaire leur entretien dans l'entrée du Muséum, la veille. Ce dernier n'étant pas disponible le soir même, ils étaient convenus d'un rendez-vous ici.

– Discret ? Chez Milou, avait répondu Paul, tout content.

« Milou », c'était une ancienne fille à marins, autrefois blonde et à présent portant perruque, qui avait fini par abandonner le navire et les ports pour nourrir le chaland de passage sur les bords de Seine… Avec le temps, elle était devenue cette forte personne au teint de saindoux qui, derrière un comptoir sale, essuyait avec un mouchoir grisâtre les chopes destinées aux clients.

Le Goupil regardait son bock de bière avec défiance. C'était le prix dont il fallait s'acquitter pour obtenir une table. Du gâchis, car il n'y toucherait pas. Et il n'y avait rien à boire d'autre, à part des liqueurs et des eaux-de-vie diverses et variées. Il s'était abstenu de demander de l'eau, comprenant bien qu'on lui conseillerait d'aller laper l'eau de la Seine s'il voulait se rincer le gosier de la sorte. Léandre n'était pas si bégueule que cela, mais le fait était que ce genre d'endroit l'incommodait au plus haut point. La bêtise, la puanteur, l'alcool et la bagarre... Tout ce qu'il exécrait réuni en un seul endroit. Il se prit à croire que, s'il existait un enfer pour chacun d'entre nous, il serait forcément emmuré vivant dans un coupe-gorge du même acabit pour des siècles et des siècles.

Enfin, il vit arriver Paul. Le vieux loup de mer entra dans la taverne en vieil habitué, un sourire pour l'un, une bourrade pour l'autre. Mais sitôt assis à sa table, nul ne vint le déranger. Dans ce monde, la règle tacite dictait qu'on ne se mêle pas des affaires d'autrui sans son autorisation.

– Bon... alors, qu'est-ce que vous voulez savoir ?

– Tout ce que vous pouvez me dire sur le *Belle Céline*.

– Ce ne sera pas gratuit, vous vous en doutez ?

Le Goupil poussa un soupir et sortit une pièce d'or, discrètement, prestement, juste assez vite pour que les yeux du vieux marin brillent de convoitise en la voyant.

– À votre service, mon prince.

Léandre claqua des doigts en regardant la grosse Milou, et celle-ci les rejoignit, de sa démarche chaloupée, en portant deux bocks remplis à ras bord de mauvaise bière.

– À votre santé, mon prince ! fit Paul avant d'avaler le tiers de sa chope d'un trait et de roter de façon sonore et odorante.

Le Goupil fit une grimace de dégoût, puis entra dans le vif du sujet :

– Quand avez-vous connu Saint-Maur et Gisors ?

– C'était à la veille du carême 1833. Le *Belle Céline*, armé à Saint-Malo onze ans plus tôt, départ du Conquet. En mission pour transport de vivres de la France à la Guyane, et puis transit de marchandises petit à petit dans les îles de la Guadeloupe et de la Martinique, avant de revenir avec une cargaison de cacao et de fruits.

– Un transport simple ?

– Pardi ! Rien de bien compliqué ! C'était mon septième voyage à son bord... mais ils sont arrivés.

– « Mardi Gras » et « Vendredi Maigre » ?

– C'est bien ça, fit Paul en finissant sa bière.

– Pourquoi étaient-ils là ?

– Oh, ça, ils nous l'ont dit. Ils venaient étudier le coin pour une histoire de sciences. Saint-Maur était là à titre gracieux, en plus. Une faveur : on disait qu'il était de la famille à l'armateur, mais ça c'étaient ragots et compagnie. En fait, c'était rien de moins qu'un pair de France, et ça valait tous les coupe-files du monde.

– Saint-Maur était déjà l'adjoint de Gisors ?

– L'adjoint ? Peste ! Le chef, oui ! Oh, je peux pas dire qu'il était trop mauvais, mais dans sa caboche il y avait déjà quelques grains de sable qui bloquaient le reste. Fallait le voir s'énerver comme une furie pour un rien... C'était quelque chose ! Et mon gros Gisors, qui ne savait quoi faire, qui préférait, dès qu'il en avait l'occasion, fuir ce malade et ses crises pour venir taper le carton ou lancer les dés avec nous autres...

– Le voyage s'est passé comment ?

– Oh, l'aller, bien ma foi. Après tout, on allait au soleil et, malgré l'hiver, on s'est offert une mer presque comme de l'huile tout au long. On manquait pas de vivres... Non, la belle vie !

– Et ensuite ?

– En Guyane, rien à dire : on a fait escale pendant deux semaines, c'était convenu avec l'armateur, retrouver nos doudous... nos drôlesses... Les deux, là, ils ont passé leur temps à fouiner dans les jungles. Surtout Saint-Maur. On savait pas foutre ce qu'il y faisait, mais ça semblait du pas catholique, bien qu'il soit du genre à dire « alléluia » à longueur de temps... Un jour, on l'a vu en train de charcuter une araignée de la taille de ma main... On n'a pas cherché à en savoir plus long. Gisors, lui, il étudiait plutôt les peuplades locales. Je pense, vu le bonhomme et son air ravi, qu'il devait fricoter avec quelques Indiennes… étude mon œil ! Y a que quand il allait jouer aux cartes qu'il faisait pas le fier. Il perdait plus souvent qu'à son tour, et vu qu'il parlait pas un mot d'espagnol, et que là-bas y en a plein, c'était toujours Saint-Maur qui lui arrangeait les bidons en jouant les interprètes.

Il se tut soudain, louchant sur son bock vide. Goupil refit signe à Milou pour qu'elle remette une tournée. Il ne craignait rien sur le plan financier, il pourrait abreuver le vieux marin de dix litres de bière si nécessaire. Il savait juste que les gens pris de boisson avaient tendance à mêler la réalité et la fiction trop aisément, et il ne voulait absolument pas se retrouver avec un flot de billevesées à trier…

Une gorgée de bière plus tard, Paul reprenait son histoire :

– Ensuite, on s'est rendus dans les Caraïbes. Le ciel beau comme jamais, la mer encore plus calme… On se disait que c'était le paradis. On a mouillé dans la rade de Saint-Pierre, qui est un sacré joli coin de France par là-bas, au pied d'une montagne… Un vrai décor de carte postale ! Là encore, ça a duré deux semaines, et on s'en plaignait pas, nous, on allait être payés ! Puis ça a été le retour, et là c'était plus la même cantine, je vous prie de me croire !

– Je vous crois… mais continuez, s'il vous plaît.

– Déjà, il y a eu la halte en Guadeloupe, et là on a récupéré un passager de plus… un diplomate… Il était aussi gras que Gisors, et ils sont très vite devenus copains comme cochons. C'est simple, ils passaient leur temps à jouer aux cartes… et l'ambassadeur était un tricheur de première. Je l'ai vu faire… Je saurais pas vous expliquer comment, mais ça marchait. Oh ! Diable, ça marchait ! Mardi Gras en suait des chandelles comme jamais ! Il a perdu… oh, bien gros… Et puis on s'est retrouvés dans un grain comme jamais… Un ouragan qui s'est abattu sur nous au large des Sargasses. Une chose que j'oublierai jamais, c'est d'avoir vu la mer disparaître à côté de nous, à bâbord.

– Disparaître ?

– Oui, disparaître... C'était même pas un tourbillon, je vous le jure sur mon bras restant ! Ça faisait des bulles comme dans une marmite, et les vagues s'y effondraient tout autour. Comme si, au lieu d'être de la baille, à cet endroit, c'était de l'air liquide... pas assez solide pour supporter un bateau. C'est là que le *Belle Céline* a coulé. Corps et biens. Ou presque : on a été sept à s'en sortir sur le moment. Sept sur vingt-six... Il y avait un canot par tribord, réservé à notre capitaine, Sambreuil. Lui, en voyant ce trou dans la mer et le navire qui y glissait, il a pas hésité, il y est allé directement en nous appelant pour le suivre. Les trois passagers l'ont fait. Le mousse aussi, et le coq. Moi, le bosco, j'ai été le dernier : j'essayais d'entraîner mon copain, Calame, la vigie. Mais il s'était foutu à genoux en priant, les yeux rivés sur cette mer déchaînée qui n'en était plus une, cette espèce de bouillonnement qui allait engloutir notre vaisseau. Impossible de le faire décoller. J'ai dû le laisser et sauter par-dessus le bastingage. Dans la panique, juste avant de quitter le bord, j'ai été blessé. L'un des matelots, Charlet, il était devenu fou de peur, et il disait que les démons étaient à bord. Alors il m'a frappé avec un crochet à morue et il m'a déchiqueté le bras.

Il eut un regard vers sa manche vide.

– Pauvre bougre... Mais bon, je m'en suis sorti. Et une heure après, guère davantage, il n'y avait plus rien. Pas de bateau. Pas de corps qui flotte à la surface. Pas d'ouragan. Pas de mer bouillonnante. Rien. On n'était pas mal lotis dans le canot, sauf qu'on avait presque plus de vivres et guère d'eau. Fallait pas que ça dure trop longtemps. Ça a duré. Oh, pas comme pour les naufragés de la *Méduse*. On n'en est pas arrivés à se bouffer entre nous. Mais le troisième jour, le mousse a vu quelque chose...

– Quoi donc ?

– Le sac entrouvert de Saint-Maur. Dedans, il y avait des boîtes. Des grosses boîtes en fer-blanc. Et ce gosse, il était pas si bête. Il s'appelait Sillet, je crois. Il était d'une famille de pêcheurs, dans la région de Guérande. Et ses parents étaient des ambitieux, ils cherchaient moyen d'en faire industrie, alors ils s'étaient intéressés à la conserve.

– Et c'étaient des conserves ?

– Oui, da. Des vivres. Depuis trois jours, il gardait ça pour lui. Alors le capitaine lui a ordonné de les mettre à disposition des rescapés qu'on était. Il a refusé, il a dit que c'étaient des expériences précieuses, mais qu'en aucun cas il ne fallait y toucher. Le mousse lui a pris le sac et le coq l'a empêché de le reprendre. Dame, nous étions l'équipage, sous les ordres de notre capitaine, seul maître à bord. Avec son coutelas, le coq a ouvert une des boîtes et ils ont pioché le contenu avec les mains. C'était une espèce de viande, je crois du bœuf en daube, du moins c'est ce que je me rappelle.

– Et vous en avez mangé ?

– Non, pour sûr. J'avais passé la nuit à gerber tripes et boyaux. Pas le mal de mer, loin de là, mais ma blessure au bras qui commençait à me travailler… J'avais vraiment pas l'estomac à la fête. Le capitaine a essayé de convaincre les trois passagers de manger, mais ils se sont obstinés. Saint-Maur disait qu'il ne fallait pas. Sambreuil a répondu qu'il ne pourrait pas les forcer, mais que s'ils crevaient de faim, ils s'y résoudraient par eux-mêmes.

– Et ensuite ?

– Ben, on a eu de la chance dans notre malheur. Avant que le soir ne tombe, on a croisé la route d'un autre navire, un espagnol. Y avait pas guerre, et les marins laissent pas les naufragés. Ils nous ont secourus. Ils revenaient de l'île de Cuba, avec du rhum. À bord, le médecin m'a soigné… et il m'a coupé le bras. Ça n'a pas été une partie de rigolade sur le moment, et j'ai passé le reste du voyage à dormir, en croyant que c'était la fin pour moi. Mais c't'homme-là, ce Docteur Rodriguez, je lui dois la vie. Tandis que mes camarades… y en a pas un seul qui s'en est sorti. Au bout de deux jours, le mousse s'est pas réveillé. Puis ça a été le coq. Et enfin le capitaine.

– Comment cela ?

– J'en sais rien. On m'en a jamais trop dit, j'étais à l'écart, soigné et endormi. Et puis une mort à bord, ça se salue, mais ça se tait. Alors trois... Je n'ai même pas assisté à leur immersion. On m'a quand même rapporté qu'ils se sentaient faibles, très fatigués, dans les jambes surtout, et qu'ils avaient un mal de ventre violent...

Léandre se figea. Cela semblait assez familier... Trop familier, même.

– Et après ?

– Ben, on a débarqué à Gibraltar, et de là on a été pris par un autre bateau, un français celui-ci, qui nous a ramenés au Conquet. On était au mois de mai. J'ai retrouvé ma famille, mais pour moi, la vie de bosco, c'était fini. J'ai eu une pension pour mon bras, mais je ne pouvais pas vivre éternellement dessus. Bon, quelques années quand même. Un jour, j'ai reçu une lettre venant de Paris. Ça m'a surpris, j'y connaissais pas grand monde. C'était un message de M. de Gisors. Il me disait qu'il s'était tenu au courant et il voulait m'offrir un emploi. C'est comme ça que j'ai quitté la côte et que je suis monté ici. Je suis devenu gardien du musée, puis chef et, ma foi, je m'en plains pas. Je me moque bien de Gisors, mais au fond je lui dois bien des choses.

– Et Saint-Maur ?

– Lui... il a pas eu la carrière qu'il souhaitait. Quand je suis arrivé, je l'ai retrouvé assistant de Gisors, qui était devenu le directeur. D'après ce que m'ont dit certains gardiens plus anciens, je ne le savais pas mais Saint-Maur a perdu sa place de pair peu après la traversée, et Gisors a obtenu le poste de directeur qu'il aurait dû avoir. Il faut dire aussi... dans le métier, on disait qu'il était le pire des flagorneurs, et il se serait mis ainsi dans les petits papiers de cette poire de Louis-Philippe. Ah non, il était pas fier, mon Géraud !

– Géraud ?

– De Saint-Maur. C'est son prénom.

Le Goupil ouvrit des yeux ronds. S.-M. Géraud… l'auteur du livre consacré aux poisons. Décidément, il y avait là du louche, et même du très louche, et cela soulevait bien de nouvelles questions… Pourquoi cherchait-on à lui dissimuler ce fait ? Pourquoi cette destitution si brutale pour ce scientifique ?

– Allez, c'est pas tout ça, mais il est temps de se rentrer, dit Paul en se levant.

Il avait bu quatre pintes de bière, sa démarche était assez titubante.

– Je vais vous aider à sortir.

– Merci, mon prince !

– Oh, arrêtez avec ça… Je suis aussi prince que vous vous êtes soldat russe !

– Ah non, pas un Russe !

Le vieux marin, dans la rue, se mit à déblatérer contre les Moscovites, les Slaves et autres Sibériens.

– Les Russes, je les déteste ! Peuple de sauvages qui ne connaissent rien à la mer ! Et Gisors aussi : si je vous disais qu'il y a deux mois il a perdu un ami en duel contre un Russe… ou un Prussien… ou un Autrichien, mais tout ça, c'est bonnet blanc et graine de courge.

– Un duel ? répéta Léandre.

– Oui… j'y ai pas assisté, notez bien, mais c'est moi qui ai été chargé de fournir les épées. Gisors était l'un des témoins, c'était à lui d'apporter les armes.

Traversé par une idée subite, Léandre posa une question :

– Paul, vous m'avez dit qu'il y avait un troisième passager à bord… un diplomate joueur de cartes.

– Pour sûr que je l'ai dit !

– Vous vous souvenez de son nom ?

– Euh… je sais plus trop…

– Réfléchissez, c'est très important.

– Ça fait longtemps quand même, et j'ai même pas adressé un mot à celui-là durant tout le voyage… Il a un nom comme une plante... Bosquet... ou Frisquet... Non, ça ne finit pas comme ça.

– Brisson ?

– Brisson ! C'est ça, c'est mon homme ! Vous le connaissez donc ?

– Non, mais là vous venez vraiment de faire avancer mes recherches.

– À votre service, mon...

Paul s'arrêta net de parler. Ouvrant la bouche comme un poisson sorti de l'eau, il s'effondra à genoux, puis face contre terre. Léandre eut le temps de voir une plaie ronde, nette, terrible, vomissant un liquide sombre dans son dos, à hauteur du cœur... Déjà une silhouette d'homme jaillissait de l'ombre, une canne haut levée, pointe ensanglantée en avant, prêt à l'empaler à son tour ! Il parvint à esquiver la funeste attaque, tentant de saisir son couteau, mais déjà, d'un violent moulinet, l'agresseur lui frappait si douloureusement l'avant-bras qu'il en lâcha l'arme. Un second coup le frappa en plein sur l'oreille gauche, le faisant choir au sol, dos sur le pavé. Il éprouva les prémices d'une violente nausée. Il perçut plus qu'il ne vit réellement la silhouette s'avancer sur lui, la canne à nouveau dressée... Il pensa aux insectes naturalisés sur des plaques de liège, plantés pour l'éternité d'une aiguille au beau milieu du corps, à cette enquête qu'il ne pourrait achever... Un sifflement, un bruit de choc, un grand cri de douleur : le tueur fit un pas en arrière, en se tenant le visage des deux mains. Toujours couché, tentant de reprendre ses esprits, Léandre sentit du bout des doigts l'extrémité arrondie de son couteau... Il était à portée de main. Il tendit le bras, ferma la paume sur le manche et, se redressant sur son séant, fit un large mouvement latéral, fendant l'air, puis la cuisse de son assaillant sur une bonne dizaine de centimètres. Un second hurlement retentit dans la nuit, et l'homme s'enfuit, en courant tant bien que mal, s'enfonçant dans les rues presque désertes.

Assis, dodelinant de la tête, une plaie vive et suintante à la tempe, le Goupil le suivit des yeux. Il porta la main à son oreille et la ramena rouge de sang. Il sentit alors ses forces l'abandonner avant de sombrer totalement dans l'inconscience.

Il n'eut pas même le temps de remarquer son sauveur qui s'approchait, un pavé descellé en main, les pieds nus sur le sol humide de la ville endormie.

L'heure était matinale et le jour habituellement chômé, mais en ce 1er novembre, à 6 heures, la cuisine du *Vieil Armagnac* bruissait déjà de mille rumeurs.

– Je crois avoir entendu qu'il avait le cerveau mis à vif.

– Et qu'il a châtié son assaillant en le tuant d'un grand coup de couteau… Vous savez, son immense coutelas !

– Pauvre M. Léandre ! Si jeune !

Arnaud Davezac entra alors en trombe, l'œil terrible et mal rasé. Sa mine était celle d'un homme qui vient de passer une nuit blanche, et c'était tout à fait le cas.

– Eh bien, en voilà un troupeau de commères, crénom ! N'avez-vous pas mieux à faire que de bavasser entre vous comme des lavandières ?

– Maître, demanda l'un des mitrons, avez-vous des nouvelles de M. Léandre ?

– J'en descends, petit, j'en descends, fit le chef cuisinier avec plus de douceur. Il est toujours inconscient, et son oncle Constant le veille lui aussi.

– Va-t-il se réveiller ?

– Je l'espère ! Ce serait injuste, gémit une gâte-sauce.

– Il est bien gentil ! Et il fait honneur à notre cuisine !

– Assez, assez ! répondit Arnaud. Mes enfants, vous êtes tous de braves personnes de vous soucier de la sorte pour lui, et je dois reconnaître que c'est un plaisir pour moi que de travailler à vos côtés. Mais, même dans un malheur, nous ne devons pas perdre de vue notre besogne quotidienne. Nos clients ont faim, et il faut que le déjeuner soit prêt quand ils se réveilleront ! Alors on s'active, on s'active, bonnes gens !

Commis et cuisiniers se le tinrent pour dit, et chacun retourna bientôt à son poste, qui pour préparer les pains et les savoureuses pâtisseries, qui pour servir l'assortiment de confitures, qui pour préparer le café – au lait, nature ou bien italien, c'est-à-dire noir, concentré et non sucré –, le lait chaud, le chocolat fumant ou cette tisane venue d'Inde, dont Constant faisait grand cas et qu'on nommait le thé.

Arnaud, lui, s'occupa de préparer une énorme omelette. Il connaissait, à force, les goûts de ses clients. Parmi eux, il y avait des Britanniques et ceux-ci prisaient fort les œufs au réveil : Arnaud, qui les appréciait également, rivalisait d'ingéniosité pour servir, chaque matin, une recette différente à base d'œufs frais à ses convives. Il alternait donc entre de savoureux œufs cocotte sur un lit de crème, des œufs au plat qu'il servait rehaussés d'une épice rouge, le paprika, des œufs à la coque – pain fait maison et beurre de Bretagne pour les mouillettes – ou des omelettes.

Après avoir mis au feu une colossale poêle que n'eût pas dédaignée Gargantua, il s'empara d'une quinzaine de belles pommes de terre, qu'il éplucha et coupa en cubes avant de les verser dans la poêle devenue brûlante et au fond couvert d'une petite flaque de beurre blondi. En attendant que les tubercules cuisent parfaitement, il cassa dans une large terrine trois douzaines d'œufs et les battit avec frénésie à l'aide d'une fourchette de la taille d'un bras d'homme, avant d'y ajouter un verre de bière. La levure de la boisson avait comme effet de rendre la préparation finale aussi légère que délicieuse. Quand il jugea d'un coup d'œil le moment opportun, il versa les œufs battus sur les pommes sautées et parsema le plat d'un peu d'ail et de persil haché. Le commis revint surveiller la cuisson, retournant çà et là le mélange de manière à ne pas le laisser brûler.

L'omelette achevait de cuire quand Constant parut au pied de l'escalier, l'air chaviré.

– Arnaud ! Il a ouvert les yeux !

Le cuisinier leva les siens vers le plafond et murmura un « Merci » à l'attention des cieux avant d'aller au fond de la cuisine, vers un placard fort bas et petit, et d'en sortir une bouteille noire et courtaude, qu'il épousseta de la main. C'était là qu'était dissimulé le trésor des deux amis : toutes ces bouteilles avaient au moins vingt ans d'âge. Et dans celle-ci se trouvait un armagnac distillé en 1762... Précautionneusement, il déboucha la fiole et huma avec joie les entêtantes vapeurs qui en sourdaient. Puis il emplit trois gobelets de faïence, qu'il posa sur un plateau, aux côtés d'un bol de cacao, d'un ramequin de gelée de groseilles, d'une part de brioche faite pour rassasier un ogre, et d'une portion non moins gigantesque de son omelette aux pommes de terre.

– Maintenant, allons voir notre malade.

– Après vous, « docteur » Davezac, plaisanta Constant.

Ils montaient à pas de loup, lentement, pour ne rien renverser, et se trouvaient au pied de l'escalier menant aux appartements privés des Lafforgue quand Hermance s'annonça de sa pénible voix sonore :

– Constant ! Où vas-tu donc ?

– Je me rends au chevet de Léandre !

– Certainement pas ! Ton benêt de neveu se met dans des situations impossibles, et tu te ruines la santé à le soigner ! Halte là ! fit-elle agressivement à l'attention d'Arnaud qui tentait de contourner le couple pour poursuivre son ascension.

– Si vous n'avez rien de mieux à faire qu'à piailler, moi, j'ai un ami à restaurer, protesta le cuisinier.

– Vous, vous devriez aller voir en cuisine si vos casseroles brillent bien !

– Mes casseroles sont d'une propreté irréprochable, je vous en remercie, et, ayant soin de ne m'entourer que de personnel compétent, je suis persuadé que mes cinq minutes d'absence ne devraient pas causer le chaos. Sur ce, place, madame. Ce repas va être froid, et cela je ne pourrais le tolérer.

S'imposant sans attendre sa réponse, il gravit à nouveau les marches de l'escalier, suivi par Constant, lui-même précédant Hermance qui ne cessait de protester :

– Un jour, je vous mettrai à la porte, Davezac, vous m'entendez. Je vous mettrai dehors sans le sou et sans recommandations, et bien bête sera celui qui vous offrira l'hospitalité et le travail par la suite ! Et toi, Constant, il faut que tu expliques à ton neveu qu'il est toléré sous ce toit et que cela n'excuse en rien son attitude, ni le fait qu'il prenne cette maison pour un hôtel…

Arnaud pouffa d'un méchant rire et Hermance se rendit compte de l'absurdité de ce qu'elle disait. Elle se rattrapa comme elle le put :

– Notre commerce est un hôtel, pas notre maison. Il y a des heures pour se lever, manger, se coucher ! Des fréquentations à ne pas avoir ! Nous avons une réputation à tenir, nous ! Et je ne peux pas accepter que l'on lui nuise, même si c'est l'œuvre d'un rustre, d'un paysan mal dégrossi !

Arnaud étant trop chargé, c'est Constant qui frappa à la porte. Il attendit quelques secondes sans obtenir de réponse avant d'ouvrir et d'entrer en tête du cortège… Un bien singulier groupe de rois mages pénétra dans la chambre aux rideaux tirés de Léandre Lafforgue. Le lit, à première vue, était vide. Mais à bien y regarder, on distinguait, entre couette épaisse écarlate et coussin blanc, quelques touffes de cheveux blonds. Sur le tapis de sol, jusqu'alors crème, de grosses gouttes rouge sombre étaient tombées.

– … et voilà, en plus, il salit mes tapis ! Ce n'est pas possible ! Je ne puis accepter cela : un malotru, un malpropre qui vide mon garde-manger et qui souille mes biens !

– Eh là, eh là ! fit une voix fatiguée mais énergique depuis le lit. La gueuse va-t-elle s'arrêter de jouer les poules en colère, ou bien faut-il qu'on la bâillonne pour la faire cuire au pot ?

– La gueuse ? s'étrangla Hermance.

– Oui, vous m'avez entendu, ma tante.

Léandre rejeta la couette vers ses pieds et s'assit, adossé aux épais coussins. Il avait tout le haut de la tête bandé, grâce aux bons soins de son oncle, mais même convenablement désinfectée, sa blessure le lançait à chaque cri d'Hermance. En proie à une violente migraine, cela le mettait dans une humeur massacrante et, une fois encore, son regard étincelait comme une topaze au soleil.

– La gueuse est un surnom qui vous va fort bien. Mais je n'ai pas l'intention d'en dire davantage à ce sujet. Hier, on a tenté de me tuer, et ce n'est certainement pas la chose la plus agréable qui puisse vous arriver. C'est surprenant d'ailleurs que nul n'ait déjà tenté de vous faire subir ce genre de sort. Bref, j'ai besoin d'un minimum de repos, ce dont je ne saurais profiter si vous vous obstinez à me hurler dans les oreilles de la sorte !

Offusquée, et toujours un peu effrayée par les yeux fauves du garçon, Hermance s'enfuit sans rien dire. Les deux amis, pris de fou rire, mirent bien du temps à se calmer. Arnaud, enfin, posa son plateau sur une tablette, non loin du lit.

– Alors, petit, comment te sens-tu ?

– Mal aimé, et cela me chagrine beaucoup.

– Bah, ne dis pas d'âneries. Assieds-toi mieux. Voilà, ainsi. Voici une serviette, des couverts. Et bois ce verre.

Léandre fit la moue en sentant son parfum.

– De l'armagnac ?

– Bois donc, te dis-je, et tu feras la fine bouche après. Constant ?

– Avec plaisir.

Les trois hommes levèrent leur verre.

– Cul sec, ordonna le cuisinier.

Ils obéirent. Si les deux aînés absorbèrent le liquide comme si on leur offrait de l'or à boire, ce ne fut pas le cas de Léandre. Il eut la sensation, un instant, qu'on lui avait versé de l'eau-forte dans le gosier, s'étouffa et toussa à en perdre haleine... Pourtant, derrière cette force, il lui semblait discerner des notes agréables, faites de pruneaux, de résine de pin et de fruits secs... Étrange.

– Tu comptes donc m'achever ? fit-il en s'*escanant* une dernière fois.

– Allons bon ! Quel emmerdeur ! L'armagnac, c'est de l'eau-de-vie : les anciens avaient tout compris ! L'eau-de-vie, s'il y a plus vrai comme nom en ce monde, je veux bien être rissolé dans ma cheminée et dégusté sur un lit de champignons ! Sur ce, mange. Pour ma part, je retourne en cuisine. Notre val... valé... comment dis-tu, Constant ?

– Valétudinaire[1].

– C'est cela. Notre valétudinaire semble assez rétabli pour remettre ta femme à la place qui est la sienne, c'est-à-dire dehors. Me voilà rassuré.

Alors il sortit, laissant oncle et neveu ensemble. Tout en dévorant le copieux déjeuner, Léandre confia l'avancée de ses recherches à Constant. Le vieil homme eut l'air effrayé devant les enjeux de la situation.

– Mon garçon, tu joues avec le feu... Une enquête qui concerne tant de députés... La politique est un piège dont on ne ressort indemne qu'avec difficulté.

– Je le sais, mais M. Bonaparte me fait pleinement confiance.

– En attendant, tu cours des risques inconsidérés. Tu n'as que vingt-deux ans, tête de pioche ! Tu n'aimes que les livres, et te voilà à arpenter Paris de nuit, avec à la ceinture un couteau si gros qu'Arnaud pourrait s'en servir de hachoir à viande !

1. Valétudinaire : personne maladive, à la santé précaire.

– Bon, bon. Mais n'empêche que je suis sur une piste et qu'il faut bien que j'en avertisse mon maître et la police.

– Pas question ! On t'a fendu le crâne voici à peine quelques heures.

– Tout le crâne ? demanda le Goupil avec une horreur feinte.

– Non, juste la peau, mais c'est suffisant pour t'affaiblir en te faisant perdre beaucoup de sang. Aussi, aujourd'hui, tu vas rester ici, en convalescent, te reposer sans faire d'efforts, et demain, si tu te sens mieux, tu pourras envisager d'aller faire ton rapport, mais seulement si je donne mon aval. Suis-je clair ?

– Très clair, répondit le garçon avec un sourire attendri, tant cette façon de parler lui rappelait son cher grand-père.

Les conseils de son oncle, cependant, n'étaient pas superflus concernant le repos. Sitôt la dernière bouchée d'omelette engloutie, il se retourna dans le lit et s'endormit presque immédiatement, d'un sommeil perturbé, sans doute provoqué par le mal de tête qui le tourmentait.

Une étrange sensation d'humidité sur la main droite lui fit ouvrir les yeux. C'était râpeux, doux, un peu collant, et répétitif. Il décolla son visage des couvertures et vit Marquis en train de lui lécher la main, par affection sans doute, mais aussi à cause des saveurs laissées sur les doigts par l'épaisse brioche et la confiture du matin.

– Marquis, suffit ! Cabot !

Ravi qu'on l'interpelle de la sorte, le basset fit un bond et atterrit avec adresse sur la couverture, flairant le dessus-de-lit, puis, arrivé au niveau du visage, le débarbouilla tout aussi scrupuleusement que la main.

– Argh !

Repoussant le chien et ses baisers goulus, Léandre se réveilla tout à fait en découvrant, debout face au lit, l'allure martiale de l'inspecteur Leterrier, un air goguenard sur le visage.

– Eh bien, quel somme !

– Permettez… allez, couché ! Êtes-vous là depuis longtemps ?

– Depuis 3 heures de l'après-midi. Et il est 5 heures passées.

– J'ai dormi tout ce temps… Quelle petite nature je fais !

– Mais pardon, Lafforgue… Il me semble que je surviens en pleine parade amoureuse ! fit le policier avec malice en désignant le chien. Je puis me retirer…

– Riez donc ! Ce basset est fou de moi depuis qu'il sait que je suis généreux en ce qui concerne les friandises.

– Vous l'avez eu par les sentiments. Désormais, il vous sera fidèle. C'est un bon chien que celui-là.

Léandre ébouriffa les poils rêches et huileux de son compagnon quadrupède.

– Ah, cela, oui. Allez, Marquis, sois bon, descends de là !

Cette fois, le chien, battant la mesure de sa queue en fouet, obéit sans attendre et quitta la pièce pour aller explorer de sa truffe d'autres horizons olfactifs.

– Puis-je m'asseoir ?

– Bien entendu, prenez donc cette chaise !

Le policier la souleva, l'amenant près de la tête du lit, et s'installa en bâillant.

– Qui vous a averti ?

– Le cuisinier de votre oncle… mais c'était déjà la nuit dernière, juste après votre agression.

– Et qui m'a ramené ici ?

– Je l'ignore.

– Et Paul ?

Leterrier eut une mimique d'incompréhension.

– Le marin qui m'accompagnait, précisa Léandre.

– Ah, le manchot ? Rien à faire pour lui. On l'a conduit à la morgue, en attendant mieux.

– Pauvre vieux… Il est mort à cause de moi.

– Mais qui était-il ? Nous n'avons trouvé aucune trace, aucun papier sur lui.

Léandre l'informa de la façon dont il avait connu le vieux marin mutilé, et sur les raisons qui l'avaient poussé à ce rendez-vous.

– Étrange histoire… cette mer qui bouillonne… nul ne pourrait le croire.

– Et nul ne l'a sans doute cru. D'après Paul, le seul qui ne semblait pas spécialement stupéfait, c'était le capitaine Sambreuil, comme s'il avait déjà assisté au phénomène par le passé. Mais il ne pourra plus rien raconter, lui non plus. Toutefois, là n'est pas la question. Avant cette traversée aux conséquences tragiques, c'était Saint-Maur qui devait être promis aux plus hautes fonctions. Après qu'ils ont débarqué, Gisors a tout raflé. Désormais, le voilà maître de son ancien maître…

– De quoi faire naître la plus vive des rancœurs.

– On pourrait le penser, mais je ne le crois pas.

– Pourquoi cela ?

– Parce que je dirais que c'est justement le contraire, qu'on cherche juste à nous le faire croire. Gisors est un joueur : apparemment, pendant le voyage, il a contracté une dette particulièrement importante envers Brisson. Peut-être ne l'a-t-il jamais remboursée dans son intégralité depuis.

– C'est possible.

– Il faudrait que vous vous renseigniez en ce sens… Je le crois toujours victime de son vice. Mais pour en revenir à notre affaire, a-t-il de quoi payer son débiteur ? Probable. Est-il disposé à le régler ? Dubitable. Or il a sous la main son ancien maître, un scientifique de renom désormais déchu, spécialiste des poisons, voué à des tâches subalternes depuis près de quinze ans. Il fait un marché avec lui : confiez-moi ce que vous connaissez comme poisons les plus indécelables et je vous rends le poste de directeur du Muséum. Ainsi, Brisson disparaît, et la dette avec lui.

– Mais qu'en est-il des autres ?

– Eux ? Les arbres qui cachent la forêt. Des victimes, choisies çà et là parmi les députés, sans dénominateur ni parti politique communs. Ils sont morts pour noyer le poisson. Une mort seule aurait par trop attiré l'attention. Victime parmi les victimes, Brisson n'est plus qu'un nom sur une liste. Il y a aussi le député Drouart, un ami de Gisors, qui trépasse après un duel où le directeur est son témoin... Un autre créditeur, peut-être ? Aucune autopsie n'a été pratiquée, car Drouart a été blessé, et on sait que les plaies peuvent s'infecter facilement... Et si l'arme avec laquelle il a été touché était empoisonnée, enduite d'un toxique ? Et si, au cours des soins, on lui avait administré ce poison ? Les deux possibilités sont envisageables. Il faudrait entendre le rival de Drouart, l'avocat Bettauer, peut-être serait-il à même de nous apprendre quelque détail qui nous a échappé...

– Si c'est la vérité, quel affreux scandale... et quel risque !

– Aucun risque ! Qui est le spécialiste des poisons dans l'affaire, l'auteur du livre dérobé ?

– Saint-Maur.

– Qui est l'homme à la carrière brisée, qui pourrait avoir envie de se venger des autres qui ont réussi ?

– Saint-Maur également... Oui, cela se tient : en cas d'enquête, c'est vers lui qu'on se retournera, et nul ne prêtera foi aux clameurs d'innocence d'un homme déchu, fou de haine envers ses semblables, accusant son supérieur d'être le véritable coupable. Mais comment Gisors a-t-il agi ? Comment leur a-t-il administré le poison ?

– Pas le, mais les. Les poisons. Certains ont été avalés, d'autres inhalés, d'autres injectés. Mais qu'importe au fond la méthode exacte ou le nom précis du poison : ce n'est pas Gisors, à l'évidence, qui s'est chargé de cette triste besogne. L'homme qui m'a blessé hier n'avait rien de commun, physiquement, avec Gisors, qui est une montagne, aisément identifiable. L'homme était fort, oui, mais assez petit.

– Une idée ?

– Oui... Gisors est député : je pencherais pour un domestique du Palais-Bourbon ; on ne peut pas empoisonner quelqu'un sans en être assez proche. Là est le véritable point commun à toutes ces affaires : l'Assemblée. Un valet circule dans les couloirs sans se faire repérer. Une fiole de poison à la main, il en assaisonne les plats de l'un ou de l'autre, et la mort survient parfois en public, parfois dans l'intimité, sans signe avant-coureur ni symptôme. Nul ne peut, au fond, certifier qu'il s'agit d'un empoisonnement. Dans d'autres cas, la méthode change. En guise d'ingestion, c'est l'injection qui est retenue. Gisors est riche : il procure à son sbire une canne truquée et un épais manteau noir, et, dans la rue, une simple bousculade lui permet de piquer le malheureux à la cheville, occasionnant une fois encore la mort en quelques heures. La plaie est si petite, si simple : qui songerait à une intoxication… au niveau de la cheville ?

– Cela se tient, oui ; mais comment le prouver ?

– Très simplement. J'ai réussi, hier, avant de m'évanouir, à blesser le criminel à la jambe, et avant cela quelqu'un – j'ignore toujours qui – lui a lapidé le visage. Cela fait deux façons évidentes de le repérer parmi les valets du Palais-Bourbon : il a le visage tuméfié et boite certainement assez fort. Si nous tenons l'un, il ne devrait pas être très difficile d'attraper l'autre.

Chapitre dixième

De l'arrestation d'un peu loquace coupable

Le lendemain, sur les coups de 11 heures, Léandre, qui détestait l'inaction, passa outre les protestations avunculaires[1] et se rendit au commissariat. Pour éviter les remarques et les regards insistants, il avait pour l'occasion dissimulé sa tête bandée sous un splendide haut-de-forme, tout droit sorti de la garde-robe personnelle d'Arnaud Davezac, lequel était, en dehors de ses cuisines, un dandy toujours au fait des tendances de la mode. Constant, lui, ne portait jamais de chapeau et, d'ailleurs, son tour de tête était inférieur à celui de son neveu.

Il fut accueilli par un Leterrier radieux.

– Ah, Lafforgue ! Je suis bien aise que vous soyez venu ! Nous l'avons ! Nous le tenons !

– Vraiment ? Si vite ?

– Sans le moindre ennui : les autres valets ont été de bonnes mouches ! Bien qu'hier fût un jour chômé, ce n'était pas le cas pour eux, car les députés ont toujours quelque activité en cours… Et notre homme ne s'est pas présenté

1. Avunculaire : ayant rapport à un oncle ou à une tante.

au travail, prétextant une maladie soudaine. Ils étaient deux ou trois dans son cas, mais il était le seul à faire preuve d'absence pour une plaie profonde à la cuisse. Au passage, mes compliments : vous lui avez véritablement haché la jambe…

Léandre ne répondit pas. Il voulait tout d'abord voir l'homme qui avait tué le vieux Paul sous ses yeux. Il suivit Leterrier jusqu'à son bureau. Là, assis l'air égaré sur un fauteuil, enchaîné par le poignet droit à l'accoudoir, attendait un homme encore jeune, au teint mat contrastant avec sa chevelure assez claire, en tenue grise de domestique. On voyait nettement à travers le pantalon la bouffissure d'un large pansement qui lui recouvrait la cuisse. Il bougea son visage dans la direction des deux arrivants, pour leur tourner le dos immédiatement après. Mais ce fut suffisant pour le Goupil. Malgré la violente tuméfaction qui le défigurait au côté droit, gonflant son œil de façon grotesque dans des tons vifs de bleu et de violet, il reconnut sans le moindre problème l'homme qui l'avait bousculé le jour où il avait été accusé du meurtre de Brisson… Ses suspicions étaient donc les bonnes.

– Sanchez ?

Le prisonnier ne répondit pas.

– Léandre, voici Michel Sanchez, votre assassin, valet aux cuisines du Palais-Bourbon.

Leterrier s'assit et fixa intensément le suspect. Léandre, lui, s'adossa au mur et observa la scène. Même s'il percevait la gêne dans l'attitude de l'homme, il y voyait avant tout une immense fierté et une dureté à toute épreuve. L'inspecteur sortit une feuille marquée du sceau du Palais-Bourbon et la parcourut à haute voix :

– Miguel Sanchez, dit Michel, né le 21 juin 1807 à Madrid, en Espagne, valet depuis l'âge de quatorze ans, arrivé en France à trente-trois ans. Devenu domestique au Palais-Bourbon en 1842. Parle un bon français. Excellents antécédents, recommandations exemplaires, employeurs ravis de sa compétence, aucun démêlé avec la justice par le passé. Pourtant, accusé d'être l'auteur du meurtre d'un marin et d'une agression caractérisée sur la personne de M. Léandre Lafforgue, lequel s'en est sorti avec une blessure à la tête.

Sanchez ne prononçait toujours pas un seul mot.

– Cependant, vous êtes également suspecté d'avoir, par l'usage de quelque sublimé toxique, ou de plusieurs, causé la mort des députés Braun et Eudes, et probablement d'autres avant eux.

– …

– Qu'avez-vous usé comme produit ? Le savez-vous seulement ? Comment vous l'êtes-vous procuré ? Nous possédons déjà certaines de ces réponses, d'autres nous font encore défaut, alors parlez-nous, pour l'amour du ciel, au nom de votre propre sauvegarde !

L'homme leur opposait un silence buté. Léandre se décida à prendre la parole à son tour :

– Vous étiez fort pressé à notre première rencontre. J'en déduis que vous cherchiez à mettre au plus tôt de la distance entre M. Brisson et vous, après l'avoir tué. Ce qui me surprend, c'est qu'avant cela aucune personne n'était morte en un laps de temps si court… Comment l'expliquez-vous ? Vous comprenez que vous agissez en dépit du bon sens. Votre silence vous incrimine. Vous passerez pour un exalté, un assassin sans scrupule, décidé à faire tomber le gouvernement d'un pays entier ! C'est un crime extrêmement grave ! Puni de mort ! M'entendez-vous ? On vous coupera la tête !

Même la mention du châtiment suprême ne provoqua nul émoi visible sur le visage impassible du valet criminel.

– Nous savons pourtant que, bien que coupable, vous n'êtes pas le seul responsable. Il existe un homme qui tire les ficelles. Un monstre, qui vous a manipulé de façon à ce que vous tuiez à sa place. Son nom, nous le connaissons, mais nous manquons des preuves nécessaires pour qu'il paie sa dette. Vous ne pouvez être le seul à endosser toutes les responsabilités ! Vous êtes homme d'honneur, vous ne pouvez pas accepter cela.

Alors enfin, les lèvres de l'homme s'entrouvrirent… Peu de temps. Juste assez pour dire, d'une voix grave marquée d'un bel accent espagnol :

– Je suis homme d'honneur… *si*… C'est pour cette raison que je ne dirai rien. Je ne suis pas un traître, et jamais n'en serai un.

Ce furent là les seules paroles de Miguel Sanchez. L'interrogatoire qui suivit, durant plusieurs heures, ne lui arracha pas un cillement, pas une plainte. Leterrier en venait presque à regretter l'époque où l'on savait délier les langues des moins prolixes à l'aide de la question. Au crépuscule, las de parler dans le vide, les deux agents décidèrent d'un commun accord de faire ramener le prisonnier en cellule. Son homme de main désormais sous les barreaux, Léandre supputait que le maître d'œuvre, pas assez courageux pour agir par lui-même, se retrouvait dans l'incapacité de nuire.

– Et qu'en est-il de Sarraut ?

– Lui ? dit tristement Leterrier. Il est au secret, à la Conciergerie, à la demande de M. Allard… sur les conseils de l'inspecteur principal Issy-Volny. Et il y restera encore quelque temps…

– Quelque temps ?

– Probablement jusqu'à son procès.

– Son procès ? Mais il est désormais évident qu'il n'est pas coupable !

– Évident, oui. Sauf qu'il n'existe nulle preuve pour étayer son innocence !

– Le doute doit pourtant profiter à l'accusé ! s'exclama le Goupil, choqué.

– Un principe juste. Mais nous sommes dans une affaire qui touche à la politique, Lafforgue. Et vous savez comme moi que, quand les grands sont impliqués, la justice se rend non seulement aveugle, mais également sourde et muette à toute manifestation de bon sens.

– Curare… strychnine… non, improbable… trop foudroyant… mais c'est un poison identique qui a servi. Ce doit être le cas… ce doit être forcément le cas…

La nuit était déjà tombée et, ce vendredi soir, Goupil rentrait d'une nouvelle journée passée au service de Bonaparte, lequel poursuivait ses visites dans le but d'accroître sa popularité et le nombre des notables acceptant de le parrainer. Il avait bien des soutiens importants, désormais. *L'Événement*, le journal de Victor Hugo, avait fait paraître, le 28 octobre, cet article sorti de la plume de son rédacteur en chef : *Nous lui faisons confiance. Il porte un grand nom. L'Europe ne peut connaître un grand et un petit Napoléon. Ce nom ne peut pas se rapetisser.*

Au vu des rapports qui filtraient, la France commençait peu à peu à se rassembler derrière la candidature de Napoléon. Les conservateurs, qui rêvaient de voir la France à nouveau dirigée par un roi, se trouvaient face à un cas imprévu : aucun de leurs candidats n'était à la hauteur pour l'emporter. On disait volontiers que seul le nom de Bonaparte était évocateur dans le peuple. Alors Thiers et les autres s'étaient rapprochés de lui… Même Cavaignac ne pouvait rivaliser… ce dernier, homme des modérés, homme de l'Assemblée, était vu comme un Judas… Loyal, droit, honnête. Mais un Judas.

– Il ne peut se liguer à la gauche, mais méprise les royalistes… Ceux-ci rêvent de voir la République s'effondrer… alors un homme aussi pétri de convictions républicaines ne peut que les effrayer. Une belle occasion pour vous, prince, s'était réjoui l'excellent Mocquard.

– Vous savez ce que disait Thiers à son sujet ? « Déboutonnez-le, vous verrez qu'il est rouge ! » Rouge ! Cavaignac ! Ha ! plaisantait un autre invité.

– Oh, les révolutionnaires le voient rouge, à coup sûr : rouge du sang de leurs amis ! Ne le surnomment-ils pas « le Boucher » ?

Jour après jour, le plan du député Bonaparte prenait tournure… et les gens tombaient presque inévitablement dans le panneau. Ils pensaient avoir affaire à un homme indolent, indécis, manipulable à l'extrême. Les royalistes voyaient en lui le chemin idéal pour refaire du trône de France une réalité. Cela n'était pas du tout l'intention du prince… Bien au contraire. Mais seul le cénacle privé du député était au courant.

En peu de temps, Léandre s'était rendu compte d'une chose : la politique lui plaisait de moins en moins. Il se forgeait, petit à petit, une conscience en la matière, constituée de valeurs extraites de tous les partis, un mélange hétéroclite, utopique et pourtant fort valable, équilibré, républicain, majoritairement modéré, fait d'idéologies de gauche et de principes de droite ; l'homme y verrait son travail dûment récompensé, sans qu'on ne remette en question sa classe sociale ou son origine, la justice serait loi, l'innocent ne risquerait rien et le coupable tout… pas comme dans cette pitoyable affaire dont il était l'un des acteurs.

Le jeu auquel se livrait Bonaparte n'était pas de ceux qu'il cautionnait, au fond de lui, mais de tous les maux, il semblait réellement le moindre, et la sympathie qu'ils éprouvaient l'un envers l'autre y était pour beaucoup… Ainsi, en début de journée, Bonaparte s'était enquis de la santé de son agent, puis avait pris des nouvelles de l'enquête, semblant satisfait des progrès rencontrés, puis le priant de poursuivre dans cette voie.

– Demain midi, mon cher Goupil, je devrai à regret me passer de vos services. Le candidat Cavaignac m'a convié, ainsi que les autres candidats, à un dîner pour fêter la conclusion des travaux de la Constitution, et également dans un esprit de fair-play, afin que nous nous lancions dans la dernière bataille en gentilshommes. Il précise toutefois qu'il ne souhaite nulle compagnie : épouses et adjoints ne pourront assister à ce repas.

– À votre convenance, monsieur.

Les heures avaient défilé pendant qu'il montait la garde, l'air de rien, prêtant l'oreille aux propos des hôtes de son maître. Libre de ses pensées, il gardait l'esprit toujours rempli d'interrogations, et maintenant, alors qu'il cheminait aux abords du Châtelet, il continuait à se poser des questions : quel était le poison employé ? Comment convaincre un coupable de trahir un homme plus coupable encore, et qui refuse de comprendre que sa propre vie est en jeu ? S'il s'obstinait à se taire, comment confondre son maître ? Quelle tête de mule que ce Sanchez ! Il eût obtenu plus de réponses en questionnant un mur ! Il admettait et comprenait l'honneur et ses règles, mais là… Sans ses aveux, il ne pourrait jamais incriminer Edmond de Gisors, et ce dernier gagnerait. D'autant qu'il ne faisait aucun doute que le valet finirait décapité. La justice et la politique exigeaient un coupable… et coupable, il l'était, à coup sûr. Malgré le principe d'égalité dont elle avait fait un de ses credo, la Révolution n'avait au fond rien changé à ce sujet : on guillotinerait toujours plus aisément un Sanchez ou un Lafforgue qu'un Choiseul-Praslin. Mais si l'on ne pardonnait rien à la plèbe, ce n'était pas une raison suffisante pour que la noblesse demeure impunie.

Soudain, il sentit un choc léger, et son chapeau quitta sa tête pour finir dans le caniveau. Léandre prononça un juron et se baissa à en tomber par terre pour récupérer le couvre-chef avant qu'il ne se salisse trop sur le sol boueux. Il essuya de la manche les traces brunâtres qui le maculaient et s'en recoiffa… Mais à nouveau, avec le même heurt peu bruyant, le chapeau s'envola. Trop lentement pour le jeune homme, qui parvint cette fois à le rattraper du bout des doigts avant qu'il ne chût tout à fait. Il savait qu'il n'était pas dans un facétieux courant d'air, et son crâne n'avait pas enflé au point que le chapeau jaillisse de sa tête avec un « pop » sonore.

Il s'agissait de quelque malice : un plaisantin caché dans l'ombre et qui s'amusait, à l'aide d'une fronde sans doute, à le décoiffer de la sorte. Des enfants, c'était très probable.

– Montrez-vous, qui que vous soyez ! Galopins ! dit-il, poing levé en signe de colère.

Il détestait ce genre de farces. Il ne les appréciait pas quand il avait dix ans. L'âge venant n'avait rien arrangé. Il préférait cent fois taquiner par l'esprit que par des actes. Certains lui avaient affirmé qu'on faisait toujours plus de mal par la parole que par un geste, mais il ne les avait pas écoutés... même après avoir constaté que c'était souvent vrai.

Un rire lui répondit, et bientôt, se détachant du mur, il vit une forme de petite taille se rapprocher de lui. Il eut la tentation de mettre la main sur le manche de son couteau, se sermonna d'être aussi craintif, puis s'avança à son tour à la rencontre du farceur demeuré dans la pénombre.

C'était Eustache, et il souriait, visiblement très fier de lui. Dans sa main gauche, il portait une poignée de galets polis.

– Alors, le grand ? On s'amuse à porter un galurin de prince ?

– Méfie-toi ! C'est le chapeau d'Arnaud... je ne suis pas sûr qu'il continuera à te régaler de tartes aux pommes si tu joues ainsi avec ses affûtiaux.

– Oh mince !

Le gosse changea aussitôt d'expression.

– Tu le diras pas à Arnaud, hein ?

– C'est à voir...

– Oh, dis ! s'énerva le mioche. Si j'avais pas été là l'autre soir, tu serais raide comme un cierge à l'heure qu'il est !

– De quoi parles-tu ?

– De l'autre type, avec sa canne !

– Comment ? C'est toi qui m'as aidé ?

– Aidé ! T'as de ces mots ! Je t'ai sauvé, oui ! Il s'est mangé un pavé en pleine figure, le flandrin ! Et puis après, c'est moi qui ai couru chercher m'sieur Constant à l'auberge pour qu'on vienne te soigner ! Aidé ! Moule-moi, avec ton aide !

– Oui… vu sous cet angle, je pense que ce serait un crime que de te priver de pâtisseries… Mais qu'est-ce que tu fais là, mauvaise graine, à part découvrir les passants à coups de pierre ? Habiterais-tu par ici ?

– Non… j'avais à faire dans le coin.

Il exhiba un caillou lisse et plat comme une pièce de monnaie.

– Je reviens du canal Saint-Martin. On s'y amuse avec les copains, on fait des ricochets. Y a de quoi faire, là-bas.

– Tu permets ? demanda Léandre en tendant la main.

Eustache, intrigué, lui posa le galet dans la paume. Léandre apprécia le contact froid, le velouté de la pierre. Ni trop lourde ni trop légère… Il venait d'apercevoir, du coin de l'œil, un homme à l'air pressé et revêche qui venait dans sa direction. Ce dernier portait sur la tête un chapeau haut de forme à l'ancienne mode, haut comme un tuyau de poêle et d'une grande largeur.

– Bien le bonsoir, monsieur.

L'homme ne répondit pas et le dépassa avec une démarche dandinante de vieux canard gras. La cible était toute rêvée. Quand il fut à une vingtaine de pas, Léandre lui catapulta la pierre dans le sommet du chapeau, et celui-ci fut projeté contre le mur, avant d'atterrir dans le caniveau, au milieu d'ordures diverses. L'homme se retourna, l'air furibond.

– Qui ? Quelle est la petite crapule qui a osé ?

– Je l'ai vu, monsieur, fit Léandre, l'air compatissant. C'était un de ces sales gamins de rue, il est parti dans cette direction à toutes jambes !

– La répugnante canaille ! éructa le bourgeois furieux en oubliant de récupérer son chapeau et en se précipitant, aussi rapidement que son allure courtaude le lui permettait, dans la rue que lui indiquait Léandre, bien que celle-ci soit déserte.

– Merci à vous, monsieur ! répliqua le Goupil à l'inconnu qui courait à la recherche d'un fantôme.

Caché dans l'embrasure d'une porte, regardant l'homme se précipiter nulle part en vociférant, Eustache pleurait de rire.

– T'es vraiment fou pour un grand !

– Je t'ai déjà dit, je ne suis pas tellement grand. Tu auras le même âge que moi un jour, et tu verras que ce n'est pas si loin d'aujourd'hui.

– Ça change rien : pour moi, t'es fou ! Et s'il t'avait attaqué ?

– Lui ? Sûrement pas. C'est un des avantages d'être adulte : on peut ne jamais te soupçonner de t'amuser comme un enfant.

Le gamin sembla réfléchir, puis il demanda d'une voix plus petite, plus douce qu'auparavant :

– Tu m'apprendras ?

– À quoi donc ?

– À être un grand sans devenir bête ?

Léandre s'agenouilla pour regarder l'enfant dans les yeux.

– Je n'aurai rien à t'apprendre. C'est toi qui feras ce choix. Un jour, tu seras un homme, et alors ce sera à toi de voir. Soit tu oublieras qui tu étais et ce que tu faisais. Soit tu le garderas en souvenir, et parfois tu t'amuseras comme avant. Il existe des gens très grands, très puissants, très sérieux qui, chez eux, s'amusent et rient comme des enfants.

Eustache le fixa longuement, avec l'air de penser qu'il était en train de se moquer de lui. Finalement, il lui dit :

– Suis-moi.

Intrigué, Léandre obéit et suivit le gamin dans les rues. Ce fut long. Ils laissèrent la Bastille derrière eux, marchant vers le sud-est de la ville. Il remarqua que l'enfant ne ménageait pas sa peine afin de le perdre, tournant dans des passages qui ne faisaient que rallonger le chemin. Un autre que lui aurait trouvé la route digne du Labyrinthe, mais le Goupil n'était pas dupe. Il ne connaissait pas ce quartier, qui se situait aux alentours de la place du Trône, et il lui aurait sans doute fallu consulter une carte avant de s'y rendre par lui-même…

Mais en se fiant à son sens de l'orientation, s'il devait repartir seul, il n'aurait pas trop de peine à se diriger.

Enfin le gamin entra dans une courette d'un vieil immeuble un peu délabré, dont l'accès était entouré par une mercerie et par un magasin de primeurs, se frayant un chemin parmi des cageots de petit bois et des empilements de sacs de jute jusqu'à un escalier. Le bâtiment comptait cinq étages, mais ni l'un ni l'autre ne se sentaient essoufflés en parvenant au dernier palier, où Léandre compta six portes, trois de chaque côté d'un couloir central, menant selon toute vraisemblance à des chambres de bonne. Eustache alla vers la plus éloignée d'entre elles, sur la gauche, sortit une vieille clé de sous ses frusques et ouvrit.

– Viens !

Léandre se retrouva alors dans un charmant appartement... Il aurait imaginé Eustache vivant dans un taudis froid et insalubre. Il n'en était rien. Si l'intérieur n'était pas riche, l'endroit était coquet, rigoureusement propre et sentait bon. L'entretien de la pièce était même minutieux : Léandre ne remarqua pas la moindre trace de poussière sur les meubles. En brisant les murs, on avait fait de trois chambres un seul logis, relativement vaste, bien que le plafond en soit fort pentu. Les meubles – une table et trois chaises, une armoire, deux coffres – étaient anciens, mais en bon état. Sur la table lustrée, au bois protégé par un napperon, un vase contenant des roses embaumait. Le Goupil déduisit sans conteste une présence féminine derrière cela. Il vit de part et d'autre de la pièce deux lits, l'un d'eux disposant d'une tablette chargée de livres en lambeaux et d'un bougeoir individuel. À la façon dont les couvertures en étaient chiffonnées, il se douta qu'il s'agissait de la couche d'Eustache. Ainsi le garnement appréciait-il la lecture ? Nul doute quant à la sympathie qu'il éprouvait envers lui ! Dans un angle, une cheminée de taille réduite diffusait une agréable chaleur dans la pièce, et une casserole était posée sur la pierre au foyer, contenant visiblement quelque bouillon de légumes. Au bout de la pièce, un grand paravent courait d'un mur à l'autre et, de l'autre côté, une personne, si on en croyait les bruits d'eau, était selon toute vraisemblance en train de se laver.

– M'man !

– Ah, te voilà mon cœur ! fit une voix douce et féminine derrière le paravent. Ne viens pas, je me prépare !

– Promis ! J'ai ramené un copain !

Avec autorité, l'enfant, de l'index, fit signe à Léandre de ne pas prononcer un mot. Amusé, le jeune Gascon obtempéra.

– Très bien, répondit la mère, toujours invisible. Il dort ici ?

– Je crois pas !

– Il peut, mais tu connais la règle. D'abord le bain !

– Oh, m'man !

– Eustache Vincent... Pas de mais. Le bain, sinon...

L'enfant croisa les bras, boudeur, et implora en silence l'assistance de Léandre. Ce dernier se contenta de le gratifier d'un clin d'œil : était-ce là condition si terrible à honorer ?

– Bon d'accord, souffla Eustache... mais un bain, quand même ! Il va encore falloir que je me resalisse après !

– Jeune homme, c'est notre accord, il n'est pas question qu'on n'y revienne, reprit la voix, légèrement agacée cette fois. Dehors, tu as le droit d'être sale comme un égout, c'est ton monde, mais chez nous, non.

– Oui, oui...

– Oui qui ?

– Oui, maman.

– Ah, j'aime mieux cela.

Les ablutions cessèrent bientôt, et Léandre entendit le bruit d'une serviette qui sèche un corps humide. Il ressentit quelque gêne à se trouver là, à participer à ce qu'il devinait être quelque tour qu'Eustache jouait à sa mère... Mais le garçon ne semblait pas décidé à le laisser partir. Le froufrou de vêtements qu'on passe, le claquement sur le parquet des talons de bottines qu'on enfile... Enfin, la mère parut dans la pièce principale. Elle avait coiffé ses cheveux en un petit chignon, ce qui ne rendait pas plus sévère son beau visage. La robe était d'un vert pastel, tout à fait seyante.

– Je suis prête, fit-elle en rajustant son décolleté. Qu'en dis-tu ?

– J'en dis que vous êtes, à chaque fois que je vous vois, plus belle que la précédente fois.

La jeune femme eut un hoquet de surprise, lança un regard noir à son garçon, mais cela ne dura qu'un bref instant. Elle afficha bientôt son plus radieux sourire à l'invité.

– Bonsoir Léandre.

– Bonsoir Manon.

Eustache, finaud, souriait de toutes ses dents. Manon fit quelques pas vers eux, gracieuse, délicate, parée sans doute pour une soirée à l'hostellerie du *Vieil Armagnac*.

– C'est donc vous, monsieur, qui sollicitez le gîte chez moi ?

– Apparemment, si on en croit votre espiègle de fils !

– L'hostellerie vous déplaît ? Je suis désolée… et davantage, de vous recevoir dans un tel désordre.

Léandre rit doucement : il n'y avait décidément qu'une femme pour qualifier intérieur aussi rangé et coquet de « désordre ».

– Maman, je peux aller voir mon oncle ?

– Si tu veux. Mais ne te fais pas voir par « elle »…

– Comme toujours ! Je reviens !

Et le mioche s'éclipsa, laissant les deux adultes ensemble. Ils rirent, un peu gênés. Léandre se décida à prendre la parole en premier :

– Je regrette de ne pas vous avoir revue depuis… Je voulais m'excuser.

– Vous excuser ?

– Oui. De mon comportement. Cette nuit-là, dans ma chambre…

– Oh… ça, répondit-elle avec une désinvolture que démentaient ses yeux brillants.

– Manon, fit-il en lui prenant lentement la main, je ne voulais pas vous repousser. Mais mon oncle m'a prié de ne pas vous causer de tort.

– De tort ? Comment cela ?

– Je le confesse, je suis un homme heureux en amour. Je séduis même sans le chercher, et je n'aime pas faire souffrir celles qui ont la faveur de me trouver à leur goût. Or mon oncle m'a dit que vous travailliez pour vous assurer une vie meilleure, et il semble vous porter amitié. Il ne souhaitait pas que je vous courtise et que, le cœur et la tête ailleurs, vous vous retrouviez dans l'embarras et les dettes.

Manon médita quelques instants la phrase, puis murmura :

– Ce n'était que pour cela ?

– Oui… croyez bien que je suis flatté de plaire à une femme aussi belle que vous. Mais je ne tiens pas à être responsable de votre peine, sentimentale ou financière quelle qu'elle soit.

En guise de réponse, elle s'approcha de lui, noua avec souplesse ses bras derrière sa nuque et l'attira à elle pour lui offrir un long, intense et caressant baiser. Quand leurs lèvres se séparèrent, elle lui dit :

– Léandre, je ne suis pas pucelle. J'ai offert cela trop rapidement à un homme qui ne le méritait pas. J'en ai connu d'autres, depuis. Tous sont partis. Et Eustache est arrivé. Son père m'a laissée. Je pensais qu'il m'abandonnait avec un fardeau ; j'ai compris qu'il s'agissait d'un cadeau. Mon fils est un chenapan, un vagabond, mais j'ai foi en lui, et je sais que sa vie sera belle. Je ferai tout pour qu'elle le soit. À côté de cela, j'ai eu la bonne fortune d'avoir un frère qui ne m'a jamais rejetée. Car il existe encore des hommes bons ici-bas, je le sais. Il m'a offert une place dans son commerce, il m'a permis de loger ici, et il chérit mon enfant comme le sien. Mais Eustache mérite davantage. C'est pour lui que je m'offre aux riches bourgeois. Je ne suis pas très instruite, je ne suis pas une excellente cuisinière. Mais je suis encore jeune et je fais très bien l'amour. Alors, tant que je serai ainsi, j'en profiterai pour gagner ma vie comme courtisane. Mais parfois, j'ai envie que le rôle s'inverse. Je désire qu'on m'aime, qu'on me fasse plaisir et faire plaisir en retour. Je ne demande pas qu'on me parle mariage. Je veux juste me sentir bien. Et je crois que je me sentirai bien dans tes bras.

Ils s'embrassèrent de nouveau, plus longuement, plus fougueusement. Les mains de Léandre passaient avec douceur sur le dos de Manon. Elle gémissait, une main posée sur son large torse. La désunion leur fut un supplice, ils n'avaient qu'une hâte : recommencer, et même bien plus.

– Pardon quand même. Je ne voulais pas non plus que tu croies que je profitais de la situation parce que j'étais le neveu de Constant.

– Si cela avait été seulement le cas, jamais je ne serais venue dans ta chambre. Mais Eustache m'avait raconté ton intervention dans une affaire où il risquait beaucoup... je voulais te remercier de toute façon... et notre rencontre a achevé de me convaincre que tu étais vraiment bon à aimer. Alors, la prochaine fois que je franchirai le pas de ta porte, sache bien que je ne compte pas m'en aller aussi vite que la dernière fois...

C'est à regret qu'il la lâcha et la regarda s'en aller. En franchissant la porte, elle lui envoya un dernier baiser, le couvant d'un œil lourd de très agréables promesses, puis disparut dans le bruit cliquetant de ses bottines. Eustache parut alors... Trop rapidement, et Léandre comprit qu'il avait assisté à toute la scène. Il se tut. Dans un meuble à côté de la table, le petit garçon s'empara d'un quignon de pain, puis alla s'asseoir sur le lit le plus éloigné, ses pieds nus et sales se balançant dans l'air, pendant qu'il le croquait à belles dents.

– Tu as vu ton oncle ?

– Oui, mais pas longtemps. Ma tante Marie-Josèphe a rappliqué, alors j'ai décampé… elle peut pas me voir. Moi et maman, elle nous déteste. Elle dit que c'est une fille perdue et moi un bâtard, et qu'on est des boulets pour elle et mon oncle. Un jour, je vais lui faire mal, et ce sera bien fait pour elle. Ça me fait de la peine pour mon oncle Jéromin, c'est tout. Et elle est pas plus gentille avec lui non plus. Il dit qu'il l'aime. C'est bête, l'amour. Ça fait mal.

– Oui, c'est souvent bête… concéda le Goupil.

– Alors, pourquoi les grands ne rêvent que de ça ?

– Importante question à laquelle je n'ai pas la réponse. Je ne suis même pas sûr qu'on sache tout sur l'amour et ses raisons avant de mourir.

– Est-ce que tu aimes ma mère ? fit tout de go l'enfant.

Léandre rougit.

– Je ne sais pas…

– Tu l'aimes pas ?

– Mais non… Aaaah… Ne sois pas si brusque dans tes conclusions !

– Alors ? insista le petit.

– Alors… alors… alors ta mère est une femme magnifique, mais je ne la connais pas assez pour dire que je l'aime. Elle me plaît beaucoup.

– Pourquoi tu l'as pas empêchée de partir ce soir ?

– Tu es un peu jeune pour que je t'en parle… Mais c'est pour son travail. Et justement, même si je n'approuve pas spécialement ce qu'elle fait, travailler reste son choix. Le choix, c'est une liberté ; priver quelqu'un de sa liberté n'est pas une preuve d'amour. Ça aussi, ça fait souffrir.

– Oui, mais je crois qu'elle a déjà eu mal à cause de toi. Un matin, elle est rentrée et elle m'a demandé si je t'avais déjà vu à l'hôtel… Elle m'a parlé de toi pendant des heures, et je l'ai jamais vue aussi énervée contre quelqu'un, à part contre ma tante.

Léandre préféra changer de sujet :

– Tu m'as interrogé, maintenant c'est à ton tour de me répondre... Que faisais-tu au Palais-Bourbon le jour où je t'ai rencontré ?

– Rien.

– Cela m'étonnerait.

– Rien, je te dis. J'étais en train de me promener rue de Bourgogne, quand un *roussin*[1] m'a vu. Ma tête n'a pas dû lui plaire, alors il a voulu m'emmener au commissariat. Moi, je me suis enfui mais, comme il en rameutait d'autres, il y avait du monde un peu partout qui commençait à vouloir me barrer la route, alors j'ai couru tout droit.

– Directement dans le Palais.

– Ben ouais... Puis quand je suis rentré là, j'ai trouvé ça chouette. J'ai voulu visiter... C'est pas tous les jours qu'on met les pieds dans une cabane pareille.

– Surtout pieds nus.

– Gros malin !

– Et donc tu t'es baladé dans les couloirs, suivi de plus ou moins loin par les policiers à tes trousses, jusqu'à tomber dans mes bras ?

– C'est ça. Pour dire tout à fait vrai, je m'y suis un peu perdu... c'est que c'est grand, là-bas !

À quoi tiennent les rencontres... Un simple hasard, comme souvent. Un gamin des rues face à un policier trop zélé... Léandre y réfléchit quelques instants en silence jusqu'à ce qu'Eustache l'interrompe :

– On va y aller.

– Tu me raccompagnes à l'hostellerie ?

– Non, ailleurs. J'ai quelque chose à te montrer.

Ils descendirent l'escalier, regagnant la rue puis grimpant le chemin en direction du nord. Léandre se gardait bien de poser la moindre question à l'enfant. Où le conduisait-il donc ?

– Je peux te dire encore quelque chose ? dit Eustache.

---

1. Roussin : agent de police.

– Aurais-tu besoin de ma permission ?

– Non.

– Alors je t'écoute.

– Ma mère, je crois qu'elle t'aime. Toi, je crois que tu l'aimes aussi. Et tu m'as l'air bien… pour un grand. Moi, j'ai pas besoin d'un père, je l'ai elle. Ça me suffit. Mais les mères, c'est pas fait pour être seules tout le temps. Alors, si vous vous plaisez tous les deux… Oh, breline de merde ! s'emporta-t-il. Je vais pas te faire un dessin pour te l'expliquer, non ? Comme dit mon oncle, les cadeaux sont faits pour être acceptés.

– Et ta mère est un cadeau ?

– Non, pas toujours.

– Tu sais que c'est quand même gênant de parler de cela à son fils… d'autant plus quand le fils n'a que dix ans, dit-il en rougissant de nouveau.

– T'es plus un petit, mais t'es pas un grand… Tu deviens rouge comme une fille mais c'est sûr que tu n'en es pas une… Qu'est-ce que tu es, au juste ? ironisa le mioche.

– Moi ? Je suis le Goupil.

– Pour de vrai ? On t'appelle comme ça ?

– Depuis peu de temps. Mais oui.

– Ah ça, c'est drôle ! s'esclaffa Eustache.

– Pourquoi cela ?

– Ton nom, tiens… J'ai l'impression que personne ne veut vraiment qu'on sache comme il s'appelle vraiment. Avec mes copains, c'est normal, c'est pour éviter la police… Mais les grands, eux, je comprends pas.

– Ah, tu en connais beaucoup, toi, des « grands » qui se font appeler différemment de leur vrai nom de baptême ?

– Pas beaucoup, mais toi et ma mère, et c'est déjà bien.

– Ta mère ? Elle ne s'appelle pas Manon ?

– Non, ça, c'est pour son travail, la nuit. Pour pas que ma tante fasse des histoires. Son vrai prénom, pourtant, il est très beau. Elle s'appelle Céleste.

– Céleste, dit Léandre, songeur. Et toi, alors ? Comment doit-on t'appeler ?

– Y a pas à chercher très loin. Mes copains, ils sont pas bien fins, parfois. Alors, vu que je mets mon nez partout où il faudrait pas, et que je cours, je cours, tout le temps, ils m'ont appelé Furet.

Chapitre onzième

D'une initiation particulièrement révélatrice

Ce fut équipé d'un cruchon d'eau et d'une gamelle contenant une soupe au lard froide que l'inspecteur Charles Leterrier se présenta, sur les coups de 10 heures du soir, au dépôt de prisonniers situé à la Conciergerie.

– Ouvrez-moi, s'il vous plaît.

Au courant du caractère secret de son arrestation, le gardien ne fit aucun commentaire quant à l'assiette de nourriture qu'on portait à ce détenu incarcéré sans qu'on eût fourni son identité. Il se contenta de tourner la clé dans la serrure. Leterrier pénétra dans la cellule. Sanchez ne dormait pas. Assis par terre, il fixait le mur, yeux grands ouverts, en silence.

– Sanchez. Ceci est pour vous.

Le valet n'eut pas un mot pour lui indiquer qu'il l'avait entendu, mais il fit un bref mouvement de tête que l'inspecteur prit pour un acquiescement. Il posa eau et soupe au sol et laissa le criminel boire quelques gorgées d'eau avant de lui adresser de nouveau la parole :

– Sanchez, écoutez-moi. Je vous sais coupable. Tous, nous vous savons coupable. Avouez donc.

Leterrier n'était pas homme à s'effrayer facilement. Pourtant, il ressentait une très vive envie de s'en aller, d'où cette insistance de sa part. L'endroit n'avait rien de rassurant, même en présence des gardiens des lieux. C'était terrible d'imaginer que, dans cette semi-pénombre, autrefois, s'étaient succédé de grands criminels. Avaient-ils alors adopté la même attitude que cette silhouette recroquevillée contre le mur, qui mangeait et buvait paisiblement, comme insouciante du sort qu'on lui réservait ? Les assassins les plus monstrueux seraient-ils des animaux à sang froid ? Des carcasses vides, aux apparences humaines ? Leterrier se promit un jour de chercher une réponse à ces questions. Ce mutisme et cette cellule le troublaient tant qu'il s'emporta :

– Je ne peux pas croire que vous acceptiez votre destinée de la sorte. Cette résignation, cette désinvolture ! Mais que vous a donc apporté cet homme que vous taisez pour que vous lui ayez accordé votre silence, même au prix de votre vie ?

Il regretta aussitôt d'avoir haussé le ton. N'importe qui aurait compris qu'il était inutile de poursuivre sur ce terrain. Plus on parlerait du sujet tabou, plus il se renfermerait dans cette invisible carapace… au risque de se taire définitivement pour un mot de trop. Il décida de changer de tactique :

– Puis-je ? fit-il en désignant le broc.

Miguel le regarda, surpris, puis hocha la tête. Le policier saisit l'anse et but goulûment.

– Merci.

Tout aussi bizarrement, l'inspecteur vint s'installer en face du prisonnier… en s'asseyant, comme un autre détenu, par terre, sur la pierre glacée.

– Sanchez, écoutez-moi encore une fois. Après cela, je m'en irai. Je reviendrai demain. Ce sera ma dernière visite. Après cela, je ne pourrai plus vous être du moindre secours. Je ne vous tiens pas en estime, vous n'êtes pas un ami que je me devrais de sauver. Mais il y a, dans une cellule pas très loin d'ici, un autre homme. Il se nomme Domingue. Il est un valet, comme vous, et mon chef l'a arrêté à votre place. Il était au service de M. Braun, et il avait d'excellentes raisons d'attenter à la vie de son maître, qui était apparemment un monstre vicieux qui méritait de brûler en enfer. Et en l'absence de tout autre suspect, il reste l'auteur présumé de cette mort. Pour l'heure, vous ne pouvez être accusé que d'un assassinat ainsi que de l'agression de Léandre Lafforgue. Pas du moindre homicide perpétré sur la personne d'un député. Aucun. Ce qui signifie que, sans vos aveux, ce malheureux innocent sera définitivement incriminé, inculpé, condamné. Il mourra au bagne, ou bien sous le couteau de la guillotine... sans avoir rien fait pour mériter cela. Ce Domingue est une victime de la fatalité, mais il peut encore être sauvé. Sauvé... par vous. Par vos paroles. Amendez-vous, vous avez la possibilité de vous racheter un peu aux yeux de la justice. Si vous lui sauvez la vie, les juges pourront se montrer cléments. Je ne puis l'affirmer, mais c'est très possible, et il est tout aussi possible qu'on leur fournisse la consigne à cet effet. Alors, Sanchez, je vous en conjure. Montrez que vous aviez raison, hier dans mon bureau, quand vous parliez d'honneur. Vous êtes homme d'honneur, je tiens à vous croire ! Parlez ! Sauvez cet infortuné qui a déjà tant souffert !

Un bref instant, l'inspecteur vit la volonté du détenu vaciller, ses yeux briller un peu. À coup sûr, il l'avait touché. Mais l'armure d'airain derrière laquelle il cachait ses sentiments se ressouda aussi rapidement qu'elle s'était ébréchée... Cependant, à nouveau, comme lors de l'intervention de Léandre Lafforgue, il accepta de dire quelques mots :

– Pardon... Pardon pour lui... mais j'ai promis... *le dije*...

Puis il resta prostré, le front collé au mur, et se mit à trembler de tout son être. Leterrier comprit qu'il n'en tirerait pas davantage ce soir-là. Il ne resterait plus qu'une seule et dernière chance le lendemain pour qu'il disculpe Sarraut. Après cela, l'énorme machine de la justice se mettrait en branle. Et rien ni personne ne pourrait plus sauver le malheureux valet du député Braun.

Voilà une demi-heure que garçon et enfant marchaient de concert vers une direction inconnue... Léandre tentait tant bien que mal de mémoriser les rues qu'ils empruntaient pour se rendre en ce lieu mystérieux. Mais l'éclairage était défaillant et les plaques dures à déchiffrer. De plus, souvent, il lui semblait que Furet prenait des directions volontairement complexes pour le perdre... Ce devait être vraiment un secret d'une importance majeure.

Bientôt les fortifications apparurent, et Furet ralentit le pas. Arrivé à l'angle d'une rue, le Goupil distingua la forme sinistre d'une maison en ruine, visiblement incendiée quelques années auparavant, au toit défoncé, aux pierres couvertes de mousse, dont l'entrée était encadrée de deux bosquets qui poussaient follement, parasités de ronces. Était-ce là l'endroit où l'enfant comptait l'entraîner ? Il n'imaginait personne oser demeurer en pareille masure, même pour s'y amuser. Il s'arrêta sur le trottoir et observa la ruine, l'air interrogatif.

– Viens... tu as pas peur quand même ?

Furet s'avança jusqu'à l'escalier haut d'une dizaine de marches qui menait à la porte d'entrée, mais au lieu de le grimper il le contourna sur le côté droit. Moins de trois secondes plus tard, Léandre le suivit. En arrivant à son tour de l'autre côté des degrés, l'enfant n'était plus là.

– Eustache ?

– Chut ! fit une voix agacée. Pas de nom ! Ici !

Léandre vit alors, derrière le bosquet, une basse fissure noire par laquelle sortait la main du gamin, laquelle lui faisait signe. Se demandant s'il arriverait à passer par un si étroit passage et s'il parviendrait à le faire sans s'écorcher sur les ronces, il tendit la jambe et la glissa dans l'interstice. Celui-ci s'avéra plus grand qu'il ne pensait, suffisant pour qu'un homme puisse y entrer, et en se collant au mur, on pouvait éviter les épines recourbées des plantes sauvages. Il sentit de la pointe du pied une surface solide où il pouvait prendre appui, et il se faufila bientôt entièrement dans le trou. Quand les branches du fourré reprirent leur place, le Goupil constata qu'ils étaient désormais parfaitement invisibles. Il fallait vraiment connaître l'existence de ce trou pour pouvoir l'imaginer derrière ce buisson et ces herbes folles... L'endroit était probablement la cave de la maison.

Derrière lui, il entendit un grattement, une vive lueur, et Furet lui sourit, son visage malicieux éclairé par un bougeoir.

– Tu es équipé !

– Toujours.

– Comment as-tu trouvé ce trou ?

– Un jour, en fuyant les sergents de ville. Je me suis caché derrière ce buisson et je suis tombé en arrière...

– Bonne cachette.

– Oh oui... mais j'y suis revenu plus tard avec une bougie... et j'ai trouvé mieux. Avant d'aller plus loin, dit-il d'une voix maintenant plus sérieuse, je veux que tu promettes de ne pas parler de ce que tu verras.

– Je le promets, répondit Léandre en levant la main droite.

– Crache !

Léandre cracha par terre, Furet fit de même. Puis, satisfait, il leva le bougeoir de façon à éclairer le fond de la cave. La flamme était faible, mais permettait d'embrasser les lieux sans trop forcer l'œil. L'endroit était aussi délabré que le reste de la maison. Trois tonneaux avaient été abandonnés, couchés, rangés contre le mur du fond. Furet s'approcha de celui du milieu et saisit le robinet dans la main, sauf qu'au lieu de le tourner il le poussa vers le bas, et le couvercle s'ouvrit avec un petit bruit métallique. Un rat noir en sortit, courant à l'autre bout de la pièce aussi vite qu'il le put, et disparut dans un trou de la paroi, large comme une pièce de monnaie. L'enfant écarta davantage le couvercle, et un courant d'air manqua éteindre la chandelle. Le gamin, protégeant la flamme de sa main en conque, jura, puis fit à nouveau signe à Léandre de se rapprocher, avant de rentrer dans le tonneau. S'il pouvait passer en s'accroupissant, cela n'était assurément pas le cas du Goupil, qui dut choisir la reptation à quatre pattes, comme un gros nourrisson, pour parvenir à entrer dans le tonneau puis poursuivre l'enfant dans une obscurité presque totale.

Le Goupil détestait cela. Il avait l'esprit aventureux, mais deux choses l'effrayaient. D'une part, il craignait vivement la hauteur. Un jour, un de ses camarades de jeu était allé débusquer un nid de pies au sommet d'un pin haut d'une dizaine de mètres. Bravache, Léandre s'était mis en tête de faire de même mais, parvenu à mi-hauteur, il avait commis l'erreur de regarder en bas… Il était resté tétanisé une heure avant d'oser, sur les conseils de ses amis, aussi effrayés que moqueurs, regagner le sol. Au fond, il éprouvait une étonnante fascination pour le vide… et s'il craignait de tomber, ce n'était pas la mort qu'il redoutait, mais la vie : et s'il survivait, les reins brisés, les jambes et les bras inutiles, condamné à une existence de douleur et d'incapacité ? Il ne pouvait le supporter.

Il avait également une peur aussi vive concernant les espaces clos : il était à son aise dans une chambre ou une cave, même dépourvu de toute lumière. Il s'était déjà retrouvé enfermé dans un placard dans sa jeunesse, et le jour où l'une de ses maîtresses au tempérament épicé l'avait entraîné avec elle dans sa garde-robe pour une marquante expérience de déshabillage, il ne s'en était pas plaint. Mais se faufiler dans un goulot, éprouver la sensation du lièvre qui se coule dans un terrier, c'étaient là des choses qu'il préférait éviter. L'un de ses pires cauchemars, assez récurrent, le situait dans un tuyau. Il y avançait péniblement, les genoux et les paumes des mains abîmés par sa progression… quand soudain il se rendait compte qu'il était coincé. Le boyau devenait trop fin pour qu'il aille plus avant… et, à sa grande panique, il ne pouvait pas non plus reculer. Prisonnier, tentant de se libérer de ce piège, il voyait avec horreur arriver vers lui une vague d'eau, lente mais inexorable… d'abord juste assez haute pour lui lécher le bout des doigts, puis lui recouvrant les mains, et montant, montant encore, insensible à ses hurlements, jusqu'à lui emplir la bouche et les narines… Il se réveillait quand il se sentait mourir.

Par chance, ce soir-là, le tunnel dans lequel il s'acheminait était bas, mais suffisamment large pour le laisser passer, même s'il lui fallait parfois ramper. Et il était sec, ce qui l'intriguait. Il savait que la terre, en profondeur, était volontiers humide, mais ici il n'en était rien. Sol de roc, laissant une trace poussiéreuse sur les vêtements, mais rien de plus dérangeant que cela.

Ce fut néanmoins une satisfaction, quand le passage s'élargit peu à peu jusqu'à déboucher dans une salle. La lueur de la bougie, à nouveau présente, déstabilisa Léandre, dont l'œil s'était habitué à ces longues minutes de nuit totale passées dans les entrailles de la terre.

– Où sommes-nous ?

– Dans notre repaire.

Quand l'œil du Goupil s'habitua à nouveau à la lumière, il constata que l'endroit était vaste. Plus vaste qu'il ne l'aurait imaginé. Il s'agissait d'une grotte naturelle, au plafond hérissé de stalactites. Il y régnait une température fraîche, mais bien supérieure à celle de l'extérieur. Sur la surface d'une paroi, une source faisait entendre un paisible ruissellement continu, et Furet alla y boire, léchant l'eau à même la pierre. Continuant son inspection, l'agent vit, dans un angle, plusieurs paillasses et de vieilles couvertures. Non loin de là, un rudimentaire foyer de grosses pierres, assez large, portait les traces de graisses fondues, indiquant à coup sûr qu'on y avait rôti quelque viande.

– C'est donc là que tu viens te cacher.

– Parfois. Mais moi, j'ai ma famille. Je n'ai pas à y vivre tout le temps. Pas comme les autres malappris.

– Les malappris ?

– Oui, ce sont mes gars. Je suis leur chef. Ça fait trois ans que j'ai trouvé ce trou, et ça fait autant de temps que je les ai pris avec moi.

– Qui sont-ils ?

– Des gamins qui ont moins de chance que moi.

Il se dirigea dans un coin sombre et en revint avec un fagot de branches sèches, trois bûches et une moitié de journal.

– Mon oncle… C'est lui qui m'a appris à faire du feu. Mais ma tante ne lui laisse rien faire avec moi.

Il froissa le papier, le déchira en quatre morceaux, puis le posa au milieu du foyer. Par-dessus, il fabriqua un petit tas de bois et, sortant à nouveau de sa poche son paquet d'allumettes, enflamma le papier. Bientôt le bois fut à son tour saisi par la combustion, et les ombres dansaient sur les parois de la caverne.

– Mais personne ne vient jamais ici ?

– Jamais.

– Où sommes-nous, réellement ?

– À Belleville, de l'autre côté des fortifs. Tu vois ces tunnels ?

Il désigna, çà et là autour d'eux, plusieurs couloirs noirs comme de l'encre dans la pierre claire.

– Certains… pas tous… mènent aux carrières de Belleville[1]. Encore faut-il savoir lesquels. D'autres vont plus loin encore… trop loin : jamais nous ne sommes arrivés au bout.

– Et les autres ?

– Des culs-de-sac…

Il le conduisit vers une des entrées. La paroi, formée de stalactites et de stalagmites entremêlés, faisait l'aspect d'une

1. Emplacement du futur parc des Buttes-Chaumont.

cage, éclairant le sol à intervalles irréguliers. Prenant un caillou, Furet le lança devant lui, à trois pas de ses orteils, au beau milieu d'une zone d'ombre qui ne devait pas faire plus d'un mètre de longueur. Léandre n'entendit rien… puis une dizaine de secondes plus tard monta, de très loin, un toc sonore de pierre contre pierre. Furet partit prendre la bougie et revint auprès de Léandre. La flamme dévoila un gouffre étroit et béant occupant toute la largeur du tunnel.

– … ou des oubliettes. Il y a d'autres puits comme celui-ci, parfois… on n'en voit pas le fond. Nous, on a appris à les contourner, mais si on ne connaît pas, si on n'y fait pas attention… on n'en revient pas. La pierre est aussi lisse que du bois poli : impossible de s'y rattraper.

Léandre le pria de reculer. Il avait beau se dire que nul homme ne survivrait à plus de cent mètres de chute, il préférait ne pas le vérifier en s'approchant trop. Revenu près du feu, il chassa la chair de poule de ses bras en les frottant, puis interrogea Eustache :

– Mais qu'est-ce qui t'a poussé à faire ça ? À aider les autres enfants ?

Furet prit une longue inspiration.

– Je sais pas trop. Quand j'avais six ans, je m'enfuyais souvent de chez moi… parce que ma tante m'attrapait pour tout. Je ne savais pas quoi faire dehors, alors je suis devenu un voleur. J'ai eu de la chance. Je n'ai jamais été pris. Faut dire que maman veut pas que je reste sale tout le temps. Alors je suis soit sale dans la rue tout seul, soit propre quand je suis avec elle. La police cherche et arrête que les mendiants, pas les enfants propres.

– Tu voles encore ?

– Parfois. Pour le plaisir. Je n'ai pas besoin de voler. Je m'amuse.

– Il y a d'autres façons de s'amuser, dit Léandre, sévèrement.

– Hé ! Si c'est pour jouer les pères la Morale, retourne à l'auberge. Pas besoin de ça !

– D'accord, d'accord... Mais n'oublie pas qu'on risque beaucoup à dévaliser son prochain... surtout quand c'est sans raison.

– Je ne vole que les riches. Pas l'ouvrier. Un peu plus ou un peu moins, quel mal ça leur fait ?

– Passons, veux-tu ? Nous ne tomberons pas d'accord.

– Bon, bon... Alors, un jour, j'ai rencontré Réglisse. Lui, il avait plus personne, il vivait dehors. On est devenus amis. On s'est protégés l'un l'autre. Je suis tombé ici par hasard, et comme ça, lui, il vivait plus dans la rue. Puis d'autres sont arrivés : Pipeau, Esgourde, Picodon... Tous, ils avaient plus de papa ni de maman, tous, ils avaient mal et ils vivaient dehors. Moi, j'avais cette grotte. Alors je la leur ai offerte. Parfois, j'apporte de quoi manger ; souvent, ils se débrouillent. Mais maintenant, en hiver ou en été, ils savent qu'ils ont une maison.

– Et tu n'as pas peur que ta grotte soit découverte ?

– La carrière n'est pas loin. Assez pour qu'on ne l'atteigne pas avant des années.

– Et si la maison est détruite ?

– Tu oserais, comme ça, t'aventurer dans le boyau tout seul ?

– Non... évidemment non.

– Alors, pour l'heure, j'ai peur de rien. Pour ça, je veux dire.

Le feu était désormais actif, agréable et sans fumée.

– Tu as l'art de faire le feu sans t'étouffer.

– Mon oncle, encore. C'est le grand frère de maman. Il la défend toujours comme si elle était petite. Il adore les plantes, et il dit que c'est pour ça qu'il vend des légumes... c'est les meilleures des plantes, parce qu'elles se mangent.

Il se leva à nouveau, se dirigea vers un autre angle sombre de la caverne, se baissa et ramassa une caisse de mauvais bois qu'il rapporta à côté de Léandre.

– On va souper.

Il en sortit alors un gros saucisson, des pommes de terre et un bocal rempli de purée de pommes, le même que ceux utilisés à l'hostellerie pour faire les succulentes tourtières landaises...

– Tout cela vient de chez Arnaud, je suppose ?

– Pas tout à fait. Les patates, c'est mon oncle qui nous les passe. Même qu'on en a planté dans un coin de la caverne : ça pousse bien et ça nous fait manger !

– Eh bien... quelle organisation !

Tout en mettant les tubercules à cuire sous la cendre, ils attaquèrent le saucisson. Léandre sortit pour l'occasion – et pour la plaisanterie – son immense couteau et coupa délicatement des tranches fines pour le savourer plus longuement. Le spectacle de ce jeune homme armé d'un coutelas de guerre, large comme une hachette, en train de débiter de la charcuterie avec les gestes précis d'un chirurgien, sembla du plus haut comique à Furet, qui éclata de rire. Le repas ne fut qu'une occasion de plaisanter, même si l'enfant insistait un peu trop pour que Léandre rende visite à sa mère plus souvent, ce qui ne fit qu'accentuer la gêne qu'il éprouvait déjà à ce sujet. Quand ils eurent terminé leur dernière pomme de terre, Furet tapa dans ses mains.

– Allez, on dort.

– Dormir ? Vraiment ?

– Ah ça, oui ! Maman ne rentre que demain matin, je lui ai promis de l'aider dans la journée. Mais les malappris, eux, ne reviendront qu'à l'aube ici. Et c'est ainsi : il faut qu'ils soient tous présents avant qu'on accueille un nouveau membre.

Jour ou nuit, c'était la même chose dans les cellules de la Conciergerie. Qu'importait l'heure. Domingue Sarraut passa une main humide de larmes sur ses yeux. Jamais de sa vie il n'avait autant pleuré. C'était un brave homme, que certains trouvaient un peu sensible, certes, mais viril tout de même. Il n'était pas, dans le passé, de ces personnes à verser une larme pour tout et n'importe quoi. Un chiot blessé l'attendrissait, un enfant malheureux lui donnait envie de le consoler. Mais pas de larmes. La valve s'était ouverte avec la mort de Léone. Sa captivité l'avait bloqué définitivement, et le torrent était devenu intarissable, presque douloureux à force d'irriter les yeux et les joues de ses cascades salées.

Domingue, seul au milieu de la pièce, regardait cette porte de bois et de métal comme si de ses yeux pouvait jaillir une flamme prête à la réduire en cendres. Il aurait souhaité… oh, mon Dieu, qu'aurait-il souhaité ? Lui-même l'ignorait, au fond. Et s'il n'avait jamais présenté sa fille à ce monstre pour qui il travaillait ? Et s'il n'avait jamais lui-même travaillé pour lui ? Et s'il n'avait pas eu d'enfants ? Des questions auxquelles il n'aurait jamais la réponse.

Il pensa à sa femme, à ses petits, à ses proches qui devaient être dans une si grande peine pour lui. À cause de lui. Car il avait bel et bien espéré voir mourir M. Braun. Il l'avait rêvé, pendant plus d'un mois, victime d'une atroce maladie qui lui aurait fait tomber les cheveux, les yeux et les parties honteuses. Il l'avait imaginé en damné, enfoncé jusqu'aux narines dans une mare de boues infâmes, remplies des pires créatures de l'univers venues aspirer toute goutte de vie hors de son corps jusqu'au Jugement dernier. Il avait ri en apprenant son trépas. Ri. Comme un fou. Mais alors, il n'était pas fou. Désormais, c'était le cas.

Car dans l'esprit doux et gentil de Domingue Sarraut, quelque chose s'était définitivement cassé. Comme le rouage d'une montre qu'on ne pourra plus jamais réparer. Trop d'épreuves, en si peu de temps. Bien trop. Il avait entendu quelque part, un jour, que la seule différence entre un homme sain d'esprit et un dément pouvait se résumer en une seule journée, faite de banalités quotidiennes pour l'un et de traumatismes successifs pour l'autre. C'était tout, et pourtant suffisant. À l'époque, il n'y avait pas cru. Maintenant, il savait que c'était vrai. Sauf qu'il ne se sentirait plus jamais capable de l'expliquer à quiconque. Jamais il ne parviendrait à communiquer sa souffrance à autrui, à expliquer la fatalité, le sort qui s'acharne sur une seule personne sans lui laisser le temps de souffler.

Il avait trouvé une dernière once de chance, pourtant.

En fin de soirée, il avait reçu une visite, celle de cet abject policier qui l'avait arrêté, avec son nom composé. L'homme était venu l'entendre, ou plutôt le questionner, le harceler d'interrogations, pendant une heure. À chaque nouvelle phrase, Domingue se recroquevillait, il essayait de se boucher les oreilles, d'empêcher cette voix insinuant tellement d'horreurs de trouver son chemin jusqu'aux confins de son esprit, gravant en lettres de feu indélébiles :

– Coupable. Tu es coupable !

Il gémissait, sans parvenir à former de phrases distinctes, espérant qu'enfin son tourmenteur comprenne qu'il n'était d'aucune utilité de le pourchasser de la sorte. Il ne pouvait le frapper. Jamais il n'avait levé la main sur quiconque. Sauf qu'il ne pouvait plus le dire. Issy-Volny s'était alors fâché, fort, très fort. Il avait fait un si violent geste de la main qu'il avait fracassé sa montre à gousset contre le mur. Furieux de sa propre maladresse et de ce prisonnier qui lui avait fait perdre toute contenance, il était parti, finalement, en laissant le détenu dans sa solitude muette.

Et avec les éclats de verre de la montre brisée abandonnés sur le sol.

Dès que les pas du policier s'étaient éloignés de son antre, Domingue s'était empressé de ramasser les brisures pour les cacher du mieux qu'il pouvait sous un angle de sa literie. Il savait qu'une visite d'un gardien lui ferait perdre cette ultime occasion de s'enfuir. Il fallait agir le soir même.

Il entendit sonner une cloche au loin. Un seul coup. Était-ce 1 heure du matin ? La demie de minuit, peut-être ? Il sut qu'il était seul, tranquille, et que nul ne viendrait le déranger. C'était le bon moment. Le seul moment.

Il récupéra les brisures et tâta de l'index la pointe la plus aiguë des éclats. Le verre était de bonne qualité. Épais, solide. Cela irait. Il le fallait. Il dénuda son bras gauche et le tendit, de façon à bien marquer les vaisseaux. Il passa d'abord l'arête sur son poignet, hésitant un instant avant de l'enfoncer dans sa chair, puis sciant la peau. Il sentit simultanément la chaleur de son sang lui tremper la main et sa vue se brouiller sous l'effet de la douleur.

« Encore des larmes », pensa-t-il. Il n'en finirait donc jamais avec elles.

Il continua, aussi rapidement qu'il le pouvait. Bientôt, malgré la souffrance, il fit de son poignet un cercle sanglant, coulant vivement. Il soupira, sentit qu'il défaillait. Non, pas maintenant, pas à ce stade, ce serait trop bête. Il appuya la pointe sur les veines et pressa du pouce avec force. Il sentit qu'un passage s'ouvrait, et le flot en couler avec plus de violence. Il remonta la coupure vers la paume de sa main, puis retourna vers le bas. Il se sentait de plus en plus faible. Il devait tenir. Dix centimètres de plus. La peau s'entaillait de plus en plus difficilement. Le verre s'émoussait, sans doute… Il vit que la plaie ressemblait à la croix du Christ, et cette comparaison lui plut. Il y vit un signe. Pourquoi l'Église condamnait-elle le suicide ? Pourquoi était-ce si mal d'être pressé de rejoindre son Créateur ? Toujours des questions… Enfin, la lame de verre atteignit son but, le creux du coude. Il avait dépassé le stade de la douleur. Il ne sentait plus son bras… Un peu de froid, peut-être. Il se coucha sur le ventre, son bras gauche dans le vide. C'était bien bon. Ah, dormir… Oublier les malheurs, les peines. S'imaginer à l'aube d'un jour nouveau, dans un lieu de paix, en compagnie de ceux qu'on a connus et aimés et qui sont partis… Mais pour dormir, il fallait fermer les yeux. Oui… c'était bien mieux ainsi. Il sentit l'odeur de la vieille paille humide, celle des rats, celle de son propre sang qui s'échappait, et ces senteurs ne le dérangeaient pas. Il y avait comme de la lumière dans le couloir où il se trouvait désormais. Il y faisait si noir, et si bon à la fois. Mais cette lumière au bout signifiait une chose : la délivrance. Il fallait en avoir le cœur net.

– Est-ce toi, ma petite Léone ? se dit-il face à une ombre adorée.

Alors vint le néant absolu.

Ce fut une brutale douleur dans les reins qui réveilla Léandre.

– Ouille !

Un second heurt, aussi violent que le premier, et il comprit qu'on venait de lui donner un coup de pied dans le dos. Il se retourna sur sa couchette de fortune. Furet n'était visible nulle part. Le feu avait été rallumé et crépitait vivement. Faisant cercle autour de lui, se trouvait une bonne quinzaine d'enfants.

« Les malappris… »

Tous le regardaient avec un mélange de peur, de colère et d'interrogation. L'expression des gens confrontés, à l'étranger, à l'inconnu. Ce qu'il était, au fond : un intrus, un imprévu… et partant du principe qu'on craint toujours l'inconnu, ils le voyaient comme une chose nuisible, dangereuse.

En les observant, il pensa à ces gravures anciennes montrant les explorateurs pillards venus d'Europe opposés, seuls et désarmés, aux guerriers à lances et boucliers des tribus d'Afrique ou de Papouasie. C'était vrai qu'ils avaient l'air farouche, dans leurs guenilles trop grandes, certains arborant des chapeaux cabossés, d'autres des chaussures éculées… Si le plus jeune devait avoir six ans, l'aîné n'avait certainement pas franchi la limite de son dixième anniversaire.

– Qu'est-ce que tu fous là ? demanda le plus hardi de tous, un assez grand blondinet de huit ans aux yeux marron et au visage sévère.

Le Goupil n'éprouvait aucune crainte, même s'il distinguait, dans les mains de certains, des frondes de fortune serrées dans leurs petits poings. Pourtant, ce fut avec lenteur et sans faire le moindre geste brusque qu'il se redressa, dominant bientôt de deux têtes son adversaire. Tous les enfants, sauf ce dernier, reculèrent avec un petit cri général d'effroi.

– Qu'est-ce que tu fous là ? répéta le garçonnet, plus durement, poings serrés sur les hanches.

– Ça se voit pas ? Je dormais ! répondit Léandre, usant du ton sec et insolent utilisé par le gosse.

Ce dernier serra les dents puis claqua de la langue en signe de protestation.

– T'as pas à dormir là. Ici, c'est à nous. Ici, c'est chez nous. Pas vrai, les malappris ?

– Vrai ! répondirent à l'unisson les autres mioches en se rapprochant à nouveau, rassurés par la témérité de leur meneur.

– Es-tu voleur ? Vide tes poches !

L'enfant ne semblait pas décidé à accepter un « non » comme réponse. Léandre, curieux de voir jusqu'où irait cette histoire, obéit, sortant de ses poches un porte-monnaie, son calepin, sa mine de plomb.

– Le couteau aussi.

À regret, il sortit son arme de son fourreau et la posa, étincelante et terrible, à côté du reste. Des exclamations admiratives jaillirent çà et là.

– Laisse ça au sol… C'est à nous. C'est le prix. Et maintenant, tu vas partir vite d'ici.

– Oui… mais par où ?

– Hé… il sait pas comment il est arrivé chez nous !

– Oh, le pauvre ! Il a dû se perdre !

– Si on lui apprenait à trouver sa route ? Dans les tunnels !

– Oui ! Oui ! Les tunnels !

– Dans les tunnels ! hurla le blondinet.

Avec un cri dément, les enfants se jetèrent sur Léandre, lequel se débattait comme un beau diable, sentant les mains griffer sa peau, des dents le mordre sans retenue. Il parvenait à en repousser, mais se contenait, malgré la douleur, sachant pertinemment qu'il avait affaire à des enfants incapables de rendre la force de ses coups. Cependant, tout en luttant, il se sentit submergé par le nombre et, petit à petit, constata qu'ils le repoussaient vers les tunnels... Vers un, en particulier. Le tunnel à la paroi en cage... Le tunnel au puits sans fond. Il résista, ne pouvait se résoudre à se fâcher. S'il s'énervait... il ne fallait pas y penser... il ne pouvait quand même pas se laisser précipiter dans un gouffre sans réagir. Ses pieds perdaient peu à peu la bataille. Bientôt, son dos franchit le seuil du tunnel. Ses talons n'étaient plus qu'à deux pas du trou... Il sentirait le sol se dérober sous ses pieds...

– Arrêtez ! tonitrua la voix de Furet.

L'enfant venait tout juste de sauter dans la grotte, depuis un trou creusé dans la paroi à une toise du sol, l'air mécontent.

– Laissez-le !

– Furet !

Le brouhaha des voix d'enfants tentant de s'expliquer face à leur chef bien-aimé devint bien vite assourdissant.

– On l'a trouvé sur nos lits...

– Il avait rien à y faire...

– Alors Picodon a dit qu'on devait le conduire dans les tunnels...

– Silence ! Vous savez pas qu'aucun grand n'a réussi à venir ici seul ?

– Tu veux dire que... c'est toi qui l'as amené ? demanda un des plus petits mioches, les yeux brillants de larmes, comme s'il entendait la pire des trahisons.

– Oui, c'est moi, répondit Furet.

Il s'avança, et les autres petits firent cercle autour de lui. L'incompréhension, la désillusion envahissaient les visages.

– C'est moi, dit Eustache. Parce que c'est un ami. Parce qu'il m'a aidé, et que je l'ai aidé.

– Un ami… Pour sûr, vous avez affaire ensemble, ricana Picodon. Mais ça ne nous concerne pas, nous, les malappris. Et pour commencer, tu n'aurais jamais dû le conduire ici.

– Pourquoi ?

– Parce que c'est chez nous. Parce qu'ici les grands n'ont pas droit de cité. Parce qu'ici les malappris règnent !

– Ouaiiiiis ! répondirent les enfants en chœur.

Eustache fit cesser les acclamations d'un geste de la main, puis regarda son rival bien en face.

– Picodon… quand je t'ai connu, tu pleurais tout le temps parce que tes grands frères faisaient la loi et te battaient tous les jours. Tu étais la victime. Pourquoi tu veux devenir celui qui impose ? Tu as trop souffert pour être bon juge.

– Parce que moi je suis encore un enfant… Toi, tu n'es déjà plus des nôtres ! Tu parles trop bien ! Bientôt, tu auras du poil sous le nez, et tu parleras vraiment comme eux ! Tu commences déjà à devenir leur ami !

– Je ne suis pas l'ami des grands. Je suis son ami, à lui !

– C'est égal ! Quand tu seras un grand, tu partiras. Si tu ne le décides pas tout seul, nous, on le décidera pour toi !

« Dangereux, ce Picodon… Nul doute qu'il cherche à ravir la place de Furet… Il devrait s'en méfier… si ce n'est pas déjà le cas. »

Or, devançant la pensée de Léandre, Eustache s'avança droit devant son copain, jusqu'à ce que la pointe de leurs nez se touche, ou presque.

– Dis-moi, Picodon… Tu chercherais pas la bagarre, par hasard ? Parce que je reste ton chef, si tu l'as oublié. Un chef qui peut très bien te casser le nez !

– Chiche.

Le mouvement fut rapide, terrible. En un instant, le poing fermé, d'une dureté de diamant, s'abattit sur le coin gauche du nez du provocateur, lequel chut à terre, le visage dégoulinant de sang, et se mit à pleurer en silence, sous le double coup de la douleur et de l'humiliation.

– Un autre volontaire ? demanda Furet en faisant craquer ses poings.

Personne ne répondant, l'enfant chef haussa les épaules et tendit la main à son camarade tombé. Ce dernier le regarda incertain, et Furet poussa un grognement d'humeur. La trêve était passagère, mieux valait ne pas faire durer la scène. Bientôt, Picodon était à nouveau debout. Furet se retourna, faisant face à sa troupe.

– Bon... encore qui veulent jouer au brave avec moi ? Personne ? Bien. J'ai été sauvé par ce grand. Je l'ai sauvé en retour. Et j'ai pu parler avec lui. J'ai pu savoir ce qu'il valait au fond de lui. Et celui qui n'est pas d'accord, ce sera la même chose. C'est pas un grand, même s'il en a l'air. Je veux que vous l'acceptiez comme frère, comme moi.

– Comme chef ? dit l'un des petits portant casquette.

– Non, fit Furet, inflexible. Le chef, c'est moi. Sauf si je suis battu.

– Mais s'il te bat... tu pourras pas gagner.

Furet sembla prendre en compte le réalisme de la remarque et lança un œil effrayé à Léandre. Ce dernier comprit aussitôt qu'il devait parler ; sans cela, Eustache perdrait la face.

– Malappris, je ne prendrai jamais la place de Furet, et jamais je ne le provoquerai en duel.

– C'est promis ?

– Je ne promets rien, répondit Léandre. Je me tiens à ce que je dis. C'est tout.

– Malappris !

– Malappris !

La caverne résonna de cris d'enfants, aux sonorités bestiales : on eût dit qu'une troupe d'oursons, de marcassins et de chiots fous peuplait désormais la grotte, dansant autour du feu en se secouant dans tous les sens. Léandre, pris par la frénésie, fit bientôt de même, et les enfants le saluèrent bientôt comme l'un des leurs. L'un d'eux, Tortue, qui était le plus petit et le plus lent, osa l'approcher pour lui demander s'il pouvait monter sur son dos. Léandre, attendri, s'agenouilla sans répondre et laissa le petit grimper à califourchon sur son rachis, avant de galoper en poussant des hennissements fort réussis qui ravirent le mioche au plus haut point. Puis Furet tapa trois fois des mains et la sarabande cessa tout net.

– Malappris ! Aujourd'hui, nous avons un nouveau frère ! Il s'appelle Goupil ! Que Cinq Psaumes le chante !

L'enfant ainsi désigné était très beau. Il devait avoir huit ans. Il s'avança au milieu de ses camarades et, d'une voix cristalline de séraphin, improvisa une ritournelle :

« Goupil, poil de renard, cœur d'agneau, œil de lion,
Que la terre nous mange si nous nous trahissons
À la bouche et à l'âme, ayons un même cri
Mort à tous les méchants, vivent les malappris ! »

Le chant fut salué de rires et de sifflements. Furet s'approcha de Léandre et lui expliqua :

– On ne hue pas sa voix, mais sa chanson. Il change à peine de texte à chaque nouveau.

– Il chante merveilleusement bien.

– C'est pour ça qu'il est notre barde. Il rêve d'être enfant de chœur, mais il a fui son tuteur, un prêtre parce qu'il était… mauvais.

Léandre n'avait pas besoin de précisions pour savoir ce que, dans ce contexte, ce « mauvais » signifiait… Il avait déjà entendu parler, par son grand-père, de ces prêtres qui abusent de leur pouvoir sur leurs ouailles pour soumettre les enfants à leurs caprices les plus obscènes. Il ressentit une violente bouffée de colère. Sans doute nombre de ces mioches avaient-ils vécu semblable tragédie. Eh bien, soit ! Puisqu'il était désormais considéré comme l'un des leurs, il se chargerait de les protéger autant que possible. Comme leur frère.

À nouveau Furet s'adressa à sa bande :

– Malappris ! Qu'on aille chercher le butin de la nuit et qu'on le réunisse : nous irons le cacher ensuite tous ensemble.

Bientôt, chacun commença à fouiller dans ses poches, rapportant pièces, bijoux, bibelots en tout genre. Furet, qui avait étalé son mouchoir – propre celui-là – sur une pierre, posa un à un chaque article du trésor en le mentionnant à haute voix. Quand plus rien n'arriva jusqu'à lui, il saisit les quatre coins du mouchoir, qu'il noua comme un baluchon, puis prit la direction de la caverne la plus lointaine. Chaque gamin le suivit, à la file indienne, tandis que Tortue, à nouveau, demandait à Léandre s'il pouvait le porter, une requête à laquelle l'agent spécial se soumit volontiers. La route n'était pas longue, mais périlleuse et sombre. Néanmoins, au bout de cinq minutes, ils parvinrent devant un bloc de pierre posé sur un éboulis. L'ensemble interdisait toute avancée.

– Mulot, à toi de creuser.

Avec curiosité, le jeune homme vit l'un des enfants saisir un rocher de taille moyenne et le pousser sur le côté... C'était à n'en pas douter un passage très discret qui permettait de se glisser sous le roc. Si chaque enfant passa sans encombre, ce ne fut pas le cas de Léandre, dont la carrure et le ventre étaient autant d'obstacles à la reptation, seule méthode pour atteindre l'autre côté. Par chance, une fois encore, le sol était sec, et ce ne fut donc que les vêtements maculés de poudre terreuse qu'il parvint à sortir de l'étroit boyau...

L'endroit était étonnant : Mulot, passé le premier, avait allumé cinq torches plantées dans la pierre, qui éclairaient un véritable petit trésor. La caverne était juste assez grande pour les contenir tous... et leur butin. Il y avait là de l'or, de l'argent, des pierres précieuses, des bijoux, camées, médaillons, colliers, bracelets, mais également des joujoux, des objets plus ou moins précieux, mais souvent très beaux.

Furet prit le baluchon, le défit et, avec une solennité bien curieuse pour un enfant si jeune, rangea son contenu parmi les précédents objets dérobés.

– Malappris ! dit-il. Pensons à ceux qui nous ont déjà permis d'avoir ce trésor et ne sont plus là. Pensons à Choucas et à Guignolet qui sont en prison. Espérons les revoir, et qu'ils soient restés nos frères. Pensons à Réglisse, revenu chez les anges. Pensons à eux.

Un profond silence envahit la petite grotte. Léandre, qui ignorait tout de ces enfants dont parlait Eustache, baissa la tête comme les autres. Ce fut une fois encore en tapant des mains que le petit chef mit un terme à cette prière.

– Malappris ! Ce trésor est le vôtre, et celui qui vous permet de vivre. Chacun de vous sait quoi faire. Et après, retournez au foyer. Je vous y rejoindrai plus tard.

Chaque enfant prit une poignée de trésor avant de déguerpir. Ce n'était là qu'une dérisoire ponction sur l'ensemble du butin, que bien des cambrioleurs auraient rêvé d'amasser. Furet, lui, n'y toucha pas avant que chacun se soit servi et sauvé. Alors seulement, il souleva un simple coffret de bois poli, qu'il ouvrit à moitié, la respiration haletante et l'œil humide.

– Pourquoi pleures-tu ?

– Je ne pleure pas, fit Furet en s'essuyant le visage de la main.

Léandre regardait le coffret avec curiosité. Il n'avait, à première vue, rien de bien terrible. Partant du principe qu'il est inutile de se lancer dans des conclusions avant d'avoir interrogé, il se pencha sur l'oreille d'Eustache.

– Allons, dis-moi. Tu as tenu à ce que je devienne ton frère. Vois-moi comme tel. Et dis-moi.

Furet ravala un sanglot, puis, sans regarder Léandre, murmura :

– C'est le butin de Réglisse. Je pense à lui, et ça me fait pleurer.

– Qu'est-il arrivé à Réglisse ?

– Il est mort.

– Je le sais, tu me l'as dit tantôt. Mais comment ?

– Ça, je sais pas. On l'a retrouvé un matin, dans un terrain vague près de la Roquette. Nous, ça faisait trois jours qu'on l'avait pas vu, alors on le cherchait. On a des copains çà et là... il était pas en prison. Il avait pas de famille. Je suis allé voir à la morgue, par la vitrine. Et il y était. On aurait dit qu'il dormait. Je n'ai pas compris ce qui lui était arrivé, alors je suis rentré.

– Tu as pu le voir de près ?

– Oui... je suis allé trouver un docteur... un petit monsieur, assez vieux, avec une barbiche.

Léandre n'eut pas besoin de plus de détails pour comprendre qu'il parlait de De Flandre.

– Il voulait pas me laisser faire, mais j'ai pu dire quelque chose sur Réglisse, et il a compris que je le connaissais. Il m'a laissé entrer dans une pièce vide et il a apporté Réglisse dans un drap blanc. J'ai pleuré, parce que c'était mon ami. Et puis j'ai demandé ce qu'il lui était arrivé. Au début, là non plus, il ne voulait pas me raconter. Il m'a dit que j'étais trop jeune pour entendre ça. J'ai dû insister. Je lui ai dit que je voulais comprendre. Il m'a expliqué que Réglisse était mort comme quand on se noie, qu'il avait cessé de respirer, et que quand on ne respire plus, on meurt. Ça, je le savais, et je lui ai dit. Mais ce que je ne comprenais plus, c'est comment il avait fait pour se noyer en plein terrain vague. Il m'a dit que ça ressemblait à la noyade, mais que c'en était pas une. Il m'a dit qu'il faisait froid, qu'il pleuvait, qu'on pouvait attraper un froid qui te tuait comme ça... Je lui ai répondu que je le croyais pas. Il m'a demandé où vivait Réglisse. J'ai répondu dans la rue. Il m'a demandé ce qu'il mangeait : j'ai répondu je sais pas. Il a dit que c'était presque normal alors de mourir comme ça, sans toit, en hiver, sans avoir mangé. En plus, il m'a dit qu'il devait s'être fait mal sur un clou.

– Pourquoi un clou ?

– Parce qu'il avait une coupure. Et même deux. Une au doigt, une à la cheville. Mais j'ai pas compris, là aussi : on se fait souvent mal entre nous. Mais si on marche sur un clou, c'est pas à la cheville... Et Réglisse se serait jamais blessé au pied : il était trop acrobate, il faisait attention !

– Tu dis à la cheville ? demanda Léandre, d'une voix rendue tremblante par la similitude du cas avec sa propre enquête.

– Oui… j'ai même soulevé le drap pour voir : juste au-dessus de l'os qui fait une boule sur le pied. Même que ça devait lui faire bien mal pour courir !

L'enfant eut un hoquet qui émut Léandre. Réglisse devait vraiment être son meilleur ami. Il passa son bras sur l'épaule de Furet, et ce dernier posa sa tête contre son torse. Il renifla, puis regarda le Goupil en souriant.

– Merci.

– Pas de quoi, petit frère.

Ce mot eut raison des derniers scrupules d'Eustache. Il ouvrit plus largement le couvercle du coffret et en sortit un bracelet de perles.

– Ça, c'est le premier vol qu'on a commis ensemble. Je suis allé mendier devant une dame, et elle m'a chassé d'un coup de parapluie. Réglisse est intervenu pour prendre ma défense et la repousser… Elle a même pas senti qu'il lui enlevait le bracelet.

Un à un, il désigna quelques pièces d'or, un fort joli gobelet en nacre, un canif d'argent… Léandre en fut soufflé.

– Tu avais tout mis de côté ?

– Non, tout était mélangé.

– Et tu as tout récupéré après sa mort, au milieu du butin ? Tu te rappelais tout ce qu'il avait volé ?

– Oui… je crois.

– C'est impressionnant.

– Pourquoi ? On se souvient de tout quand c'est son ami. Et ça, c'est le dernier butin qu'il a ramené.

Léandre regarda l'objet avec curiosité. Il s'agissait d'un médaillon à armoiries, joliment sculpté mais sans réelle valeur. Sans doute l'enfant l'avait-il trouvé agréable à regarder avant de le prendre. Il le retourna et s'arrêta net. Le verso était gravé, lui aussi. Deux noms, et une date :

Gilles et Marie – 19 février 1827.

Dans sa tête, cela fit comme un déclic. Sans qu'il comprenne pourquoi. Il lui fallut quelques secondes pour sortir son carnet de sa poche et le consulter. Bientôt, il tomba sur la page où il avait recensé les identités de tous les députés décédés dans des circonstances curieuses au cours de l'année. Le nom de Kervazec était le premier d'entre eux. Et il se prénommait Gilles… L'idée était folle. Une chance sur mille, sur dix mille ?

– Furet ! Quand est-ce que Réglisse a ramené ce médaillon dans le butin ?

– Un jour avant sa mort.

– Tu en es sûr ?

– Quand je suis allé à la morgue, le médecin m'a dit qu'il était mort depuis trois jours. Alors oui, c'était la veille.

– Il te l'avait dit ?

– Oui et non.

– Ah ! Qu'est-ce que cela signifie ? C'est important et je ne te comprends pas.

– Réglisse ne pouvait pas parler, il était muet. Il parlait par gestes, et je le comprenais.

– Tu te souviens de la date à laquelle ça s'est passé ?

– Oui… c'était le 23 mars. Il l'avait pris pendant la nuit.

– Où cela ?

– Chez le bourgeois en question.

– Que t'a-t-il raconté d'autre ?

– Qu'il avait failli se faire surprendre par deux hommes pendant sa visite. Et qu'il s'était demandé si l'un des deux ne l'avait pas vu…

Léandre s'adossa au mur pour ne pas tomber. Décidément, cette initiation était de plus en plus riche en imprévus… Le voilà qui se retrouvait sans l'avoir cherché sur une nouvelle voie de sa propre enquête ! Cette médaille, cadeau de noces sans le moindre doute, appartenait, il le pressentait, à l'un des députés décédés. Et le voleur était mort un jour plus tard, dans des circonstances qui ne rappelaient que trop bien les meurtres des députés…

Qui étaient ces deux hommes rencontrés lors de ce larcin ? La victime et son meurtrier ? Une chose en tout cas était certaine pour le Goupil : muet ou pas, Réglisse avait vu quelque chose qu'il n'aurait pas dû voir. Et la mort de Kervazec était bel et bien la première de toute cette sinistre histoire.

– Furet, j'ai quelque chose de très important à te demander : me permets-tu de garder cette médaille ? Elle peut servir à trouver qui a tué Réglisse.

– Tu en es sûr ?

– Presque. Il faut que je vérifie, mais oui... Et cette médaille devrait m'y aider.

– Prends-la, alors. Rends-la-moi, après, mais prends-la pour l'instant.

Tortue s'ennuyait. C'était si bête d'être le plus petit ! Tous les malappris étaient ses grands frères, mais aucun ne le consolait vraiment. À part Furet... mais Furet était le chef, il ne pouvait pas s'occuper que de lui. Tortue, malgré ses six ans, le comprenait bien, même si cela l'attristait. Mais depuis ce matin, il y avait ce grand qui s'était montré comme un grand frère avec lui ; pour lui tout seul ! Il l'avait pris sur son dos ! Comme un dada ! Tortue rêvait de faire du cheval...

Malgré la lumière du foyer, fraîchement ravivé de fagots, quelques-uns de ses frères s'étaient déjà couchés, certains dormaient. Tortue, lui, ne voulait pas dormir. Il avait faim. C'était d'ailleurs une de ses caractéristiques principales, il avait toujours faim, et il mangeait n'importe quoi. C'était même devenu un jeu pour les malappris : voir ce que Tortue pourrait avaler. Celui qui jouait le plus à ça, c'était Picodon. Mais il donnait toujours des choses mauvaises à manger. Du crottin de cheval, un jour. Ce n'était pas bon. Furet s'était fâché et, le soir, sur son ordre, Tortue n'était pas allé dans les rues comme d'habitude. Il était resté dans la grotte, à l'attendre. Ça lui faisait un peu peur, mais Furet savait ce qu'il faisait. Quand il était revenu, il lui avait rapporté du pain frais et du pâté. Ça, c'était bon. Ils avaient mangé, tous les deux, puis Furet l'avait bordé et il lui avait lu une histoire de sauvages d'Amérique, des bonshommes à la peau toute rouge et qui ont des chapeaux avec des plumes... Et Tortue avait rêvé, sans les avoir jamais parcourues, des plaines de l'Ouest s'étendant à perte de vue, et il s'était imaginé sur le dos d'un cheval, galopant dans le soleil couchant vers d'incroyables aventures...

Occupé à jouer à rien, Tortue s'intéressa aux affaires de son nouveau grand frère, Goupil. Il ne toucherait pas au couteau, même si la taille de ce dernier le fascinait. Mais il osa récupérer la mine de plomb, la contemplant avec perplexité, puis saisit le carnet et l'ouvrit. Le mioche ne savait pas lire. Est-ce que ça voulait dire quelque chose, ces pattes de mouche ? Sans doute, puisque Furet arrivait à lire, lui. Il faudrait qu'il lui apprenne un jour. Il lui demanderait.

En refermant le carnet, il sentit une chose curieuse... comme si la couverture s'effritait. Il retourna le livre et vit une feuille d'arbuste qui y était collée. Elle était sèche, mais longue et belle. Tortue avait déjà souvent mangé des feuilles, fraîches ou mortes. C'était pas très bon... mais il avait faim. Il la détacha et la regarda dans la lumière des flammes. C'était vraiment une jolie feuille et elle ne sentait pas mauvais. Salivant, il se demanda s'il la croquerait entière ou juste le bout quand il entendit Furet revenir.

Tout content, il bondit sur ses pieds et lui montra sa trouvaille :

– Furet ! Regarde la jolie feuille ! Je peux la manger ?

À sa grande surprise – et terreur –, Furet, son grand frère d'adoption, se rua sur lui comme un forcené, le giflant violemment et saisissant sa belle feuille. Tortue se mit à hurler, la joue en feu, sans comprendre. Et Léandre qui venait d'assister à la scène ne comprenait pas non plus.

– Où tu as trouvé ça ? glapit Eustache au petit.

Secoué de gros sanglots, pleurant à fendre l'âme, Tortue ne parvenait pas à répondre. Le ton de Furet s'apaisa, aussi brutalement que son attaque avait été soudaine.

– Tortue... petit frère... je suis désolé de t'avoir frappé... mais il le fallait...

Il regardait la feuille dans sa propre main, avec un air de vif dégoût. Enfin, il revint vers Léandre, le visage dur.

– Tu te promènes souvent avec du poison sur toi ?

– Du poison ? Comment cela ?

– Ça !

Et Furet lui montra la feuille... Léandre se demanda quelques instants de quoi il s'agissait puis reconnut la chose.

– Tortue a dit que c'était collé à ton carnet... Il mange tout, Tortue !

– Je l'ai ramassée au Palais-Bourbon... Comment sais-tu que c'est du poison ?

– J'ai reconnu la feuille ! Et si y a bien des choses que mon oncle m'a apprises, ce sont les plantes ! Ça, c'est du laurier-rose : poison mortel !

– Tu es sûr ?

– Est-ce que je te mentirais ? En attendant, je laisse pas ça ici... Je vais la jeter dans le puits sans fond.

– Pourquoi pas au feu ? Ce serait aussi efficace !

– Malheureux ! Tu veux qu'on meure ? Même la fumée qui s'en dégage quand on la brûle tue !

– Halte-là ! fit alors Léandre, en empêchant d'une main Furet d'aller au bout de ses intentions.

– Qu'est-ce qu'il te prend ?

– Surtout ne te débarrasse pas de cette feuille. Donne-la-moi, car je vais en avoir besoin...

L'enfant lui obéit et Léandre observa attentivement ce petit morceau de plante, si dangereux et si accablant. Il était désormais certain d'avoir reconstitué l'affaire dans son ensemble.

– Vraiment, Furet, je te dois mille mercis.

– Pourquoi ? demanda le gosse, interloqué.

– Pour le médaillon… pour cette feuille… et pour ta maman. Quant à Tortue…

Il se rapprocha du petit qui, assis sur son lit, se calmait lentement de ses émotions. Il ne comprenait toujours pas pourquoi on l'avait giflé de la sorte. Léandre s'agenouilla devant lui et le pressa contre son cœur.

– Tortue, à toi aussi, merci… et quand je te reverrai, je t'offrirai un gros gâteau avec de la crème !

Les yeux du gamin séchèrent instantanément, pétillants de convoitise.

Hmm… de la crème !

Chapitre douzième

D'un complot aux conséquences incalculables

Assis à son bureau en bois de rose, Rodolphe Issy-Volny réfléchissait. Dès son arrivée, à 7 heures, il avait été convoqué chez M. Allard, le chef de la Sûreté, afin d'être informé de la tragédie qui s'était déroulée dans la nuit à la Conciergerie. La nouvelle ne lui avait fait ni chaud ni froid. Dans son esprit étriqué, il considérait le suicide comme étant la preuve irréfutable de la faiblesse et aussi de la culpabilité. On se détruisait pour ne pas avoir à vivre l'épreuve d'un procès qui aurait, à coup sûr, confirmé son geste homicide. On se détruisait pour ne pas être conduit, enchaîné, aux confins du monde civilisé en compagnie d'autres malfaisants pour mourir sous les coups des gardes-chiourme. On se détruisait pour ne pas être, un matin, réveillé par le procureur de la République, le juge et les bourreaux.

Enfin, ce n'était que partie remise.

L'inspecteur principal Issy-Volny n'aimait pas cette affaire. S'il n'en eût tenu qu'à lui, il serait volontiers resté à surveiller les agissements politiques des puissants… C'était la seule chose pour laquelle il était réellement doué.

Seul héritier mâle au milieu de trois sœurs, et filleul d'un ancien pair de France, il avait été l'enfant adoré, gâté au point d'en faire un être dépourvu de tout scrupule, sans grande intelligence mais manipulateur à l'extrême. Élève sans éclat, il avait bénéficié d'une assistance familiale et de contacts utiles au bon moment. À vingt ans, il était entré dans l'intendance militaire pour y faire son service. Au final, il y était resté quinze ans, montant jusqu'au grade d'adjudant. Ses notes étaient toujours aussi médiocres, mais son avancement était constant car, outre ses appuis, il était de ceux qui dénoncent à tout bout de champ dans le but de gagner récompense. Il surveillait les cuisines et l'abus de nourriture, refusait sans vergogne de procéder au changement de tenues des soldats tant que celles-ci n'étaient pas usées jusqu'à la corde. Les économies qu'il faisait réaliser lui valaient l'estime de certains de ses chefs. Et si presque tous les autres le haïssaient, il s'en moquait. Devenu adjudant, il était intouchable pour la plupart des soldats auxquels il avait nui. Il était dit cependant que toute bonne chose devait avoir une fin. Il avait dû quitter l'uniforme, pour échapper à la hargne d'un colonel qui, homme de convictions et de bonne conscience morale, avait constaté qu'il ne se comportait pas de la même façon avec les gradés qu'avec la soldatesque. Ancien grognard, l'officier supérieur avait pâti de ce genre de mesquineries dans sa jeunesse. Désormais, il avait la possibilité de se venger. Il l'avait traité de sous-homme et de malhonnête fouine à long museau et incité, sous peine des plus folles représailles, à demander son congé définitif.

Rendu à la vie civile, Issy-Volny était donc devenu, par le biais des connaissances, clerc chez un huissier de justice… Là encore, son art de la fausseté avait fait merveille. Son patron, un honnête homme, avait été dupé pendant trois ans, avant de se rendre compte que ce clerc ne faisait que falsifier les registres de saisie, augmentant ou rabaissant les sommes à récupérer, et conservant toujours pour lui la différence. Par chance, l'affaire avait été tue : l'huissier craignait le ridicule que n'aurait pas manqué de provoquer la révélation sur la place publique de son aveuglement face à son subalterne mangeant allègrement la grenouille en toute impunité et aussi longtemps…

À nouveau sans emploi – mais pas sans le sou –, abusant de ses complaisantes relations, Issy-Volny était entré dans la police, et pas n'importe laquelle : la Sûreté générale, cette officine créée sous Napoléon et chargée des cas les plus terribles ou des missions les plus délicates. Son parrain lui avait décroché une place largement imméritée d'inspecteur principal, qu'il occupait toujours depuis sept ans. Trop lâche pour aller au feu, l'estomac révulsé en présence d'un cadavre, il menait une vie de paresseux total, savourant les plaisirs de l'existence tout en continuant ses magouilles d'autrefois. Il ne se laisserait plus prendre dans des combines de vols et autres détournements qui le mèneraient en prison. Il se contentait de faire chanter les gens, souvent dans les affaires de mœurs. Il s'en prenait volontiers aux invertis et aux adultères, qu'il adorait surprendre en flagrant délit pour les menacer de révéler leur infamie au tout-venant. Tremblant de peur à l'idée d'être dénoncés, les coupables payaient sans rechigner.

À son grand déplaisir, on avait fini, trois ans plus tôt, par lui adjoindre un jeune policier, fraîchement sorti de l'armée. Un homme paisible, idéaliste et défaitiste à la fois, obéissant aux ordres et pourtant pas sans réfléchir. Il n'avait fallu qu'une semaine à Issy-Volny pour mépriser totalement ce garçon au nom de famille si ridicule. Leterrier était plus compétent comme policier que lui, c'était vrai, et il l'avait compris en quelques heures à peine. Sauf que jamais cet imbécile n'obtiendrait l'avancement nécessaire pour devenir inspecteur principal à son tour. Pas assez courtisan pour cela… Alors il avait pris un malin plaisir à l'humilier chaque jour d'une façon ou d'une autre. L'inspecteur principal savait très bien jusqu'où il pouvait aller dans les vexations, selon les personnes qui se trouvaient face à lui. Deux ou trois fois, il avait senti Leterrier sur le point de sortir de ses gonds, mais l'inspecteur était une âme raisonnable, qui savait très bien qu'un coup porté à un supérieur équivaut à un renvoi, voire à de la prison.

Puis l'hiver 1848 était arrivé. Et avec lui les enquêtes autour des morts des députés. Issy-Volny ignorait pourquoi M. Allard était ainsi venu le débusquer dans son bureau pour le forcer à surveiller les faits et gestes des représentants du peuple. Tout ce qu'il savait, c'est que cette mission avait mis un terme à ses habitudes, ce qui le contrariait énormément. Il avait tenté de se faire des alliés en leur sein, mais cela avait été en vain à chaque essai. De plus, il lui fallait passer son temps au Palais-Bourbon, immense et froid, ce qu'il détestait au plus haut point. Certes, depuis mars, plusieurs députés avaient rendu l'âme, mais mis à part dans deux, trois cas, il était inutile de se ruiner la santé en cherchant un responsable. Tout n'était qu'accident ! Pourquoi venait-on le tracasser de la sorte ?

Ces changements indésirables n'avaient servi qu'à aggraver son humeur et, quand il avait loisir de quitter la surveillance de ces messieurs, il se montrait pire encore que par le passé avec ses victimes de choix. Les enfants des rues finissaient presque immanquablement en prison, les amants illégitimes devaient payer deux fois plus…

Et puis voilà que débarquait ce Léandre Lafforgue. Lui aussi nanti d'autorisations spéciales mais doté des meilleures intentions pour les employer. Intelligent, soucieux de justice… Le genre d'homme que Rodolphe Issy-Volny ne pouvait souffrir.

Il entendit alors quelqu'un entrer dans le bureau voisin et s'entretenir avec l'inspecteur Leterrier. Une voix éclata soudain et, après trois coups portés avec la force d'un bélier de guerre, la porte livra justement passage à Léandre et à cet affreux gamin dont il avait pris la défense dans les couloirs de la Chambre, un mois plus tôt.

– Qu'avez-vous fait ? cracha le Gascon, les yeux jaunes comme jamais.

Issy-Volny ne sut que répondre. L'air de fou dangereux qu'avait ce personnage le troublait trop pour qu'il puisse remettre ses idées en bon ordre.

– Quoi donc ?

– Vous le savez très bien ! Domingue Sarraut !

– Sarraut a tenté de mettre fin à sa vie en cellule : réflexe de coupable !

– Ou d'innocent acculé à la dernière extrémité ! Vous êtes un monstre, inspecteur principal ! Un monstre ! La justice n'est pour vous qu'une farce ! Et croyez bien que…

– Holà, holà ! l'interrompit une voix forte et grave. Quel est cet esclandre de bon matin dans nos locaux ? Vous croyez-vous donc sur un marché aux bestiaux ?

Léandre se retourna et Issy-Volny poussa un soupir de soulagement. C'était M. Allard qui venait de faire irruption dans le bureau. Vu le tapage que Léandre avait occasionné, la suite promettait d'être délectable : le chef de la Sûreté détestait proverbialement le bruit.

– À qui ai-je l'honneur, jeune homme ?

– Léandre Lafforgue, agent affecté à la sécurité du député Bonaparte, monsieur. Puis-je me permettre de vous retourner la question ?

– Allard, commissaire principal à la Sûreté générale.

– Mes respects, commissaire.

– Foin des présentations. Pourriez-vous me dire pour quelle raison vous hurlez de la sorte dans ce bureau ?

– Tout simplement parce que votre subordonné, loin de mener l'enquête avec le sérieux qu'elle nécessite, a probablement causé la perte d'un homme, d'un innocent emprisonné sous de fallacieuses suspicions !

– Parleriez-vous de Sarraut, le valet de feu le député Braun ?

– Vous êtes donc au courant.

– J'en ai informé Issy-Volny ce matin même. Sur quelles bases vous reposez-vous pour affirmer qu'il est innocent ?

– Sur l'attaque dont j'ai été la victime voici moins de cinq jours, sur la mort de plusieurs députés avant celui-ci, passés jusqu'alors aux yeux de la police – ou, du moins, ceux de M. Issy-Volny – pour des accidents dépourvus du moindre intérêt.

– Disposez-vous de preuves pour étayer vos accusations ?

– Je le crois. Mais celles-ci n'auront de réelle valeur que si elles sont corroborées par les aveux du suspect… un autre valet, Sanchez, qui a été brillamment arrêté par l'inspecteur Leterrier.

– Brillamment ? se gaussa Issy-Volny.

Il fut le seul à rire de son propre sarcasme et s'arrêta bien vite en le constatant.

– Le hasard, à plusieurs reprises, m'a mis en possession d'éléments susceptibles de mener cette enquête à son bon terme. Je suis décidé à vous fournir toute l'aide nécessaire pour parvenir à l'appréhension du véritable coupable. Mais pour cela, j'ai besoin de deux choses : tout d'abord, je dois interroger Michel Sanchez, et j'aurais besoin que l'inspecteur Leterrier fasse une recherche pour moi.

– Sans problème, répondit Charles avec enthousiasme.

– Permettez, Leterrier, dit Allard. C'est à moi de donner mon opinion. Issy-Volny… n'avez-vous pas à faire ? Il me semble qu'il est déjà 10 heures du matin. Ne vous attend-on pas au Palais-Bourbon ?

– Si fait, répondit l'inspecteur principal avant de rassembler ses affaires et de quitter le bureau.

– Monsieur, gronda Allard, je ne saurais tolérer une pareille intervention dans mon service une fois encore. Votre statut d'agent au service d'un député ne vous donne pas tous les droits. Cependant, je suis homme à me fier à la bonne volonté et je gage que vous n'en manquez pas. Vous pourrez donc interroger Sanchez dans mon bureau, tandis que l'inspecteur Leterrier se fera un devoir de retrouver l'information ou les informations qui vous font défaut.

– Monsieur, je vous en remercie !

– Pas de merci… aidez-nous à capturer ce coupable et nous serons quittes.

Puis le chef de la police de Sûreté repartit, laissant Leterrier en compagnie du Goupil et du petit Furet.

– Allons, pas de temps à perdre, que désirez-vous donc savoir ?

Léandre sortit de sa poche le médaillon.

– Gilles de Kervazec, député, est décédé le 23 mars dernier. M. Bonaparte me l'avait déjà évoqué, mais son décès n'a suscité aucune réelle polémique. Mais j'ai trouvé cet objet, fruit d'un larcin sans gravité, qui me fait penser que nous avons affaire à la première victime d'un criminel récidiviste.

– En avez-vous l'absolue certitude ?

– Non, mais une très vive intuition. J'ignore si les armoiries correspondent à la famille de Kervazec, mais l'un des symboles représentés est typiquement breton. La personne qui l'a dérobé, un enfant, ami de mon jeune compagnon, est mort à son tour le lendemain du vol. Je ne puis croire à une coïncidence. D'ailleurs, Eustache l'a vu, son camarade, à la morgue : il portait des traces de blessures très semblables à celles relevées sur les corps des députés.

– Sacrebleu !

– Cette médaille porte, à son revers, une gravure : « Gilles et Marie, 19 février 1827. » Je pense à un mariage, mais je voudrais ne laisser échapper aucune piste. Vérifiez s'il s'agit bel et bien de la médaille des Kervazec, et à quoi correspond cette date exactement.

– Entendu ! Au fait, j'ai eu un message d'une de mes mouches : Gisors est bien connu des cercles de jeu de la capitale, et ses dettes le sont tout autant…

– Formidable !

– J'avais un autre détail à vous préciser, mais il ne me revient pas…

– Eustache, reste avec l'inspecteur et aide-le à retrouver la mémoire. Moi, j'ai un criminel à confondre.

Léandre entra seul dans le bureau en faisant claquer la porte. Il eut le plaisir de voir sursauter Sanchez. Ce dernier avait bien triste mine, le teint hâve des gens qui n'ont pas mangé à leur faim depuis plusieurs jours. Ils étaient seuls. Sans lui adresser la parole, il s'assit d'autorité dans le fauteuil du commissaire Allard et dévisagea le prisonnier avec intensité, ce qui dérangea manifestement l'homme, lequel ne savait plus où regarder pour échapper à l'emprise de ces yeux jaunes.

– Arrêtez… *por Dios*… arrêtez…

Mais Léandre le fixait toujours aussi calmement. La panique s'empara de Sanchez. Que regardait-il donc ? Son visage ? Un tableau derrière lui ? Ce regard lui donnait mal à la tête… Il aurait bien souhaité avoir un peu d'eau à boire. Mais bientôt, le Goupil s'installa plus confortablement dans le fauteuil et rompit le regard. Michel se sentit mieux.

– Avez-vous déjà mis les pieds en Normandie ?

Sanchez eut un mouvement de stupeur. Quelle question était-ce là ?

– Non.

– Jamais ? C'est dommage. Encore que… moi non plus.

Léandre tendit la main et saisit un coupe-papier pour jouer avec.

– Non, je ne suis jamais allé en Normandie. L'inspecteur qui vous a arrêté… vous savez… M. Leterrier… il en est originaire. C'est un bel endroit.

– Comment le savez-vous sans y être allé ?

– Ah… vous êtes rusé. Mais il existe des moyens de voyager sans bouger de chez soi. Ce sont les livres. Ah, les livres… Je les aime tant. Savez-vous lire ?

– *Si*, je sais.

– Je vous en félicite. Qui vous a appris ?

– Ma mère.

– Elle vous a bien élevé, alors. C'est étonnant : comment peut-on avoir une mère qui vous inculque le sens de l'honneur et se rendre coupable d'autant de crimes ?

Le valet ne répondit pas.

– Mais je m'égare. Donc, la Normandie… j'ai lu un jour un livre richement illustré sur cette région. J'ai connu les péripéties des conquêtes vikings, Jehanne d'Arc brûlée vive à Rouen… J'ai vu des tableaux des bocages frais et verts. Oh, par chez moi, il y en a, mais le soleil y est plus fort… J'ai vu des images de vergers, et je me suis imaginé me promenant au milieu de pommiers couverts de fruits mûrs. Mais savez-vous ce que sont les choses que j'ai préféré voir sur la Normandie ? Ce sont les châteaux de l'Eure et du Pays de France.

– Les châteaux ?

– Oui… ils sont plus anciens que ceux qu'on trouve le long de la Loire, mais sans doute plus chargés d'histoire. Ainsi, je vais vous apprendre que lors de la jacquerie, au château de La Roche-Guyon, la légende affirme que la fille du seigneur, la damoiselle Agnès, fut sauvée en compagnie du chapelain par un diable… un diable à la barbe rousse qui prétendit être anglais ! Un Anglais en pleine révolte paysanne en France… On se demande où naissent les légendes, parfois.

Face à ce discours dont il ne comprenait pas le but, Sanchez demeurait muet.

– Cependant, je préfère encore un autre château, tout aussi ancien. Certains disent que c'est là qu'au XIVe siècle les moines-soldats qu'on appelait les Templiers auraient enfoui tout ou partie de leur or. Il existerait une crypte magnifique, contenant les tombeaux de ces héros, et, outre les squelettes des moines, l'explorateur qui aurait la chance de pouvoir s'y aventurer pourrait y trouver la fortune. On va même jusqu'à affirmer que le Saint-Graal y serait caché. Bien sûr, on parle également d'une grotte enfouie près d'un étang entre Beauce et Bourgogne. Certains affirment que c'est dans les Corbières que l'or des Templiers demeure, intouché et maudit. Pour ma part, ma préférence va au château normand. Et savez-vous comment se nomme cet endroit ?

– *No.*

– Il s'appelle Gisors.

Et Léandre alors triompha, car il vit le visage du valet, un bref instant, se décomposer et ses épaules trembler. Le poisson était pris à l'hameçon : la lutte ne faisait que commencer.

– Je crois que désormais j'ai toute votre attention. Eh bien, voilà qui est parfait. Je vais vous raconter maintenant une tout autre histoire. Une affaire qui remonte à quelques années. C'est l'histoire d'un homme qui s'appelle Gisors... comme ce château. C'est un viveur. Il aime manger, boire, les femmes et le luxe. Il est riche, mais rêve de davantage. De bien plus. Alors, pour augmenter sa fortune, il joue. Il joue à tous les jeux : cartes, dés. Et il parie lourd... de plus en plus lourd. Mais le jeu n'est qu'un vaste moment de hasard, et le hasard n'est pas toujours rose. Hélas pour Gisors. Le voilà endetté, croulant sous les sommes qu'il doit et qu'il n'a pas. Il lui faut travailler. Il n'est pas sot et s'intéresse à la nature. Il devient donc naturaliste, mais ne peut prétendre à une place de chef. D'autres sont là depuis plus longtemps que lui, plus méritants que lui. Alors il se résigne à travailler au service de l'un d'eux. Un homme bien plus intelligent que lui, un zoologue talentueux, qui met son génie au service de son prochain. L'occasion se présente aux deux scientifiques de voguer vers nos lointaines colonies d'Amérique. Gisors accompagne son maître par-delà l'océan. Et là-bas, il découvre une passion à laquelle s'adonne son employeur : les poisons. Oui, ce philanthrope se passionne pour les substances vénéneuses... Il profite d'ailleurs de cette odyssée pour prélever des échantillons de chaque espèce de plante ou d'animal dangereux qu'il puisse y rencontrer. Il appelle cela ses « expériences ». Le trajet se déroule bien… un passager vient s'adjoindre à ceux déjà présents. C'est un diplomate. Il s'appelle Brisson… Ce nom vous parle à coup sûr… Il sympathise avec Gisors, dont il partage les origines. Et ils se trouvent un point commun : la passion du jeu. Oui, ce sont de toute évidence des individus pouvant aisément devenir amis qui se rencontrent à l'occasion de cette traversée. Mais le jeu est le plus fort : nos deux hommes passent leur temps à miser… et Gisors perd. Plus qu'il n'a jamais perdu par le passé. Il faut dire qu'il ignore que Brisson est un tricheur de grand talent. La dette envers lui s'accumule. Quelle proportion prend-elle ? Je l'ignore. Mais là, un phénomène se produit. Une histoire terrifiante, mystérieuse, où la mer s'ouvre pour engloutir le bateau et ses passagers… du moins presque tous. À bord d'un canot dépourvu de vivres, les voilà qui survivent, dérivant sous le soleil. Et le mousse remarque des boîtes dans un sac. Il ignore que le zoologue tente de parfaire la mise en conserve… sans y parvenir. Mais il comprend ce que contiennent ces boîtes : de la nourriture. Alors il s'en empare et, avec le capitaine et le cuisinier, s'en régale. Les autres naufragés s'abstiennent… de même qu'un matelot, victime d'une grave blessure et qui, brûlant de fièvre, ne pourrait rien avaler du tout. Mais le salut arrive, et un bateau faisant voile vers l'Europe sauve nos rescapés… Pas pour longtemps : chaque personne ayant mangé le contenu de ces boîtes agonise, se raidissant comme des statues, et meurt. Ce fait, Gisors en est témoin. Il ne peut que comprendre qu'il s'agit de morts suspectes… Elles sont involontaires, certes, mais réelles. Alors il y voit une opportunité. Il va dénoncer son maître, comme étant le responsable, le coupable d'empoisonnement sur la personne des matelots. Pourquoi, me direz-vous ? Pour accéder à sa place : celle de chef, celle de directeur du Muséum ! Un poste de prestige, et l'argent qui va avec… Un argent qui lui servira à éponger ses dettes. Nul doute que Brisson, concerné au premier degré par cette affaire, va l'aider à cela.

Deux témoignages incriminant le malheureux font de lui un homme destitué de tout avenir... Cependant, Gisors a sans doute d'autres projets le concernant. C'est pour cela que, loin de le repousser, il lui propose de travailler à ses côtés... ou plutôt à son service. Difficile de refuser quand on vous soupçonne d'être un Borgia ! Les années passent, et sans le moindre doute, les vices restent. Gisors, devenu député au mois de février 1848, continue à jouer, à perdre... Il est probable qu'il retrouve à cette occasion Brisson, et que le vieux roublard redevienne son plus gros créditeur... tant au niveau du jeu que dans la complicité dans cette histoire de dénonciation. Et cela ne peut pas durer plus longtemps. Nous nous retrouvons en mars, et Gisors entend bien ne plus s'encombrer d'un tel fardeau. Son ancien maître est là à point nommé : il passe un accord avec lui. S'il l'aide, par sa connaissance des toxiques, à se débarrasser de Brisson, il lui rendra la renommée qui lui fait tant défaut ces dernières années. Le zoologue hésite sans doute, mais accepte. Gisors sait très bien qu'il ne pourra pas tuer Brisson sans susciter d'enquête. Alors il conçoit un plan machiavélique. Il ne va pas tuer un, mais plusieurs de ses collègues députés. Un parmi d'autres, qui s'y intéressera au fond ? Alors il choisit, au hasard des partis, et empoisonne des représentants du peuple, sans vraie régularité. Il use sans doute d'un poison américain, comme le curare, ou d'une toxine comme la strychnine... Soit la victime l'avale, soit elle est blessée avec une lame trempée dans la funeste préparation. Dans les deux cas, l'effet est radical : la mort, au bout de quelques heures, jamais le même laps de temps. Cela est fait, de toute évidence, pour égarer les investigations. Un poison agit rarement avec des délais aussi différents. Mais de toute évidence, Gisors ne peut décemment se salir les mains. Il ne peut pas administrer un poison et risquer de se faire prendre. Pour ce faire, il sélectionne un complice. Quelqu'un d'aussi introduit que lui dans le Palais. Quelqu'un de discret, quelqu'un qui puisse, le cas échéant, être pris sans pouvoir le dénoncer.

Un pion. Un valet. Vous. Sur quels motifs, je l'ignore. Comment fait-il pour vous convaincre d'assassiner ces gens qui vous sont étrangers ? De quels mots use-t-il pour faire de vous un domestique au dossier impeccable, un empoisonneur dépourvu du moindre remords ? Cela, j'espère que vous nous l'apprendrez au plus tôt. Toujours est-il que, de temps en temps, vous vous retrouvez en compagnie de M. Gisors qui vous confie des doses réduites mais mortelles de poison. Parfois, vous en arrosez les plats destinés aux victimes ; parfois, vous y trempez le bout d'une canne truquée avec laquelle, jouant les promeneurs, vous blessez les députés à la cheville. Quelques heures plus tard, ceux-ci meurent, après des symptômes apparemment anodins et qui se soldent toujours de la même façon : l'asphyxie de la victime. Et au final, profitant du comportement assez désinvolte d'un policier chargé de l'enquête, Gisors peut faire passer chaque mort pour un accident… ou presque. Le plan est pourtant encore plus diabolique que cela : car malgré le pacte qu'ils ont passé, Gisors s'est assuré une seconde sécurité. En effet, le pair déchu, l'homme frustré de sa réussite… c'est Saint-Maur, le spécialiste des poisons, c'est Saint-Maur également. Qui pourrait-on croire, entre les deux, en cas d'investigation trop poussée ? Le prestigieux directeur du Muséum, décidé dans un élan de charité à rendre à son second le poste qu'il méritait ? Ou bien l'assistant privé d'une belle et honorable carrière ? Une fois le plan mis en place, la première victime décède. En pleine Assemblée… Comment lui a-t-on administré le poison ? Cela aussi, reste à voir… Mais nul doute que vous y parviendriez fort bien.

Léandre s'interrompit. Il lui sembla, un court instant, que Sanchez plissait les yeux comme s'il ne comprenait pas.

– Connaissiez-vous les noms des gens qu'il vous fallait empoisonner ?

Sanchez ne disait toujours rien. Avec humeur, Léandre fouilla dans sa poche et sortit le médaillon des Kervazec qu'il posa non sans violence sur le bureau.

– Cette médaille a été dérobée au soir du premier crime. Votre premier crime ! Vous avez rendu visite à la victime et vous l'avez empoisonnée : comment ? En lui apportant une nourriture aromatisée par vos soins ? En la piquant au talon ? Mais ce dont vous ne vous doutiez pas, c'est qu'un témoin était présent. Un voleur, un enfant, caché dans l'ombre… et il vous a vu. Sans doute l'avez-vous remarqué aussi… car le lendemain, vous faisiez une seconde victime : cet enfant, un simple gamin des rues, dont la mort ne dérangerait quiconque et ne provoquerait aucune enquête !

Une fois encore, le Goupil fut troublé… D'une part, le valet le regardait avec l'air d'une personne à qui l'on tient un discours en langue étrangère. De l'autre, ses yeux n'arrêtaient pas de se poser sur le bureau… mais ce n'était pas le médaillon qu'il fixait de la sorte. C'était la feuille de laurier-rose, qu'il avait involotairement sortie en même temps.

– Ah… tout ce qu'on peut trouver dans les poches !

Il ramassa le morceau de plante et le tint entre deux doigts, telle une plume.

– La nature est belle, n'est-ce pas ? Très belle, et généreuse. Elle nous offre de ces délices… Cette feuille vient des cuisines de l'hôtel où je demeure. Le chef qui y travaille en fait grand cas : le laurier-sauce, une merveille pour les papilles… C'est même fameux à croquer tel quel… Oh, il faut être un peu excentrique pour cela, mais quand même…

Le Goupil se pencha vers le valet et lui tendit la feuille sous le nez.

– Mangez cela.

Le valet le regarda et devint soudain très pâle.

– Mangez.

Léandre sortit alors, dans un geste prodigieusement rapide, son couteau hors du fourreau et vint plaquer le tranchant contre la gorge du domestique. Sa voix n'était plus qu'un murmure terrifiant.

– Je te sais coupable. Et ce contact froid, c'est celui que tu risques de connaître sur la guillotine si tu ne parles pas... Alors parle... mange... ou meurs !

Le valet alors cria, terrorisé :

– Non ! Non ! Enlevez ça ! Pitié !

– Le couteau ou la feuille ?

– Les deux, les deux ! C'est dangereux !

– Dangereux ? Comment cela ? répondit le Goupil, en mimant l'ignorance.

– *Non es* laurier-sauce ! C'est du laurier-rose, c'est du poison !

– Vous en avez donc déjà vu ?

– *Si, si*... le jour où je vous ai bousculé au Palais !

– Où l'avais-tu vu ?

– J'en avais sur moi... Pour M. Brisson.

– Pourquoi ?

– Pour le tuer !

– Et qui t'a dit de le faire ?

– ...

– Qui ? rugit Léandre.

– Je ne peux pas le dire !

– Dis-le !!!

– Non, non, je ne peux pas... Vous savez que je ne peux pas !

Trois petits coups furent alors frappés à l'huis du bureau, et Leterrier entra, après avoir passé la tête entre chambranle et porte.

– Lafforgue ? J'ai ce que vous désiriez savoir.

Léandre le rejoignit dans le couloir et l'inspecteur fit signe à l'un des agents en faction de surveiller le prisonnier du bureau.

– Alors ? Qu'avez-vous trouvé ?

– D'abord, ce Bettauer dont vous m'aviez parlé, l'avocat autrichien, rival de Drouart... Il ne nous apprendra pas grand-chose.

– Mort ?

– Tout à fait : après le duel, il devait se rendre en Espagne pour raisons professionnelles, et il est mort en cours de route.

– Quelle date ?

– Dans la nuit du 5 au 6 septembre.

Léandre se raidit.

– Il n'aurait pas rendu l'âme à Argenton-sur-Creuse ?

– Si. Comment le savez-vous ?

– Une idée… j'ai croisé la route de sa diligence sans le savoir… Qu'avez-vous appris d'autre ?

– Sa mort n'a pas soulevé de questions, mais je pense que vous serez intéressé d'apprendre que le médecin qui l'a examiné a dit qu'il portait une coupure sur le dos de la main, vieille de moins d'une semaine, en cours de cicatrisation…

– Ce qui ne fait qu'accentuer mes certitudes. Et les armoiries ?

– Eh bien, vous aviez raison… Il s'agit bel et bien de celles de la famille de Kervazec, famille enrichie dans la marine marchande depuis Louis XV et dont le fils Gilles est décédé au mois de mars dernier… Quant à la date, c'est celle du mariage. Je ne dispose pas, évidemment, de tous les détails, car les noces ont eu lieu à Vannes, dans le Morbihan. Néanmoins, j'ai pu trouver ceci.

Il présenta un document d'allure officielle à Léandre, qui le prit et commença à le lire tout haut.

– « Gilles-Yves-Marie, baron de Kervazec, né vingt-cinq ans plus tôt à Lorient, époux de Marie-Céline-Églantine-Juliette de Saint-Maur, vingt et un ans, native du Puy… » Saint-Maur ?

– Oui.

– Le Puy… Le zoologue m'avait parlé de son enfance passée dans le Velay… Ce serait trop curieux qu'elle ne soit pas une parente.

– Saint-Maur, d'après les éléments recueillis, a quarante-quatre ans. Ce mariage remonte à 1827. Il avait alors vingt-trois ans. Au vu de l'âge des mariés, si cette demoiselle

Marie-Céline est de sa famille, il doit s'agir d'une cousine ou d'une sœur cadette.

– Et que m'avez-vous dit ? Au sujet de la richesse des Kervazec ?

– Qu'ils ont fait réellement fortune sous le règne de Louis XV ?

– Oui… dans la marine marchande. Je ne les vois pas capitaines au long cours. Je parierais votre chemise qu'ils étaient armateurs de père en fils.

Michel Sanchez, sous l'œil sévère du gardien de la paix, attendait. Il était un homme fini, il le savait. Et il était désormais pris entre deux feux : devait-il risquer sa vie pour son maître et se taire ? Ou bien assumer de parler, de trahir, et perdre la dernière trace d'honneur qui lui restait ?

Il venait tout juste de se décider quand le policier aux yeux jaunes et son collègue revinrent. Une fois encore, c'est ce garçon à la tête bandée qui fut seul à lui adresser la parole :

– Sanchez… cette fois, la preuve est faite que vous êtes coupable. Vous avez empalé Paul le marin, et vous avez tenté de me transpercer à mon tour. Mais d'abord, c'est M. Brisson que vous avez tué. Expliquez-nous comment.

– Je suis allé dans le bureau.

– Sous quel prétexte ?

– J'avais une bûche avec moi.

– Qu'avez-vous fait ?

– J'ai posé le bois et les feuilles dans le feu.

– Qu'a dit le député ? demanda Leterrier.

– Il ne voulait pas de moi, il voulait rester seul. Il m'a chassé.

– Vous êtes parti ?

– *Si*. Mon travail était fait.

– Triste travail. Donc, cette fois, vous avez mis les feuilles dans le feu. Beaucoup ?

– Un petit tas.

– Qui vous les avait remises ?

– …

– Qui vous les avait remises ?

– Mon maître.

– Pour empoisonner Brisson ?

– *Si*.

– Et était-ce la première fois ?

– *Si*… et non.

– Comment cela ?

– J'avais déjà tué.

– Combien de fois ?

– *Dos* fois.

– Pas cinq ? remarqua Léandre, surpris.

– Non. Deux. *Dos* députés.

– Et l'enfant ?

Michel eut une réaction de révolte :

– Jamais je ne ferais de mal à un enfant !

– Vous n'avez pas tué l'enfant avec la canne ?

– Non.

– Quand vous l'a-t-on donnée ?

– La canne ?

– Oui.

– En avril.

– Vous avez tué M. Rénald avec ?

– Non, lui, il a mangé.

– Et M. Rivette ?

– Avec la canne.

– Savez-vous ce qu'était vraiment le poison qu'on vous donnait ?

– Non.

– Mais vous saviez que c'en était.

– *Si.*

– Votre maître vous disait-il comment l'administrer ?

– *Si.*

– Soit avec la canne, soit dans la nourriture.

– *Si.*

– Et vous n'avez pas tué M. de Kervazec ? Et un enfant ?

– Non.

– Et M. Drouart ?

– Non.

– MM. Braun et Eudes ?

– *Si*, c'est moi.

– Et l'attaque au cours de laquelle Paul le marin a péri et où moi-même j'ai failli être tué, c'était vous ?

– *Si.*

– Cela fait assez pour t'envoyer au bourreau, dit Leterrier, féroce.

– Oui, sans doute, répliqua Léandre au policier. Mais cela ne me suffit pas.

– Pourquoi donc ? s'étonna ce dernier.

– Parce que pour l'heure, rien ne permet d'arrêter sans le moindre scrupule M. de Gisors. Il n'est pas assez lié aux meurtres, il a vraiment bien joué la partie. Sans les aveux complets de Sanchez, nous n'irons pas plus loin. Sanchez, entendez-moi une fois encore ! Me dites-vous la vérité, maintenant ?

– *Si.*

– Je vous crois... mais ne pouvez-vous pas me dire qui vous a chargé de commettre ces crimes ? Et pourquoi le défendre ?

– Ça, je peux le dire.

– Ah ! Nous vous écoutons !

– Il y a quelques années, j'étais domestique chez un diplomate et j'étais un jeune homme. La femme de mon maître était belle. Très belle. Et...

– Vous êtes devenus un couple adultère.

– *Si...*

– Et après ?

– Un jour, elle est venue me trouver pour me dire qu'elle attendait un enfant. Il était de moi.

– Comment pouviez-vous en être sûr ?

– Son mari ne la touchait plus… Il était plus intéressé par les *señores*.

– Si bien que toute procréation légitime était impossible. Poursuivez.

– Je ne savais pas quoi faire, quand madame a eu une idée. Elle avait, dans ses amis, un homme en qui elle avait toute confiance.

– Juste un ami.

– *Si*.

– Et cet ami connaissait les plantes.

– *Si*.

– Vous l'avez rencontré ?

– *Si*.

– Et qu'a-t-il dit ?

– Il a dit qu'il ne fallait pas courir de risques, qu'il ne voulait pas qu'elle soit humiliée, et qu'il fallait agir. Il a alors donné à madame un sachet de plantes à boire le soir en tisane.

– Ce qu'elle a fait ?

– *Si*, je l'ai servie moi-même.

– Et cela a été efficace.

– *Si*, l'enfant est… parti. Nous avions eu trop peur tous les deux, nous n'avons pas recommencé.

– Et l'ami n'a rien demandé en échange ?

– À elle, non. Mais à moi, si. Il m'a dit que tout était de ma faute, que madame avait mis en péril son honneur et sa vie pour mes péchés, que je devais me racheter et qu'il me ferait chasser si je ne lui obéissais pas. Il n'avait pas besoin de moi sur l'instant, mais il m'a quand même dit de quitter mon poste.

– Serait-ce lui qui vous a permis d'entrer au Palais-Bourbon ?

– *Si*, c'est lui.

– Et vous y avez travaillé ?

– *Si*. J'avais même oublié quand il est revenu me voir, à l'hiver dernier. Je ne l'ai presque pas reconnu.

– Dame ! Je suppose qu'à votre première rencontre il n'était pas aussi gros qu'aujourd'hui.

Sanchez ouvrit des yeux ronds.

– Gros ? Lui ? Maigre, vous voulez dire.

– Il est plus maigre maintenant qu'à votre rencontre ? s'étonna Léandre, incrédule.

– *Si*.

– Eh ben, ma foi, si c'est possible ! Que vous a-t-il dit ?

– Il m'a dit qu'il était temps de me racheter. Il m'a donné rendez-vous dans un café près du Palais. Il m'a expliqué comment je devais faire. J'ai eu peur. J'ai supplié qu'il me demande autre chose, mais il a refusé. Il m'a dit que sans cela ce serait le déshonneur.

– Vous n'avez pas pensé que tuer un homme est un déshonneur plus grand encore ?

Sanchez baissa le nez.

– Alors vous avez accepté. Vous vous retrouviez dans ce café et il vous donnait le poison, toujours de petites doses ?

– *Si*...

– Il existe une seule chose qui me tracasse.

– Laquelle ? interrogea Leterrier.

– C'est cette feuille de laurier-rose.

– Et pour quelle raison ?

– Eh bien, certes, faire brûler du laurier-rose cause la mort de celui qui en respire la fumée. C'est bien un empoisonnement. Mais différent de celui qui fut cause des décès des autres victimes.

– La mort est plus douloureuse, peut-être ?

– Non... Cela n'a pas de sens, fit Léandre. Cela donnerait presque l'impression qu'il aurait existé deux criminels distincts, quand l'intention première était de camoufler un crime précis au milieu de tous les autres...

Il s'arrêta net de parler. Cela, de fait, n'avait aucun sens. Les méthodes étaient aussi efficaces les unes que les autres, mais employer un poison différent, c'était courir le danger d'être pris, de se trahir. Brisson étant la seule victime préméditée, pourquoi prendre le risque ? À moins que…

Le Goupil s'assit, et s'accouda sur le bureau, les yeux dans ceux du valet.

– Dites-moi, Sanchez, sans trahir le nom de votre maître, que pouvez-vous me dire de lui ? L'avez-vous toujours vu rapidement ?

– *Si*.

– N'avez-vous jamais parlé ?

– *Si*…

– Et de quoi ?

– Il me demandait souvent s'il me plaisait de vivre dans un pays sans roi.

– Que répondiez-vous ?

– La première fois, j'ai répondu que je ne voyais pas la différence. Mais après je ne répondais plus. Lui, il n'était pas content. Il disait que la République était à l'origine de tous ses maux, que la France courait à sa perte et qu'il faudrait faire quelque chose contre ça.

– En voilà des mots rudes en pleine période révolutionnaire ! Je suis surpris que nul n'ait prêté attention à leurs propos, surtout dans un café proche du Palais-Bourbon… intervint Leterrier.

– Cela dépend, rétorqua Léandre.

– De quoi ?

– De la langue que l'on utilise pour tenir ce genre de propos en public. Car vous parliez dans votre langue natale, c'est bien cela ?

– *Si*.

Léandre bondit hors du fauteuil.

– Leterrier ! Nous nous sommes… pardon, je me suis fourvoyé sur toute la ligne ! Il faut en avertir M. Allard, votre responsable !

– Vous comptez également convier Issy-Volny à l'arrestation ?

– Pourquoi pas ? demanda Léandre, un sourire farceur aux lèvres.

– Je suis désolé, mais vous devrez vous passer de savourer sa mine déconfite : il est chargé de la surveillance de ces messieurs les députés au banquet de M. Cavaignac.

– Pardon ? dit Léandre, le sourire se figeant sur le visage. Le banquet de Cavaignac ? Mais M. Allard l'avait envoyé au Palais-Bourbon.

– Oui, c'est justement là que doit avoir lieu le dîner.

– Quelle heure est-il ?

– 11 heures et demie...

Leterrier comprit à son tour et blêmit. Il sortit du bureau et commença à donner des ordres aux policiers dans les pièces voisines, lesquels vinrent chercher Sanchez pour le ramener dans sa cellule.

– Furet, cria le Goupil en courant dans le couloir, suis-moi ! Nous n'avons pas une minute de plus à perdre !

La voiture s'arrêta dans la cour d'honneur, et le cocher, mettant pied à terre, s'empressa d'ouvrir la porte et de déplier le marchepied. Charles Louis Napoléon Bonaparte descendit de son fiacre personnel et prit le chemin auquel il était désormais accoutumé. Si les personnes qu'il y côtoyait ne lui plaisaient en rien, il devait reconnaître que cette initiative de Cavaignac lui était fort agréable. Sans être un gastronome à la Brillat-Savarin, il se doutait que le maître de cérémonie ferait tout pour que ses rivaux passent un agréable moment, le dernier de paix avant le début des réelles hostilités.

Il traversa la place d'un pas léger, seul, tranquille, se dirigeant vers la salle à manger du Palais, réservée exprès pour cette occasion. Il croisa, ce faisant, l'inspecteur Issy-Volny, lequel faisait mine de s'intéresser aux tapisseries tout en observant les allées et venues. Son attitude était si mal jouée, si vide de toute discrétion, que le prince eut la subite envie de lui demander s'il n'avait pas une autre carrière envisageable dans laquelle il serait plus compétent. Puis il se souvint des ennuis rencontrés par Lafforgue avec ce triste sire : inutile d'envenimer la situation…

Il fut bientôt accueilli par un laquais à qui il confia son chapeau et son manteau marron. Une table d'une dizaine de couverts avait été dressée, avec un luxe qui n'avait cependant rien de tapageur. La cheminée flambait – du bois de genévrier, à l'odeur subtile – et l'atmosphère de la pièce, éclairée par un soleil d'automne faible mais présent, incitait à prendre ses aises.

Bonaparte n'était pas le dernier. Pour l'heure, installés debout à proximité d'une tablette sur laquelle étaient proposées des bouteilles de liqueurs apéritives, seuls Cavaignac et Lamartine étaient présents, devisant paisiblement.

– Ah, monsieur Bonaparte ! fit le poète en le remarquant. Joignez-vous à nous ! M. Cavaignac ayant jugé bon de requérir une présence ancillaire réduite, je crains que vous ne deviez vous servir tout seul. Que désirez-vous boire ?

– Messieurs, bonjour. Eh bien, je ne suis point un grand buveur, et j'aurais plaisir à une boisson qui me réchaufferait.

– Cela tombe fort bien, dit Cavaignac. La froidure de ces derniers jours m'ayant donné des envies de *Glühwein*, j'en ai fait justement préparer un cruchon. Celui-ci, à côté de cette bouteille de guignolet de Saumur…

– Ah, du vin chaud ! C'est une idée pour laquelle je vous remercie, dit Bonaparte en se servant. *Prosit*, messieurs ! fit-il, levant son verre.

– Êtes-vous joueur ? demanda Lamartine.

– Point trop, répondit le prince de son accent alémanique[1]. Mais de quel jeu parlez-vous donc ?

– Nous parions sur l'ordre d'arrivée des autres convives. J'avais joué, dit Cavaignac, sur votre venue avant Bugeaud. Lamartine, vous êtes donc mon débiteur.

– Voilà, voilà, admit ce dernier en fouillant dans sa poche, extrayant une bourse de cuir dont il sortit une pièce.

– L'enjeu ne me semble point extravagant, remarqua Bonaparte.

– Non, et c'est bien là l'intérêt du jeu. Nous sommes à la veille d'une lutte qui s'annonce rude. Bientôt, messieurs, l'un de nous – et je parle également des invités point encore arrivés – deviendra le chef de la France. Mais pour l'heure, si je vous ai conviés ici, c'est pour établir un instant de tranquillité.

– Le calme avant la tempête ?

– Je n'aurais pas dit mieux ! s'exclama Lamartine.

– Bien. Ma foi, la somme n'ayant rien de terrible, je parie que le prochain à atteindre les ors de cette salle sera Ledru-Rollin.

– Tenu, dit Cavaignac.

– Dites-moi, Alphonse, qu'en est-il de vos œuvres futures ? J'ai eu l'occasion assez récente de parcourir votre *Histoire des Girondins* et dois avouer que j'ai trouvé le sujet plus que convenablement traité, complimenta Bonaparte.

Lamartine sourit.

– L'année n'a été que peu propice à l'écriture, si elle fut riche en inspiration. Néanmoins, pour ne rien vous cacher, je suis en train de préparer plusieurs projets : l'abolition de l'esclavage m'inspire une pièce consacrée à Toussaint Louverture, le général de Saint-Domingue[2], et au vu de mon

1. Alémanique : ensemble des dialectes germaniques du Sud (couvrant notamment l'Alsace, la Suisse, la Bavière, le Bade-Wurtemberg, l'ouest de l'Autriche et le nord de l'Italie).

2. Ancien nom de l'île d'Haïti.

âge, mettre la main à la rédaction de mes mémoires ne me semble point être une mauvaise idée...

– J'ignorerai toujours si écrire ses souvenirs est un bienfait ou un malheur, remarqua Cavaignac. Il est dur d'être juge partial de son propre passé... On risque de trop d'embellir ses actes, fussent-ils les moins reluisants...

– ... ou bien, si l'on se montre sévère envers soi de manière excessive, de négliger ses prouesses. C'est un risque, effectivement... Mais je préfère cela à voir ma vie disséquée, étudiée et, au final, bafouée par quelque écrivaillon, répliqua Lamartine.

– Pardonnez-moi de vous décevoir, mais songez que cela sera forcément le cas. Si le hasard vous conduit à devenir président de la République, bien des auteurs auront l'occasion de parler de vous par la suite. Des bons, comme des moins bons...

– Dieu nous en garde.

Sur ces entrefaites, deux voix discutant avec animation retentirent dans le couloir, et surgissant dans la pièce, guidés par le domestique, arrivèrent le général Changarnier et Ledru-Rollin.

– Ah, voici une belle allégorie : la Monarchie accompagnant la République ! persifla Lamartine.

– Si c'est ainsi que vous accueillez vos hôtes, répondit Changarnier, pincé, nous pouvons immédiatement nous retirer.

– Non, non, général... Ne le prenez pas mal, simple trait d'esprit mal placé. Aujourd'hui, la politique qui nous rassemble – même si nous sommes de factions différentes – ne doit pas être le sujet principal de notre discussion. Au fait, Bonaparte, vous avez perdu.

– Perdu ? Vous vous trompez, cher ! J'avais bien parié sur l'arrivée de Ledru-Rollin...

– Mais pas en même temps que celle de Changarnier qui, il me semble, a été le premier des deux à fouler du pied les tapis de cette salle à manger...

– Soit, je m'incline. Messieurs, vous m'avez fait perdre un sou.

– Vous survivrez à sa perte, dit le général Bugeaud, qui faisait à son tour son entrée dans le salon.

– Mais je vois que nul ne manque à l'appel, remarqua Cavaignac. Messieurs, je vous en prie, poursuivons notre conversation tout en prenant place…

L'inspecteur Issy-Volny en avait assez.

Assez de traîner dans ces couloirs froids, pour ces gens importants qui le regardaient de haut, lui renvoyant l'image de sa propre médiocrité. Surveiller un repas entre députés, quelle folie ! Il savait fort bien qu'ils ne risquaient rien du tout. L'endroit était plus sécurisé que jamais avec les élections prochaines, nulle machine infernale n'était présente. Quant aux poisons… Bah ! Quelle bêtise ! Il fallait vraiment s'appeler Leterrier ou Lafforgue pour y croire ! D'ailleurs, une fois encore, si ce Sanchez avait bien tué le député Brisson, c'était avec les chenets. Donc, pas de poison… Parfait ! Qu'ils suivent une fausse piste ! Quand viendrait leur tour d'être discrédités, c'est lui, Rodolphe, qui se réjouirait ouvertement. Il mettrait d'ailleurs tout en œuvre pour que Leterrier ne soit point épargné… Il le verrait bien en gardien de la paix, simple uniforme parmi les autres. Cela lui apprendrait.

C'est alors qu'en se retournant il vit apparaître, en haut des marches, Léandre Lafforgue suivi… était-ce possible ?… par une véritable troupe d'enfants en guenilles qui lui emboîtaient le pas comme une armée suit son général. Il se précipita vers eux. Une fois encore, la vision de l'arrogant Gersois achevait de le mettre hors de lui.

– Que faites-vous ici ? Comment avez-vous pu pénétrer cette enceinte avec ces va-nu-pieds ?

– En leur montrant mon laissez-passer, délivré par le ministre Dufaure. Jusqu'à preuve du contraire, il constitue toujours un formidable vade-mecum… et ces enfants m'assistent. Nous avons une intervention à faire ici.

– Il est hors de question que vous alliez déranger ces messieurs ! Ils viennent tous d'arriver, et les ordres laissés par M. Cavaignac sont clairs : une paix absolue est requise pour toute la durée du dîner.

– Rassurez-vous, inspecteur principal. Nous ne comptons en rien déranger ces messieurs durant le repas… Où se trouvent les cuisines ?

– Pour quoi faire ?

– Nous n'avons pas un instant à perdre ! Répondez-moi, je vous en prie !

C'est alors que Léandre vit passer un domestique en tenue blanche, portant un plateau couronné d'un couvercle argenté. Il contourna le belliqueux petit policier et alla l'aborder.

– Hep… vous là-bas ! Où allez-vous ?

– Je me rends auprès de M. Dunoyer. Il a demandé qu'on lui serve un repas froid à son cabinet, répondit le commis avec morgue.

– Vous venez donc des cuisines ?

– Si fait, monsieur.

– Et où se trouvent-elles ?

– Par cet escalier, dans les sous-sols, vous ne pouvez pas vous tromper.

– Merci ! Allez, maintenant, ne faites pas attendre M. le député. Malappris ! Avec moi !

Et il partit en courant, talonné par la marmaille et par Issy-Volny, qui promettait les pires représailles du monde à ces importuns, tout en se demandant ce qu'ils comptaient faire.

Leur irruption y fut tout sauf discrète. Le chef, rouge aux joues – pas seulement dû au fait qu'il venait de rester près de l'âtre pendant vingt minutes –, ne leur fit pas la meilleure des réceptions.

– Que voulez-vous ! Dehors ! Pas d'intrus dans mes quartiers !

– Monsieur, c'est une intervention aux conséquences de vie ou de mort ! Cédez la place !

Le ton employé et les yeux jaunes de celui qui venait de parler ainsi firent reculer le maître des lieux. Qui était ce dément au crâne bandé, à la tête de ces gamins qui dévoraient des yeux l'ensemble des vivres qui se trouvaient dans la pièce ? Et cet énergumène, petit et fou de rage, qui les agonissait d'injures ?

– Chef !

C'était de nouveau l'inconnu aux yeux jaunes.

– Chef ! Qu'avez-vous prévu de servir aux députés ?

– Pourriez-vous m'expliquer ?

– Pas le temps ! rugit le jeune homme.

– Eh bien, M. de Cavaignac a passé commande voici une semaine... je n'ai donc rien prévu...

– Ne jouez pas sur les mots ! Dites-moi !

– Bon... bafouilla le queux. En entrée, il a requis une bisque de homard à la mode bretonne ; un plat de grondins aux amandes ; du lapin en gibelotte, accompagné de petits légumes ; un plat de côtes d'agneau Champvallon ; en entremets, du chou-fleur au gratin ; en dessert, une marquise au chocolat, accompagnée d'œufs à la neige sur une crème de caramel. Dois-je vous citer les vins également ? dit-il non sans raillerie.

– Peu m'importe les vins ! Malappris ! Soupe et chou-fleur devant les entremettiers ! Grondins au four, voyez le garde-manger ! Lapin et agneau chez le rôtisseur, et le dessert au pâtissier ! Surtout ne goûtez à rien ! Allez, allez, allez !

Le spectacle qui allait s'ensuivre devait réduire le cuisinier à l'état de dément, par trop d'horreur... Car, sous ses yeux, les enfants se dispersèrent aux quatre coins de la salle, luttant avec ses commis et assistants, pour au final… s'emparer de la nourriture du banquet Cavaignac… et la jeter par terre comme on se débarrasse d'ordures !

– Arrêtez… vous êtes fous… arrêtez…

Mais l'œil de cet homme était si terrible, et le couteau qu'il venait de sortir de son fourreau si grand ! Nul doute qu'il n'hésiterait pas à s'en servir. Le chef assista donc, désemparé par l'épouvante, au saccage systématique de son domaine et à ce qu'il pouvait considérer être comme la ruine définitive de sa belle carrière au sein du Palais-Bourbon.

Bientôt, il n'y eut plus le moindre plat à servir : le ragoût de lapin renversé au sol mélangeait ses jus avec la bisque de homard, tandis que chou-fleur, poisson et desserts formaient des tas fumants sur le pavage… C'était un véritable massacre culinaire.

– Chef ?

Le cuisinier regarda l'inconnu et son coutelas… Sans doute était-il la Mort incarnée ? Elle était venue piller son univers avant de l'emporter dans l'au-delà…

– Chef ? Je suis navré mais c'était nécessaire… La vie des députés en dépendait et vous en serez récompensé. À tous les niveaux, parole de Goupil.

– Ben merde alors ! Qu'est-ce qu'il s'est passé, ici ?

Un commis venait tout juste d'entrer dans la pièce et contemplait, ébahi, le carnage qui venait de s'y dérouler.

– D'où venez-vous ? lui demanda Léandre.

– Ben, de la salle à manger… Je suis allé apporter les entrées.

– Les entrées ?

– Oui, œufs mimosa sur lit de salade verte et aspic de canard au miel d'acacia.

– La salle à manger ? Le banquet Cavaignac ?

– Pour sûr !

– Où est-elle ?

– Seconde pièce à droite depuis le vestibule : la fenêtre donne sur la cour.

Il fut alors bousculé par Léandre, qui fonça telle une locomotive dans la direction qu'il venait de lui indiquer.

Le Goupil ne pouvait pas y croire : tout était fini. Il avait échoué. Détruire la nourriture n'avait été qu'une perte de temps. Il allait entrer dans la pièce, ces messieurs se seraient déjà servis...

Il pénétra dans la salle à manger en hurlant :

– Posez vos fourchettes !

Les six convives le regardèrent tous avec stupéfaction. Qui était donc ce personnage aux yeux d'exalté qui venait, sans prévenir, interrompre leur repas ?

– Goupil, que signifie ? demanda Bonaparte, aussi surpris que les autres.

– Prince Bonaparte, vous connaissez ce forcené ?

– Oui, monsieur Cavaignac, c'est mon ordonnance... Mais Goupil, que faites-vous ?

Méthodiquement, le jeune Gascon faisait le tour de la table, subtilisant les assiettes déjà remplies pour les renverser sur le sol... puis, saisissant le plat d'œufs et de canard en gelée, il le projeta également par terre. Après quoi, il poussa un long soupir et s'affaissa, dos contre le mur, cherchant à regagner son souffle, car sa course effrénée l'avait passablement fatigué.

– Par tous les saints, dit Louis-Napoléon, nous expliquerez-vous les raisons qui vous poussent à envahir notre repas et à nous priver de nos agapes ?

– Monsieur... j'ai l'honneur de vous déclarer que cette affaire est résolue... mes soupçons étaient presque les bons... mais eussiez-vous mangé une seule bouchée de ces mets que c'eût été comme signer votre propre arrêt de mort.

– Du poison ? s'affola Lamartine, tout pâle.

– Oui, mais rassurez-vous... Tous les plats qui devaient vous être servis sont maintenant détruits !

Il y eut des regards impressionnés et inquiets, jusqu'à ce que Bonaparte prenne la parole.

– Messieurs, je me porte garant de ce garçon. Il a agi suivant mes instructions concernant une affaire où nous étions tous en danger, quand bien même nous l'ignorions. Je me verrais donc dans l'obligation de prendre personnellement ombrage de toute promesse de représailles exercée à l'encontre de mon agent pour avoir agi de la sorte.

– Voilà qui est beau et bon, jeune homme... grommela Cavaignac. Si d'aventure c'est là la vérité, nous vous devons beaucoup... Mais il n'en reste pas moins qu'une question se pose.

– Laquelle, monsieur ?

– Qu'allons-nous manger ?

Bonaparte, convaincu de la bonne foi de son agent, lui accorda un de ses rares sourires en public.

– Mais oui, Goupil. Répondez donc. Nous voici sans vivres, et affamés par votre faute : que pouvez-vous faire ?

– Nul besoin de réfléchir bien longuement, monsieur. Je puis vous assurer de l'existence d'un établissement de qualité qui peut vous accueillir tous dans l'heure, et où les plats sont à l'évidence en mesure de satisfaire vos papilles de façon certaine.

– Et quel est le nom de ce paradis du bien-manger ?

– L'hostellerie du *Vieil Armagnac*, rue des Francs-Bourgeois. J'y cours afin de vous y réserver un salon privé.

Mais avant de partir, en bon cabotin, Léandre Lafforgue, saluant ces illustres représentants de la République d'une révérence, ne put résister à l'envie de citer Victor Hugo :

– Bon appétit, messieurs !

Chapitre treizième

D'un plan machiavélique révélé dans son intégralité

– *In nomine Patri et Fili et Spiritu Sancti. Amen.*

Les fidèles quittèrent peu à peu leurs bancs de prière et, en se signant, entamèrent leur sortie de l'église Saint-Nicolas-du-Chardonnet. Géraud de Saint-Maur fut le dernier à quitter l'édifice religieux et, une fois dans la rue, il déplora encore l'absence de travaux. Les innombrables fissures qui serpentaient le long des murs faisaient de Saint-Nicolas un endroit non pas rempli de vie, mais de tristesse. Comme elle eût nécessité une réfection ! Mais non. Nous étions désormais sous la République, et les réparations d'un lieu de culte semblaient le cadet des soucis des parlementaires...

D'ailleurs, qu'avait-elle prodigué de bon, cette République que certains portaient en si haute estime ? Il songea à l'époque bénie de sa jeunesse, quand il portait haut les couleurs de la monarchie – constitutionnelle, certes, il fallait vivre avec son temps – dans la Chambre des pairs. Chacun se rappelait très bien des divagations de la Révolution française, et fou celui qui aurait regretté en public l'échec de la Première République, où tout n'avait été que sang et haine. Moins de soixante ans après le serment du Jeu de paume, voilà qu'on y revenait...

M. de Saint-Maur n'avait pas été à la fête, lors de la chute de Louis-Philippe. Ce départ précipité du souverain avait anéanti toute possibilité de changement dans son existence. Il avait joué de patience, évitant de précipiter les choses depuis la trahison dont il avait été victime. Pourtant, il n'avait rien fait, lui. Seul le hasard avait poussé les survivants du *Belle Céline* à manger les boîtes de conserve qu'il avait pu récupérer avant le naufrage. Il avait tenté de leur faire comprendre qu'il ne fallait pas y toucher, du danger qu'elles représentaient, mais cela n'avait servi à rien.

Ils étaient morts, et lui aussi, d'une certaine façon. Sa réputation mise à mal par la traîtrise conjuguée de deux hommes. La déchéance, orchestrée par des gens proches, sous le coup d'accusations, ridicules mais bien agencées. Eux-mêmes étaient des fauteurs, des pécheurs ignobles… mais rien ne leur était arrivé. À ce moment-là du moins. Désormais, l'un était mort et brûlait en enfer. L'autre l'y rejoindrait, tôt ou tard.

Fidèle à ses habitudes, Géraud de Saint-Maur se rendit directement de l'église au Jardin des Plantes. Bien que le jour du Seigneur dût être, normalement, un jour chômé, il avait le plus grand plaisir à aller s'enfermer dans ses prestigieuses collections et d'y travailler jusqu'aux heures les plus avancées du soir. Sans famille, sans amis, il ne manquait de toute manière à personne, alors il pouvait s'adonner dans la plus totale des libertés à sa passion pour la zoologie. Et Dieu le lui pardonnerait, puisqu'il agissait pour la bonne cause. Car si dévot qu'il fût, Saint-Maur croyait en la science, en l'étude. Voilà six ans, un Anglais du nom d'Owen avait proposé au monde l'existence d'une espèce d'animaux depuis longtemps éteinte : les dinosauriens. Partant du principe que Dieu avait créé la Terre et l'univers en sept jours, l'idée même qu'Il autorise l'une de Ses créations à disparaître était pour nombre de chrétiens moralement indéfendable. Mais pas pour Saint-Maur. Il savait parfaitement que les espèces sont vouées à rejoindre le Ciel, toujours par la volonté du Seigneur, dans les affres d'un cataclysme comme le Déluge, ou bien par des intermédiaires plus subtils. Le dronte des îles Mascareignes n'était-il pas mort depuis deux siècles à cause de l'homme, qui l'avait chassé, et des rats qui dévoraient les œufs, empêchant la reproduction de la race ?

Au fond, Géraud n'espérait qu'une seule chose : que la race des Républicains disparaisse à son tour. Socialistes, modérés, faux royalistes ayant fait allégeance sitôt le trône renversé… Tous ! Un jour, peut-être, il pourrait assister à ce spectacle, détendu, heureux même. Cela serait le retour de l'âge d'or. Le renouveau d'une ère où il aurait sa place parmi les grands, lui qui avait tant voulu faire pour ce monde avant qu'on ne l'en empêche.

Tout à ses pensées, il était arrivé à la grille du jardin et, en la franchissant, il se rendit compte de deux choses. La première, c'était que Paris était bien silencieuse. En général, les nouvelles importantes suscitaient les rumeurs, et il n'était pas un angle de rue où l'on ne voyait des gens évoquant l'actualité. La veille n'était-elle pas une journée exceptionnelle ? Pourtant, nul n'en parlait. Les rares personnes qu'il avait croisées sur son chemin semblaient vivre un dimanche rigoureusement identique au précédent, un dimanche tranquille, où l'on songeait plus volontiers au pot-au-feu qui mijotait qu'à la vie politique de la France.

La seconde chose fut une confirmation de ses craintes quant à la première. Car à l'entrée du bâtiment administratif l'attendait, aisément reconnaissable malgré sa tête bandée, le jeune Lafforgue qui était venu, moins d'une semaine plus tôt, jeter le trouble dans le Muséum par ses questions. Il était seul. Et à son regard, Saint-Maur comprit aussitôt qu'il savait. Peut-être même savait-il tout.

– Monsieur de Saint-Maur ?

– Oui ?

– Sur décision du gouvernement, j'ai ordre de vous accompagner dans votre bureau afin d'y procéder à une audition dans le cadre d'une enquête criminelle.

– Criminelle ? Auriez-vous besoin de mes lumières pour découvrir le coupable ?

– Oui et non, car le coupable nous est déjà connu. Cependant, des précisions seraient utiles pour clôturer cette affaire.

– S'il doit en être ainsi, montons.

Il précéda Lafforgue dans l'escalier, le conduisit jusqu'à son bureau. La double porte qui menait au cabinet de Gisors était close. Rien d'étonnant à cela, jamais ce paquet de saindoux ne serait venu travailler un dimanche, lui. Pas par respect des Évangiles, mais simplement par paresse. Il eut un rictus de mépris en s'installant à sa place.

– Prenez un siège.

Mais ce geste de civilité ne fut suivi d'aucune réaction. Léandre Lafforgue restait debout, à le mirer en silence. Ses yeux verts dérangeaient profondément Géraud. Plus que le silence, lui-même étant volontiers « taiseux », sauf quand on en venait à parler zoologie. Il tenta de classer des papiers, de se concentrer sur quelque travail. Mais il ne parvenait pas à rassembler ses esprits sous le regard omniprésent de ce Gascon à la tête bandée. Finalement, il renonça. Ce sentiment oppressant lui donnait soif. Il tira de sa veste sa flasque d'orgeat à l'italienne et en avala deux bonnes mesures à même le goulot. Puis, après avoir rebouché le flacon, c'est d'une voix glaciale et courroucée qu'il s'adressa au Goupil :

– Bon, vous désiriez m'entretenir d'une affaire criminelle, n'est-ce pas ?

– C'est en effet la raison pour laquelle je suis là.

– Eh bien ? Qu'attendez-vous ? Qu'il fasse nuit ?

– Non... mais nous sommes seuls.

– Ce qui est bien normal, puisque c'est dimanche.

– Certes, mais j'attends du monde. Nous pourrons échanger sitôt leur arrivée... Tiens, il me semble qu'on approche.

En effet, des éclats de voix leur parvenaient du bas de l'escalier :

– C'est un scandale dont vous me rendrez raison, monsieur le policier... Un scandale, oui... venir me chercher chez moi...

– Je vous entends bien, monsieur, mais la loi ne souffre aucun jour de repos, et l'affaire doit être réglée au plus vite, ce qui implique ce genre de désagréments... Ah, Lafforgue, vous êtes déjà là.

Charles Leterrier, accompagné d'Edmond de Gisors et escorté par deux policiers en uniforme, venait d'arriver dans l'antichambre.

– Inspecteur Leterrier... Et monsieur de Gisors, les salua le Goupil. C'est un honneur que vous nous faites de vous trouver là, en ce jour de repos...

– Oui, oui... épargnons-nous toute plaisanterie, dit le directeur du Muséum en s'épongeant le front de son mouchoir. J'ai suivi votre sous-fifre jusqu'ici en n'ayant qu'une vague idée des raisons qui le poussent à venir m'escorter sur mon lieu de travail par un dimanche matin. Sachez que j'obéis à contrecœur, mais que demain j'irai porter plainte à qui de droit !

– Pardonnez-moi de vous contredire, monsieur le député, mais M. Leterrier n'est en aucun cas mon subordonné, et encore moins un sous-fifre, comme vous le dites si mal, mais un agent de la police dite de Sûreté générale, et probablement l'un des plus doués. Et vous ne pouvez lui chercher querelle sans remettre en cause les ordres venus directement du ministère de l'Intérieur, dont les prérogatives dépassent les vôtres.

– Admettons… Tiens, Saint-Maur, vous êtes là, vous aussi… Mais que diable est-ce là ? Une réunion de mauvais plaisants ?

Assis, Géraud de Saint-Maur ne bougeait plus, ne disait plus mot. Il sentait très bien que l'attitude méprisante de son maître était tout sauf naturelle. Il était, autant que lui, aux abois. Et il fallait craindre que l'on ne sonne l'hallali très prochainement.

– Ne serait-il pas nécessaire qu'on passe dans mon bureau, plutôt que de demeurer dans cette antichambre ?

– Non, monsieur, c'est pour l'heure inutile. Restons en présence de votre assistant, voulez-vous ?

Léandre Lafforgue commença à arpenter le bureau de long en large, les mains croisées dans le dos, regardant le sol comme s'il suivait une ligne invisible. Au bout d'une minute de ce manège, Gisors s'impatienta :

– Eh bien, monsieur, qu'est-ce à dire ? Comptez-vous nous faire patienter encore longtemps ? J'ai de la famille qui me rend visite pour le dîner et n'ai en aucun cas l'intention de manquer à notre rendez-vous.

– Monsieur de Gisors, vous m'ennuyez. J'apprécie la bonne chère autant que vous, mais je sais mettre des priorités dans l'existence, et cette invitation…

– Invitation ? Être ainsi accompagné par un policier jusqu'à son musée un dimanche matin, vous osez appeler cela une invitation ?

– Cette invitation, donc, répliqua Léandre, feignant de ne pas l'avoir entendu, est une absolue priorité par rapport aux protestations de votre estomac. Dès lors, je vous prie de faire silence, car je m'apprête à en venir aux faits.

Léandre planta solidement ses deux pieds sur le parquet, dans une position qui lui permettait de faire face aux deux notables en même temps.

– Hier encore, je me trouvais dans les locaux de la Sûreté, menant un interrogatoire… Je pensais avoir déchiffré les mystères d'une enquête... et j'étais dans le faux. Mais il m'est permis d'annoncer solennellement qu'une affaire qui vous concerne au plus haut point va trouver à cette heure sa conclusion.

– Eh bien, commencez alors... en voilà du temps perdu en parlotes inutiles, grogna Gisors.

– Voici cinq jours, au soir du mardi 31 octobre, votre gardien-chef, Paul, est décédé. Quel était son patronyme, qui nous fait toujours défaut ?

– Le Guennec, répondit Saint-Maur.

– Merci. Paul Le Guennec est donc mort assassiné d'un coup de lame porté en plein cœur, dans une rue proche de la Bastille, pendant que nous discutions lui et moi. J'ai moi-même failli succomber sous les coups de l'agresseur, lequel n'a pas pu, pour mon bonheur, accomplir sa tâche jusqu'au bout grâce à l'intervention d'un ami.

– Une chance pour vous.

– Oui... mais pas pour d'autres. Car cet assassin, sur les traces duquel je me trouvais sans le savoir, était désormais marqué de façon impossible à dissimuler, blessé à la fois à la jambe, d'une manière plus qu'invalidante, et au visage. Son arrestation n'a été qu'une formalité, effectuée au matin du 2 novembre par les soins de notre compétent compagnon, l'inspecteur Leterrier ci-présent.

– Trop d'honneur, répondit celui-ci.

– Bon, dit Gisors, désormais plus qu'irrité. Vous avez échappé à la mort, pas notre gardien-chef, ce qui est déplorable. Mais quel est le rapport avec nous ?

– Le rapport est grand. Car son assassin n'était autre qu'un homme qui, depuis l'hiver, décimait les rangs de vos collègues députés en commettant des meurtres de façon suffisamment habile pour passer aux yeux de tous, y compris de la police, pour des accidents. Certes, cette fréquence des trépas avait provoqué une réaction policière, une surveillance accrue dans les allées du Palais-Bourbon, mais nullement convenable tant l'adversaire agissait de façon retorse.

– Mis à part ces crimes commis contre l'Assemblée, quel rapport avec moi ? répéta le directeur.

– J'y viens.

– Sainte patience !

– Leterrier ? Où êtes-vous ?

La voix crispante d'Issy-Volny provenait des couloirs du rez-de-chaussée.

– Tiens… il ne manquait plus que lui, souffla Léandre avant de lever le ton de façon à être entendu dans la cage d'escalier. Monsieur Issy-Volny, rejoignez-nous à l'étage, nous vous attendrons avant de poursuivre !

Le petit policier était rouge de honte et de colère.

– Leterrier, auriez-vous perdu l'esprit ? Procéder sans autorisation de ma part à une arrestation sur la personne d'un député ? Croyez bien, monsieur de Gisors, que cette fantaisie ne vient pas de moi…

– Exact, elle est mon initiative, dit Léandre.

– J'aurais dû m'en douter… Vous outrepassez décidément toutes les limites, monsieur le Gascon !

– C'est à voir.

– C'est tout vu, au contraire ! Dès que je repartirai d'ici, je ne manquerai pas de porter votre cas devant des gens qui sauront mater votre impertinence avec la sévérité qu'elle mérite.

– À votre guise, mais plus tard ; pour l'instant, vous m'interrompez. Alors ayez la bonté de faire silence et laissez-moi poursuivre. Donc cet homme n'est autre qu'un valet travaillant dans l'enceinte du Palais-Bourbon depuis six ans. Un Espagnol du nom de Miguel Sanchez, aux tâches variées.

– Un fou ? Un révolutionnaire ? demanda Gisors.

– Non… Un homme poussé par l'honneur. Une ancienne dette qu'on lui somme d'acquitter en tuant les députés. La méthode est des plus simples. Ce commanditaire lui fournit du poison, à charge pour Sanchez de l'administrer aux députés, répondit Leterrier.

– Mais qui peut bien en vouloir aux députés de la sorte ? Il faut que ce soit une sorte de fou !

– Oui, un fou… approuva Léandre. Ou bien un être traumatisé qu'on a trop longtemps bafoué et dont la rage explose. Car nul crime n'a été commis avant que la Révolution n'éclate en ce début d'année. Sans doute pouvait-il tolérer de vivre dans un pays gouverné par un roi, mais une république ? En aucun cas.

– En résumé, vous songez à un partisan de la monarchie, à un royaliste ? Je suis royaliste, et outré par vos propos, monsieur le Gascon ! siffla Gisors.

– Vous n'êtes pas le mis en cause. Ici, je parle de votre assistant, M. de Saint-Maur.

Il y eut un silence. Gisors regardait tour à tour les policiers et son secrétaire, l'air éberlué. Saint-Maur, lui, restait de marbre.

« Deux habiles comédiens », songea le Goupil.

– Saint-Maur… non, c'est impossible… pas vous… vous qui deviez me succéder… un meurtrier ?

– C'est possible, et c'est très vrai. Que je vous rassure, Saint-Maur, Sanchez ne vous a pas trahi volontairement… Mais hier, alors que je suivais une piste remplie d'incohérences devant lui, il a eu une réflexion malheureuse qui m'a fait réviser toute ma pensée. Car de prime abord, c'était vous, Gisors, que je voyais coupable de ces crimes, puisque les ayant orchestrés et ordonnés.

– Vous m'accusez, encore une fois ? Vous osez ?

– Laissez-moi poursuivre avant de vous emporter. L'affaire vous concerne bien tous les deux, d'où mon erreur. Tout remonte à 1827 : cette année-là a lieu un mariage. Gilles de Kervazec, fils d'une grande famille d'armateurs bretons, épouse Marie-Céline de Saint-Maur, native du Velay. Votre sœur, monsieur. L'union est-elle motivée par l'amour ou de simples convenances ? Je l'ignore. Ce qui est certain, c'est que vos relations avec M. votre beau-frère n'ont rien de cordiales. Cela arrive fréquemment… mais rarement dans de telles proportions. Ainsi, c'est par votre rang politique que vous parvenez, six ans plus tard, à embarquer à bord du fleuron de la flotte de votre parent, le *Belle Céline*, celui-ci n'ayant pas daigné vous accorder le droit de passage de façon gracieuse. Vous êtes alors un homme d'une grande intelligence, zoologue de talent, un peu provocateur aux yeux des gens de votre rang, puisque vous avez décidé de faire des études à des fins industrielles… des études concernant l'appertisation. À votre avis, la conserve alimentaire constitue un moyen de prodiguer des aliments sains aux quatre coins du globe pour nourrir les plus indigents. Belle idée, d'une honorable bonté d'âme… qui vous vaut certainement les foudres déjà vives de Gilles de Kervazec, pour qui travailler pour le peuple est synonyme de déchoir. Toujours est-il que vous vous retrouvez à bord du *Belle Céline* à l'hiver 1833. Votre assistant d'alors, M. de Gisors, est lui aussi du voyage. Vous êtes alors promis aux plus hautes fonctions dans la science française. Pair de France, sans doute prochain directeur du Muséum, ce double statut vous mettrait à l'abri de toute attaque quant à vos intentions philanthropiques. Sans doute parviendriez-vous à avoir l'oreille de Louis-Philippe en personne ! Peut-être pourriez-vous convoiter avec raison un portefeuille ministériel !

– Mais… dit Gisors.

– Pas d'interruption, je vous prie… fit Leterrier, avec un geste de la main.

– Du moins, pas encore, rétorqua le Goupil. Le voyage se passe au mieux, aux dires de Paul Le Guennec, alors matelot à bord de ce même navire. Une fois débarqué sur les côtes amazoniennes, monsieur de Saint-Maur, vous vous adonnez à des recherches qui passent pour saugrenues, mais ne le sont pas du tout. Car, outre celles qui ont trait à la zoologie, vous vous passionnez pour les toxiques. Justement, nos colonies antillaises et guyanaises regorgent de poisons variés aux effets divers, aussi bien animaux que végétaux. C'est à cette occasion que vous découvrez le véritable curare des Indiens d'Amazonie, et même que vous apprenez à le préparer. Car la connaissance implique de passer également par là : l'art et la maîtrise de préparer les venins. Votre séjour est parfait... puis arrive le retour. Un phénomène inexplicable, sans doute naturel bien qu'impossible à comprendre, envoie le bateau par le fond au large, dans la mer des Sargasses. Vous êtes sept rescapés. Affamés. Vous, monsieur de Saint-Maur, conservez dans un sac, outre des échantillons de plantes et sans doute des venins animaux, issus de serpents et autres charmantes bêtes de là-bas, quelques conserves. Les avez-vous personnellement empoisonnées ? J'en doute. Savez-vous cependant qu'elles le sont ? C'est plus que probable. Vous les conservez... pardon, les gardez... dans un but d'analyses à effectuer sitôt rentré à Paris. Là, face à cette nourriture, les plus affamés des naufragés – les trois marins indemnes, Paul le Guennec étant blessé et fiévreux – ne peuvent résister ; ils confisquent d'autorité cette manne corrompue, ils la consomment. Ils en meurent ! Tous les trois ! À votre débarquement en France, la nouvelle du naufrage du *Belle Céline* rend votre beau-frère fou de colère. Les circonstances mystérieuses dans lesquelles cela s'est produit, le trépas des matelots survivants... Vu qu'il vous déteste, il vous fait, comme on dit, « porter le chapeau ». Vous discréditer n'est pas bien difficile. Il est pair de France, tout comme vous, mais plus fortuné, plus puissant, plus influent. Vous voilà considéré comme un illuminé, un homme aux idées démentes, incapable d'assumer une charge politique ou une place directoriale. En quelques semaines, votre carrière prometteuse s'évapore. Vous n'êtes désormais plus qu'un nom de seconde importance, et votre assistant d'alors, Gisors, devient celui sur lequel il faut compter. Par charité ou par mépris, il vous accorde une place d'assistant... celle que vous occupez toujours, aujourd'hui. Mais vous n'abandonnez pas : la déchéance ne vous ôte pas l'espoir de revenir de l'oubli. Vous poursuivez vos travaux sur les poisons, publiez un livre qui fait référence sur le sujet. Vous continuez vos recherches sur l'appertisation. Vous voyagez à des fins scientifiques, rendant visite à des confrères, notamment au Muséum de Madrid, car vous parlez l'espagnol couramment. C'est à cette occasion qu'une amie vous contacte : au courant de vos études, elle se trouve dans une situation embarrassante, suite à des amours proscrites avec un valet. Votre savoir sur les poisons vous permet de lui offrir une tisane pour que cette situation ne devienne plus qu'un mauvais souvenir… et vous permet également de préparer votre vengeance. Car c'est là en fait le réel moteur de votre patience. Vous rêvez de votre revanche, cruelle, et dure, contre ceux qui vous ont trahi. Donc, ce valet, vous le rendez responsable de cette grossesse. Vous l'accablez et lui promettez à votre tour de faire tomber l'opprobre sur lui s'il ne se soumet pas à vos désirs. En Madrilène désireux de conserver un honneur immaculé, irréprochable, il accepte. Vous avez sans doute encore des contacts fidèles au Palais-Bourbon, ce qui vous permet de l'y faire rentrer comme domestique. Votre pion est dans la place. Le tout est une affaire d'attente. Vous ignorez, au fond, ce que vous attendez, mais vous savez que cela arrivera. Le signal. Et ce signal, c'est la révolution qui vous le procure.

– Comment cela ? demanda Issy-Volny, qui écoutait le discours, plus captivé qu'il ne voulait le montrer.

– Par l'attitude d'un homme : Gilles de Kervazec. Royaliste autrefois, il retourne habilement sa veste et accepte sans conditions le régime républicain. S'il fallait à M. de Saint-Maur une preuve de sa fausseté d'âme, la voilà. La goutte d'eau qui fait déborder le vase. C'est décidé : vous allez passer à l'attaque. Un soir de mars, vous rendez visite à votre beau-frère. Sous quel prétexte, je l'ignore. L'entrevue n'a rien d'amicale, mais elle est utile, puisqu'elle vous permet, d'une façon ou d'une autre, de l'empoisonner. Le lendemain, en pleine séance, Kervazec s'affaisse définitivement. Une mort en apparence toute naturelle, qui n'affole personne. Cela ne suffit pas, monsieur de Saint-Maur. Au départ, je pensais que c'était uniquement pour camoufler le véritable crime, mais il n'en était rien. Car la révolution, vous l'avez vu, a suscité des vocations opportunistes un peu partout dans l'Assemblée. La République semble, sans faire l'unanimité, convenir à la plupart des députés, malgré leurs idéaux d'autrefois. Tous, à vos yeux, deviennent des traîtres. Vous espériez, au fond, que la monarchie demeure et que ce soient d'autres raisons qui vous poussent à revenir sur le devant de la scène. Hélas, Louis-Philippe est parti, la monarchie est défunte, vos idées n'ont jamais changé. On ne vous rendra jamais la place qui vous est due. Alors vous décidez de combattre le mal à sa source… D'être vous-même l'instrument du destin. Autant vous pouviez vous permettre de supprimer Kervazec personnellement, autant les autres députés demeurent intouchables. C'est le moment de faire appel à Miguel Sanchez. Sa dette d'honneur le tient toujours captif, il connaît votre visage mais pas votre identité. Et il accepte cet horrible chantage : en lui fournissant attirail, comme manteau noir, canne à pointe et toxiques, vous l'incitez à tuer. Comment choisissez-vous les victimes ? Au hasard, selon toute vraisemblance. Ou bien selon les circonstances. Parfois, Sanchez va injecter, de sa canne truquée, le poison dans les veines du député. Parfois, il le leur fait avaler, mélangé en dose réduite à leur repas. L'effet est toujours le même : paralysie progressive des membres, puis du diaphragme. Une noyade sans eau… Cela ressemble au curare, à la strychnine. Sans doute est-ce un poison qui leur est proche. Un mélange de ces toxines, peut-être ? Dans le sang ou l'estomac, la mort est là, progressive, ne frappant jamais en suivant le même délai. Et par chance, ces morts passent encore pour des accidents tragiques. À l'Assomption, vous avez déjà trois morts impunies sur la conscience. C'est alors que M. de Gisors vous informe que, dans peu de jours, l'un de ses amis, Drouart, doit se battre en duel. En tant que témoin, il est chargé d'apporter les armes ainsi que les soins, car c'est un duel au premier sang. Inutile de convoquer Sanchez pour cette occasion.

Utilisez-vous les fleurets, trempés de poison, ou bien humectez-vous les bandages devant servir à panser le duelliste ? Je penche pour cette seconde hypothèse : atteint à la jambe, une plaie sans gravité, pourtant mortelle en quelques jours. Par la même occasion, vous occasionnez un décès de plus, celui de l'autre duelliste, un avocat étranger qui n'avait rien à voir avec votre complot mais qui a eu le malheur d'être soigné avec vos pansements frelatés... Le voilà qui meurt deux jours après Drouart, en plein Limousin, incapable de s'expliquer à un médecin, pour une simple plaie à la main... et dans un cas comme dans l'autre, nul n'y voit la moindre raison de s'en inquiéter. Puis, toujours en septembre, c'est au tour de Brisson de trépasser, puis en octobre, le même jour, MM. Braun et Eudes. Ces trois fois, Sanchez vous rend ce service. Et c'est lui qui vous avertit également d'un événement capital : le député Cavaignac a invité ses confrères candidats à l'élection présidentielle à partager un repas. Les plus grands noms de la République, réunis dans un salon du Palais-Bourbon ! L'occasion est trop belle pour ne pas porter un coup fatal à cette mascarade de régime. Vous fournissez donc une dose plus que conséquente de poison à Sanchez, qui doit l'ajouter aux vivres prévus pour ce banquet. Rien de plus simple : une partie des denrées réservées pour cela est livrée dès le lundi et remisée à l'écart des autres. Y mélanger le poison n'est pas difficile...

– Dans le miel.

– Je vous demande pardon ?

– Dans le miel, répéta Saint-Maur d'une voix éteinte. C'est l'un des produits qui dissimulent le plus facilement. C'était, à ce que l'on m'a dit, un aspic de canard au miel qui devait être servi... et le poison, pour être efficace, doit être mélangé à du froid. Le chaud le dénature.

– Alors vous reconnaissez les faits ?

– Oui... Pourquoi les nier ? Car Sanchez a été arrêté, et le plan a échoué, n'est-ce pas ?

– Oui.

– C'est bien fâcheux, fit Saint-Maur avec un geste de dérision. Poursuivez, monsieur Lafforgue. Terminez donc.

– Fort bien. Au jour de la remise de ce poison, vous avez la mauvaise surprise de notre rencontre. Je viens m'intéresser à un livre consacré aux poisons dont vous êtes l'auteur, car le seul exemplaire confié à la bibliothèque a été dérobé ; or vous me faisiez suivre depuis quelque temps... depuis mon arrestation dans le cadre de l'affaire Brisson, surpris de voir à quel point certains policiers peuvent se fourvoyer.

Issy-Volny ne répondit rien, mais une ombre sur son visage montra qu'il ne goûtait pas le commentaire.

– Pendant un mois, rien ne s'était passé, mais Sanchez vous apprend que l'on me revoit souvent, moi, le suspect d'un jour, aux abords du Palais, où j'accompagne mon maître, M. Bonaparte. Cette présence vous déplaît, vous pressentez quelque avanie possible dans votre plan. Sanchez me piste à nouveau et me revoit près du corps d'Eudes, la dernière victime. Il vous en informe. Vous comprenez qu'une enquête a lieu, et qu'elle est plus proche du but que vous n'auriez pu l'imaginer. Me voici déjà au musée... Vous donnez le change quelques heures, mais avez besoin de remettre l'ultime arme et les instructions finales au valet, donc vous mettez un terme prématuré à notre entretien et, contrarié par la perte de temps et les inconvénients que j'occasionne, ordonnez qu'il me soit fait mauvais parti avant que je ne quitte les lieux. C'est alors que votre ancien compagnon d'infortune, Le Guennec, prend contact avec moi. C'est sans doute cet autre gardien, ce colosse au cerveau rabougri, qui vous l'a appris. Paul ne vous porte pas dans son cœur, pas plus que vous, monsieur de Gisors. Il est, à part vous, le seul rescapé du *Belle Céline* et il est susceptible de vous dénoncer, ou du moins d'avoir des paroles accablantes... Une fois encore, vous dépêchez Sanchez... mais il échoue. Seul Le Guennec meurt. Je survis.

– Et vous voilà devant moi, pour procéder à mon arrestation. Je respecte cela. Je regrette uniquement ces derniers faux pas qui me coûtent la victoire.

– Saint-Maur… gémissait Gisors. Ce n'est pas possible, vous devez mentir… vous en qui j'avais la plus absolue confiance… C'est faux… dites-moi que c'est faux.

Saint-Maur se contenta de lui jeter un regard de dédain, avant de s'adresser de nouveau au Goupil :

– Un vrai gentilhomme sait s'avouer vaincu face à l'évidence. Permettez-moi de combler quelques manques dans votre discours : je n'ai pas volontairement empoisonné les boîtes de conserve, la nature s'en est chargée, mais je les gardais afin de les analyser sitôt revenu en France. Et je n'ai visité feu mon beau-frère qu'à sa demande expresse. De son propre aveu, il avait bien des choses à reprocher à Gisors, qu'il avait favorisé et qui, par son immoralité, ne méritait pas son aide ; je pense à quelque histoire d'argent entre eux, mais il ne m'en a pas dit davantage. Enfin, il éprouvait le besoin de me restituer au passage mon honneur perdu… Un peu tard pour se racheter, vous me le concéderez. À votre tour de me renseigner car je déteste l'incertitude. Qu'est-ce qui m'a trahi ?

– Deux choses : d'une part, la présence d'un enfant des rues dans le cabinet de Kervazec la veille de sa mort.

– Ah, lui ? J'aurais dû m'en douter.

– Vous l'aviez donc vu ?

– Non, senti… Il était trop sale. Feu mon beau-frère était si enrhumé qu'il n'aurait pas remarqué un cadavre en putréfaction dans sa chambre. Je me suis caché dans la rue à attendre que l'enfant ressorte par la fenêtre, je l'ai suivi jusqu'aux confins de la ville, dans une maison abandonnée, et j'ai guetté son retour. J'ai attendu qu'il fasse nuit pour le poursuivre. Il était doué pour se cacher, mais j'ai toujours été maître dans l'art de me fondre dans le paysage. Ce fut une journée épuisante mais nécessaire…

– Et personne au musée ne s'est inquiété de votre absence ?

– S'alarme-t-on vraiment du sort d'un meuble ? On ne me considère guère mieux qu'une table ici.

– Cet enfant avait volé la médaille de mariage de Kervazec et l'avait rapportée dans son repaire. Mais cela, vous l'ignoriez.

– Oui…

– En outre, Sanchez a évoqué que vous teniez des propos antirépublicains dans un établissement public. Vous n'auriez pas échappé à des informateurs si vous les aviez proférés en français.

– Oui… stupide erreur de ma part. Alors Sanchez n'a rien dit sur moi ?

– Non… il a bien sûr frémi en m'entendant mentionner le nom de Gisors, puisque votre maître et ancien assistant devait être lui aussi l'une des victimes de votre complot… et que vous aviez, aux yeux du valet, endossé son identité depuis le début…

– Comment ? Moi ? geignit Gisors, lamentable. Mais qu'ai-je à voir dans cette affaire ?

– La ferme, Edmond ! hurla subitement Saint-Maur.

Le cri pétrifia toute l'assistance. Jamais ils n'auraient pensé que le calme petit scientifique eût pu élever la voix de la sorte.

– Monsieur Lafforgue, j'ai perdu. Je le reconnais.

Il prit alors un livre, situé sur l'étagère à l'oiseau derrière lui, le posa sur le bureau et l'ouvrit, avant de s'arrêter à une page précise. Puis il sortit à nouveau la flasque de sa poche, dévissa le bouchon, puis, prenant un petit gobelet placé sur son bureau, le remplit de son odorant orgeat.

– Je ne vous en propose plus, je me souviens que vous ne buvez pas d'alcool. Puis-je seulement vous dire ceci ?

– Quoi donc ?

– La vérité se pare parfois de plumes… et je suis d'avis que toute dette devrait finir par être payée. À votre santé.

Puis, après ces énigmatiques paroles, il leva le verre et en avala le contenu d'un trait. Avec stupeur, Leterrier et le Goupil le virent s'affaler sur son fauteuil en râlant, renverser la tête en arrière, et une mousse blanchâtre jaillir de sa bouche. Léandre se précipita vers lui. Les yeux regardaient désormais le vide. Il était mort. Le tout n'avait pas pris plus de cinq secondes.

– Ah l'idiot ! Le foutu idiot ! jura le Goupil.

– Que s'est-il donc passé ? demanda Issy-Volny.

– J'aurais dû m'en douter ! Un maître des poisons ! Qui a vécu par le glaive périra par le glaive ! Il avait tout prévu, même son propre échec.

– Il vous avait déjà offert de sa boisson par le passé ? s'étonna Leterrier.

– Oui… sauf que ce n'était pas la flasque qui était empoisonnée… mais le verre dans lequel il vient de boire. Il consommait une boisson aux amandes… et l'acide prussique distillé à partir des noyaux du pêcher dégage une odeur caractéristique d'amande. C'était idéal pour masquer le poison.

– Quelle horreur, se lamentait Gisors. Pourquoi ? Pourquoi cette haine envers moi ?

– Asseyez-vous, vous, et cessez de larmoyer ! Si vous n'êtes pas aussi coupable que lui, vous l'êtes tout de même ! Je tenais d'abord à ce que Saint-Maur avoue devant témoins, et il l'a fait. Maintenant, c'est à votre tour.

Gisors, l'air éperdu, se conforma aux ordres du Goupil.

– Bien : après notre rencontre et la discussion avec Paul Le Guennec, j'étais parti sur une piste impliquant votre entière culpabilité. J'avais tort… du moins en partie. Vous avez toujours été un arriviste, un jouisseur égoïste. Et votre passion pour le jeu vous a été fatale. Votre vie durant, vous n'avez fait qu'accumuler les dettes. D'après ce que m'a raconté Le Guennec avant de mourir, l'un de vos débiteurs les plus importants n'était autre que le diplomate Brisson. Dès votre première rencontre, lors de la traversée du *Belle Céline*, vous avez joué contre lui... et perdu, car il n'était qu'un tricheur plus malhonnête encore que vous. La somme d'argent que vous lui deviez ne cessait de croître à chaque nouvelle partie ! Votre situation professionnelle vous interdisait de le rembourser en temps et en heure... le naufrage a eu lieu, l'empoisonnement des marins aussi... Saint-Maur était dans une très mauvaise passe dont vous avez abusé sans la moindre vergogne. Votre témoignage aurait pu servir à aider ce dernier, mais vous n'avez fait qu'envenimer les choses en prêtant votre concours à Kervazec, l'armateur, qui ne cherchait alors qu'à ruiner la réputation de son beau-frère. Quant à Brisson, il ne voyait que l'argent que vous lui deviez. Alors vous avez agi. Et je pense que c'est par esprit malin que vous avez accordé à votre ancien maître une place de subalterne, histoire que l'humiliation soit un peu plus complète. Vous ignoriez, au fond, quel genre d'homme était Géraud de Saint-Maur. Le temps a passé, vos dettes enfin épongées, votre situation est devenue stable, à tel point que vous aviez presque oublié votre passé peu reluisant. Et voilà que, profitant de la révolution, vous décidez de vous lancer en politique. Là, vous retrouvez Brisson, devenu lui aussi député. Vos vieux démons ne vous ont pas quitté, et Brisson n'a jamais perdu son goût pour la victoire mal gagnée. Ce sont à nouveau les tricheries, et les dettes. Difficile de lui échapper, vous le trouvez toujours assis non loin de vous sur les bancs de l'Assemblée. Alors vous rêvez sa mort. Aucune reconnaissance de dette n'est signée au jeu, n'est-ce pas ? Son trépas vous dispenserait de lui régler le moindre centime. Mais comment faire ? Vous êtes lâche, jamais vous n'oseriez tuer quelqu'un. C'est alors que vous voyez que, ces derniers temps, nombre de vos collègues meurent accidentellement. Et si Brisson devenait l'un d'eux ? Pour ce faire, vous liez un pacte avec votre second, vous souvenant de ses travaux sur les poisons. Ne dispose-t-il pas de quelque produit susceptible de vous débarrasser de votre problème, c'est-à-dire de Brisson ? Le prix de la tâche est élevé : votre poste ! Mais vous êtes désormais assez riche, député... Vous pouvez vous offrir ce luxe. Le marché est donc conclu. Saint-Maur ne vous dira ni comment ni quand ce sera fait, je suppose néanmoins qu'il vous promet que tout sera fini avant le Nouvel An. Enfin, septembre arrive et Brisson meurt. Vous voilà libéré. Au printemps, Saint-Maur récupérera la place qui lui revenait de droit depuis plus de quinze ans, et vous serez tranquille...

– C'est une fable ! Une fable sans fondements ! Je ne suis responsable de rien et n'ai jamais passé de contrat sur la vie de quiconque avec cet assassin de Saint-Maur...

– Une fable ? Au contraire. Nous en avons la preuve... car rappelez-vous que cet homme que vous aviez bafoué nourrissait une envie vengeresse à votre encontre. Récupérer le poste de directeur, c'était bien. Pouvoir vous discréditer à votre tour, encore mieux !

– Me discréditer ? Et comment cela, je vous prie ?

– Eh bien, avec ceci.

Et Léandre sortit de sa poche la feuille de laurier-rose.

– Le jour où Brisson est mort, je me trouvais justement dans les couloirs du Palais-Bourbon. Et j'ai bousculé un valet : Miguel Sanchez, l'homme de main de Saint-Maur. Il a laissé échapper de sa poche plusieurs feuilles... Il sortait – cela, je l'ignorais alors – du bureau de Brisson, où il venait d'apporter une bûche pour la cheminée, ainsi qu'un fagot de plantes semblables à celles-ci. Vous ignorez sans doute ce dont il s'agit.

– Absolument.

– Honte à vous, qui êtes directeur du Museum. Il s'agit d'un arbrisseau, le laurier-rose. Fruits, feuilles, tronc, racines : du poison partout. Il est mortel à consommer... et à respirer. Or, Sanchez avait jeté cette plante dans la cheminée... c'est la fumée qui a tué Brisson. Un empoisonnement, c'est vrai, pourtant différent de ceux qui avaient été perpétrés jusqu'alors. Pas aussi discret, bien plus révélateur. En fait, celui-ci allait laisser des traces caractéristiques qui auraient inévitablement conduit à une piste criminelle. Sachant que la police prête toujours attention aux soucis financiers des défunts, ils auraient tôt ou tard pris connaissance de vos parties de cartes et de vos dettes envers lui… Les soupçons se seraient portés sur vous, et vous seul. Pas sur Saint-Maur ni sur un quelconque laquais ! Et vos accusations auraient été jugées dépourvues de sens.

– Vous auriez fini à votre tour déshonoré, et Saint-Maur aurait de toute façon récupéré votre poste, conclut Leterrier. Sa vengeance aurait été complète… si seulement vous n'aviez pas été présent au Palais ce jour-là.

– Oui, le hasard fait bien les choses…

Un bruit dérangeant de claquement de mains les interrompit. C'était, curieusement, Edmond de Gisors qui applaudissait.

– Belle histoire, messieurs ! Mais, je le répète, il n'existe aucune preuve tangible qui puisse m'accabler. Ce Sanchez, qui m'incrimine, ne m'a jamais rencontré. Et Saint-Maur étant décédé, il ne pourra jamais témoigner contre moi.

Il avait un sourire mauvais, triomphant, et Léandre ressentait une féroce envie de le gifler afin de le lui effacer. Il savait que, malgré la gravité des accusations, l'absence de détails rendait l'inculpation tout à fait improbable.

« Allons, Goupil, du sang-froid… il ne sera pas dit que la justice finira bafouée. Gisors mérite de perdre son rang et sa liberté ; Saint-Maur, qui prévoyait tant de choses, aura bien laissé une trace de sa vilenie pour cela ! »

Tandis que Leterrier se faisait morigéner et s'entendait promettre tous les blâmes de la terre par le directeur, le Goupil se glissa derrière le bureau où se trouvait le cadavre de Saint-Maur. Son premier regard fut à l'attention du livre grand ouvert sur sa table. Marquant la page de son index droit, il le referma pour lire le titre.

– Ah ah ! *Curares et Poisons tétanisants du Nouveau Monde*. Le voilà donc, ce fameux bouquin…

Il retourna à la page à laquelle l'auteur défunt l'avait ouvert avant de commettre l'irréparable. Page 174. Il faudrait lire le contenu tout à l'heure… Il ne s'y trouvait rien, à l'évidence, qui puisse accréditer la théorie de culpabilité de Gisors. Désolé, il se passa la main sur le visage et leva les yeux au ciel. Il s'arrêta face à l'oiseau empaillé. Sans doute un souvenir personnel rapporté des Amériques. Un bien étrange spécimen. Il tendit le bras et le saisit par la branche sur laquelle il avait été naturalisé. Sur le socle de bois verni, à peine maculé de poussière, il lut sur l'étiquette de cuivre gravé : *Rupicole ou coq de roche orange*.

« La vérité se pare souvent de plumes… »

Il observa quelques instants l'oiseau, son plumage de feu qui devait être particulièrement beau à admirer en vol… Son attention bientôt se reporta sur le socle. C'était indescriptible, mais il lui semblait que ce dernier était sensiblement trop épais par rapport aux socles qu'il avait eu l'occasion de voir lors de sa visite au musée en compagnie de Saint-Maur. Il passa donc l'index sur toute la surface, avant de déceler une fente sur l'avant du socle, presque invisible à l'œil nu.

– Messieurs, venez donc.

Sous les yeux du directeur et des policiers, il palpa l'ensemble avec une certaine fébrilité, puis finit par remarquer que la branche, pourtant fixée solidement sur le tout, avait un peu de jeu. La saisissant entre le pouce et l'index, il tenta de la pousser en arrière. Rien ne se produisit, pas plus que quand il tira la branche en avant. Mais en la penchant sur le côté droit, un déclic retentit et toute la partie inférieure s'avança d'un bon centimètre, révélant une série de feuilles.

– Par tous les diables ! Un tiroir ! s'exclama Issy-Volny.

– Un tiroir secret… rempli de papiers, compléta Leterrier.

Le Goupil en sortit un et le lut à haute voix :

– « Je soussigné M. Gilles de Kervazec, député du Morbihan, déclare que M. Géraud de Saint-Maur, mon beau-frère, est parfaitement innocent des décès qui ont cruellement endeuillé la traversée du navire ci-nommé le *Belle Céline* au printemps 1833. Par ailleurs, je reconnais avoir été abusé par M. Edmond de Gisors, alors assistant de M. de Saint-Maur, dans l'idée fausse que ce dernier était le coupable des trépas susmentionnés. Il semble que ces accusations aient été formulées dans le but de desservir mon parent et d'assurer à M. de Gisors la pleine jouissance des responsabilités jusqu'alors confiées à son supérieur hiérarchique. Ci-joint les signatures de MM. de Kervazec et de Saint-Maur, qui assurent et certifient la véracité des propos précités. »

L'un des paraphes était, de toute évidence, tracé par la même main que celle qui avait rédigé le texte. Quant à l'autre, il se trouvait assez de documents manuscrits sur le bureau pour y reconnaître l'écriture arrondie de M. de Saint-Maur.

– Calomnie ! C'est une calomnie ! Un faux grossier ! glapit Gisors.

– Bien au contraire, reconnut Issy-Volny qui avait saisi un feuillet. C'est là de toute évidence un original… et un papier des plus intéressants…

– À l'évidence, ajouta le Goupil, il n'aurait été d'aucune utilité à feu votre assistant au moment de sa signature, laquelle doit correspondre sans le moindre doute à la veille du décès de Kervazec, au moment précis de l'empoisonnement… Mais après ? S'il était parvenu à vous déconsidérer aux yeux des notables – et il y serait arrivé, vu l'intensité de son esprit vengeur –, cela n'aurait fait que vous porter davantage de tort. Joueur, malhonnête, auteur d'un faux témoignage et d'un assassinat : à votre tour, vous auriez vu votre réputation détruite, sans doute définitivement… ce qui va se produire, de toute manière. Vous aurez du mal à rendre caduc le contenu de ce document… Il a valeur de preuve, et nous pourrions tous en jurer devant une cour de justice, argumenta Leterrier.

– Et que dire quant à la teneur de cet autre message ? interrogea Léandre en dépliant plusieurs feuilles jointes ensemble et les parcourant rapidement, en silence, pendant une minute.

– Que contient-il ? demanda Issy-Volny.

– Les aveux de Saint-Maur, écrits de sa main, accompagnés par les circonstances exactes dans lesquelles lui et Gisors ont passé accord autour de la mort de M. Brisson… Oh… à la dernière page, il précise également son intention d'en finir avec l'existence si tant est que la police trouve un lien entre lui et tous ces décès. Il y est adjoint un document signé de votre main, Gisors…

– Comment ? fit le directeur, au bord de l'apoplexie.

– Oui… C'est là un autre document parfaitement lisible et explicite, dans lequel vous nommez officiellement Géraud de Saint-Maur comme votre successeur, à compter du premier jour de mars 1849… à condition que ce dernier accomplisse avant la fin de l'année 1848 un « service capital » en votre nom. Il n'est assurément pas fait mention du service en question, mais nous pouvons le deviner aisément, et si on y ajoute les aveux et l'autre lettre… Ce petit paquet de papiers devrait être infiniment suffisant pour vous renvoyer à votre place, c'est-à-dire derrière de solides barreaux, et ce pour longtemps.

– Cela ne tiendra jamais devant un tribunal !

– Croyez-le si vous le souhaitez… dit le Goupil.

– La crapule ! L'ordure ! vociféra Edmond de Gisors.

– Vous parlez de feu votre assistant ?

– De qui d'autre ? Le scélérat !

– Ne savez-vous pas qu'il est malvenu de médire des défunts ? remarqua Issy-Volny non sans humour, ce qui lui valut un coup d'œil amusé de Leterrier.

– Peu m'importe désormais ! Tout est à l'eau ! Kervazec est mort, Brisson est mort, Paul est mort, Saint-Maur également ! Il ne reste que moi !

– Ainsi, vous avouez ?

– Oui ! Oui ! J'avoue tout ! cria Gisors, à bout de nerfs. Le traître ! N'aurait-il pu m'épargner et m'assurer la paix ? Ou bien m'empoisonner, comme je l'avais prié de faire envers Brisson ?

– Et pourquoi l'aurait-il fait ? Vous ne lui avez pas trop laissé de choix. Saint-Maur était devenu un assassin, mais c'était à la base un brave homme, même si par trop lunatique. Si vous n'aviez pas eu les dents si longues, sans doute seriez-vous resté son poulain, sans doute vous aurait-il soutenu et facilité votre carrière. Mais vous avez été trop gourmand, trop tôt. Il s'est vengé et, même si je n'apprécie guère cela, je dois reconnaître que je suis assez satisfait de cette conclusion… À votre tour de connaître l'infamie. Une punition des plus méritées… car entre nous, monsieur de Gisors, s'il y a un scélérat dans l'affaire, c'est bien vous.

Tandis que les gardiens de la paix passaient les poucettes à Gisors et l'entraînaient vers l'extérieur, suivis par Issy-Volny, Léandre Lafforgue se plongea dans la lecture du livre de poisons de feu Saint-Maur, à la page 174.

– Tenez, Leterrier, dit-il, écoutez-moi cela. « *L'effet du curare est également accompagné de certaines curiosités. Ainsi, une injection en quantité limitée suivant la technique de la vaccine de cowpox permet de combattre les effets mortels d'un poison très voisin, la strychnine, leurs deux toxines s'annihilant l'une l'autre. Cependant, les évolutions du progrès ont révélé l'existence d'un produit similaire, naissant des graisses de viandes incomplètement appertisées. Il s'agit plus précisément d'un acide, mis en évidence par le Pr Justinus Kerner en 1822, à la virulence insoupçonnée et à la létalité incurable. Or ce dernier, combiné au curare, ôte son effet immédiat au toxique végétal mais rend la paralysie effective, complète et mortelle au bout de quelques heures. La durée exacte varie, suivant nos expériences, selon le dosage de cette toxine graisseuse. Son autre particularité est que sa toxicité est d'une égale effectivité, que l'administration ait lieu de façon orale ou sous forme d'injection dans le sang.* »

– Effectivement, je comprends qu'il ait fait voler le livre avant que vous ne l'ayez lu… Cela eût été par trop significatif dans cette situation précise. Mais... vous bâillez, Lafforgue ?

– Oui...

– Manque de sommeil ?

– Non, excès d'appétit... parler m'a donné faim. Je vais donc rentrer chez moi et y faire le repas qui s'impose.

Les deux hommes échangèrent une cordiale poignée de main.

– M'accompagnez-vous ? proposa le Goupil.

– Non, je dois surveiller le corps de Saint-Maur. M. Issy-Volny va prévenir le procureur et le Docteur de Flandre, et je me dois de rester en les attendant. Après quoi, je ferai comme vous : direction mon foyer. Car après tout, le repos dominical existe pour tout le monde, n'est-ce pas ?

La nuit était bien là. Dans la salle de restauration, le personnel devait servir les derniers clients en desserts et autres infusions, tandis qu'en cuisine le ménage démarrait. Cloîtré dans sa chambre à coucher, Léandre, lui, s'était installé à son secrétaire. D'une plume d'oie trempée dans une encre de couleur violette, il rédigeait le rapport qu'il se chargerait de transmettre à son maître dès le lendemain. Le tout marquerait officiellement la fin de sa première enquête en tant qu'agent spécial du député Bonaparte. Il n'avait rien omis, tout y était mentionné : les circonstances de son embauche, les interrogatoires et rencontres ayant fait progresser les investigations. Il mentionna Furet – sans le nommer et sans citer le lieu de rendez-vous des malappris, qu'il se contenta d'appeler « les enfants des rues » – et s'abstint de parler de la nature de ses relations avec la mère de ce dernier. Et même s'il ne marquait aucune réelle compassion envers Saint-Maur et Sanchez, il se montrait absolument virulent quand il parlait de la trahison de Gisors. Enfin, il avait clairement souligné le rôle important de Charles Leterrier, en évoquant le moins possible ce désagréable Issy-Volny qui n'avait eu de cesse de mettre des obstacles en travers de son chemin.

On vint gratter à sa porte.

– Entrez ?

Constant, chandelle en main, apparut.

– Eh bien, mon garçon, tu n'es guère resté en notre compagnie ce soir. Ta tante a protesté.

– Encore ? Quand je suis là, elle se fâche. Quand je lui fais cadeau de mon absence, également. Que veut-elle donc ?

– Si je le savais, Léandre, cela signifierait qu'enfin je comprends quelque chose aux femmes, et le monde m'appartiendrait.

– Quel avantage certain !

– Oui, mais une injustice aux yeux des femmes, lesquelles affirment ne pas parvenir à nous cerner, elles non plus.

– Je te prie de m'excuser, j'avais à terminer ce dossier. J'ai passé l'après-midi à le mettre en forme : rédiger un rapport n'a rien de commun avec l'écriture d'une nouvelle ou d'une pièce de théâtre... Que de détails, de précisions à fournir !

– L'expérience fut-elle satisfaisante, au moins ?

– Palpitante. Je n'aurais jamais pensé vivre pareille chose à mon arrivée à Paris ! Pourtant, mon objectif premier reste à faire...

– Ton père ?

– C'est cela. M. Bonaparte m'en a reparlé, mais pour l'heure il reste invisible...

– Allons, tu as la vie devant toi, et tu n'es ici que depuis deux mois ! Sans doute auras-tu moins à attendre que tu ne le penses !

– Je l'espère, mon oncle, je l'espère.

– Bien, sur ce, je te laisse. N'oublie pas que si tu préfères, la bibliothèque t'est ouverte. Ta tante vient de partir se coucher, ce n'est pas elle qui te dérangera.

– Je te remercie.

– Bonne nuit, mon garçon.

Le vieil homme repartit sans faire de bruit, laissant Léandre seul dans ses pensées. Oui, sa vie commençait. Et quelle entrée en matière !

« Mon vieux Léandre, se dit-il. Si c'est cela la première enquête, je me demande où vont me mener les suivantes. »

Car, en résumant ses péripéties, il avait été assommé à deux reprises, arrêté et suspecté de meurtre, confronté à plusieurs cadavres, il avait saccagé le repas de gala des personnes les plus importantes du monde politique français… De quoi nourrir l'imagination de bien des écrivains. Peut-être un jour se lancerait-il dans la rédaction de livres de mystère ? Cela serait une idée : les gens raffolaient de tous les sujets sombres et se pressaient dans les tribunaux en cas d'affaire grave, à Auch comme ailleurs… Il lui faudrait creuser cela. Il acheva d'écrire son rapport, ce qui lui prit encore une demi-heure. Il était 11 heures et quart. Il n'avait pas tellement sommeil : il pouvait se permettre de suivre le conseil de son oncle et d'aller récupérer un roman dans la bibliothèque. Un chandelier à trois branches en main, et à pas de loup, ou plutôt de renard, il s'y rendit et lut les titres sur les tranches. Il s'arrêta et sortit du rayonnage un volume intitulé *Mon oncle Benjamin*, dont l'auteur était Claude Tillier. Il le sélectionna car son titre l'intriguait. Une fois revenu dans sa chambre, il quitta ses bottes et s'étendit à plat ventre sur le lit pour y savourer sa lecture plus confortablement.

Je ne sais pas, en vérité, pourquoi l'homme tient tant à la vie ; que trouve-t-il donc de si agréable dans cette insipide succession des nuits et des jours, de l'hiver et du printemps ?

« Ma foi, voilà qui démarre bien… »

Il poursuivit sa lecture sur une vingtaine de pages avant que l'auteur ne cesse de parler amèrement de la période contemporaine et en vienne à parler de son grand-oncle, un médecin viveur dans le Nivernais de Louis XV... Pris par les péripéties fantasques de cet épicurien, il n'entendit pas la porte s'ouvrir ni s'avancer une fine silhouette dans la pièce. Levant les yeux, il manqua pousser un cri. Manon, qui lui faisait face, bras croisés, les sourcils levés en un air interrogateur, laissa échapper un petit rire moqueur.

– Eh bien, Léandre... c'est ma personne qui te fait peur ?

– Ne me refais jamais ce coup-là, taquine ! dit-il avec sérieux en refermant le livre.

Son visage tout heureux contredisait le ton sévère qu'il venait d'employer. Elle rit de nouveau et il se leva pour lui faire face. En bas noirs, il était aussi grand qu'elle, chaussée de ses charmantes bottines à hauts talons.

– Nous ne sommes point vendredi ?

– Non, ce soir, c'est relâche, mon ami. Je venais te rendre visite, mais si je te dérange, dis-le-moi, je m'en vais de ce pas...

– Ne dis pas de bêtises, répliqua-t-il en lui passant un bras autour de la taille et en l'enlaçant tendrement.

Charmée, elle rit plus fort puis plissa les yeux d'un air polisson.

– Eh bien, monsieur... est-ce la joie de me retrouver ou auriez-vous un couteau dans votre poche ?

– Vous êtes une vilaine dissipée, mademoiselle...

– Pour vous servir, monsieur...

Puis ils s'embrassèrent, d'abord doucement, de plus en plus fougueusement, avant de se consommer à pleine bouche, et leurs mains volaient, défaisant des lacets, débouclant une ceinture, les vêtements tombant en tas sur le sol, pris par leur ivresse des sens. Enfin, deux corps nus basculèrent ensemble sur le sommier pour se mélanger, laissant libre cours à leurs sensualités respectives, ne formant plus qu'un, peau contre peau, lèvres contre lèvres...

Enfermé dans les pages du livre qui racontait ses prouesses, l'oncle Benjamin pouvait attendre que Léandre Lafforgue, *alias* le Goupil, ait achevé son propre libertinage.

Épilogue

20 décembre 1848, 3 heures du soir.

Le ciel était gris-blanc, annonciateur de neige. Léandre regardait par la fenêtre, pensif, sans plus s'intéresser à cette cour d'honneur du Palais-Bourbon qu'il finissait par trop connaître à force de s'y rendre. Voilà près de deux mois qu'il avait empêché les candidats aux élections présidentielles de consommer le repas mortel. S'il n'était intervenu, où en serait le pays ?

La France avait tout ignoré de l'affaire. Seuls les prétendants, quelques membres de la police et lui-même savaient désormais à côté de quel risque ils venaient de passer. La presse n'en avait pas été avertie, avec sagesse. La mort de Géraud de Saint-Maur avait bien été évoquée ; à l'instar des trépas des députés, c'est-à-dire fort sommairement, comme un simple aléa de l'existence, avec une formule de condoléances basique. On se rappellerait de lui quelques jours avant de commencer à l'oublier. Certains n'oublieraient jamais. M. Garnier, le bibliothécaire, s'était plus promptement rétabli qu'on eût pu le penser, mais souffrait de maux de tête plus réguliers que par le passé. Quant au cas de Domingue Sarraut, il était bien plus sévère ; rescapé de justesse après sa tentative de suicide, il était passé de l'hôpital à l'asile, plongé dans un état de mélancolie catatonique que les plus optimistes des aliénistes qualifiaient de définitif.

Puis, à la fin du mois de novembre, Léandre avait reçu la visite de Charles Leterrier. Il venait lui annoncer les morts de Miguel Sanchez et d'Edmond de Gisors en prison, toutes deux survenues au cours de la même journée. À mots couverts, l'inspecteur se chargea de lui faire comprendre que, pour éviter un procès qui ferait trop de bruit, « on » avait chargé quelqu'un de « s'occuper » du cas des deux hommes… de manière définitive. À coups de couteau pour Sanchez, avec une corde pour le député. Le prix pour ce double contrat avait été une remise de peine pour son auteur, un irrécupérable condamné à mort qui se voyait ainsi accorder une grâce inespérée. Léandre ne fit pas le moindre commentaire. Personne ne ferait de vague pour le cas de Sanchez ; il se demanda simplement comment on pourrait empêcher la famille de Gisors de soulever la polémique quant au décès de son parent, incarcéré sans mobile connu…

– Oh, Lafforgue… si vous saviez ce dont « ils » sont capables… « Ils » sauraient faire taire n'importe qui.

L'agent de Bonaparte se promit intérieurement d'éviter tout contact négatif avec ces « ils ». Il s'autorisa quand même une critique amère des responsables policiers qui n'avaient non seulement pas accordé d'avancement à Leterrier – et ce malgré ses hauts faits –, mais de plus s'étaient contentés de sermonner Issy-Volny au lieu de lui coller un blâme pourtant largement mérité… Leterrier l'en avait remercié chaudement et ils s'étaient séparés en bons camarades.

Pendant ce temps, la campagne avait poursuivi sa route. Par organes de presse interposés, les partis continuaient à jouer à qui dirait le plus de mal des autres. Nul n'était épargné, et Bonaparte se retrouvait victime de moqueries de très mauvais goût, où on le qualifiait d'incapable, de mauvais patriote, et où on le brocardait sur son accent…

Grâce à son statut de président du Conseil des ministres, Cavaignac, pour l'heure, restait en tête auprès de l'Assemblée et de la presse. Si loyal et honnête qu'il fût, on ne pouvait pas spécialement en dire autant de ses collaborateurs, qui n'hésitaient pas à mettre la pression sur leurs subalternes en leur dictant pour qui voter ! Ces mesquineries n'avaient qu'une importance limitée. Si connu soit-il, le nom de Cavaignac rappelait trop l'insurrection de Juin, la violence de la répression. Et sa renommée trop récente n'avait rien de comparable avec celle du nom de Bonaparte… Ne commençait-on pas à surnommer ce dernier « l'empereur » ?

Désormais devenu « le » principal adversaire de Cavaignac, Bonaparte continuait à donner le change par son attitude réfléchie et attentive. Déjà certains abandonnaient la partie, tel le maréchal Bugeaud, aux soutiens trop absents, jusqu'à ce qu'il n'en restât plus que cinq. Puis, le 30 novembre, le prince avait fait publier un manifeste qui avait fait du bruit. Thiers l'avait jugé en ces termes : « Inacceptable ! »

On était passé outre son avis, et ce avec raison. Le texte de Bonaparte, écrit en collaboration avec Abbatucci, Mocquard et – devait-on le dire – Léandre Lafforgue, fut plébiscité par la foule, tant pour son caractère modeste que par son art de s'adresser à tous et à toutes.

La tâche est difficile, la mission est intense, je le sais, mais je ne désespérerais pas de l'accomplir en conviant à l'œuvre, sans distinction de partis, les hommes que recommandent à l'opinion publique leur haute intelligence et leur probité. D'ailleurs, quand on a l'honneur d'être à la tête du peuple français, il y a un moyen infaillible de faire le bien, c'est de le vouloir.

Des promesses aux royalistes, aux républicains, au peuple et aux nantis… le tout sans privilégier les uns par rapport aux autres. L'avancée de Bonaparte sur ses rivaux devenait plus qu'évidente. Pourtant, la campagne de Napoléon n'était en rien la plus omniprésente. Sans manquer d'argent, on ne pouvait s'autoriser trop de dépenses inconsidérées. Les équipes étaient également réduites… Le mouvement populaire était plus fort que tout le reste, et la nostalgie bonapartiste peu à peu prenait le pas sur toutes les autres factions politiques. Bien entendu, certains continuaient à proclamer le contraire. Thiers, une fois encore, voyait une lutte serrée entre Ledru-Rollin, Cavaignac et Bonaparte…

Puis le 10 décembre était arrivé, et les résultats étaient tombés. À tous les trois, Lamartine, Ledru-Rollin et Raspail avaient rassemblé un peu plus de quatre cent vingt mille voix. Cavaignac, arrivé en tête dans deux départements de Bretagne et deux autres de Provence, et en ballottage dans environ dix-sept départements, récoltait un million quatre cent quarante-huit mille voix… Et Bonaparte émergeait bien au-dessus de tous les autres, triomphant avec cinq millions quatre cent cinquante mille voix. Le vote populaire du suffrage universel avait parlé. Modérés et extrémistes citadins se retrouvaient battus grâce au monde paysan qu'ils avaient tant méprisé…

À deux pas de Léandre, Bonaparte tremblait. Un léger frisson n'ayant rien à voir avec le froid extérieur. Léandre le regarda avec amabilité.

– Monsieur ? Vous ne vous sentez pas bien ?

– Si, si, Goupil… J'ai ce que les comédiens appellent le trac.

– Ne soyez pas tourmenté. Vous n'êtes plus en lice. L'heure est venue pour vous de savourer le moment. Ne craignez plus leurs regards. Et en avant… monsieur le Président.

Bonaparte retint son souffle, puis expira un long moment. Le Goupil lui ouvrit la porte et il pénétra dans la salle des séances. Waldeck-Rousseau, qui lisait un document consacré à l'élection présidentielle, interrompit son discours pour le saluer, et tous les députés firent de même. Dans son habit noir, sa plaque de grand officier de la Légion d'honneur bien en évidence sur son torse, la moustache soigneusement entretenue, Charles Louis Napoléon Bonaparte représentait désormais de façon avantageuse la France. Pourtant, les premiers applaudissements qui retentirent dans l'hémicycle ne furent pas destinés au président élu, mais au chef du gouvernement Cavaignac, quand celui-ci se présenta à la tribune afin d'annoncer solennellement sa démission ainsi que celle de l'ensemble de ses ministres. Puis le président de l'Assemblée, le député Marrast, proclama Charles Louis Napoléon Bonaparte président de la République française avant de le prier de le rejoindre à la tribune pour y faire lecture du serment.

– En présence de Dieu, et devant le peuple français, représenté par l'Assemblée nationale, je jure de rester fidèle à la République démocratique, une et indivisible, et de remplir tous les devoirs que m'impose la Constitution.

– Je le jure, dit Bonaparte, la main tendue, la voix inhabituellement grave et forte.

– Je prends Dieu et les hommes à témoin du serment qui vient d'être prêté. L'Assemblée en prend acte. Monsieur le Président, vous avez la parole.

– Messieurs, mon devoir est tracé. Je le remplirai en homme d'honneur. Je verrai des ennemis de la patrie dans tous ceux qui tenteraient de changer par des voies illégales ce que la France a établi. Soyons les hommes du pays, non les hommes d'un parti et, Dieu aidant, nous ferons du moins le bien si nous ne pouvons faire de grandes choses.

À ces mots, de nouveaux applaudissements, moins nourris que pour Cavaignac, jaillirent de partout dans les rangs des représentants. Léandre, installé à l'entrée de l'hémicycle, y joignit les siens, tout en se disant qu'il serait quand même difficile pour son maître d'arriver à rassembler un jour l'ensemble des opinions positives en ce lieu… Oui, la tâche serait dure, à n'en pas douter… Mais que pouvait-on espérer pour celui qui inaugurait cette fonction jusqu'alors sans précédent ?

Puis, sous l'acclamation générale « Vive la République », le Président se dirigea vers son rival Cavaignac, la main tendue, dans un geste de fair-play… Il n'eut droit qu'à une faible pression accordée du bout des doigts de la part d'un adversaire défait qui ne daigna même pas se lever pour l'occasion. Levant les yeux et croisant ceux de Goupil, irrités par l'attitude de mauvais perdant de Cavaignac, Bonaparte fit un signe d'apaisement à son agent puis, remarquant une présence dans la galerie, fit un nouveau geste à Léandre, pour lui signifier de regarder à son tour dans cette direction.

Sans comprendre, Léandre fit quelques pas en avant et leva la tête pour mieux voir le haut de l'hémicycle. Que cherchait-on à lui montrer ? Il observa quelques instants les visages des spectateurs avant de s'immobiliser. Il tourna la tête vers Bonaparte, qui lui décocha un rapide clin d'œil d'encouragement. Mais déjà la silhouette entraperçue se dirigeait vers une porte. Le Goupil savait où menait l'issue. Il pressa le pas en dehors de la grande salle et parvint salle des pas perdus, au pied de l'escalier qui desservait la galerie, en quelques instants. Au loin, l'homme empruntait un long corridor. Il était inutile de le rattraper. Le Goupil régla son pas sur le pas de celui qu'il suivait. Tout en marchant, il remarquait des détails : les épaules assez larges, la démarche... Il repensait à ce visage distingué quelques secondes plus tôt. Tout était si familier... Il en ressentit une émotion très vive. Que faisait-il là ? Était-il venu participer à la liesse populaire, assister à la victoire de Bonaparte ? À moins qu'il ne soit là pour lui ? Au fond, cela n'avait guère d'importance.

Puis l'homme arriva à destination et franchit la porte qui menait au salon des Éléments, laissant cette dernière entrebâillée. Léandre éprouva, comme Bonaparte moins d'une demi-heure plus tôt, une sensation comparable à celle des acteurs au moment d'entrer en scène. Il s'arrêta sur le seuil. Que fallait-il faire ? Il n'en savait rien. Pour lui aussi, cet instant n'était que nouveauté, un instant qui n'arrive certainement pas tous les jours dans la vie. Il décida de laisser faire les choses, de se montrer tel qu'il était, naturel et sensible, pour cette rencontre hors du commun.

Alors il pénétra à son tour dans la salle.
– *Signore* Prazzoli ? Papa ?
Il referma la porte doucement derrière lui.

Remerciements

Tout d'abord, à Anthony Frot, instigateur du projet voici déjà six ans à Grand Army Plaza (« Et si tu te servais de tes connaissances sur les affaires criminelles pour écrire un roman policier historique ? »), puis devenu observateur avisé, correcteur précis et conseiller inestimable de l'indigne ami que je suis. Je n'oublie pas que je lui dois un dîner – au moins.

À ma famille, Luigina, Claude, Daniel, Roger, Françoise, Claire, Julien, Jean-Jacques, Silvano, Mariucci et Elvis qui ont suivi pas à pas les péripéties parisiennes simultanées des Gersois Sylvain et Léandre.

À Isidro, Riscieri et Nando, pour lesquels la connaissance et la culture étaient tout.

À la talentueuse Alexandra, à la plume si acide et si juste, et qui mériterait tôt ou tard de devenir un personnage de roman.

À mes amis – Jocelyn, Marion, Mélodie, Tilia, Laure, Mégane, Yoann, Jean-Michel, Carole, Jean-Marc, Yannick et bien d'autres –, qui m'ont soutenu, encouragé et supporté pendant les périodes de création.

À Guillaume Ardillon, Marion Diez, Fabienne et Thierry Desseux et Dominique Frot, lecteurs qui ont eu la gentillesse d'accepter de découvrir les aventures du Goupil en avant-première et de me donner leurs opinions et leurs critiques, toujours sages et bienveillantes.

À mon éditrice Hélène Tellier, pour avoir accordé sa confiance et un enthousiasme sans faille au projet. À Christophe Matho, Stéphanie Jardy, Carole Pageard, Virginie Bourgeon, Laurent Fontaine et Édouard Ballureau : c'est grâce à eux et à leur travail de longue haleine que ce livre est désormais entre vos mains.

Et bien entendu à vous, que je ne connais pas, mais qui avez choisi de lire ces aventures.

Table des matières